Tochter Abrahams

Tochter Abrahams

Miriam Bracha Heimler

Rebbetzin Devorah Priampolsky

7. August 2014

Liebe Miriam Bracha!

Ich habe gerade „Tochter Abrahams" zuende gelesen.

Mir fehlen ganz einfach die Worte zu beschreiben, was für eine gewichtige Kostbarkeit, was für ein bemerkenswertes Schriftstück, was für ein Meisterstück Du geschaffen hast! Es ist so vollendet, emotional so tief und bewegend, so wahr, so authentisch! Ich musste viele, viele Male weinen ... nicht aus Selbstmitleid oder Sentimentalität, oh nein; sondern durch das tiefe Teilen der Realität, dass die Liebe, die im Buch beschrieben ist, wirklich existiert.

So frisch vom Lesen, bin ich noch unter dem emotionalen Zauber, - der den Verstand so unzulänglich erscheinen lässt, und auf Ausrufezeichen und Atemholen beschränkt.

Dieses Buch muss in allen Sprachen veröffentlicht werden! Es muss verfügbar gemacht werden, damit es alle tief berühren, bewegen, inspirieren und transformieren kann!

Der Leser wird in einen Bereich solch tiefen, geteilten Erlebens hineingezogen, wo der Schmerz von Natalies Einsamkeit, ihre nachdrücklich aufrichtige, erlesene Persönlichkeit, ihr gewagtes, furchtloses Erforschen, die Tiefe und Macht ihrer Liebe – alle zu der eigenen werden ... nicht oberflächlich selbstbezogen, sondern allumfassend.

„Tochter Abrahams" ist solch eine ausgeprägte intime Wiedergabe der unverhüllten Seelen-Sprache einer Frau, - ich habe selten solch eine leuchtende Beschreibung jemandens innersten Lebens gelesen. Es ist nicht nur irgendein anderes Werk von künstlicher Meisterschaft.

Was literarischen Ausdruck betrifft, ist der Stil klar und zugänglich. Das Buch ist leicht zu lesen. Es gibt keine Hindernisse so wie etwa unverständliche Bewusstseins-Flüsse, wie sie oft bei Versuchen von Autoren tiefe, geistig-seelische Inhalte zu beschreiben, typisch sind. Du schreibst gut, mit Deiner ganz eigenen Sprache.

Aus der Tiefe meines Herzens und meiner Seele danke ich Dir, dass Du der Welt zum ersten Mal Deine faszinierende, mitreißende Lebensgeschichte mitteilst.
Ich fühle mich geehrt und privilegiert eine der Ersten zu sein, die solch einen Schatz entdecken durfte.

Rebbetzin Devorah Priampolsky

Mit unendlicher Liebe und
Dankbarkeit
zum Gedenken an

Meine Mutter

Und an Jancsi,
meinen größten Lehrer
im Leben und im Tod,
den der Allmächtige sandte,
mich zu führen.

Diese Geschichte ist wahr;
... auch wenn manche Namen und Orte zum
Schutz von Personen zum Teil verändert
und Handlungen, Ereignisse und Situationen
an manchen Stellen modifiziert wurden.

8

Die Knospe und der Prinz

Es steht eine Knospe am Wegesrand
noch hässlich und zu,
von niemand erkannt.
Der Winter war kalt,
die Knospe erfroren,
lässt hängen den Kopf
und fühlt sich verloren.

Sie ist traurig und einsam
weil keiner sie sieht.
Noch nie hat ein Mensch
sich um sie bemüht.
Sie ist noch sehr klein
und gar naiv,
doch den Sinn ihres Lebens
erfragt sie gar tief.

Und dann kam der Prinz.
Er sieht sie und denkt:
„Dies ist die Knospe, die Gott mir
geschenkt.
Ich möchte sie hüten,
beschauen und frei'n.
Sie soll für immer mein Knösplein sein."
Er weiß es ganz sicher –
noch eh' sie es merkt.
Sie ist noch verschlafen
und unbeschwert.

Der Prinz geht zur Knospe,
berührt sie ganz sacht.
Und die Knospe, - noch schläfrig,
erwacht aus der Nacht.
Sie kann es nicht fassen!
„Es kann doch nicht sein!
Sollte ein Prinz mich wollen frei'n?"

Sie biegt sich im Winde,
weht her und hin;
sie schüttelt das Köpfchen
und sagt: „Ich bin
eine Knospe nur,
hässlich und klein.
Ich hab' keinen Wert,
bin ganz ohne Schein!

„Ich bin nicht so schön,
wie andere Blüten.
Willst lieber nicht andre
beschauen und hüten?"

Und der Prinz sieht sie an, -
ganz lange, und spricht:
„Schweig' still, meine Knospe,
und fürchte Dich nicht.
Ich weiß, wer Du bist
und ich kenne Dein Leben.
Es ist, als ob Gott
uns beiden gegeben
die Einheit und Liebe,
nach der wir uns sehnten
in all unser'm Leben.
Und so soll es sein!

„Ich seh' Dich erblüht,
ganz leuchtend und schön
und anmutig neben den andern steh'n.
Ich weiß, dass erblüh'n wirst,
mein Knöspchen, in Pracht,
und dass Du hinter Dir lässt die Nacht,
die düst're.
Du wirst sehen das Licht;
wirst lernen, dass Leben
voll Liebe ist."

Da ist es der Knospe
als wie im Traum.
Und die Worte des Prinzen, -
sie hört sie kaum –
schon rührt sich etwas
in ihr tief drinnen.
Und dieses Gefühl
sollt' niemals entrinnen.

Sie taumelt im Winde
gar heftig und spricht:
„Oh, Prinz, woher weisst Du,
was in mir ist?"

Doch er schweigt ganz lange.
Dann küsst er sie sacht.
Und die Knospe spürt:
Vorbei ist die Nacht!

Die Nacht ist vorbei.
Der Tag bricht an.
Die Knospe geht auf,
denn die Sonne scheint warm.

Der Prinz, ein Mann
voller Weisheit und schön,
hat verzaubert die Blume, -
man kann es seh'n.
Sie steht jetzt inmitten einer Wiese
in voller Blüte,
voll süßem Duft.

Und der Prinz liebt
seine Blume von Herzen, - voll Güte.
Voll Frühling ist die Luft!

TEIL I

1

Das Mädchen kniete auf einem alten Holzstuhl am Küchenfenster und schaute in die Dunkelheit. Ein trübes Licht über der Eingangstür beleuchtete schwach den Pfad, der vom Haus zum Gartentor führte. Sie sah ihre Mutter eilig große Pakete auf ihr Moped laden. Schließlich rief die Mutter zum Mädchen hoch:

„Ich werde in einer halben Stunde zurück sein! Macht Euch zum Schlafen fertig. Papa wird nicht vor acht zuhause sein, aber falls er vor mir kommt, sag' ihm, ich musste Blumensamen an einen Kunden liefern. Ich bin bald zurück!"

Natalie nickte traurig.

Sie sah jünger aus als elf; vielleicht neun oder zehn. Ihr kurzes schwarzes Haar war ordentlich zur Seite gekämmt, der genaue Scheitel und der scharfe, exakte Schnitt ihres Ponys ließen ihr Gesicht noch runder erscheinen. Ihre rosigen Wangen gaben ihr ein gesundes Aussehen, aber ihre dunkelbraunen Augen waren freudlos, als sie ihrer Mutter aus dem Gartentor folgten, bis das Rücklicht des Mopeds verschwunden war.

Sie ging langsam zum eisernen Ofen, der links in der Ecke der kleinen Küche stand, um zu sehen, ob noch genügend Kohlen drin waren, die das Feuer in Gang halten konnten. Aber da sie keine Erfahrung mit Kohlen, Feuer und Anheizen hatte, rief sie ihre Schwester um Hilfe. Hazel kam sofort, schubste sie zur Seite und warf zwei Briketts ins Feuer. Natalie war es gewöhnt, dass ihre Schwester die Kontrolle übernahm, schließlich war sie die ältere, wenn auch nur um zwei Jahre.

„Mama sagt, wir sollen ins Bett gehen; sie wird bald wieder zurück sein", sagte Natalie lustlos. Sie spürte, dass etwas in der Luft lag, etwas vor ihr verheimlicht wurde, aber sie wusste nicht, was es war.

Mama hat sie noch nie am Abend allein gelassen - und in solcher Eile! Etwas wurde vor ihr verborgen. Es war der dritte Abend, an dem sie ihre Mutter Pakete auf ihr Moped laden sah. Was war geschehen?

Hazel berührte dies nicht im geringsten; im Gegenteil:

„Ich weiß", sagte sie, während sie sich langsam auskleidete und ihre Sachen ordentlich über die Lehne des Küchenstuhls hing. „Sorg' Dich nicht, sie wird schon bald zurück sein! Zieh' Dein Nachthemd an und mach' Dir keine Gedanken!"

Dieses Umsorgen, dieses sich Kümmern war rührend; es war auch in ihrer Stimme wahrnehmbar, - das Behüten ihrer kleinen Schwester von einer Dreizehnjährigen.

Sie bereiteten sich in der Küche vor, zu Bett zu gehen, weil das der einzig warme Raum im oberen Teil des Hauses war. Sie putzten sich die Zähne über dem Waschbecken, dann knipste Hazel das Licht aus, und sie gingen in ihr kleines Zimmer zu Bett.

Gewöhnlich hörte sich Natalie noch ein paar Geschichten an, die ihre Schwester erfand, bevor sie einschliefen; sie bewunderte Hazels Begabung, Geschichten zu erzählen. Obwohl sie über manche Geschichten lachte, nahm sie sie sich auch zu Herzen und dachte über sie nach, bevor sie einschlief. Aber heute Abend hörte sie nicht zu; sie konnte ihre Gedanken, die sich in ihrem Kopf unendlich drehten, nicht abstellen, und sie konnte lange nicht einschlafen.

‚Donnerstag und Freitag ist noch Schulunterricht', dachte sie, ‚und dann sind Ferien. Ich habe also genügend Zeit, mir zu überlegen, was ich mitnehmen möchte, und um meinen Koffer zu packen. Mama sagt, ich kann nur ein Kleid mitnehmen, das ist alles, weil wir nur für eine Woche reisen. Und auch mein gutes Sommerkleid, das orange, das

Omi uns letztes Jahr geschickt hat, das darf ich mitnehmen, weil eine Tante, die ich noch nicht kenne, am Tag nach Weihnachten heiratet und ich Blumen streuen darf. Welche Puppe soll ich mitnehmen? Am Dienstag werden wir abreisen. Warum kommt Papa nicht mit? Das werden die ersten Weihnachten ohne ihn sein, und nicht zuhause', dachte Natalie.

,Wie wird der Westen aussehen?' Sie konnte es sich nicht vorstellen. Ihre Großmutter hatte ihnen jedes Jahr zu Weihnachten ein Paket mit Käse, Schokolade und Salami geschickt; sogar Apfelsinen waren drin. ,Das heißt, dass man alles im Westen bekommen kann. Alles!'

Sie hatte schon einmal von einem Land gelesen, vom ,Schlaraffenland', wo man nur den Mund aufmachen musste, und alles fiel einem hinein.

Natalie erinnerte sich nur vage an ihre Großmutter. Sie hat sie einmal gesehen, als sie drei Jahre alt war. Aber noch lebhafter als an Omi, erinnerte sie sich an die rosa Decke, die Omi ihr geschenkt hatte, und an den Streit darum, ob sie oder Hazel die rosa oder die blaue Decke bekomme. Und sie hatte gewonnen! Omi muss sie sehr liebhaben!

All das stieg ihr jetzt sehr lebendig vor Augen, während Hazel schon fest neben ihr schlief.

Plötzlich hörte sie Schritte nach oben kommen, die sie sofort erkannte: Mama ist zurück! Die Tür öffnete sich einen Spalt, und ihre Mutter steckte leise ihren Kopf durch die Tür. Sie blieb eine Weile dort stehen und als sie ihre beiden Töchter tief schlafend glaubte, schloß sie geräuschlos die Tür.

,Papa ist noch nicht nachhause gekommen. Er ist wieder bei der Gewerkschaftsversammlung. War er nicht erst gestern dort? Und den Tag zuvor? Er ist ein sehr wichtiger Mann! Nur wer wichtig ist, geht abends zu Gewerkschaftsversammlungen.' Sie dachte nicht weiter darüber nach. So war es eben. Schließlich war er Lehrer in der örtlichen 10-klassigen Allgemeinen Polytechnischen Oberschule und musste zu vielen solchen Konferenzen gehen. ‚Was bedeutet denn das Wort ‚Konferenz'? Es hört sich sehr beeindruckend an.'

Natalie begann zu gähnen. Ihre Augen, die im dunklen Raum herumgeirrt waren, schlossen sich langsam. Sie faltete ihre Hände, wie jeden Abend vor dem Einschlafen, und sagte ihr Abendgebet.

„Müde bin ich, geh' zur Ruh',
schließe beide Äuglein zu.
Vater, laß' die Augen Dein
über meinem Bettchen sein.
Hab' ich Unrecht heut getan,
sieh's mir lieber Gott nicht an!..."

Sie sprach es kaum hörbar, fast zu sich selbst. Dann drehte sie sich zur Wand, an der das Gebet hing, und schlief ein.

Der folgende Morgen begann mit großer Aufregung.

„Wacht auf, Natalie, Hazel! Schnell! Da draußen ist eine Überraschung für Euch." Kaum hatte Natalie die Augen geöffnet, als sie ihren Vater an ihr Bett kommen sah. Er war ein gutaussehender großer, schlanker Mann mit schwarzem Haar. „Ich möchte Dir einen ganz besonders guten Morgen wünschen, mein Schatz", sagte er. Er beugte sich über sie und umarmte sie zärtlich. Plötzlich begann sie zu schreien und zu kreischen und sprang mit einem Satz aus dem Bett. „Es ist kalt und nass" schrie sie. „Hör auf!" Sie rannte zum Fenster, öffnete es, nahm eine Handvoll Schnee und zielte auf ihren Vater. Dann sprang sie freudig im Zimmer herum und betrachtete das Wunder durchs Fenster. Die Welt war über Nacht weiß geworden. Die Zweige des Apfelbaums, die noch vor kurzem in voller Blüte gestanden hatten und dann mit Früchten beladen waren, senkten sich jetzt unter dem Gewicht des weißen Puders. Das Dach der Gartenlaube sah jetzt aus wie das Schloß einer Schneekönigin. Wo gestern noch die alte

16

verrostete Regenwassertonne gestanden hatte, schmückte jetzt ein weißer Behälter mit Eisblumen den Garten. Und auf dem Rand der Tonne saß ein kleiner Spatz und schaute verwirrt um sich. Die Nadelbäume hinten im Garten sahen wie wunderliche Gestalten aus einem Zauber-Märchen aus. Ein großes Glücksgefühl begann irgendwo tief in Natalie und breitete sich auf all ihre Zellen aus. Es waren *ihr* Garten, *ihr* Schnee, *ihre* Bäume. Dort am Fenster stehend, sog sie diese Schönheit mit all ihren Sinnen in sich auf. Diese, ihre Welt gab ihr Sicherheit. Nichts hätte sie stören können. Seit dem Tag ihrer Geburt standen diese Bäume dort am gleichen Ort, wuchsen und blühten jeden Frühling, trugen jeden Sommer Früchte und ließen ihre Blätter in jedem Herbst fallen. Natalie kannte nichts anderes. Dieser, ihr Garten, war ihre Welt. Der Garten war riesig. Einmal hatte sie mit Papa alle Apfelbäume gezählt, und sie kamen bis zu 53. Das schloß noch nicht die Pflaumen- und Birnen-Bäume am Zaun nahe dem Eingangstor ein, und auch nicht die Süß- und Sauer-Kirschbäume.

Vor langer Zeit hatte ihr Urgroßvater diese Bäume eigenhändig gepflanzt. Sein Sohn, ihr Großvater, war in diesem riesigen Garten aufgewachsen und hatte das Haus gebaut, in dem ihr Vater geboren war. Natalie hatte diese Geschichte schon hundertmal gehört. Ihr Vater, der damit aufgewachsen war, gab sie an seine Töchter weiter, wann auch immer sich eine Gelegenheit bot. Er hatte ein starkes Gefühl für Geschichte; er wusste genau, welches Feld welchem Bauern gehörte, welche Straße sich verändert und welche Kurve eine neue Biegung genommen hatte; wo ein Gebäude wieder errichtet worden war, wo die Papierfabrik vor dem Krieg gestanden und wie sie im Jahr 1537 ausgesehen hatte, nachdem sie wieder erbaut worden war.

Natalie hörte den Erklärungen ihres Vaters immer sehr geduldig und gehorsam zu, aber sie langweilten sie; sie war nicht im geringsten daran interessiert, was ihr Vater ihr erzählte. Was ihr Herz bewegte, war die Natur um sie herum. Sie brauchte keine Erklärungen. Alles was für sie nötig war, waren ihre Sinne: Augen, um die Schönheit zu sehen; eine kleine Nase, um im Frühling den Duft der Blumen einzuatmen und den Schnee im Winter zu riechen, und ein offenes Herz, um Gott für Seine Schöpfung zu danken.

„Macht Euch fertig, Kinder! Schnell! Wir müssen heute früher losgehen. Wir können im Schnee nicht so schnell laufen."

Aber es war nicht nötig, die Kinder anzutreiben. Hazel und Natalie waren beide so freudig erregt, dass sie selbst so bald wir möglich draußen sein wollten. Sie rannten in die Küche, wo ihre Mutter gerade mit ihren morgendlichen Vorbereitungen fertig war.

Natalie sprang an ihrer Mutter hoch und gab ihr einen Kuss.

„Mama, Mama, hast Du gesehen? Können wir heute nachmittag den Schlitten rausholen?"

„Natürlich! Papa wird ihn Euch aus dem Schuppen holen."

Frau Steiner sah müde aus und hatte dunkle Ringe unter ihren Augen.

‚Etwas sieht anders aus in ihrem Gesicht', dachte Natalie, als sie ihre Mutter ansah. ‚Ihre Augen sind rot und geschwollen; sie sieht so blass aus!'

„Du siehst müde aus, Mama. Ist alles in Ordnung?"

„Alles ist in Ordnung. Jetzt wasch Dich und vergiss nicht, Dir die Zähne zu putzen! Und beeil' Dich, sonst kommst Du noch zu spät zur Schule!"

Da war etwas Beunruhigendes in Mutters Stimme, was Natalies Aufregung dämpfte.

Sie nahm die Emaille Waschschüssel aus dem Waschhocker und füllte sie erst mit kaltem und dann mit warmem Wasser aus dem Kessel vom Herd. Dann wusch sie sich gründlich, wie ihre Mutter es ihr beigebracht hatte.

Diese Prozedur war die gleiche wie an jedem Morgen, aber heute früh war da etwas anders.

„Weinst Du, Mama?" Sie ging besorgt zu ihrer Mutter hin.

„Was ist denn, Mama?"

„Papa hat letzte Nacht zu viel Schnaps getrunken. Ich wäre fast in Euer Schlafzimmer gekommen, um bei Euch zu schlafen, aber ich wollte Euch nicht aufwecken. Papa sagt, er braucht den Schnaps für seinen Blutkreislauf. Ich kann es nicht mehr lange aushalten!"

Tränen rollten ihre Wangen herunter, und sie schluchzte leise.

„Ich sollte Dich nicht damit belasten, mein Kind", sagte sie fast flüsternd. Dann nahm sie ihre kleine Tochter in die Arme und presste sie fest an sich.

Ein paar Minuten lang blieben sie in der engen Umarmung stehen: Eine schluchzende Mutter, die das Haar ihres leise weinenden Kindes streichelte.

Natalie teilte mit niemandem das Mitleid, das sie für ihre Mutter fühlte. Es war nicht das erste Mal, dass sie ihre Mutter so unglücklich sah. Erst vor einer Woche hatte Frau Steiner ihr den Streit erzählt, den sie mit ihrem Mann wegen des Kaufes einer neuen Wachstuch-Decke für den Abwaschtisch hatte. Das alte Tuch hatte schon die letzten vierundzwanzig Jahre den Tisch bedeckt, hatte große Löcher und war völlig zerrissen.

Ein anderes Mal war Frau Steiner mitten in der Nacht ins Bett ihrer Tochter gekrochen, weil Herr Steiner wieder zu viel von seinem Schnaps getrunken hatte. Wann immer Frau Steiner mit Natalie allein war, teilte sie mit ihr ihren Kummer. Natalie behielt es alles für sich und teilte es nicht einmal ihrer Schwester mit. Sie hörte zu und vergrub ihren Kummer tief in ihrem Herzen.

2

„Alles antreten zum Fahnenappell!" Der schrille Ton einer Pfeife durchdrang die Ohren von Lehrern und Schülern. Leise, aber entschlossen, wie kleine Soldaten, marschierten einhundert Kinder im Alter von sechs bis sechzehn Jahren auf dem Schulhof in Reihen, mit gemessenen Schritten hinter ihren Lehrern, die Wimpel trugen, zu ihren bestimmten Plätzen.

„Pioniere - stillgestanden!" Man hätte eine Nadel fallen hören können in dieser totalen Stille. Jungen wie Mädchen wagten kaum zu atmen. Sie standen gerade, ihre Köpfe aufrecht. Die Mädchen trugen weiße Blusen und dunkelblaue Röcke, die Jungen weiße Hemden und dunkelblaue Hosen. Am linken Ärmel der Blusen und Hemden war ein Pionierabzeichen angenäht. Die Jung-Pioniere trugen ein dunkelblaues Halstuch, das zu einem besonderen Pionier-Knoten gebunden war. Die älteren, ab dreizehn Jahren, trugen ein rotes Pioniertuch. Sie waren Thälmann-Pioniere- zu Ehren des Kommunistenführers Ernst Thälmann.

„Pioniere – seid bereit!"

Hundert rechte Hände schossen in die Höhe, um die obere rechte Seite ihres Kopfes zu berühren.

„Immer bereit!"

Es hörte sich an wie eine Stimme aus einem Mund. Soldaten hätten es nicht besser tun können.

„Fahne – hoch!"

Die ostdeutsche schwarz-rot-goldene Fahne mit Hammer und Sichel in der Mitte wurde am Fahnenmast hochgezogen.

„Pioniere – rührt euch!"

Jetzt durften die Pioniere sich entspannen.

Es war der letzte Schultag vor den Ferien. Zu besonderen Gelegenheiten wie dieser wurden die Schüler und Lehrer zum Fahnenappell aufgerufen. Nach der Rede des Schuldirektors wurden Zertifikate ausgegeben an Klassen mit den besten Zensuren und an Schüler, die während der letzten drei Monate Spitzenleistungen erreicht hatten. Zu dieser Gelegenheit wurde Klasse 5b besonders geehrt.

„Sprecher für Klasse 5b – raustreten!"

Ein zehnjähriges Mädchen mit blonden Zöpfen marschierte mit gleichmäßigen Schritten auf den Fahnenmast zu.

„Klasse 5b wird heute geehrt für ihre Leistung beim Schrottsammeln während der letzten drei Monate. Der Wert des Schrotts beläuft sich auf 78 Punkte und Deine Klasse hat daher zum Wohlstand der DDR beigetragen. Ich gebe Dir, als Klassenabgeordnete, hiermit ein Zertifikat für Eure ehrenvolle Leistung."

Der Direktor gab dem Mädchen die Hand, und es nahm das Zertifikat für seine Klasse mit einem Knicks entgegen. Dann kehrte es zu seinem Platz zurück.

Natalie, Schülerin in der gleichen Klasse, war sehr zufrieden. All die Anstrengung, die es sie gekostet hatte, während der letzten Wochen Schrott zu sammeln, war jetzt belohnt worden. Wieviele Nachmittage hatte sie damit verbracht, den Handwagen von Haus zu Haus, von einer Straße zur nächsten zu ziehen und um altes Eisen zu bitten! Manchmal musste sie schwere Eisenstücke allein aus Kellern, Gartenlauben und Dachböden schleppen und auf den Handwagen buxieren. Es war ein Wettbewerb unter den Klassen: die Klasse, welche am meisten Schrott gesammelt hatte, bekam die meisten Punkte. Natalie ging ihre Sammelarbeit sehr gewissenhaft an. Sie war gewöhnlich die erste, die an die Haustüren in ihrer kleinen Stadt klopfte. Sie musste es fast heimlich tun, da sie es ihre Schwester nicht wissen lassen wollte, falls Hazel versuchen würde, die Erste zu sein und damit zur Leistung ihrer eigenen Klasse beitragen würde. Es war nicht schwer für Natalie, an Leute heranzutreten, da viele in der Stadt sie kannten. Sie blieben oft auf der Straße stehen, wenn Natalie vorbeikam, und sagten zueinander: „Ist das Mädchen nicht Lehrer Steiner's Tochter? Sie ist solch ein hübsches Mädel und hat so gute Manieren!"

Und wenn sie zusammen mit Hazel die Straße herunter lief, blieben die Leute stehen und flüsterten sich zu: „Sind sie nicht süß? Sie sehen wie Zwillinge aus. Woher sie wohl ihre Kleider bekommen...?!"

Dann wisperte die andere, nachdem sie sich nach allen Seiten umgeschaut hatte, mit einem noch vorsichtigeren Flüstern: „Da gibt's jemanden im Westen, das sieht man doch!"

All das half beim Schrottsammeln.

Andere Auszeichnungen wurden vom Direktor an Schüler mit den besten Noten ausgehändigt. Und dann tönte die Nationalhymne „Deutschland, Deutschland über alles!" laut und klar über den Schulhof. Das war der letzte Schultag im Jahr 1960.

Endlich! Die Verabschiedungen hörten gar nicht auf. Mit großer Aufregung teilten die Kinder einander ihre Pläne für die Weihnachtsferien mit. Lachen und Stimmengewirr füllten den Hof und das Schulgebäude. Schneebälle flogen in alle Richtungen. Drei Mädchen begannen im Kreis um einen Schneemann zu tanzen. Andere schlossen sich an und erfreuten sich an dem Schneetanz.

Natalie stand in einer Ecke am Schultor. Sie hätte sich gern von ihren Freunden verabschiedet, aber sie konnte nicht mehr länger warten. Sie musste nach Hause gehen. Also rief sie den tanzenden Mädchen zu; „Frohe Weihnachten! Bis zum nächsten Jahr!"

Sie hatte ihr Versprechen ihrer Mutter gegenüber gehalten und keinem ihrer Freunde von ihrem geplanten Besuch bei ihrer Großmutter im Westen erzählt. Als sie nach Hause kam, wartete ihre Mutter schon auf sie: „Wir müssen jetzt zur Heißmangel gehen, und auf dem Weg sollten wir bei Radels vorbeischauen!" Herr Radel war der

Barbier und Friseur der Stadt; er und seine Frau waren gute Freunde der Familie.

Der Wäschekorb war bis zum Rand voll. Natalie konnte sich nicht erinnern, dass Mutter während der letzten zwei Wochen einen Waschtag gehabt hatte, und sie wunderte sich, woher all die Wäsche kam. Aber da sie gewöhnlich nicht viele Fragen stellte, half sie einfach ihrer Mutter, den schweren Wäschekorb auf den Schlitten zu befördern, und schob ihn durch den Schnee. Frau Radel schien nicht im geringsten überrascht und lud sie ein hereinzukommen; aber gerade als Natalie sich hinsetzen wollte, bat ihre Mutter sie, Brot beim Bäcker um die Ecke zu kaufen. Sie ging, obwohl es ihr irgendwie nicht einleuchtete, dass sie das Brot jetzt kaufen sollte, wenn sie doch auf dem Weg zur Heißmangel beim Bäcker vorbeikommen würden. Als sie zu Radels zurückkehrte, wartete ihre Mutter schon mit dem Wäschekorb.

„Was ist denn mit der Wäsche passiert? Der Korb ist doch nur halb voll!" rief Natalie.

„Oh, mach' Dir keine Sorgen, Natalie!" sagte ihre Mutter lächelnd. „Herr Radel hat sich einen Spaß erlaubt und sich draufgesetzt, und alles ist zusammengefallen. Lass' uns jetzt gehen!"

Sie sagten: „Auf Wiedersehen! Frohe Weihnachten! Bis zum nächsten Jahr!"

Für Natalie blieb die geschrumpfte Wäsche ein Rätsel... Es kam ihr sehr merkwürdig vor.

Bald war Nachmittag, und Natalie konnte kaum bis zum Abend warten. Ihr wurde gesagt, dass die Familie in diesem Jahr früher Weihnachten feiern würde, weil sie zum richtigen Heiligabend nicht zuhause sein würden. Sie hatten den Abend vor ihrer Abreise zur Großmutter dafür bestimmt. Oma und Opa, die im unteren Teil des Hauses wohnten, hatten den Kindern nun schon seit Tagen verboten, das Wohnzimmer zu betreten. Sie taten sehr geheimnisvoll. Frau Steiner war oben in der Küche beschäftigt, und die beiden Kinder rannten ungeduldig die hölzerne Treppe rauf und runter. Sie konnten es kaum erwarten zu wissen, was als Nächstes passieren würde und wann das Warten endlich ein Ende hätte. Sie hatten ihre Geschenke schon Tage zuvor eingepackt, und es gab nichts weiter für sie zu tun.

Es musste kurz nach fünf am Nachmittag gewesen sein, als Herr Steiner seine beiden Töchter in sein Herrenzimmer rief.

Das Herrenzimmer war im unteren Teil des Hauses. Sogar nach seiner Heirat hatten Herr Steiners Eltern ihrem Sohn erlaubt, sein Zimmer zu behalten, in dem er aufgewachsen war. Hier saß er, wenn er aus der Schule kam, las die Zeitung und korrigierte die Aufsätze seiner Schüler.

Während der ersten Jahre seiner Ehe hatte er manchmal mit seiner Frau abends hier gesessen, Schach gespielt, über die Kinder gesprochen und die Erlebnisse des Tages ausgetauscht. Es war ein gemütlicher Raum. Wenn er aus dem Fenster schaute, sah er Nadelbäume in der Ferne, die den Gartenzaun verdeckten, der das Ende des weiten Eigentums markierte. Dieser Teil des Gartens sah einem Wald ähnlich, und Herr Steiner liebte seine Aussicht.

Den Kindern war es nicht erlaubt, dieses Zimmer ohne Erlaubnis zu betreten. Jetzt, als Natalie ihren Vater rufen hörte, war sie sofort geängstigt. „Was hab' ich denn getan?' fragte sie ihre Schwester.

„Ich habe auch nichts Schlimmes gemacht!" behauptete Hazel. Zwei Begebenheiten, die sich in diesem Raum abgespielt hatten, waren ganz klar in ihrem Gedächtnis geblieben. Die eine Episode war mit mehrstündigem Befragen verbunden, nachdem sie naiv mit dem Nachbarjungen „Onkel Doktor" gespielt hatten. Bei dieser Gelegenheit hatte Natalie schreckliche Angst gehabt, weil sie ein paar Erdbeeren gepflückt hatte, die sie ihrem ,Patienten' als Medizin verabreichte. Sie dachte, dass es ihr vielleicht verboten war, einem Fremden von ihren Früchten abzugeben, und sie hatte Angst gehabt, von ihrem Vater bestraft zu werden.

Eine andere Erinnerung, die sie mit diesem Zimmer assoziierte, war, als ihr Vater sie ausschimpfte, weil sie nicht die beste Note für ihren Aufsatz erhalten hatte. Natalie zitterte leicht vor Angst, bestraft zu werden; aber sie wusste nicht, wofür. Sie musste etwas getan haben ...

Die Mädchen fassten sich bei den Händen, um Trost voneinander zu bekommen. Dann klopften sie zögernd an die Herrenzimmertür.

„Kommt rein!" Herr Steiners Stimme war nicht gerade ermutigend. Er saß in seinem Sessel neben dem großen Kachelofen. Das gemütliche Licht der Lampe links neben ihm warf ein schwaches Licht in diese Ecke. Eine andere kleine Tischlampe auf dem Schreibtisch unter dem Fenster warf einen hellen Kreis. Die dicken, brauen Vorhänge waren zugezogen, und es war Totenstille im Raum. Nur das Geräusch des knisternden Feuers sprach tröstende Worte der Wärme. Natalie schaute ihren Vater an. Wie er da saß, ein Bein über das andere geschlagen, seine Arme vor der Brust verschränkt, mit seinem dicken, schwarzen Haar, war er so mächtig, so bedrohlich. Seine vollen Augenbrauen sahen so ernst aus, sein Mund so strikt und streng. Und wie unerbittlich seine Augen! Natalie schauderte.

Ihr sanftes, rundliches kleines Gesichtchen erstarrte. Was wollte Papa denn dieses Mal?!

„Kommt rein und macht die Tür hinter Euch zu, Kinder! Was ist denn los mit Euch? Wollt ihr nicht näher kommen? Ihr schaut mich an, als ob ich ein Fremder wäre! Komm, Hazel, setz' Dich auf mein Knie, und Du, Natalie, setz' Dich auf das andere! Na, so! Habt Ihr Euren Papa denn nicht mehr lieb?"

Zögernd liefen sie zu ihm und setzten sich auf seinen Schoß. Steifen Puppen ähnlich streckten sie ihre Arme um seinen Hals, wie er es anordnete. Dann zog er beide Kinder an sich. So saßen sie, wie es ihnen schien, eine Ewigkeit. Keiner sprach ein Wort. Die Stille trug etwas Merkwürdiges von großer Wichtigkeit. Verwirrung füllte Natalies Herz.

Sie konnte sich nicht erinnern, jemals so auf dem Schoß ihres Vaters gesessen zu haben, so eng in seinen Armen gehalten worden zu sein. Zwei Wünsche wuchsen stark in ihr: aufzustehen und sich aus dieser seltsamen Umarmung, die sie nicht begreifen konnte und in die sie sich gezwungen fühlte, zu befreien. Aber da war auch eine Sehnsucht, diese Vertraulichkeit zu genießen und sich tiefer und näher in Papas Wärme ziehen zu lassen und mit all ihren Sinnen seinen Geruch aufzusaugen, den nur ein Kind fühlen und nie vergessen kann.

Sie saß bewegnungslos da. Herr Steiner versuchte, etwas zu sagen, aber das laute Klopfen von Natalies Herzen muss ihn unterbrochen haben. Er beugte sich etwas nach vorn, erst zur einen und dann zur anderen, und küßte beide Töchter behutsam auf die Wange.

„Ihr werdet immer meine Kinder bleiben, und ich werde immer für Euch da sein!"

Seine Stimme bebte ein wenig. Natalie hatte ihren Papa noch nie so außer Kontrolle gesehen.

„Erinnert Euch immer an Euren Vater!"

Zwei paar dunkle Kinderaugen schauten ihn verwirrt an. Herr Steiner suchte in seiner Hosentasche nach dem Taschentuch und wischte langsam ein paar Tränen ab, die still sein Gesicht herunterliefen.

Natalie verstand nichts. Sie werden doch nur für eine Woche weggehen!

Die Standuhr im Wohnzimmer ihrer Großeltern schlug die halbe Stunde. Sie hörte Großmutters Stimme, die Frau Steiner rief und sie bat herunterzukommen. Die Bescherung würde bald beginnen. Herr Steiner löste seine Umarmung und liess seine Töchter von seinen Knien herunter. Dann stand er selbst auf, räusperte sich ein paar Mal und sagte:

„Geht schon mal voraus; ich komme in ein paar Minuten!"

Benommen traten Natalie und Hazel aus dem Herrenzimmer. Was sollte das bedeuten? Diese starken Gefühle und die Intimität hinter geschlossener Tür war für Natalie nicht begreiflich. Ihr war zum Weinen zumute. Als sie Hazel anschaute, sah sie, dass diese auch mit ihren Tränen kämpfte. Sie blieben eine Weile vor der geschlossenen Tür stehen, um zu lauschen, was drinnen vor sich ging, aber sie konnten nur hören, wie sich ihr Vater geräuschvoll die Nase putzte. Ein paar Minuten später kam er aus seinem Zimmer, rief hinauf zu Frau Steiner, dass sie herunterkommen solle, und sagte:

„Jetzt lasst uns Weihnachten feiern!"

Oma und Opa hatten das Wohnzimmer wunderschön vorbereitet. Das alte Grammophon spielte Weihnachts-musik; ein langer Tisch, an einer Seite des Zimmers aufgestellt, war mit weißen Laken zugedeckt, die zweifellos die Geschenke bedeckten. Aber vor der Offenbarung der Geheimnisse mussten sie sich an Omas Kaffeetisch setzen, wie zu jedem Heilig Abend, und den Stollen kosten, den Oma, schon in Vorahnung des heutigen Abends, vor Wochen gebacken hatte,.

Das Zimmer war hell mit Kerzenlicht erleuchtet. Ja, Oma wusste eine Atmosphäre zu schaffen. Aroma von echtem Bohnenkaffee füllte das ganze Haus, was nur zu ganz besonderen Gelegenheiten geschah. An gewöhnlichen Tagen wurde statt dem ‚richtigen Kaffee', ‚Kaffee Ersatz' getrunken. Alle saßen still am Tisch, und Oma unterhielt die Familie mit den Neuigkeiten des Tages.

„Heute früh wollte ich Kohlen beim Kohlenhändler bestellen, und ob Ihr's glaubt oder nicht, er hat gesagt, dass er in diesem Jahr keine Bestellungen mehr annehmen kann. Die wissen noch nicht, ob sie in diesem Winter noch Lieferungen bekommen. Viktor, was werden wir machen?! Wir haben nur noch Kohlen für drei Wochen. Wir haben einen strengen Winter, und wenn es so weitergeht, dann werden wir hier sitzen und frieren!"

„Ich kann noch mehr Holz aus der *Köbe* holen, was uns einen zusätzlichen Monat über Wasser halten kann", sagte Herr Steiner. „Ich hol's gleich morgen, damit es niemand vor mir wegholt."

„Die Kartoffeln sind auch knapp in diesem Jahr", fuhr Oma Steiner fort. „Als ich gestern ins Dorf kam, reichte die Schlange vorm Gemüsehändler bis zum Wehr. Die letzten fünfzehn Leute wurden ohne etwas weggeschickt; alle Kartoffeln waren ausverkauft. Die Verkäuferin sagte, sie sollten in vierzehn Tagen nochmal vorbeikommen, vielleicht würde sie wieder welche reinkriegen. Wir können uns freuen, dass wir im Garten unsere eigenen Kartoffeln haben.

„Esst Kinder, esst den guten Weihnachtsstollen! Er schmeckt gut und süß dieses Jahr!

„Schops Marie hat Rosinen und Mandeln für mich schon im Sommer zurückgelegt. Andere Kunden haben deshalb mit ihr geschimpft. Eine von ihnen hat behauptet, sie hätte gesehen, wie sie, Marie, die zwei Päckchen heimlich in den hinteren Geschäftsraum gebracht hätte. Die Kundin hätte gesagt, sie wollte die VOPO benachrichtigen, denn das ist nicht erlaubt. Schops Marie erzählte mir, sie hätte sie nur beruhigen können, indem sie ihr zwei Meter Gummiband verkauft hätte. Woher Marie den Gummi hat, wirst Du nie herausfinden. Sie scheint Verbindungen zu haben. ...

„Sie erzählte mir auch, dass Webbers letzte Woche Apfelsinen hatten. Ich bin sofort hingerast und hatte Glück; ich hab' zwei bekommen; eine für jeden in der Familie. Ihr hättet mal sehen sollen, wie die Leute sich benommen haben. Der Laden war zum Knacken voll. Die Leute schlugen sich beinahe; jeder sagte, er wäre der erste gewesen. Am Ende waren nur noch fünf Kisten übrig und die meisten mussten ohne Apfelsinen nachhause gehen.

Aber ich hatte wirklich Glück. Wir werden sie bis Weihnachten aufheben und sie dann besonders genießen. „Warum seid ihr denn alle so still? Ist was los?" „Dein Weihnachtsstollen schmeckt ausgezeichnet, Oma", war Frau Steiners Antwort. „Und besonders der gute Bohnenkaffee", fügte Herr Steiner hinzu. Opa Steiner schmunzelte froh vor sich hin. Er war ein ruhiger Mann. Wenn er aß, konnte ihn nichts aus seiner Ruhe bringen. Still tauchte er seinen Stollen in den Kaffee und schluckte ihn hinunter. Hazel und Natalie beobachteten ihren Opa oft, wie er ‚einditschte', und versuchten häufig, ihn nachzuahmen, aber sie wurden von ihrer Mutter gescholten: „Euer Großvater hat nur noch wenige Zähne', sagte sie. „Wenn Ihr so alt seid wie er, dürft Ihr auch einditschen."

Jetzt, am Kaffeetisch, benahmen sie sich bestens, in der Hoffnung, dass das Warten bald zuende sein würde und sie endlich ihre Geschenke angucken dürften. Wie üblich priesen sie den Stollen, und als Oma das Zeichen gab, nahm Opa Steiner die Laken von den Geschenken.

Es war wunderbar! Natalie war ganz hingerissen von ihren Geschenken; ganz besonders von dem grünen Anorak mit dem warmen Futter, das man rausnehmen konnte. Sie hatte diesen Wunsch schon mehrere Jahre auf ihren Weihnachts-Wunschzettel geschrieben und jetzt, jetzt war er erfüllt worden. Sie stellte sich vor, wie sie ihn Rosa, ihrer kleinen Freundin, zeigen würde und in der Schule damit angeben könnte. Alle ihre Freunde würden sie darin bewundern. Natalie lief im Zimmer vor der bewundernden Familie auf und ab und drehte sich herum wie in einer Modenschau. Sie freute sich auch sehr über das rosa Winter-Nachthemd, das Oma ihr geschenkt hatte, und über die kleine Tasche. Sie hatte schon immer eine Tasche haben wollen, in der sie ihre kleinen persönlichen Dinge aufbewahren konnte. Diese Tasche war so hübsch, wie sie noch keine vorher gesehen hatte; sie war aus richtigem Plastik! Sie wusste nichts von der Zeit, die es ihre Mutter gekostet hatte, diese Geschenke zu kaufen. Ein Jahr lang war Frau Steiner jeden Montag und Donnerstag in das einzige Geschäft im Dorf gegangen, damit sie keine Lieferungen verpasste.

Hazel erhielt, wie gewöhnlich, die gleichen Geschenke: einen Winter-Anorak, ein Nachthemd und eine Tasche. Nur die Farben unterschieden sich.

Die Mädchen waren begeistert.

Natürlich hatten sie ihre hübsch eingepackten Geschenke auch Mama und Papa und ihren Großeltern überreicht. Wie in den meisten vergangenen Jahren hatte Papa ein Rasierwasser und Mama eine Art Parfüm bekommen. Der Raum war mit Kaffeearoma und Eau de Cologne erfüllt.

Aber außer diesem Aroma war die Luft voll von etwas anderem; etwas, was man nicht mit der Nase riechen konnte; weder die Weihnachtschorale, noch worüber Oma ununterbrochen sprach, erfüllten den Raum. Es war etwas in der Luft, was Natalie nicht fassen noch identifizieren konnte. Es war heute abend nicht so, wie es gewöhnlich zu Weihnachten war. Sie hatte gewöhnlich ein Kribbeln im Bauch von der Aufregung und Spannung vor Weihnachten selbst, den besonderen Vorbereitungen, der Musik, dem Essen, den Geschenken.

Heute war es anders. Ja, sie sog die Atmosphäre in sich auf, aber in ihr war eine gewisse Spannung, die sie möglicherweise von ihren Eltern übernommen hatte, die geschickt versuchten, diese zu überspielen. Mama und Papa waren noch nie so ruhig und zuvorkommend zueinander gewesen.

„Mama, wann packen wir denn endlich? Ich will all das hier mitnehmen! Kann ich auch meine Baby-Puppe und die kleine schwarze Puppe mitnehmen? Omi will bestimmt gern meine Puppen sehen. Ich möchte sie ihr zeigen!"

Frau Steiner schaute Natalie an, und als ob sie aus einer anderen Welt zurückkehrte, sagte sie:

„Ja, mein Schatz, nach dem Abendbrot werden wir packen."

Nachdem alle sich noch einmal geküßt und „Frohe Weihnachten" gewünscht hatten, rannten die ungeduldigen Kinder mit ihren Geschenken die Treppe hinauf in ihr Zimmer.

Nach dem Abendessen fing das Packen an. Frau Steiner hatte auf die Betten der Kinder den einzigen Koffer gelegt, den sie besaßen.

„Wir gehen nur für eine Woche, deshalb brauchen wir nicht viel Kleidungsstücke", sagte sie zu den Kindern, die um den leeren Koffer standen. Natalie konnte sich an die wenigen Gelegenheiten erinnern, als Mama ihren Rucksack fürs Ferienlager packte. Damals durfte sie alles mitnehmen, was sie wollte, auch ihre Puppen. Sie hasste es, mit anderen Kindern wegzufahren und fing schon im Bus, der sie zu ihrem Ziel bringen sollte, vor Heimweh zu weinen an. Dann wurde sie von Hazel getröstet. Das verdarb ihre Ferien von Anfang an und sie hatte schon keine Lust mehr, mit Natalie irdendwohin zu gehen. Diesmal waren die Dinge anders. Mutter würde bei ihnen sein, und Hazel war frei von Verantwortung für ihre Schwester.

„Welche Puppe soll ich mitnehmen?" fragte Natalie.

„Überhaupt keine Puppe, mein Kind. Du weißt doch, dass wir nur für eine Woche gehen. Jeder von Euch kann das blaue Winterkleid mitnehmen, das Fräulein Köhler Euch genäht hat. Und für die Reise zieht Ihr das türkis-weiß-gestreifte Kleid an. Wenn ihr mehr als ein Kleid mitnehmen würdet, würde der Mann an der Grenze Verdacht schöpfen und anfangen, Fragen zu stellen. Denkt daran", - sie blickte auf, unterbrach das Falten der Unterwäsche und sah beiden Kindern streng in die Augen: „wenn Euch jemand fragt, wohin Ihr geht, dann sagt Ihr: ,Zu meiner Omi für Weihnachten'. Das ist alles. Nicht mehr! Versteht Ihr? Und wenn sie den Koffer aufmachen, -

denn sie werden uns untersuchen -, und Euch fragen, warum Ihr im Winter ein Sommerkleid mitnehmt, dann sagt Ihr, dass die Nichte Eurer Omi heiratet und Ihr werdet die Blumenmädchen sein. Ihr braucht keine Angst zu haben. Ich werde ja bei Euch sein. Über das weiß-türkis-gestreifte Kleid zieht Ihr Eure Wintermäntel an. Und Ihr könnt Eure neuen Taschen mitnehmen; ich habe sie zu diesem Zweck gekauft."

Sie legte für jedes Kind ein Paar Unterwäsche zusammen und faltete die Kleider, die auf dem Bett bereitlagen.

„Aber ich nehme doch meinen neuen Winteranorak mit, nicht wahr?" fragte Natalie mit weinerlicher Stimme.

„Nein, mein Schatz", antwortete Frau Steiner streng, aber liebevoll: „Er wird hier sein, wenn wir zurückkommen. Dann wirst Du auch alle Deine Puppen und Spielsachen wiederhaben. Sie werden hier auf Dich warten. Sie werden warten." Frau Steiner drehte sich nervös um, und versuchte, ihre Tränen krampfhaft zurückzuhalten. Dann wiederholte sie:

„Sagt nur nicht mehr, als was ich Euch gesagt habe, wenn der Mann an der Grenze Euch befragt. Ihr braucht keine Angst zu haben. Wenn er Euch etwas fragt, und Ihr Euch der Antwort nicht sicher seid, dann seid Ihr einfach still. Ich werde dann für Euch antworten. Sorgt Euch nicht!"

„Warum will er uns denn untersuchen, Mama?"

„Er sucht etwas Verstecktes. Er sucht nach etwas, was man nicht in den Westen mitnehmen darf. Jemand hat mir erzählt, dass die Leute sich manchmal sogar ausziehen müssen. Er sucht nach verstecktem Geld und anderen Wertsachen."

„Mama, wirst Du etwas verstecken? Ich habe Angst!" rief Natalie.

Hazel saß auf der Bettkante und schaute besorgt auf ihre Mutter, die versuchte, ihre eigene Furcht zu verbergen.

„Es gibt keinen Grund zur Unruhe", sagte Frau Steiner, ohne zu überzeugen, und als ob sie versuchte, sich selbst zu überzeugen, wiederholte sie mehrmals:

„Kein Grund! Überhaupt kein Grund! Kein Grund zur Sorge!"

Und wieder dröhnte die Stimme ihrer Mutter in Natalies Ohren:

„Sagt nichts! Sagt, Ihr wißt es nicht. Und flüstert zu niemandem, auch nicht zueinander!"

Jetzt war Natalie voll alarmiert. Was gab es denn zu verstecken? Dieser Mann an der Grenze war ganz klar ein Ungeheuer, ein schreckliches Scheusal! Man darf nicht mal flüstern. Man muss sich ausziehen. Besorgt fing sie an, zu wiederholen, als ob sie es auswendig lernen wollte:

„Wir gehen zu meiner Omi für Weihnachten und wir sind die Blumen-Mädchen. Wie bleiben nur eine Woche, nur eine Woche."

Und ohne Pause:

„Wir gehen zu meiner Omi für Weihnachten. Wir sind die Blumen-Mädchen, nur für eine Woche." ...

Sie musste diesen Satz hundertmal wiederholt haben, bevor sie, lange nach Mitternacht, endlich einschlief.

Der folgende Tag war ein Tag, an dem Natalie vieles tun wollte, aber nur im Haus herumschlich und gar nichts tat. Einerseits war sie ein bisschen gelangweilt, andererseits war sie übermäßig aufgeregt. Ungewissheit war auf ihrem und ihrer Schwester Gesicht geschrieben.

Ihr Vater war schon früh aus dem Haus gegangen, um Feuerholz aus der nahen Köbe zu holen. Als er nach dem Mittag zurückkam, verschwand er in seinem Arbeitszimmer und war für den Rest des Nachmittags nicht mehr zu sehen. Frau Steiner packte noch einige Sachen in den Koffer. Dann erklärte sie plötzlich, sie hätte vergessen, etwas in der Stadt abzuliefern, schleppte zwei schwere Körbe aus dem Haus auf den Schlitten und eilte davon. Erst

Jahre später erfuhr Natalie, dass das wertvolle Silberbesteck und Tischdamast in den Körben in sichere und verläßliche Hände geliefert worden war.

Entsprechend der fahrplanmäßigen Auskunft sollte der Bus nach Leipzig P. um 19. 25 Uhr verlassen. Die Steiners verließen mit den Kindern ihr Haus um viertel vor sieben. Bevor sie weggingen, nahmen sie von Oma und Opa Abschied. Omas Gesicht war mit Tränen bedeckt, als sie ihre Enkelinnen küsste. Als sie ihre Schwiegertochter umarmte, schaute sie ihr tief in die Augen und sagte:

„Und komm' zurück, Irene. Bitte, komm' wieder!"

Frau Steiner hatte leise genickt. Dann waren sie gegangen.

Die Nacht war dunkler als gewöhnlich. Der Mond, der die Nacht vorher sichtbar gewesen war, wurde von Wolken verdeckt. Nur wenige Sterne glitzerten am Himmel. Es war eisig kalt. Frau Steiner legte den Koffer auf den Schlitten, öffnete das Gartentor und zog den Schlitten auf die Straße hinunter. Herr Steiner schloss das Tor hinter ihnen. Natalie und Hazel rannten zu der kleinen Gartentür und winkten Oma mit beiden Armen. Sie winkte mit einem großen, weißen Taschentuch zurück, bis sie ihre Enkelinnen nicht mehr sehen konnte.

Die Straßenlaternen warfen ein düsteres Licht. Frau Steiner drehte sich um und rief ihre Kinder um Hilfe. Dann liefen sie eine halbe Stunde durch die schwach beleuchteten Straßen von P.: Frau Steiner zog den Schlitten und die Kinder hielten den Koffer, damit er nicht herunterfiel. Herr Steiner folgte ein paar Schritte weiter hinten, mit seinen Händen tief in seinen Manteltaschen vergraben.

Der feste Schnee knirschte unter ihren Stiefeln. Der Atem, der aus ihren vier Mündern kam, sah aus wie Rauch, der aus kleinen Schornsteinen emporsteigt.

Heute abend gingen sie den leichteren Weg: Bergab. Auch wenn der Weg etwas weiter war. Als sie an Fullers Club Haus vorbeigingen, fragte sich Natalie, ob Rosa wohl zuhause war und sie ihr schnell ‚hallo' sagen könnte. Aber ihr Zimmer war nicht beleuchtet und die anderen Räume und Tanzsäle waren ebenfalls dunkel. An allen Fenstern waren Plakate angebracht: ‚Heute Abend keine Veranstaltung'.

Sie gingen den Schulberg hinunter. Die Mulde links unten lag unter einer dünnen Eisdecke. Das Schulgebäude rechts konnte man in der Dunkelheit kaum erkennnen, aber es schien Natalie, als ob sie den modrigen Geruch wahrnehmen könnte, den sie seit ihrem Eintritt in die Schule vor über vier Jahren gerochen hatte.

Die kleine Quelle links unten sprudelte heute kein Wasser hervor. Sie musste eingefroren sein.

Trotzdem rannte Natalie in das kleine Tal hinunter, vorsichtig, um auf dem Eis nicht hinzufallen. Sie konnte die Quelle nicht sehen, blieb aber eine Weile dort wie meditierend stehen. Sie war oft zu diesem Ort gekommen, wo aus einem kleinen Rohr klares Quellwasser den Berg hinunter in den Fluss floss. Sie war dort oft nach der Schule hingegangen, oder, als kleines Kind, auf dem Weg ins Dorf, wenn sie mit ihrer Mutter zum Einkaufen ging, oder später allein. Sie trank gewöhnlich auch von dem Wasser, und es machte Spaß, ihre Schwester damit nasszuspritzten.

Vor sich sah sie nun auch die kleinen gelben Himmelschlüsselchen, die im Frühling dort an der Quelle hervorsprießen. Wie sie diese liebte! Natalie pflückte gewöhnlich einen Strauß, um ihn zuhause stolz ihrer Mutter zu schenken. An anderen Tagen saß sie nur dort, still, und lauschte dem Geräusch des Wassers. Für sie war das ein geheimer, magischer Ort. Kein Erwachsener hätte ihn auch nur wahrgenommen. Für sie war er immer ein Wunder gewesen.

„Natalie, bitte, wir wollen den Bus nicht verpassen!" rief ihre Mutter aus einiger Entfernung.

Wie aus einem Traum erwachend, drehte sich Natalie um und rannte, um die anderen einzuholen. Als sie beim

Friseur an der Ecke vorbeigingen, sagte sie, wie jedesmal zu ihrer Schwester:

„Erinnerst Du Dich, als wir klein waren und er uns beim Haareschneiden mit seiner Schere ins Ohr gepickt hat? Kannst Du Dich an den Stuhl erinnern, mit dem er uns immer rumgedreht hat?"

„Natürlich erinnere ich mich. Du hast doch immer den ganzen Laden zusammengebrüllt!"

Natalie ließ sich nicht gern daran erinnern und schwieg, bis sie die Bushaltestelle am Marktplatz erreicht hatten. Fünf Menschen warteten bereits. In sieben Minuten müsste der Bus kommen. Herr Steiner, in seinem langen, grauen Wintermantel und seinen Kopf mit einem dunklen Hut bedeckt, stand da, mit seinen Händen immer noch in seinen Manteltaschen. Er schwieg, und seine Frau schwieg ebenfalls. Sie hatten sich nichts zu sagen. Die Kinder standen zwischen Mama und Papa; auch ihnen fehlten die Worte. Pünktlich, um zehn Minuten nach sieben fuhr der Bus ein. Natalie ging auf ihren Vater zu und streckte beide Arme aus. Er umarmte sie und drückte sie ein paar Sekunden fest an sich. Dann löste er plötzlich die Umarmung und schob sie sanft zur Seite:

„Eine gute Reise; und ... und ... ", sich räuspernd, „denk manchmal an mich!"

Dann nahm er Hazel in seine Arme, küsste und drückte sie und blieb in dieser Umarmung für eine lange Zeit. Natalie war sich nicht sicher, ob sie Tränen seine Wangen hinunterlaufen sah. Später im Bus dachte sie, dass es das Eis und die Schneeflocken gewesen sein konnten, die auf seinem Gesicht schmolzen.

Als die Kinder sich von Papa verabschiedet hatten, zog Frau Steiner ihren rechten Handschuh aus und streckte ihrem Mann ihre Hand entgegen. Aber er hatte bereits beide Hände wieder tief in seinen Manteltaschen vergraben.

Viele Jahre später erzählte ihnen ihre Mutter, dass dieser Moment über ihre Zukunft entschieden hatte.

3

Natalie spürte eine Hand liebevoll über ihr Haar streichen und ihre Mutter wiederholte mit leiser Stimme: „Es ist schon in Ordnung, mein Liebling. Alles ist gut. Beruhige Dich nur, mein Schätzchen!"

Aber Natalie war unfähig zu hören. Ihr ganzer Körper bebte und ihr Schluchzen war das Schluchzen eines Kindes in Terror. Zwischen den Schluchzern versuchte sie zu sprechen:

„Ich musste diesen vereisten Abhang hinuntergehen. Der kleine Junge vor mir, er, er brach sein Genick und starb. Die Wachtposten an der Grenze zwangen mich, diesen Abhang runterzugehen. Ich habe es versucht, aber ich hatte solche Angst!"

Das Schluchzen, das sich etwas beruhigt hatte, wurde wieder stärker.

„Und dann", setzte sie mit tränenüberflossenem Gesicht fort, „dann habe ich mir eine Decke genommen und mich draufgesetzt und bin auf dem Eis runtergerutscht. Ich dachte, ich würde sterben, wie der kleine Junge. Ich schrie, aber niemand kam mir zu Hilfe. Da unten warteten viele dieser Grenzpolizisten mit boshaftem Grinsen auf ihren Gesichtern. Und dann fasste mich eine Wärterin, auch in Uniform, und stieß mich in eine dunkle Holzkabine. Mit meinem ganzen Gewicht lehnte ich mich gegen die Tür, um sie offen zu halten. Ich wollte sehen, was draußen vor sich ging. Aber die Wärterin drehte den Schlüssel um und schloss mich ein, und ich war gefangen. Ich konnte nicht raus. Ich konnte noch nicht mal rausgucken. Mit beiden Fäusten hämmerte ich verzweifelt gegen die Tür und gegen die Kabinenwände. Aber niemand öffnete die Tür.

Alle Wächter trugen Gewehre. Eine Weile später rief die alte Wächterin durch die verschlossene Tür: ‚Halte Deine Identifikationspapiere bereit; dann kannst Du die

Grenze überschreiten!' Entsetzt schrie ich: ‚Ich habe keine Identifikation! Die Grenzwachen haben sie mir weggenommen!'

‚In diesem Fall,' schrie die sarkastische Stimme der Wächterin zurück, ‚werden wir Dich beseitigen.'

Ich schrie und brüllte, dass sie die Tür aufmachen solle – aber niemand schien mich zu hören. Ich konnte nur Lachen vernehmen und Hunde in der Ferne bellen hören. – Mama, ich hab' solche Angst!"

Die Abstände zwischen ihren Schluchzern wurden länger. Ihre Augen waren noch geschlossen, und Natalie klammerte sich wie ein Baby an den Körper ihrer Mutter. Es schien, dass Stunden vergangen waren. Ab und zu zuckte der Körper des Kindes noch zusammen, und dann hörte das Schluchzen langsam auf. Allmählich begann Natalie ihre Sinne wiederzugewinnen. Noch in den Armen ihrer Mutter fragte sie sich plötzlich, wie Mutter hier rein gekommen war und ob sie nun beide sterben müssten.

‚Merkwürdig', dachte sie, ‚der Lärm da draußen hat aufgehört. Ich kann die Wachtposten nicht hören und auch kein Hundegebell mehr. Vielleicht können wir fliehen.'

Zögernd öffnete sie ihre Augen. Die Dunkelheit der Kabine war verschwunden. Plötzlich machten die Ungeheuer der Nacht Platz für Licht, als sie erwachte. Sie saß in einem fremden Bett in den Armen ihrer Mutter. Hazel lag tief schlafend auf der anderen Seite. Wo war sie? Gegenüber lag eine alte, weißhaarige Frau schnarchend im Bett. Ein Tisch mit vier Stühlen stand in der Mitte des Zimmers und Schränke reihten sich an die anderen zwei Wände. Unbekannte Gerüche erfüllten den Raum, die Natalie nicht identifizieren konnte. Das war ganz bestimmt nicht mehr die Kabine an der Grenze. Aber warum schlief sie nicht neben ihrer Schwester, zuhause, in ihrem Zimmer? Sie brauchte eine Weile, bis sie die Schritte in ihren Gedanken zurückverfolgen konnte.

‚Die müssen mich in dieses Bett gelegt haben, als ich schon schlief,' dachte sie, ‚denn ich kann mich nicht erinnern, wie ich hierhergekommen bin. Diese Frau dort muss meine Großmutter sein. Ja, wir müssen die Grenze überschritten haben. Jetzt erinnere ich mich: Der überfüllte Zug. Kein Platz. Dieser komische alte Mann, auf dessen Schoß ich sitzen musste. Menschengedränge. Eisige Kälte. Keine Heizung im Zug. Die Grenze. Mutter diesen schweren Koffer tragend. „Alles raus aus dem Zug!" Durchsuchung. Wonach suchen sie denn? Wachtpolizisten. Kabinen. Uniformen. Maschinengewehre. Hunde. Offene Koffer. „Zieh' Dir mal die Schuhe aus!" Mutter, zitternd, blass, reicht dem Untersuchungspolizisten Banknoten und legt die Einlegesohle zurück in ihren Schuh. Papiere. Visas. Laute Stimmen. Befehle. Weinen. Angst. „Alle wieder einsteigen!"

Jetzt kam alles wieder zurück in Natalies Erinnerung.

Der Zug fuhr weiter. Dann das Überschreiten der Grenze. Lautsprecher. Unendliche Erleichterung. Mama, Küsse, Lachen. Und die Lichter. ‚Jetzt erinnere ich mich an die Lichterflut. Rot, grün, gelb, rosa. Überall. Das war der Westen. Sie haben Lichter. Es gibt Städte mit Lichtern im Westen. Jemand sagte: „Reklame Illumination!" Was ist das? Ich hab' das noch nie gehört oder gesehen!'

Halb benommen.

Wieder Lautsprecher: „Duisburg! Hier ist Duisburg Hauptbahnhof!"

Halb schlafend, mit Mänteln zugedeckt. Und dann – Oh mein Gott! Der Zug rollt schon an. Zu spät! „Mama!" Schreien. „Wir wollen raus! Halt! Halt!

Vom Zug springen. Ich habe Angst. Ich will nicht springen. Ein Schubs von hinten. Ja, das war's. Ich bin auf dem Bahnsteig. Der Koffer, unsere Taschen – durchs Fenster geworfen. –

Natalie sah es jetzt ganz klar vor ihren Augen.

Dann dieser fremde Mann, der sie in die Straßenbahn brachte. In ein Haus. Fremde. Essen. Großmutter in ihrer weißen Schwesterntracht mit Häubchen. Tränen. Viele Tränen.

,Und jetzt bin ich hier', dachte sie, ,in Omis Wohnung. Im Westen.'

Die Nachricht von Adelheids Tochter und Enkelkindern verbreitete sich schnell. Nachbarn und Freunde steckten ihre neugierigen Köpfe durch die Tür und gaben vor, eine sehr wichtige Nachricht überbringen zu müssen. Sie schwirrten herein und wieder heraus ... wie Bienen in einem Bienenstock. Alle wollten die Besucher aus dem Osten sehen. Sie musterten sie missbilligend von oben bis unten mit mitleidigem Ausdruck auf ihren Gesichtern. Sie brachten Essen und Schokolade und gute Wünsche. Eine von ihnen sagte: „Die Kinder dürfen nicht ohne Weihnachtsbaum sein." Und sie zwengelte sich durch die Tür und stellte einen großen Tannenbaum ins Zimmer. „Frohe Weihnachten! Möge der Herr Jesus Euch behüten!"
Frau Steiner fiel in die Arme ihrer Mutter.
„*Mäuschen, mein Mäuschen!*" flüsterte ihre Mutter. „Endlich bist Du hier, und Du hast *ihn* zurückgelassen."
Befriedigung und Freude war auf ihrem Gesicht geschrieben.
„Ihr könnt hier bei mir bleiben, solange Ihr wollt. Ich habe etwas Geld gespart, das Euch mindestens für den nächsten Monat über Wasser halten kann. Wir werden eine gute Schule für die Kinder finden, und wir werden Dir Arbeit beschaffen. Ich habe ein paar Kontakte. Wie Du weißt, betreue ich nachts private Patienten; das bedeutet, dass ich während des Tages schlafen muss. Die Kinder sind nette, ruhige Mädchen; sie werden mich nicht stören. Wir werden die Gardinen zuziehen und sie können ihre Hausaufgaben in der anderen Ecke des Zimmers bei elektrischem Licht machen. Das Bett kann zusammengeschoben werden, so dass wir tagsüber ein Sofa haben. Es ist nicht ideal, aber Ihr habt für's erste ein Dach überm Kopf.

„Kommt her zu mir", rief Omi sanft. Hazel und Natalie näherten sich dieser weißhaarigen Fremden vorsichtig und etwas verwirrt.

„Ihr braucht vor mir keine Angst zu haben. Wir werden gut miteinander auskommen. Wir werden gut zusammenarbeiten." Und sie umarmte sie herzlich.

Langsam begann sich Natalie bei dieser fremden Frau, die so gut zu ihnen war, sicher zu fühlen. Etwas störte sie jedoch, und schließlich brach es aus ihr heraus:

„Omi, ich mag Dich und Dein Zimmer. Aber ich muss nicht in die Schule während ich hier bin. Ich habe Ferien! Wenn wir nach Hause kommen, werde ich fast noch eine ganze Woche frei haben, bevor die Schule wieder anfängt. Also, Du brauchst Dich nicht um eine Schule für uns zu kümmern. *Fräulein Fuchs*, meine Russischlehrerin, hat gesagt, dass wir während der Ferien auch keine Hausaufgaben zu machen brauchen. Sie möchte nur, dass wir in ein paar Worten unsere Erlebnisse während der Weihnachtsferien wiedergeben können. Wir sollen sie ihr auf Russisch erzählen. Kannst Du auf Russisch sagen: ‚Großmutter und Großvater gehen nach Hause.'? Ich kann es sagen! ‚Babuschka i Deduschka idut damoi.' Wenn wir Dich das nächste Mal besuchen kommen, kann ich ich bestimmt schon viel mehr. Ich lerne gern Russisch!"

Und, wie es Kinder tun, suchte sie angestrengt nach Worten, die sie in ihren Russischlexionen zu Hause gelernt hatte, und erzählte sie stolz ihrer Großmutter.

Großmutter sah fragend ihre Tochter an, die mit einem bedeutsamen Blick in den Augen nur mit den Schultern zuckte. Sie konnten nicht vor den Kindern sprechen, aber ihre Blicke und fast unsichtbare Gebärden sprachen lauter als Worte.

Es war ganz besonders auf dem Wochenmarkt und in den traumhaften Kaufhäusern, wo die indirekten Botschaften ausgesendet wurden. Wenn der Verkäufer am Obststand einen Bund leuchtend gelber Bananen hochhielt und aus lauter Kehle schrie: „Bananen, wunderbare Banaaaaaaanen, fünf Pfund für nur eine Mark! Nur für Dich! Komm' her, mein Schatz, koste eine. Koste zwei! Kaufe von Deinem guten Bananen-Onkel!" Es war gerade dann, dass Frau Steiner anhielt und mit großen, leuchtenden Augen sagte:

„Ist es nicht wundervoll? Man kann hier im Westen alles bekommen. Das könnten wir zuhause im Osten nicht kriegen. Wenn wir hierbleiben würden, könnten wir jederzeit Bananen essen. Und so billig!"

Weihnachtslieder füllten die Kaufhäuser wie im Paradies.

„Guck mal! Die verkaufen dort richtige Kaffeebohnen! Man kann richtigen Kaffee kaufen! Und Apfelsinen! Guck! Wenn wir hierbleiben würden, könnest Du alles haben, was Dein Herz begehrt. Du könntest Apfelsinen und Sardinen essen und Bananen und Schokolade, richtige Schokolade!"

Natalie hatte genug gesehen und gehört. Ein Gemisch von Depression und Freude füllte ihr Herz. Die Neuheit dieser anderen Welt war für sie überwältigend. Sie konnte sie nicht verstehen.

Der Nachmittag des Sylvester-Abends schien das Schicksal für diese junge Mutter von sechsunddreißig Jahren und ihre beiden Kinder zu lenken.

Sie kamen vom Einkaufen und waren auf dem Rückweg zu Großmutters Wohnung – es wäre das letzte Wochenende in Duisburg gewesen – als ein Feuerwerkskörper die Straße herunterrollte, direkt auf Frau Steiner zu, und an ihrem linken Bein explodierte. Sie schrie, während das Blut wie aus einem Wasserhahn ihr Bein hinunterfloss. Hazel rannte zwei Halbstarken nach, die, wie es schien, den Feuerwerkskörper geworfen hatten, der eigentlich explodieren sollte, um das neue Jahr zu begrüßen. Natalie stand wie angewurzelt da und fing an zu weinen, als sie soviel Blut sah, das am Bein ihrer Mutter herunterlief. Ihre Mutter in Schmerzen zu sehen, war für sie unerträglich. Vorübergehende Menschen hielten an, und innerhalb kurzer Zeit hatte sich eine riesige, entsetzte Menschenmenge um Frau Steiner versammelt. Einige von ihnen waren nur neugierige Zuschauer; andere waren besorgt und wollten helfen.

Irgendjemand musste um Hilfe gerufen haben. Mit blitzenden Lichtern und Sirenen erschien plötzlich ein Krankenwagen und Mitarbeiter vom Roten Kreuz; auch Polizisten kämpften sich durch die Menge. Es wurden Fragen gestellt und der Verletzten, deren Gesicht vom Schock weiß wie Kreide war, wurde erste Hilfe geleistet.

Und was jetzt? Verzweiflung war über ihr Gesicht geschrieben. Wie konnte sie sich medizinische Behandlung leisten ohne Geld, ohne Krankenversicherung und sogar ohne westdeutschen Pass in ihrer Tasche?

Mit Hilfe des Arztes und der Fürsorge wurde schließlich der finanzielle Aspekt geklärt, aber der Arzt sagte, er würde nicht erlauben, dass sie in dieser Verfassung – mit einem verletzen Bein - reiste. Es könne zwei bis drei Wochen dauern, erklärte der Doktor; während dieser Zeit müsse die Patientin ihr Bein völlig still halten. Die Heilung würde jedoch wesentlich länger dauern. Er könne keine Garantie geben.

Am dritten Januar 1961 schrieb Frau Steiner einen Brief an die Behörde der DDR. Sie legte ein ärztliches Attest dazu und informierte sie, dass sie aufgrund einer Beinverletzung außer Stande wäre zu reisen.

Am 8. Januar brachte der Postbote einen Einschreibebrief, der an Frau Steiner adressiert war:

„Irene!

Du bist nicht nach Hause gekommen, wie es Deine Pflicht war. Da am 12. Januar die Schule wieder beginnt, fordere ich Dich strengstens auf, sofort mit den Kindern zurückzukommen! - Viktor. "

Nach Ankunft dieses Briefes konnte Frau Steiner dem Thema nicht länger ausweichen. Während sie in der Küche mit Hilfe ihrer Kinder Geschirr spülte, bewegte sie sich darauf zu, diesmal mit einem rasenden Herzen.

„Es ist nicht leicht für mich, darüber zu sprechen", begann sie, „aber Euer Vater verlangt, dass wir zurückkommen. Die Frage ist, möchtet Ihr zu Eurem Vater zurück, oder möchtet Ihr hier bei mir und Eurer Großmutter bleiben. Denkt gründlich darüber nach!", sagte sie und schnappte nach Luft. „Dort habt ihr alle Eure Spielsachen und Euren Garten und Eure Freunde. Und hier, - alles ist neu hier. Das Leben hier ist jedoch viel einfacher. Bald werdet Ihr hier auch Freunde haben."

„Ich will bei Dir und Omi bleiben", rief Hazel ohne zu zögern, - es schien sogar, ohne zu überlegen, während Natalie still mit ihren weit geöffneten großen braunen Augen dastand. Sie blickte auf die Hände ihrer Mutter, die im Abwaschbecken Tassen und Teller spülten. Welch große Hände! Und während Frau Steiner fortfuhr, ihren Kindern die Vorteile des Westens zu schildern, starrte Natalie auf diese Hände und konnte ihre Augen nicht davon abwenden. Vor sich sah sie eine Szene im Garten, als sie noch sehr klein war; als Mutter an einem sonnigen Sommertag die Bettwäsche aufs Gras gelegt hatte und sie nun mit einer Gießkanne mit Wasser besprengte. „So bleichen wir die Wäsche", erklärte sie der Kleinen. „Die Sonne wird sie schneeweiß machen!" Ein anderes Bild erschien: Sie stand nackt im Garten, unter der brennenden Sonne, inmitten roter Johannisbeerbüsche, und plückte neben ihrer Mutter, die eine Melodie summte, Beeren. Wieviele Beeren diese Hände halten konnten!

Sie erinnerte sich an einen heißen Nachmittag im Spätsommer. Der Himmel war tiefblau und wolkenlos und unendlich himmlisch hoch, und die Flügel der Schmetterlinge bewegten sich so sanft und ohne einen Laut, um den Frieden der Erde nicht zu stören. Sie waren dabei, im Garten Heu zu wenden, alle mit einem Rechen in der Hand. Und als sie ihre Mutter fragte: „Mama, wenn die Erde sich dreht, dann muss sich unser Garten doch auch drehen! Warum ist denn dann kein Wind, der unser Heu schneller trocknet?" Und vor ihren Augen sah sie sich selbst mit ausgestreckten Armen im Kreis herumtanzen, jubelnd, weil sie Wind erzeugen konnte. Und Mutter hob sie hoch und hielt sie, und mit diesen großen Händen wirbelte sie sie in der Luft herum.

Erinnerungen strömten über sie herein, wie Fluten in einem stürmischen Meer, wenn eine Welle der nächsten mit mächtiger Kraft folgt und die Gefahr besteht, dass alles Lebendige verschlungen wird und nie mehr zum Leben zurückkehrt.

Nachdem sie ihrer Mutter in der Küche geholfen hatte, ging sie hinunter auf die Straße. Sie wollte mit den Kindern spielen, die sie von oben lachen gehört und zusammen Ball spielen gesehen hatte. Aber als sie runter kam, gingen die Mädchen gerade nach Hause. Eine von ihnen drehte sich um, und als sie Natalie dort stehen und den Kindern nachschauen sah, flüsterte das Mädchen den anderen etwas zu, und sie begannen laut zu lachen, während sich eine nach der anderen umwandte, um diesen neuen Anblick zu inspizieren.

Natalie wusste nicht, wie sie auf dieses Gelächter reagieren sollte. Sie setzte sich auf die Stufen vor dem Haus und beobachtete, wie die Autos vorbeifuhren. Noch nie in ihrem Leben hatte sie so viele Autos gesehen und so viele Hupen gehört.

‚Jetzt bin ich in einer großen Stadt‘, sagte sie sich, ‚und ich kann kaufen was mein Herz begehrt‘; und mit einem Zipfel ihrer geborgten Winterjacke trocknete sie verstohlen eine Träne.

‚Das Leben ist hier viel leichter und bald –‘ und sie stieß einen Seufzer aus, der aus der Tiefe ihres Seins kam, - ‚und bald werde ich auch Freunde haben.‘

Plötzlich dachte sie an diese gemeinen jungen Dinger, die sie angestarrt und ausgelacht hatten. Warum? Was hatte sie denn getan? Ihre Gedanken rasten wie die vorbeieilenden Farhzeuge. Schlagartig stand sie auf und rannte die Treppe hinauf. Als ihre Mutter ihr die Tür öffnete, fiel sie ihr in die Arme und brach in Tränen aus.

„Ich will bei Dir bleiben, Mama! Ich will nicht von Dir weg, niemals!" stieß sie aus. Und ihre Mutter presste sie an ihr Herz und sagte nur: „Ich weiß, mein Liebling!"

Am gleichen Abend warf Natalie einen weißen Briefumschlag in den gelben Briefkasten.

„Lieber Papa!
Wie geht es Dir?
Uns geht es gut. Es gefällt uns hier so gut, dass wir hierbleiben möchten. Stell Dir vor: Man kann hier auf dem Markt fünf Pfund Bananen für nur eine Mark kaufen!!! Man kann hier alles kaufen – sogar Apfelsinen! Das Leben hier ist viel leichter und deshalb haben wir uns entschlossen, nicht zurückzukommen. Ich hoffe, Du wirst nicht zu traurig sein, und sei bitte nicht böse mit uns. Bitte schicke mir meine neue Winterjacke, die ich zu Weihnachten bekommen habe, denn es ist sehr kalt hier; - und meine Puppe, die mit dem lachenden Gesicht, die ich so sehr mag. Und auch die kleine schwarze Puppe mit dem grauen Kleidchen, das Mama für sie gehäkelt hat.
Viele Grüße von Deiner Tochter
Natalie"

Natalie hielt den Brief zwischen Daumen und Zeigefinger, ihre kleine Hand tief im Schlitz des Briefkastens. Eine Bewegung ihrer Finger, und sie konnte ihn nicht zurücknehmen. So stand sie da, bis ihre Mutter sie zum Abendessen rief. Dann ließ sie ihn mit rasendem Herzen fallen.

‚Jetzt bin ich in Freiheit‘, dachte sie mit Schluchzen im Herzen, ‚Mama sagt, dass wir frei sind und raus aus der ostdeutschen Gefangenschaft. Ich muss jetzt glücklich sein, denn nichts ist besser als frei zu sein!‘

4

Dreckige schwarze Wolken bedeckten den Himmel und es sah aus, als ob der Tag düster bleiben und kein Fünkchen Sonne durchbrechen würde. Es nieselte. Das Ende der Welt würde so in einem Bilderbuch beschrieben sein, genau so.

Der Himmel passte zu Natalies Stimmung. Je näher sie ihrem Ziel kam, desto unruhiger wurde sie. Ihre Hände waren schweißig, und unbewußt kratzte sie an ihrer Nagelhaut herum. Sie sah blass aus und ihr war schlecht im Magen. Frau Steiner lief zögernd neben ihr. Die beiden Falten auf ihrer Stirn schienen über Nacht zu tieferen Furchen geworden zu sein. Nur Großmutter lief zielstrebig vorwärts. Alle schwiegen.

Als sie ankamen, hatte der Unterricht bereits begonnen. Der Direktor der Schule, der gekommen war, um die neue Schülerin zu begrüßen, flüsterte ein paar Worte in Großmutters Ohr und bat Natalie, ihm zu folgen.

Der Korridor erschien endlos. Natalie fühlte Kälte ihre Beine hochkriechen. Sie versuchte zu lächeln, als sie ihrer Mutter und Großmutter zuwinkte, aber dieses Lächeln war mit schmerzlichster Verzweiflung gemischt. Sie folgte dem Mann vor ihr, dessen laute Schritte auf dem leeren Korridor widerhallten. Es war ein Gefühl wie zum Galgen geführt zu werden.

Plötzlich hielt der Direktor an und, ohne vorher anzuklopfen, öffnete er eine Klassentür. Grinsende Gesichter und neugierige Augen sprangen Natalie entgegen, so dass sie nicht wusste, wohin sie schauen sollte. Das Schwindelgefühl in ihrem Kopf wurde schlimmer. Sie sah, wie der Mann der Lehrerin etwas zuflüsterte. Dann hörte sie die Tür hinter sich schließen. Jetzt gab es kein Zurück mehr.

Sie nahm allen Mut zusammen und ging diesen endlosen Weg von der Tür zum Lehrerpult, wo die Lehrerin stand und ihr die Hand entgegenstreckte. „Guten Morgen, Fräulein." Sie war überrascht, ihre eigene Stimme zu hören, und machte einen tiefen Knicks. Aber sobald sie diese Worte gesagt hatte, hörte sie Gekicher im Klassenraum. Sie wagte nicht aufzuschauen. Wie aus der Ferne hörte sie die Lehrerin zu den Schülern sprechen. Sie hörte auch ihren Namen und dass sie aus Ostdeutschland käme, aus Sachsen, um genau zu sein. Das war alles, was sie vernehmen konnte. Die restlichen Worte der Lehrerin waren so weit weg, dass Natalie sie gar nicht hörte.

Sie fühlte sich wie neben dem Lehrerpult an den Boden genagelt, und sie betete leise, dass sie jetzt in ihrem kleinen Bett zuhause neben Hazel aufwachen und dass alles nur ein schrecklicher, beunruhigender Traum gewesen sein möge.

Aber Natalie erwachte nicht. Sie musste durch diesen Tag gehen, und durch den nächsten und noch einen, und viele mehr. Die Tage waren unendlich. Sie fühlte sich wie eine Fremde in einem fremden Land, die die Sprache ihrer Einwohner nicht spricht.

Sie lernte jedoch schnell und sicher. Ihre erste Lektion war, nur zu sprechen, wenn es absolut notwendig war, und mit so wenig Worten wie möglich. Dann brauchte sie wenigstens nicht mit den ständigen Lachausbrüchen ihrer Mitschüler umzugehen. Wenn sie still war, so lernte sie, ließen sie sie in Frieden und nahmen keine weitere Kenntnis von ihr.

Und schnell lernte sie noch etwas: Wenn sie in den Klassenraum ging, bevor die Glocke zum Unterrichtsanfang läutete und der Lehrer eintrat, konnte sie ihre ostdeutsche Tasche noch rechtzeitig unter ihrem Pult verstauen, und nur das Mädchen, das neben ihr saß, konnte sehen, dass sie die einzige ohne eine richtige Schultasche für ihre Bücher war.

Natalie war eine ausgezeichnete Schülerin was Anpasssungsfähigkeit betraf. In den Pausen stand sie brav ganz allein an der Seite des Schulhofs, während die anderen aus ihrer Klasse miteinander schwatzend und lachend im

Kreis standen. Sie hatte gelernt, einen Versuch, im Kreis aufgenommen zu werden, schnell aufzugeben. Es würde sie sowieso niemand im Kreis willkommen heißen. Vielleicht war sie es nicht wert. Schließlich konnte sie nicht sprechen wie sie, und sie trug keine Kleider wie sie. Die Kleider, die sie trug, waren ihrer Großmutter für die ‚armen Kinder aus dem Osten' gegeben worden. Sie waren abgetragen und schäbig.

Sie mochte die anderen Kinder in ihrer Klasse; ja, sie bewunderte sie sogar. Sie gaben sich so selbstsicher, konnten so leichtherzig und so frei über ihre neue Kleidung sprechen, über ihre Mütter und Väter, über die Fernsehprogramme, die sie nicht mochten, und wofür sie ihr Taschengeld ausgaben.

Natalie hätte zu diesen Unterhaltungen sowieso nichts beitragen können. Was hätte sie über ihre Mutter und ihren Vater sagen können? Sie hatte keine Eltern mehr. Sie hatte jetzt nur noch eine Mutter, die des nachts schwer arbeitete, indem sie schwere Postsäcke in Züge trug; die morgens völlig erschöpft nach Hause kam und freitags ihren Lohn zählte. Es gab kein übriges Geld. Taschengeld war für reiche Kinder. Wie hätte sie es den anderen Mädchen erklären können? Jedesmal, wenn sie sie über ihre Eltern sprechen hörte, dachte Natalie krampfhaft nach, was sie antworten könnte, falls sie gefragt würde. Manchmal wünschte sie sich, sie könnte einfach sagen, dass ihr Vater tot sei. ‚Er starb an Krebs, als ich noch sehr klein war. Ich kann mich gar nicht mehr an ihn erinnern.' Dann würden sie schließlich ihren Mund halten. Dann würde sie vielleicht Bedauern und Mitgefühl erhalten und nichts mehr erklären müssen.

Aber sie fragten sie nicht. Gott sei Dank, sie war nicht von Wichtigkeit.

Manchmal hörte sie erstaunt zu, wenn sie über Filme sprachen, die sie im Fernsehen gesehen hatten. Dann erinnerte sie sich an die Bilder in den Glasvitrinen vor dem Kino in ihrer Heimatstadt. ‚Es muss wie ein Kino zuhause sein', dachte sie. Aber da sie noch nie in ihrem Leben einen Film gesehen hatte, konnte sie sich dergleichen gar nicht vorstellen und hörte nur mit großer Bewunderung zu.

,Das ist Freiheit, und ich kann haben, was mein Herz begehrt.' Wiederholt versuchte Natalie, sich Mut zuzusprechen, indem sie sagte: ,Bald werde ich auch Freunde haben!'

Es stimmte fast. Das Leben veränderte sich für sie deutlich, als sie in das Gymnasium überwechselte. Die Mädchen waren noch besser gekleidet und stammten von reicheren Eltern. Sie konnten sich besser ausdrücken und waren höflicher. Sie lächelten Natalie sogar an, und Natalie hatte Hoffnung. Sie formten auch Kreise auf dem Schulhof, und diesmal war Natalie mutig genug, sich einem Kreis zu nähern; es könnte ja sein, dass sie sie hineinließen.

Der Unterricht im Gymnasium war fortgeschrittener. Lateinische Worte wurden benutzt und Interpretationen von Aufsätzen verlangt. Wenn sie nur wüsste, was das Wort *Interpretation* bedeutete, dann hätte sie vielleicht gewusst, worüber sie sprachen.

Der Geschichtsunterricht war besonders schwierig für Natalie. Stundenlang lernte sie einen Absatz nach dem anderen auswendig, aber sie verstand nichts von dem, was dort geschrieben stand.

Das Mädchen war ganz besonders verwirrt, als sie anfing, Englisch zu lernen. Da sie in der DDR Russisch gelernt hatte, verglich sie jetzt die englischen Wörter mit den russischen; die russischen schienen wesentlich leichter zu sein.

Und als ihre Mutter von der Arbeit kam, erzählte sie ihr stolz, was sie gelernt hatte, und sie glaubte wirklich, die Wahrheit zu sagen.

Eines Abends, während Mutter, Omi und Hazel um den Tisch saßen und Abendbrot aßen, berichtete sie wieder, mit einem Kloß im Hals und einem lügenden Lächeln auf den Lippen, all ihre Errungenschaften. Natalie versuchte so ernsthaft, überzeugend zu klingen. Was hätte sie sonst noch tun können, um Mama aufzumuntern?

Frau Steiner hatte nun schon mehrere Abende an diesem Tisch gesessen und die Tränen rannen ihr das Gesicht herunter. Sie sprach nicht und jammerte nicht; sie beklagte sich nicht über das Leben. Sie saß nur tränenüberströmt da. Als Natalie merkte, dass ihre Lügen nicht ausreichten, ihre Mutter zu ermuntern und die Tränen zu stoppen, stand sie langsam auf, kritzelte etwas auf einen Zettel und legte ihn heimlich auf den Schoß ihrer Mutter. ‚Fass Mut, Mama!'war darauf geschrieben. Das waren die einzigen Worte, die ihr eingefallen waren. Die Qual, ihre Mutter so verzweifelt zu sehen, war größer als ihr eigener Schmerz. Aber auch mit diesen niedergeschriebenen Worten konnte sie ihrer Mutter keinen Mut machen und ihre Tränen aufhalten. Sie fühlte sich machtlos. Und vollends resigniert beteiligte sie sich an der schreienden Stille.

Von nun an war Natalie im Schweigen beharrlich. Sie brach es nie; sie war ihm verbunden wie einem treuen Freund. Sie fühlte sich davon geschützt, und es war gefahrlos, - viel sicherer als Worte.

Tage vergingen und Wochen, und immer, wenn Natalie sich in ihrer Seele gepeinigt fühlte, konnte sie kaum abwarten, bis es Abend wurde, sie ins Bett gehen, ihren Kopf zur Wand drehen und leise unter ihrer Decke weinen konnte. Und wenn sie ihr Herz von all den Tränen geleert hatte, faltete sie ihre kleinen Hände und sprach leise zu Gott. Er verstand, und obwohl sie zugedeckt war, war sie sich sicher, dass Er sie sehen konnte. Ihre Großmutter zuhause in P. hatte ihr einmal erzählt, dass Gott sogar die Gedanken eines Menschen kannte und seine Gefühle.

Man brauchte Ihm keine Worte zu sagen, weil Er direkt ins Herz sehen konnte, und bald würde Er ihr ihren Vater schicken, sie war sich da ganz sicher. Sie war sich mehr als sicher, sie war sich ganz und gar gewiss. Sie hatte keinen

Zweifel mehr. Sie hatte es noch keinem erzählt; noch nicht einmal Hazel. Natalie hatte ein Geheimnis, das sie mit niemandem teilen wollte.

‚Wenn er erst einmal Erlaubnis von den Ostdeutschen Behörden bekommt,' sagte sie sich, während sie eines Abends im Bett lag, ‚und mit mir sprechen darf, dann werde ich es Hazel erzählen. Aber bis dahin werde ich es für mich behalten und ihn nicht stören, mir zu folgen.'

Und sie ging schlafen, voller Hoffnung und auch mit Angst, ihn morgen wiederzusehen.

Am nächsten Tag auf ihrem Weg nach Hause von der Schule schaute sie sich, wie während der letzten Monate, immer wieder ungeduldig um. Aber heute schien er nicht zu kommen. Sie war schon über die Hälfte des Weges gegangen und er hatte sich noch nicht gezeigt. Gewöhnlich war er ziemlich nahe am Eingang des Schulgebäudes erschienen und ihr dann unauffällig bis zur Straße gefolgt, in der sie jetzt wohnte.

‚Ich hätte eine Weile vor der Schule warten sollen, damit er mich hätte sehen können. Ich könnte mir einen Tritt geben!'

Ärgerlich über sich selbst, weil sie ihrem Vater nicht die Gelegenheit gegeben hatte, sie zu erkennen, und die anderen Mädchen beschuldigend, die heute so laut in alle Richtungen aus dem Schulgebäude gerannt waren, blieb sie plötzlich wie gelähmt stehen.

Da war er! Er war wieder da. Er lehnte an einem Laternenpfahl und las die Zeitung. Mit aufgekrempelten Hemdsärmeln, seine Arme und Gesicht von der Sonne dunkelbraun gebrannt und seine Augen mit einer Sonnenbrille bedeckt, hatte er eine legere Haltung eingenommen, um gleichgültig und lässig zu erscheinen. Von Zeit zu Zeit schaute er von der Zeitung auf. Hinter seinen dunklen Brillengläsern bewegten sich seine Augen von einem Ort zum anderen und, vortäuschend, das Mädchen nicht zu sehen, weilten seine Augen schließlich wieder auf der Zeitung. Gelegentlich nahm er ein Taschentuch heraus, um sich seine Stirn damit zu trocknen. Und dann, ganz plötzlich, wie vom Blitz getroffen, schaute er auf seine Uhr, legte die Zeitung erregt zusammen und steckte sie eilig in die linke Tasche seiner dunkelblauen Hosen. Jetzt, noch einmal vorsichtig um sich blickend, um sicher zu gehen, von niemandem beobachtet zu werden, ging er mit eiligen Schritten unauffällig seinen Weg in Richtung Kino.

Natalie war völlig gelähmt. Sie stand hinter einer Litfassäule versteckt und beobachtete ihren Vater, bis sie ihn nicht mehr sehen konnte. Sie konnte jetzt nicht mehr denken noch laufen. Der Anblick des Mannes gab ihr ein Gefühl, dass ein scharfes Messer sie ins Herz gestochen hatte. Sie hatte diesen Schmerz noch niemals vorher gefühlt. Natalie war wie hypnotisiert.

Wie im Rausch wanderte sie die dreckigen, lauten Straßen entlang und kam müde und erschöpft zuhause an. Um ihrer beharrlichen Großmutter nachzugeben, aß und trank sie, obwohl ihr etwas übel war, und ließ sich bemitleiden, weil sie äußerst blaß aussah.

Vorgebend, in dem verdunkelten Zimmer ihre Hausaufgaben zu machen, wo ihre Großmutter in Kürze aus dem Bett schnarchende Laute von sich gab, erholte sich Natalie allmählich von ihrer Vision.

‚Warum‘, fragte sie sich, ‚würde er mich sehen wollen, aber hat Angst, erkannt zu werden? Warum dieses Verstellen?‘

Sie grübelte darüber eine Weile nach, und plötzlich hatte sie die Antwort.

‚Er ist ein Spion. Die Ostdeutschen haben ihn dafür bezahlt, mich zu bespitzeln, und er muss danach Bericht erstatten. Er hat wahrscheinlich zugestimmt, damit er mich regelmäßig sehen kann, und was ist denn so schlimm dabei? Das gibt mir die Gelegenheit, ihn auch, im Geheimen, zu sehen. Ich muss nur vorsichtig sein, dass er nicht herausfindet, dass ich ihn erkannt habe.‘

Nachdem sie zu diesem Schluss gekommen war, beruhigte sich Natalie etwas und schloss ihre Augen.

Als sie erwachte, lag sie über ihren Schulbüchern, ihre Hände noch vom Gebet gefaltet. Und diesmal war sie davon überzeugt, dass ihr Erlebnis kein Traum gewesen war.

Am folgenden Tag konnte sie kaum das Ende des Unterrichts abwarten. Erwartungsvoll lief sie die Straße hinunter, rechts und links die vorbeilaufenden Menschen musternd. Es war wieder ein heißer, feuchter Tag und die Luft war schwer und drückend. Ihr ärmelloses, abgetragenes Sommerkleid, auf dem irgendwann einmal gelbe Blumen aufgedruckt gewesen sein mussten, hing wie ein Sack an ihr herunter. Natalie war sich sehr bewusst, wie sie darin aussah. Sie hatte gehofft, ihr Vater würde sie heute in ihrem süßen, rosa Kleidchen sehen, das ihre Großmutter eines Tages von einem Flohmark mitgebracht hatte. Aber ihre Schwester hatte es schon am Morgen angezogen, bevor Natalie ihre Augen geöffnet hatte. Das dritte Kleid, was sie besaßen, war in der Wäsche; also blieb ihr nichts anderes als dieses bescheidene Lümpchen. Es war auch viel zu kurz, und Natalie versuchte es zu verlängern, indem sie es ständig nach unten zog. Sie hätte in den Augen ihres Vaters so gerne attraktiv ausgesehen. Er sollte sehen, dass es ihr gut ging und dass, wie sie ihm so überzeugend in ihrem Brief geschrieben hatte, sie gut und komfortabel und ohne Sorgen lebten. Sie hätte auch am liebsten ihre dunklen Haare bedecken wollen, welche an ihren Beinen bereits ein wenig sichtbar waren. Aber sie konnte nichts dagegen machen. Als sie an einem Geschäft vorbeikam, schaute sie sich im Schaufenster unauffällig an. Und plötzlich spürte sie ihr Herz unvermittelt rasend schnell schlagen. Hier war er wieder. Sie konnte sein Spiegelbild im Schaufenster erkennen. Sie blieb unbewegt stehen. Sogar ihre Augenlider zwinkerten nicht.

Da stand er, als Geschäftsmann verkleidet, einen dunklen Anzug und Kravatte tragend, eine Aktentasche unter seinen rechten Arm gepresst. Die andere Hand war tief in seiner Hosentasche vergraben. Aus verständlichen Gründen hatte er seinen grauen Hut tief über sein Gesicht gezogen. Vorgebend, auf jemanden zu warten, spazierte er die Straße rauf und runter, ungeduldig in alle Richtungen schauend. Aber er blieb immer im Radius, von wo aus er Natalie sehen konnte.

Nach etwa fünf Minuten, als niemand kam, schaute er sich vorsichtig um, überquerte die Straße und lief zu dem Geschäft, vor dem Natalie stand. Das Mädchen hielt den Atem an. Er kam tatsächlich in ihre Richtung. Zweifellos! Sie konnte sein Gesicht und seine Figur immer klarer sehen, und als er fast neben ihr stand, bemerkte sie sein warmes, liebevolles Lächeln; seine Gesichtszüge zeigten Menschlichkeit.

Natalie wusste nicht, wohin sie schauen sollte. Sie wagte es nicht, ihrem Vater direkt ins Gesicht zu sehen, nicht einmal durch den Spiegel des Schaufensters. Also schenkte sie ihm nur einen flüchtigen Blick. Er wiederum gab vor, dass er nicht im geringsten an dem Mädchen interessiert sei. Mit geheuchelter Aufmerksamkeit starrte er auf die Fotoapparate, die im Fenster ausgestellt waren.

‚Er hat sich schon immer für Fotografie interessiert', dachte sie, und unvermittelt sah sie vor ihren Augen, wie ihr Vater mit seinem altmodischen Fotoapparat sie mit ihrer Puppe im sonnigen Garten zuhause fotografierte. Und dann ohne ihre Puppe, wie sie vor dem Haus versuchte, einen Handstand zu machen. Und im Kirschbaum, in den er sie vorsichtig gesetzt hatte, damit sie nicht fallen sollte. Ja, sie erinnerte sich jetzt, sie konnte ihn kaum durch die dicht belaubten Äste sehen. Und was sie für Angst hatte, auf diesem Zweig zu sitzen! Und als sie sich erinnerte, wie er sie rettete, sie von dem schönen Baum herunter hob und sie auf seine Schultern setzte und mit ihr durch den Garten galoppierte, wie ein Pferd wiehernd und springend, und sie, ihre Arme um seine Stirn gepresst mit schreiendem Gelächter, - da drehte sich der Mann plötzlich um und verschwand in der Menschmenge. Nur der langsam schwindende Duft seines wohlbekannten Rasierwassers verweilte noch etwas in ihren Sinnen.

Natalie sah ihn fast jeden Tag. Er sah jedes mal etwas anders aus und erschien an einem Tag gut gekleidet und an einem anderen wie ein Bettler; aber seine Hauptmerkmale waren vor Natalies Augen deutlich sichtbar: Sein schwarzes Haar und seine dunkelbraunen Augen, die Form seiner Ohren und sein Geschichtsausdruck. Manchmal machte er sich jünger - und manchmal älter ausschauend, aber Natalie war sicher, dass er es war – schließlich war nun schon viel Zeit vergangen und er musste sich verändert haben. ...

Sie war völlig berauscht von ihren Visionen und trug sie wie schwere Eisblöcke in ihrem Herzen; ihre Tränen waren gefroren. Sie ertrug sie tapfer, und von Natalie völlig unbemerkt, wurde sie von einer Lebenskraft getragen.

5

Es war eine wunderschöne Juninacht. Der Mond saß majestätisch im Himmel, wie auf einem Thron, und lächelte wohlwollend mit seinem vollen goldenen Gesicht. Wenn man ihn genau beobachtet hätte, hätte man ihn ab und zu die funkelnden Sterne zu sich winken sehen können. Sie standen friedvoll um ihn herum, mitten in diesem klaren blauen Himmelszelt.

Natalie wälzte sich hin und her. Es fiel ihr schwer einzuschlafen. Jedesmal, wenn sie ihre Lage veränderte, stieß sie ungewollt an den Körper neben ihr. Rechts neben ihr gab ihre Mutter schwache Schnarchgeräusche von sich. Natalie hätte es vorgezogen, neben Hazel zu schlafen, wie sie es von zuhause gewöhnt war. Aber ihre Mutter hatte sich in die Mitte dieses schmalen Sofabettes gelegt, zwischen die beiden Mädchen. Auf diese Weise konnte sie beiden ihre Wärme schenken, zumindest während der Nächte, wo ihre Schicht es erlaubte. Außer den Schnarchtönen ihrer Mutter, konnte nur Hazels ruhiges Atmen vernommen werden.

Das Mondlicht schien durch die Vorhänge, und Natalie lag nun mit offenen Augen auf ihrer zugeteilten Schlafstelle. Sie träumte von ihrem Geburtstag. In der Nacht, in der sie geboren wurde, - die kürzeste Nacht des Jahres, wie ihre Mutter ihr, solange sie zurückdenken konnte, jedes Jahr erzählt hatte,- kam plötzlich ein großes Gewitter auf. Es blitzte und donnerte. Ein Tag mit kaum auszuhaltender Hitze wechselte zu einem bitter kalten Tag.

‚Und als Du geboren wurdest‘, sagte ihre Mutter dann, ‚warst Du ganz blau. Die Nabelschnur war um Deinen Hals geschlungen. Der Hebamme ging es nicht gut und sie lag mit Gallenkolik neben mir im Bett. Du hast mir so leid getan, Du kleines Bündel.‘

An dieser Stelle hörte ihre Mutter gewöhnlich auf zu sprechen, und ihr Gesichtsausdruck veränderte sich, wurde ernst und bitter:

‚Dein Vater hat sich in dieser Nacht betrunken', sagte sie, ‚weil Du ein Mädchen warst.'

Natalie hatte manchmal darüber nachgegrübelt, und als sie jetzt darüber nachdachte, war es ihr rätselhaft. Sie hatte nie ganz verstanden, was denn nicht in Ordnung war, ein Mädchen zu sein. Der Gedanke, dass mit ihr vielleicht etwas nicht stimmte, dass sie unvollständig war, verstörte sie tief und ließ sie immer mehr aufwachen. Sie stand auf und lief auf Zehenspitzen zum Fenster. Aber als sie diesen wunderschönen Himmel sah, diese außerordentliche Nacht, fand sie Trost in ihrer Seele; es war wie eine Versicherung, dass sie am Leben war. Sie legte sich wieder hin und begann zu träumen, wie es morgen sein würde, wenn sie zwölf Jahre alt würde.

Es war ein süßer Traum, als sie sah, wie sie, kurz nachdem sie aufgewacht war, den Garten betrat und vor sich den Geburtstagstisch stehen sah, der für sie mit Torte und Kerzen und einer großen Schüssel frisch gepflückter Erdbeeren geschmückt war. Und es hatte auch immer eine schön eingepackte Überraschung auf sie gewartet. Ihre Mutter und ihr Vater hatten liebevoll neben ihr gestanden, sie umarmt und ihre leuchtenden Augen bewundert und festgestellt, dass sie jetzt schon ein großes Mädchen war.

Es war ein süßer Traum, als sie ihre Freunde im Garten sah, die gekommen waren, ihr zu gratulieren, und ihr Vater mit ihnen Spiele spielte, die sie zum Lachen brachten. Als sie alle um den Tisch saßen und, Handschuhe tragend, einen Apfel mit Messer und Gabel essen mussten. Oder als sie Sterngucker spielten und, während sie durch den langen Ärmel von Mutters Regenmantel guckten, Vater Wasser von oben hineinschüttete und sie vor Schrecken und Freude quiekten.

Das war der Traum, den Natalie träumte, und dabei hatte sie ein süßes Lächeln auf ihrem Gesicht, das länger als gewöhnlich anhielt.

Die Wirklichkeit war jetzt jedoch anders. Wie konnte es denn eine Geburtstagsfeier in diesem einen Zimmer geben? Und wen würde sie denn einladen? Es gab immer noch niemanden, den sie eine Freundin nennen konnte. Würde Mutter Zeit haben, einen Kuchen zu backen? Wer weiß! Ihre Schicht fängt um halb vier Uhr früh an.

Das Mondlicht, das vor zehn Minuten noch den Raum erleuchtet hatte, verschwand jetzt langsam. Wolken kamen dazwischen, und als die Dunkelheit der Nacht Natalie anblickte, schloß sie ihre müden Augen und schlief schließlich ein.

Am nächsten Morgen wusste Natalie nicht, was sie von dem Tag erwarten konnte. Unterschiedliche, einander widersprechende Gefühle schwirrten in ihr herum. Sie wünschte sich, dieser Tag möge wie jeder andere so schnell wie möglich vergehen, aber tief in ihrem Herzen würde sie enttäuscht sein, wenn niemand in der Schule ihren Geburtstag erwähnen würde. Sie hatte ein Bedürfnis, besondere Aufmerksamkeit zu erhalten.

Zögernd und mit etwas unregelmäßigen Herzschlägen betrat Natalie schließlich das Klassenzimmer. Was dann geschah, konnte sie niemals vergessen. Viele Jahre später, als sie schon eine erwachsene Frau war, dachte sie immer noch daran, wie tief erniedrigt sie sich gefühlt hatte, als eines der Mädchen ihr ein Geburtstagspäckchen mit zwei rosa-weiß karierten Sommerröcken und zwei weißen Blusen überreichte.

„Im Namen der ganzen Klasse; für Dich und Deine Schwester. Herzlichen Glückwunsch zu Deinem Geburtstag!"

Jetzt musste sie vor der ganzen Klasse stehen, die sie anstarrte, diese wunderbaren Geschenke bewundern und dann zu jedem der fünfundzwanzig Kinder gehen, um deren Hände zu schütteln und ‚danke schön' zu sagen. Die Worte würgten in ihrem Hals und sie konnte die Tränenströme nicht anhalten, so sehr sie es auch wollte. In ihrem ganzen Leben hatte sie sich niemals so erniedrigt, sich so zu nichts herabgesetzt gefühlt.

„Wie wagen sie es, diese reichen Gänse! Diese verwöhnten, verweichlichten Dämchen. Wollen sie, dass ich wie sie aussehe? Ist es ihnen peinlich, schämen sie sich, mich in ihrer Klasse zu haben?"

Die Wut der Erniedrigung, die sie völlig vereinnahmte, wurde verstärkt von dem großmütigen Lächeln dieser charmanten ‚Hübschlinge', die so großzügig auf Natalies Händeschütteln reagierten. Als sie ihre Vorstellung beendet hatte und sah, wie zufrieden ihre Klassenkameraden mit sich waren, einem armen Flüchtling Mitleid und Barmherzigkeit gezeigt zu haben, und welch zufriedene Ausdrücke auf ihren Gesichtern standen, entschloß sich Natalie, deren Sieg nicht zu hinterfragen. Schließlich war das Spiel fünfundzwanzig zu null, und es wurde kein Schiedsrichter benötigt, um diesen Ausgang zu bestätigen. Sie war besiegt, geschlagen. Sie war die Verliererin, die Bemitleidete, und sie musste nachgeben, sich anpassen und die Erwartungen des Gewinners erfüllen. Sie war die Unterlegene und in ihrer Schuld. Und wie sie ihre Schuld begleichen konnte, lernte sie sehr schnell: dankbar bis in alle Ewigkeit zu sein, denn sie hätte niemals zurückzahlen können, was diese für sie getan hatten. Sie waren die Erwählten, und sie die Ausgestoßene, - ein armes Mädchen, das sie brauchten, um ihre guten Taten auszuführen. Sie musste ihre Almosen annehmen und tat es mit einem weinenden Lächeln, und als sie den Rock und die Bluse anprobierte, erinnerten mitleidende Augen sie an ihre Schuld.

‚Ich bin ihr Mitleid wert', dachte sie auf dem Weg nachhause, wusste aber nicht, ob sie sich erlauben sollte, froh darüber zu sein und dankbar. Schließlich war sie zumindest das wert. Wenigstens das.

Als sie in Großmutters Wohnung ankam, war ihr Kopf wie vernebelt und sie hatte Verlangen, sich in die Arme ihrer Mutter fallen zu lassen, um vor dieser verwirrenden Welt Schutz zu suchen.

Aber dafür war keine Zeit. Kaum war sie durch die Tür getreten, musste sie sich auf die nächste ,*Überraschung*' einstellen, wie ihre Mutter sich mit einem ironischen Ton in der Stimme ausdrückte.

„Ein Päckchen ist für Dich angekommen. Es ist von Deinem Vater. Wer weiß, wer ihm die Idee gegeben hat, seinem Kind ein Päckchen zu schicken. Schau Dir nur mal die Größe an! Wahrscheinlich hätte er sich übernommen, wenn er Dir ein größeres Paket geschickt hätte!" rief Frau Steiner bitter aus.

Vom Ausbruch ihrer Mutter überrascht, ging Natalie zum Tisch hinüber, auf dem das Päckchen lag, und erstarrte. Mit ihren kleinen Händen hob sie es hoch und drehte es mehrmals um, sanft über das billige graue Packpapier streifend. Sie erkannte die Handschrift ihres Vaters. Es war an sie addressiert. Sie befaßte das Päckchen fast in Zeitlupentempo, als ob es etwas wäre, was sie noch nie zuvor gesehen hatte; als ob das häßliche Papier, an allen vier Ecken zerrissen, aus Samt bestünde und einen süßen, herrlichen Blumenduft ausströmte. Sie hätte es weiterhin nur angeschaut und gehalten, ohne auch nur die Schnur zu berühren, wenn ihre Mutter nicht neben ihr gestanden und darauf gewartet hätte, dass sie das Päckchen öffnete. Es war fast gegen ihren Willen, fast durch die Kraft ungesagter Worte, dass sie mit Geduld und Beharrlichkeit Knoten für Knoten an diesem Bindfaden löste. Als sie damit fertig war, hielt sie das Päckchen wieder an ihre Nase und schüttelte es vorsichtig, als ob sie dadurch vielleicht einen Hinweis auf seinen Inhalt bekommen würde.

„Willst Du es nicht aufmachen? Es wird schon nichts so Wertvolles drin sein, wie Du es Dir vorstellst", sagte ihre Mutter ungeduldig.

Als Natalie das Päckchen auspackte, fand sie eine Pralinenschachtel, die mit noch einem Bindfaden verschnürt war, und einen Brief. Sie setzte sich bequem hin und las:

„Meine liebe Natalie"
Ich hoffe, dass Dich dieses Päckchen zu Deinem Geburtstag erreicht. Meine besonderen Gedanken sind heute bei Dir und ich werde ein Schlückchen auf Dein Wohl trinken. Ich hoffe, dass Dir mein Geschenk gefällt. Es ist ein Klumpen Erde aus unserem Garten, damit Du Dich erinnerst, wohin Du gehörst und wo Dein Zuhause ist. Ich habe die Erde vom Radieschen-Beet ausgegraben, um das Du Dich so gern gekümmert hast. Faß sie an und fühle sie, und erinnere Dich, dass Dein Papa auf Dich wartet.
Mit Liebe und Sehnsucht nach Dir,
Dein Papa. "

Als Natalie die Schachtel öffnete und die Erde aus ihrem Garten befühlte, die Erde, zu der sie gehörte, fühlte sie sich, als ob Leben in sie hineingespritzt würde. Leben aus einer Welt, die sie zurückgelassen hatte, floß jetzt durch all ihre Adern. Sie stand erstarrt da.

„Wie gemein von ihm! Dir eine Schachtel mit ostdeutschem Dreck zu schicken! Unglaublich! Ich kann es kaum glauben. Wie konnte er sein Kind dermaßen täuschen?!"

Frau Steiner war außer sich. Wütend riß sie die Schachtel aus Natalies Hand, sah sich den Inhalt voller Ekel an und sagte noch einmal:

„Wie wagt er es! Du solltest es wirklich an ihn zurückschicken, das würde ihm eine Lehre sein!"

Als Natalie die Reaktion ihrer Mutter sah, wagte sie nicht, ihr zu widersprechen. Den Frohmut, den sie gefühlt hatte, die Freude, die vor ein paar Minuten ihr ganzes Sein erleuchtet hatte, war nun vergangen, mit eisigem Wasser an ihr heruntergewaschen. Wem konnte sie glauben, welchem

Gefühl trauen? Einige Tage später, als sie ihrem Vater einen Dankesbrief schrieb, hatte sie ihre Entscheidung getroffen:

„Lieber Papa!
Als ich Dein Päckchen erhielt, war mein erster Impuls, Dir für die Pralinen zu danken. Aber bald erkannte ich schockiert, dass es nur Bilder auf der Schachtel waren.
Bitte, schicke mir nicht noch mehr von diesem Zeug da drin, sondern lieber ein paar schöne Pralinen, die Deine Kinder genießen würden. (Falls Du sie da drüben überhaupt bekommen kannst!)
Deine Natalie.
P.S. Wir wollen nicht zurückkommen, denn uns geht's hier bestens und unsere Mama ist herzensgut zu uns.“

Mit großer Anstrengung hielt sie ihre Tränen zurück, die in ihren Augen aufwellten. Aber als sie den Brief mehrmals gelesen hatte, bemerkte sie einen Tropfen salzigen Wassers auf dem Papier. Die Lüge war mit Wahrheit versiegelt.

Von jetzt ab glaubte Natalie fest daran, dass sie mit ihrer Mutter im Westen bleiben wollte und dass das Leben hier einfacher und besser war. Und obwohl sie überzeugt war, dass sie ihren Vater nicht brauchte, dass er in ihrem Leben unwichtig war, und noch mehr: dass er böse war, weil er ihre Mutter verletzt hatte, kam er doch hin und wieder in ihren Gedanken vor, besonders, wenn sie die Straßen Duisburgs entlang ging oder abends, beim Einschlafen.
Aber nicht mehr lange.
Sehr bald, nach etwa einem Jahr, verschwomm das Bild ihres Vater und verschwand langsam irgendwo tief unten in ihr, wie in einem Grab, in den Aufruhr und die Verwirrung, die in ihr wühlten. Und mit ihm verließen sie alle ihre

Erinnerungen und Gefühle, die sie in ihrer Heimat zurückgelassen hatte.

Die Beerdigung fand ruhig und unbemerkt von anderen statt, fast unbemerkt von Natalie selbst. Es gab keine Trauerfeier, keine Tränen. Keine Beileidsbekundigungen. Kein Grab, zu dem man gehen konnte. Kein Grabstein mit der Eingravierung *,Papa, ich hab' Dich immer lieb!'* Kein herzförmiger Kranz mit Buchstaben aus Blumen geflochten: *,Mit Liebe, von Deiner Natalie'.* Keine Trauernden.

Jedoch war jetzt Natalies Lieblingsfarbe schwarz. Sie liebte schwarze Pullover, schwarze Blusen und schwarze Strümpfe. Sie liebte schwarze Hosen, hielt ihr Haar mit schwarzen Bändern zusammen, machte sich hübsch mit schwarzen Tüchern um ihren Hals. Schwarz war die einzige Farbe, an die sie denken konnte. Sie trug sie einen Tag nach dem anderen, eine Woche nach der anderen. Jede andere Farbe, die ihre Mutter vorschlug, lehnte sie ärgerlich ab. Sie dachte, dass schwarz ihr gut stand und sehr modisch war.

Die Menschen um sie herum glaubten jedoch, dass sie in Trauer sei. ...

„Du hast keinen Grund mehr, so deprimiert zu sein', hörte sie eines Tages ihre Mutter ihr zurufen, als sie Natalie in einem Moment ertappte, in dem sie sich unbeobachtet glaubte.

„Ich habe gute Nachrichten! Die Stadtverwaltung hat mir gerade den Schlüssel zu unserem neuen Zuhause gegeben. Das ist Grund genug für jeden, bei guter Laune zu sein. Wir können schon heute einziehen und wir sind unsere eigenen Herren. Omi wird ihre Wohnung endlich wieder für sich allein haben und nicht mehr von uns gestört werden."

Natalies und Hazels Augen leuchteten auf. Das war wirklich eine unverhoffte Überraschung. Seit ihrer Entscheidung, im Westen zu bleiben, waren ihnen Plätze im Flüchtlingslager angeboten worden, wo sie hätten warten können, bis sie für sich eine Wohnung mieten konnten. Aber da die Menschen dort Monate, ja manchmal sogar Jahre warten mussten, hatte Frau Steiner es für richtiger befunden, bei ihrer Mutter einzuziehen. Sie hatte zwar nicht viel Hoffnung, dass für sie bald eine Wohnung zur Verfügung stehen würde, war jedoch entschlossen, die Suche nie aufzugeben.

Ihre ständigen Gesuche bei der Stadt, eine eigene Wohnung zu bekommen, erwiesen sich schließlich als erfolgreich. Sie mußte ihnen wirklich auf die Nerven gegangen sein mit ihren täglichen Anrufen, in denen sie unerschütterlich betonte, von ihren Kindern könne nicht erwartet werden, dass sie ihre Hausaufgaben in einem verdunkelten Zimmer mit einer schlafenden Großmutter machten. Jetzt, über ein Jahr später, wurde ihre Bitte erhört, ihr Wunsch erfüllt.

Es gab nicht viel zu packen. Der Koffer, mit dem sie die Grenze überschritten hatten, war noch immer ihr einziges Eigentum. Abgesehen von den Kleidern, die sie als Almosen erhalten hatten und den gebrauchten Schulbüchern gab es nicht viel anderes, mit dem sie den Koffer füllen konnten.

6

An einem friedvollen Sonntagnachmittag, einem schönen, sonnigen Märztag stiegen Frau Steiner und ihre beiden Kinder in die gelbe Straßenbahn, die sie ganz in die Nähe ihrer neuen Wohnung bringen würde.

Ohne dass Natalie sie gesehen hatte, liebte sie sie bereits. Nur sie drei würden darin leben. Sie würden sogar eine eigene Toilette haben; die Stadt war wirklich großzügig. Es gäbe auch einen langen Balkon, hatten sie ihrer Mutter beschrieben. In Natalies Vorstellung war dieser Ort der Himmel auf Erden. Es bedeutete für sie Freiheit, sogar noch mehr als vorher. Unvorstellbare Unabhängigkeit! Als sie die „Notwohnung" erreicht hatten, waren sie müde von der Reise. Dieser Ort war am anderen Ende der Stadt, und sie mussten fast zwei Stunden fahren, um hierher zu kommen.

Wie drei müde Flüchtlinge schleppten sie sich die Treppe hinauf in den dritten Stock. Sie stellten zeitweise den hässlichen Koffer ab, um tief Atem holen zu können. Auf den „Balkonen" standen ungepflegte Männer mit Frauen in Pantoffeln und Lockenwicklern im Haar. Sie standen vor ihren Türen und guckten mit öden Blicken auf den dreckigen Hinterhof hinunter. Graue Wolken hatten den Himmel bedeckt und ein Wind war aufgekommen, der weggeworfene Papierfetzen und leere Coca Cola Flaschen herumwirbelte. Scherben von halb zerbrochenen Bierflaschen lagen in schlammigen Ecken. Auf dem Balkon unter ihnen schrien Kinder, und eine fauchende Frauenstimme konnte vernommen werden, die sie anwetterte. Vom Ende des Korridors kamen zwei Männer, sich vertraut umarmend, näher. Sie waren glückselig, aber schwankend und unsicher auf den Beinen. Das Bier konnte man drei Meilen gegen den Wind riechen. Natalie, die bis jetzt von diesen Realitäten des Lebens geschützt worden war und solche Szenen noch nie aus der Nähe gesehen hatte, genoss diesen neuen Anblick, war aber gleichzeitig auch ängstlich und fragte sich, was jetzt wohl passieren würde. Sie lächelte die beiden Betrunkenen neugierig an. Aber diese achteten nicht auf die Vorübergehenden. Laut grölend schlurften sie nacheinander die Treppe herunter, von wo bald danach ein schreckliches Gepolter zu hören war.

Die Wohnung, wenn man solch einen Begriff benutzen kann, war kalt und unfreundlich. Es standen drei eiserne Bettgestelle mit Matratzen, ein großer Schrank und ein großer Holztisch mit vier Stühlen darin, sowie eine kleine Nische mit einer rostigen Spüle. Das gehörte jetzt alles ihnen. Nun mussten sie darin leben. Und sie mussten dankbar sein. Natalie wusste nicht, ob sie lachen oder weinen sollte. Sie war verwirrt. So hatte sie sich den Himmel auf Erden nicht vorgestellt. Aber als sie ihre Mutter und Schwester in der Mitte des Raumes stehen sah, erstarrt diese Hässlichkeit betrachend, fing sie an, ihnen Mut zuzusprechen und damit auch sich selbst.

Als es Abend wurde, sah das Zimmer schon ganz anders aus. Zwei Betten waren in der dunkelsten Ecke des Zimmers aufeinandergestellt, vom Schrank vor ihnen verdeckt. Das war das „Kinderzimmer". Das dritte Bett wurde mit einer alten Decke bedeckt, um ihm den Anschein eines Sofas zu geben. Mit dem Tisch davor und den Stühlen um den Tisch konnte man langsam ein Zuhause entstehen sehen. Und nach ein paar Tagen, nachdem Frau Steiner eine alte Stehlampe, eine Tischdecke und mehrere Apfelsinenkisten, die als Regale benutzt werden sollten, aufgetrieben hatte, begann eine Atmosphäre warmen Familienlebens in ihrem neuen Zuhause zu herrschen – ein Gefühl von Kameradschaft und Miteinander. Kein strenges Wort war in ihrem Mund, geschweige denn in ihren Gedanken. Natalie und Hazel taten alles, um ihrer Mutter ihre Dankbarkeit zu zeigen.

Frau Steiner verdiente jetzt ihr Geld von acht bis fünf in einer Waschmaschinenfabrik am Fließband. Sie war gewöhnlich glücklicher, aber auch erschöpfter, wenn das Band schneller lief, denn das bedeutete mehr Produktion und daher auch mehr Lohn. Freitag abends, wenn Mutter den braunen Umschlag öffnete, zählte sie ihr Geld vor den Kindern und teilte es in „Häufchen" für die verschiedenen Haushaltskosten. Nie blieb eine Rechnung unbezahlt.

Es gab auch keine Geheimnisse voreinander. Alles hatte seinen Platz und seine Zeit. Müde und erschöpft kochte Frau Steiner für den folgenden Tag, und Natalie wärmte sich ihr Essen auf, wenn sie mittags aus der Schule kam. Es gab nichts, was unerledigt blieb, und wie drei Freunde erforschten sie zusammen ihre neue Welt.

Ihr Friede wurde jedoch bereits gestört kurz nachdem sie anfingen, ihn zu genießen.

Eines mittwochs in der Nacht, nachdem die Kinder gerade eingeschlafen waren, wurden sie von einem lauten Pochen an der Tür der Nachbarn, die auf demselben Korridor nur etwa drei Meter von ihrer Tür entfernt lag, aufgeweckt. Natalie setzte sich schlaftrunken und alarmiert in ihrem Bett auf; ihr Herz raste wie verrückt. Sie hörte eine Männerstimme wütend brüllen:

„Hilde, mach' sofort auf!", und er schlug wild gegen die Tür.

Von drinnen kam keine Antwort.

„Hilde, ich weiß, dass Du da drin bist. Öffne die Türe!"
Und er rüttelte wie wild an der Tür.

Inzwischen waren Natalie, ihre Mutter und Hazel vollkommen wach. Ein Ohr an die Tür gepresst, berichtete Natalie, was sie hörte:

„Ich höre Gelächter nebenan", flüsterte sie. „Da ist noch jemand anders drin, zusammen mit Frau Pfeffer."

Das Hämmern fing wieder an.

„Ich weiß, dass Du da drin bist. Ich habe Dich beobachtet, Du, Du ... Hure! Ein Kerl ist mit bei Dir drin. Wenn Du nicht sofort aufmachst, hole ich die Polizei!"

Die Stimme des Mannes fing an, verzweifelt zu klingen. Niemand antwortete. Jemand ging am Fenster vorbei. Es waren Schritte zu hören. Der Mann, der an die Tür geklopft hatte, schien wegzugehen.

„Ist sie denn nicht da drin?" fragte Natalie im Flüsterton.

„Ich glaube schon. Ich habe sie erst vor fünf Minuten nachhause kommen hören. Ich denke, sie hat Gesellschaft bei sich. Geh' jetzt ins Bett; Du mußt morgen in die Schule!"

Das Kind schien zu bedauern, dass sie dieses interessante Spiel unterbrechen musste. Als sie gerade dabei war, wieder in ihr Bett zu klettern, hörte sie erneut laute Schritte am Fenster vorbeigehen. Diesmal hörte es sich an, als ob der Mann Verstärkung mitgebracht hätte. Dreimal klopften sie an die Tür.

„Frau Pfeffer, hier spricht die Polizei. Bitte öffnen Sie sofort die Tür!"

Von drinnen konnte man kleine Kinder schreien hören. Eine Frauenstimme antwortete erstaunt:

„Oh, Inspektor, guten Abend! Bitte geben Sie mir ein bisschen Zeit, mich anzukleiden!"

Man konnte Lachen hören. Natalie, die jetzt durchs Schlüsselloch spähte, berichtete:

„Ich glaube, es ist Herr Pfeffer. Ein Polizist ist bei ihm. Wusstet ihr, dass Herr Pfeffer nur ein Ohr hat? Es sieht schrecklich aus, so als ob es abgeschnitten wäre. Schsch ...! Ich kann Licht unter der Tür sehen. Sie muss es gerade angeknipst haben."

Wieder Klopfen.

„Frau Pfeffer, öffnen Sie sofort die Tür!"

„Einen Moment, Herr Inspektor. Ich bin noch nicht ganz angezogen. Bitte haben Sie etwas Geduld!"

Während sie sprach, zog sie jedes Wort dermaßen in die Länge, als ob sie ihre Stimme dadurch mehr genösse. Nach ungefähr drei Minuten konnte man von drinnen einen Schlüssel im Schloss drehen hören. „Sie trägt ein Minikleid; drei Männer kommen hinter ihr heraus. Warte! Oh! Ich kann nichts mehr sehen. Sie stehen vor der Tür."

Enttäuscht, dass sie nicht die ganze Vorstellung sehen konnte, stand Natalie hinter der Tür, ein Ohr dagegen gepresst, um den Rest der Geschichte mitzubekommen. Sie hörte den Wachtmeister, wie er den drei Männern Fragen stellte.

„Nich' sprechen Deutsch!" hörte sie einen von ihnen in fremdem Akzent antworten. Das war alles. Dann entfernten sich Schritte und eine Tür schlug zu. Das Geschrei hinter der geschlossenen Tür dauerte bis in die frühen Morgenstunden. Das letztemal, als Natalie auf die Uhr geguckt hatte, war es zwanzig Minuten nach fünf. Sie musste um halb sechs eingeschlafen sein.

Die darauffolgenden Nächte waren mit Geschrei, Klopfen und Türen-Hämmern und mit kreischenden Stimmen gefüllt. Es beunruhigte Frau Steiner, dass ihre Kinder kaum noch schlafen konnten.

Eines sonntagmorgens, nach einer weiteren schrecklichen Nacht, in der sie kaum ein Auge schließen konnten, mussten sie vor ihrem Fenster eine Szene mitansehen, die über Frau Steiners Geduld hinausging. Es war zehn Uhr. Frau Pfeffer spazierte langsam vorbei, ihr silbernes Handtäschchen unter ihren Arm gepresst. Ihr Mann, der ihr alamiert folgte, fragte sie, wohin sie ginge.

„In diiiiie Kiiiiiiieeercheeee!" rief sie mit diesem falschen Lächeln auf ihrem Gesicht, die Worte wieder zu solcher Länge ziehend, dass jeder Buchstabe eine eigene Bedeutung bekam.

„Ich gehe in die Kiiiiieeercheeee! Warum bist Du denn so aufgeregt?"

Es war der Ton ihrer Stimme und die Art und Weise, wie sie die Worte in ihrem Mund langzog, was diesen armen Mann grenzenlos provozierte.

„Öffne Deine Handtasche!" verlangte er verzweifelt.

„Waruuuum denn? Waruuuuum soll iiiich meine Haaaandtaaaasche aufmaaaachen?" fragte sie.

„Weil, - ich sage Dir warum, Du Hure!" und er stürmte auf sie zu und zog die Handtasche unter ihrem Arm weg.

Aus der Tasche kamen ein Paar silberne hochhackige Sandaletten und ein schwarzer Minirock zum Vorschein.

„Du trägst jetzt silberne Sandaletten in der Kirche, ja, Du Hure. Die lässt Du besser hier!" rief er außer sich vor Zorn, mit blutrotem Gesicht. Aber sie ging geschickt auf ihn zu, schnappte sich eine Sandale aus seinen Händen und schlug damit auf ihn ein. Er tat das gleiche mit dem anderen Schuh, und eine Schlacht begann genau vor dem Fenster. Zwei kleine Kinder, etwa zwei und drei Jahre alt, kamen schreiend, halb nackt herausgelaufen, mit schmutzigen Händchen und laufenden Nasen. Sie hatten dunkle Schatten unter den Augen.

„Mama! Papa!" schrieen sie, ihre dünnen Ärmchen um die Beine ihrer Mama und dann ihres Papas schlingend. Aber die Eltern nahmen keine Notiz von ihnen. Mit aller Stärke, die sie besaßen, schlugen sie mit den Absätzen der Sandalen aufeinander los. Man konnte Blut von Herrn Pfeffers Gesicht tropfen sehen.

Natalie, die am Fenster stand, sah alles, was draußen vor sich ging, durch die dünne Tüll-Gardine. Sie war völlig außer sich. Sie hatte noch nie Menschen gesehen, die sich gegenseitig schlugen; und diese kleinen Geschöpfe, deren Körper so dünn und unterernährt aussahen und die niemanden hatten, der ihnen Halt gab, taten ihr furchtbar leid. Sie hatte großes Mitgefühl mit ihnen und merkte kaum, dass sie selbst weinte. Die fast schlaflosen Nächte, die sie durchgemacht hatte, hatten ihre Spuren auf ihrem Gesicht und ihren Gefühlen hinterlassen. Die meiste Zeit war sie den Tränen nahe und hätte Schlaf gebraucht, um wieder ins Gleichgewicht zu kommen. Aber Schlaf war rar in den „Notwohnungen".

„Wenigstens haben wir eine Wohnung für uns alleine", dachte Natalie, „und niemand kann sich einmischen." Es machte ihr nichts aus, sich über der rostigen Küchenspüle zu waschen. Auch der Lärm machte ihr nicht so viel aus; das war etwas Neues. Und wenn sie ihre Ohren mit Wattebäuschchen stopfte, empfand sie das als ein Erlebnis. Das einzige, was ihr etwas ausmachte, waren die spottenden Kinder in ihrer Klasse in der Schule, wenn sie hörten, wo sie wohnte. Warum flüsterten und kicherten sie hinter ihrem Rücken? Sie konnte es nicht verstehen.

Ihre Noten in der Schule wurden schlechter. Alle sechs Monate erhielt ihre Mutter einen „blauen Brief" vom Lehrer, mit einer Warnung, dass ihre Tochter nicht versetzt werden würde und das Schuljahr wiederholen müsste, wenn sich ihre Leistungen nicht besserten. Aber schließlich wurde sie dank ihrer enormen Anstrengung doch versetzt. Natalie verstand den Lernstoff immer noch nicht. Sie lernte vieles auswendig und schwieg bei Diskussionen, damit sie nichts Falsches sagen würde. Ihr Selbstvertrauen hatte sie verloren.

Da sie ihre Mutter mit ihren Schwierigkeiten nicht belasten wollte, behielt sie sie für sich und wurde immer stiller. Niemand bemerkte es. Ihr Stillsein wurde vom Lärm der Welt verschluckt, und niemand hörte ihr Schreien. Aber Natalie verstand. Sie verstand, dass ihre Mutter ihre eigenen Lasten zu tragen hatte. Sie musste mit der Geschwindigkeit ihrer Kollegen am Fließband Schritt halten, sonst würde sie beschimpft. Sie wollten so viel wie möglich Bezahlung. Je schneller das Fließband, um so höher der Lohn.

Sie verstand auch ihre Lehrer. Sie wollten intelligente Antworten hören und gute Noten geben. Sie wollten keine hoffnungslosen Tränen sehen. Jeder, der zufällig ihren betrübten Gesichtsausdruck sah, sagte, sie solle Mut fassen, es gäbe überhaupt keinen Grund, bekümmert zu sein.

„Du brauchst nicht zu weinen!" „Bitte weine nicht!" sagten sie zu ihr, wenn sie sie allein in einer Ecke auf dem Schulhof stehen sahen. Und weil sie ihre Tränen nicht zeigen durfte, musste sie sie noch mehr verbergen und warten, bis sie allein war. Erst dann konnte sie ihr Herz erleichtern. Sie verstand sogar ihre Mitschüler: Sie waren intelligent und heiter, sie wollten fröhlich sein, und ihre Bedrücktheit würde sie belasten.

‚Ich bin ihre Aufmersamkeit nicht wert', dachte Natalie. ‚Ich will sie nicht stören.' Und unmerklich schlüpfte sie in die Rolle einer Fremden, eines dummen Neulings aus dem Osten, der Ausgestoßenen, vaterlosen Tochter und des unerwünschten Mädchens von den „Notwohnungen".

All das war für sie Grund genug, vom Rest der normalen ‚gesunden' Welt ausgeschlossen zu werden, Grund genug, sich selbst auszuschließen. Ihre äußere und innere Welt glichen sich. Eines Tages hörte sie eine kurze Unterhaltung zwischen ihrer Mutter und Frau Pfeffer:

„Ihre Tochter ist nicht ganz richtig im Kopf. Sie ein bisschen zurückgeblieben, stimmt's?

Von da ab glaubte Natalie, dass wirklich etwas mit ihr nicht stimmte; dass sie im Kopf nicht normal war, ja sogar ‚geistig zurückgeblieben'. Sie beobachtete sich jetzt noch genauer. Jede Bewegung, die sie machen und jeder Satz, den sie äußern wollte, wurden von ihr vorher mehrmals darauf geprüft, ob das, was sie sagen wollte, richtig war und von dem Adressaten akzeptiert werden würde. Am Ende hielt sie, was sie sagen wollte, zurück, aus Angst, dass es falsch sein könnte.

Obwohl es Natalie nicht bewußt war, litt sie sehr unter den Wohnbedingungen. Fast jede Nacht und auch oft am Tag war sie Zeugin von Geschrei und Schlägereien von Nachbarn und begann zu denken, dass das Leben so sei;

dass sie sich an den neuen Stil des Lebens gewöhnen müsste. Sie tat es aber nicht.

Jeder Tag war ein Kampf; und sie betrachtete es als ein Wunder, als der Familie nach einem Jahr und acht Monaten eine Mietwohnung in einem anderen Stadtteil angeboten wurde; in einer normalen, respektablen Gegend. Das Haus war neu erbaut. Frau Steiner und die Kinder mussten sogar mit ihrem Einzug warten, bis die Bauarbeiten fertig waren. Jetzt konnte ein neues Leben für sie beginnen, und Natalie träumte Tag und Nacht davon. In ihrer Vorstellung sah sie sich unter Freunden, die in ihrem neuen Zuhause ein- und ausgingen, Freunde, die sie jetzt akzeptierten, mit denen sie lachen und fröhlich sein konnte. Sie würde auch bessere Noten in der Schule bekommen und im allgemeinen würde das Leben wieder normal und befriedigend sein.

Es war ein Dienstag, viertel vor zwei am Nachmittag, als Natalie auf dem Stuhl ihrer Mutter am Tisch im Wohnzimmer saß und ihre aufgewärmte Suppe ohne Appetit aß. Wie üblich, wenn sie allein und unbeobachtet war, sagte sie ein Gebet, bevor sie zu essen anfing, und lud Gott ein, ihr Gast zu sein und das Essen, was Er ihr gab, zu segnen. Es war ein kurzes Gebet, welches sie von ihrem Großvater in P. vor langer Zeit gelernt hatte. Trotz all der Erschwernisse in ihrem Leben hatte dieses Gebet und das, was sie nach dem Essen sagte, überlebt.

Dies waren einige der wenigen Souvenire, die sie in ihr neues Zuhause mitgebracht hatte, und sie behütete sie vorsichtig. Sie sagte die Gebete nicht, wenn ihre Mutter oder Hazel anwesend waren; dadurch brauchte sie nichts von dem kostbaren Wert, der nur ihr gehörte, zu teilen. Das Gebet tröstete sie und gab ihr das Gefühl, sie habe einen unsichtbaren Gast an ihrem Tisch, während sie allein ihre Suppe löffelte.

Als sie fertig war und ihr Dankgebet gesagt hatte, stand sie auf, wusch ihren Teller und Löffel in der Küche ab, trocknete sie und stellte sie in den Schrank zurück, aus dem

75

sie sie genommen hatte. Sie polierte ein paar Minuten lang die Spüle und ging dann zum Wohnzimmer zurück. Das Mädchen hätte gern ihre Bücher und Schulhefte in ihrer Schultasche gelassen, denn sie verursachten ihr nur Kopfschmerzen und machten sie mutlos. Es kostete sie viel Anstrengung, sie aus der Tache zu holen und auf den Tisch zu legen, damit sie anfangen konnte, ihre Hausaufgaben zu machen.

,Heute muss ich diesen Text verstehen!' dachte sie, ,sonst werde ich morgen wieder ausgelacht.'

Natalie setzte sich hin, öffnete ihr Geschichtsbuch und las etwas über Kaiser Wilhelm. Nachdem sie den ersten Satz gelesen hatte, seufzte sie einen tiefen Seufzer. Dann stand sie auf, ging in die Küche und polierte nochmals die Küchenspüle, ganz gründlich und mit viel Geduld, als ob sie eine Spur wegwischen wollte und als müsste sie eine wichtige Aufgabe vollenden. Als sie damit fertig war, ging sie ins Wohnzimmer zurück und las den ersten Satz nochmals. Sie verstand ihn nicht.

Aber da sie es nicht gewöhnt war aufzugeben, wiederholte sie den Satz immer und immer wieder, bis sie ihn auswendig konnte, ohne die Bedeutung zu verstehen. Und als sie sich erinnerte, was sie über Ernst Thälman und Wilhelm Pieck in ihrer kleinen Schule zuhause gelernt hatte, empfand sie, dass Kaiser Wilhelm ihr nicht im geringsten vertraut war. Sie hatte von Karl Marx und Lenin gehört, aber was sie jetzt lesen sollte, ergab für sie überhaupt keinen Sinn.

,Alles ist so anders, so komisch!' dachte sie unaufhörlich und beschloss, am Abend ihre Mutter zu fragen, wenn sie nach Hause kommen würde. Natalie blieb im Sessel sitzen, ihre Ellenbogen auf den Tisch gestützt, ihr Gesicht mit den Händen verdeckt. In dieser Position blieb sie lange Zeit sitzen. Zeit erschien endlos. Nach einer langen Weile nahm sie ihre Hände vom Gesicht, spielte mit ihrem langen Haar und sah die Schuppen aufs Papier fallen – zu viele zum Zählen. Als die Seite im Buch mit Schuppen bedeckt war, stand sie auf und spülte sie in der Toilette hinunter. Dann setzte sie sich wieder hin und wollte lesen, aber sie konnte sich nicht konzentrieren.

Ein paar Minuten später stand sie auf, ging zum Küchenschrank, in dem ihre Mutter das Schokoladengebäck aufbewahrte, und öffnete den Behälter. Sie aß zwei Plätzchen, machte die Dose zu und verschloss sie wieder im Küchenschrank.

‚Ich sollte keine Schokoladenplätzchen essen, aber zwei werden mir schon nicht schaden', dachte sie und fuhr sich leicht mit der Hand über ihre Pickel, die ihr Gesicht vollkommen bedeckten. Aber kaum hatte sie sie gegessen, verspürte sie das Bedürfnis, noch eins zu essen, öffnete den Schrank nochmals und verleibte sich hastig noch drei Plätzchen ein.

Dann verstaute Natalie die Büchse ganz hinten im Küchenschrank, verschloss ihn und ‚versteckte' den Schlüssel in einem Fach ganz oben im Schrank, wie ein heimlicher Alkoholiker, der seiner Sucht nicht nachgeben will. Um noch sicherer zu gehen, verschloss sie auch dieses Fach und versteckte den Schlüssel in einer Schublade unter dem Besteck. Jetzt glaubte sie sich sicher, vom Feind geschützt zu sein - dem Feind, dem Verführer, der ihr eigenes Verlangen nach etwas Süßem war. Sie wollte nicht mehr daran denken; sie wollte sich auf ihre Hausaufgaben konzentrieren, die sie noch machen musste.

Also setzte sie sich hin und nahm ihr Englischbuch heraus, um die neuen Vokabeln auswendig zu lernen. Aber jedesmal, wenn sie versuchte, ein englisches Wort zu finden, kam ihr zuerst das Russische in den Sinn, wie krampfhaft sie auch versuchte, es aus ihrem Kopf zu verjagen. Ja, je mehr sie versuchte, es zu vergessen, desto mehr erinnerte sie sich und begann, die deutschen Sätze, die sie ins Englische übersetzen sollte, ins Russische übertragen, ohne dass es ihr bewusst war. Als sie damit fertig war, überkam sie zunächst ein Gefühl von Frieden und Errungenschaft. Aber als sie den Text noch einmal durchlas und plötzlich bemerkte, was sie getan hatte, verkrampften sich ihre Eingeweide und sie stieß einen Schrei der Verzweiflung aus.

Sie schaute auf den kleinen Wecker, der vor ihr stand. Es war erst fünfundzwanzig Minuten nach zwei. Dann ging Natalie zum Fenster. Die Leute, die gegenüber wohnten, waren alle auf der Arbeit. Unten auf der Straße rasten Autos vorbei. Ein paar Frauen mit Einkaufstaschen eilten vorbei, aber keine familiären Gesichter.

‚Noch drei ein halb Stunden, bis Mama nach Hause kommt. Sie hat gesagt, dass sie auf dem Nachhauseweg von der Arbeit noch einkaufen gehen will.'

Natalie strich die Stores glatt und setzte sich wieder hin. Nach ungefähr einer Minute stand sie auf, stellte sich neben die Tür und sah sich das Zimmer an. Sie sah, dass der Tisch und die Sessel verschoben werden mussten. Der Tisch war zu nahe am Sofa, und das irritierte sie. Dann veränderte sie die Entfernung zwischen Tisch und Sesseln, damit es genau die gleiche wäre. Als sie damit fertig war, bemerkte sie, dass die Kissen auf dem Sofa aufgeschüttelt werden mussten, und sie setzte sie auf's Sofa in gleicher Distanz zueinander, mit einem Kniff genau in der Mitte. Dann schaute sie sich den Tisch, die Sessel und Kissen aus jeder Ecke des Raumes an, und als sie dachte, es sei nun in Ordnung, setzte sie sich wieder hin.

Aber ihr Gemüt fand keinen Frieden. Ihr Kampf mit den Schokoladenplätzchen begann erneut. Natalie ertappte sich, wie sie an den Schlüssel unter dem Besteck dachte und ihre Gedanken nicht davon abwenden konnte. Sie ging zur Schublade, grub den Schlüssel von ganz unten im Besteckkasten hervor, als ob sie sehen wollte, ob er noch da sei. Und nachdem sie sich versichert hatte, dass er noch vorhanden war, bedeckte sie ihn mit noch mehr Messern und Gabeln, um ihrer Versuchung nicht nachzugeben.

Natalie erkannte, dass sie ein Spiel spielte, aber sie konnte nicht damit aufhören. Als ob es Liebe wäre, die irgendwo in einem verborgenen Ort verschlossen lag - sie wollte sie finden, so viel wie möglich davon verschlingen. Der Schlüssel war da, er lag vor ihren Augen, aber sie traute sich nicht, das Schloss zu öffnen. Sie fürchtete, zu viel davon zu brauchen, mehr als ihr bekommen konnte. Auch fürchtete sie, bestraft zu werden, wenn sie die Büchse leeren würde, und zweifelte daran, es zu verdienen.

So stand sie vor dieser Schublade, öffnete sie und schloss sie wieder, nahm den Schlüssel heraus und versteckte ihn wieder unter dem Besteckkasten.

‚Wenn ich nur noch eins haben könnte, nur noch eins ...!‘

‚Du hast versprochen, es nicht zu tun ...‘ argumentierte ihre innere Stimme.

Aber ihr Verlangen verstärkte sich und damit auch ihre Angst, der Versuchung nicht standhalten zu können. Sie ging an den Schrank im Wohnzimmer, kauerte sich davor hin und berührte die verschlossenen Türen mit ausgespreizten Händen. Es war nicht möglich, ohne den Schlüssel zu den Plätzchen zu gelangen, und das gab ihr ein Gefühl von Sicherheit und gleichzeitig auch von Terror.

Als sie auf die Uhr blickte, war es zwei Uhr dreiundvierzig. Früher, als den ganzen Tag lang ein Zeiger der Uhr dem anderen nachraste und Natalie sie gern angehalten hätte, um die Zeit für eine Weile anzuhalten, damit sie etwas länger im Garten weilen könnte -, auf ihrem Puppenöfchen Tee für ihre Puppen brühen oder mit ihrer Freundin Post spielen konnte, wäre Einsamkeit ein unbekanntes Gefühl für sie gewesen. Aber jetzt, während der vergangenen zweieinhalb Jahre, kroch die Einsamkeit langsam in sie hinein, verfolgte sie, wohin sie auch ging, wie ein dunkler Schatten, von dem man sich nicht befreien kann.

Nach einer Weile stand Natalie von ihrer hockenden Position auf und lief wieder zum Fenster. Die Straße sah öde und trostlos aus. Es nieselte ein wenig, jedoch kaum bemerkbar, da kein Wind wehte. Der Himmel war mit grauen Wolken bedeckt. Das Wohnhaus gegenüber dem

Fenster sah schäbig, kalt und öde aus. Die hässlichen Vorhänge waren alle zugezogen, und es war weder Bewegung noch Licht dahinter zu sehen.

Der Friedhof zuhause, auf dem Natalies Urgroßeltern begraben lagen, hatte Bäume und Blumen, und die Luft war voller Erinnerungen der Geliebten, die einmal gelebt hatten. Diese Straße, dieses Haus, das ihr in die Augen starrte, diese Ziegelsteine und der Zement waren tot.

Ein Kind, das von ihrer Mutter im Kinderwagen geschoben wurde, schrie; es waren die einzigen Menschen, die auf der Straße zu sehen waren. Natalie öffnete das Fenster. Das Kind weinte verzweifelt, aber die tröstenden Worte der Mutter konnten es nicht beruhigen. Natalies Augen verfolgten sie, bis sie links um die Ecke bogen. Noch aus der Ferne konnte sie die verzagten Rufe des Kindes hören.

‚Dieses Kind erleidet solchen Seelenschmerz!‘, dachte sie mit tiefem Kummer in ihrem Herzen, und als sie das Fenster wieder geschlossen hatte, fühlte sie etwas Nasses, Salziges auf ihren Lippen.

‚Warum sollte ich weinen, nur weil das Kind weint?‘, sprach Natalie zu sich selbst. ‚Ich kenne das Kind doch gar nicht!‘ Und sie versuchte heftig, sich zu überzeugen, dass es keinen Grund für sie gab, traurig zu sein.

Dann, am Schrank vorbeigehend und bewusst den Mordshunger auf etwas Süßes, mit dem sie ihre Seele trösten könnte, herunterschluckend, ging sie zum Spiegel, der im Flur an der Wand hing, und musterte sich. Sie konnte ihren Blick nicht von ihrem Haar lassen, das strähnig herunterhing und fast ihre Schultern berührte. Sie fand sich hässlich und ihr Haar zu kurz, und fing an, es zu kämmen und zu bürsten, es in verschiedene Frisuren zu formen, um zu sehen, ob ein anderer Stil ihr besser stünde. Aber sie konnte ihr Aussehen nicht verändern, so sehr sie es auch wollte. Ihr Gesicht war zu rund, ihre Ohren abstehend und ihre Brüste waren viel zu flach. Sie erinnerte sich mit Grauen an die Zeit, wo sie vor dem

Gymnastikunterricht mit ihren Klassenkameradinnen im Umkleideraum sein musste, als sie sich über ihre flache Brust und die haarigen Beine lustig machten.

„Du siehst aus wie ein Mann", hatte jemand kichernd gesagt.

Sie hatte die Jugendliche nur angeschaut und nichts zu erwidern gewusst.

„Dummes Kind!", hatte sie die andere lachend sagen hören, „natürlich bist Du ein Mädchen!"

Noch bedrückter als vorher, kehrte sie ins Wohnzimmer zurück und sah sofort, dass die Sofakissen schon wieder anders hingestellt werden mussten, denn sie merkte, dass sie letztendlich doch nicht in der richtigen Ordnung aufgestellt waren. Dann setzte sie sich hin und starrte ins Nichts. Die Geschichts – und Englischbücher lagen noch immer wie Feinde vor ihr, jederzeit zum Angriff bereit.

Natalie träumte von einer Welt, die vergangen war. Erst als die Glocke von einem entfernten Kirchturm fünfmal schlug, erwachte sie. Das Läuten hatte wie eine Beerdigungsglocke geklungen, die einsam klang, und sie sann für einen Moment einer Ahnung nach, dass sie in ihrem Traum einen Lehrer gesehen hatte – oder war es ihr Vater gewesen?"

Als Frau Steiner um halb sechs nach Hause kam, traf sie ihre Tochter schluchzend vor einer leeren Plätzchendose sitzend an. Ihr ganzer Körper vibrierte wie bebende Erde.

Die Welt war für sie zerbrochen.

7

Unzählige Morgen und unzählige Nachmittage vergingen, und Natalie gewöhnte sich an eine Routine des Wartens. Die einzige Hoffnung in ihrer Hoffnungslosigkeit war, dass ihre Mutter abends nach Hause kommen würde, und es lohnte sich, darauf zu warten. Manchmal abends, wenn Hazel schon schlief, lag Natalie noch mit offenen Augen im Bett und dachte nach, wie sie die Mädchen, die sie so erniedrigten, bekämpfen könnte, wie sie stark und in Kontrolle sein könnte.

Und dann erinnerte sie sich daran, dass ihr Vater immer einen Sohn haben wollte, einen robusten, starken Jungen, der auf Bäume klettern und sein Fahrrad selbst reparieren konnte.

Sie sehnte sich danach, zäh und kräftig und in Kontrolle über ihre Umwelt zu sein. Aber das war noch nicht in Sicht, noch nicht für lange, lange Zeit.

Eines morgens im Frühsommer, als der Regen wieder in Strömen niederprasselte, saßen Natalie und Hazel im Wartezimmer des Rechtsanwaltes, die zwei Einzigen in diesem riesigen Raum, der mit mindestens zwanzig Menschen gefüllt werden konnte. Sie schwiegen. Natalie wusste nicht, warum der Rechtsanwalt mit ihr sprechen wollte. Sie wusste ja kaum, was ein Rechtsanwalt war und was er tat. Sie wusste, dass es mit ihrem Vater zu tun hatte, der ihm geschrieben hatte, aber das alles verwirrte sie. Sie hatten jetzt schon über eine halbe Stunde gewartet, während ihre Mutter drinnen war.

‚Vielleicht wollen sie mich nach Hause schicken‘, dachte sie plötzlich, und ein heißer Blutstrom schnellte in ihr Gesicht.

‚Ja', sagte sie sich, ihrer Schwester unsicher in die Augen schauend, und fragend, ob sie mit ihr kommen würde.

‚Ja! Sie werden sagen, dass ich zurück kann.'

Ihr Herz begann schneller zu schlagen.

„Dein Kleid hat Schweißflecken unter dem Arm", sagte Hazel missbilligend. „Der Rechtsanwalt wird denken, dass Mama nicht genug für unsere Kleidung sorgt. Du hättest es wechseln sollen!" Und sie fuhr fort, in einer Modezeitschrift zu blättern.

Aber Natalies Ohren waren taub. Sie konnte nur ein Wort hören, das ihn ihr widerhallte: „*HEIMAT*". Sie traute sich nicht, ihre ältere Schwester zu fragen, was *sie* dachte. Sie machte einen so uninteressierten Eindruck und war so ruhig. Natalies Aufregung wuchs, und sie wischte sich ständig die schweißigen Hände an ihrem Rock trocken.

‚Ich könnte in meinen Garten zurück, zu meinen Puppen; ich könnte meine Freundinnen wiedersehen. Oma! Was würde Oma sagen? Ich könnte die Äpfel von unseren eigenen Bäumen essen und nicht die grünen aus dem Laden. Ich könnte meiner Russischlehrerin erzählen, dass ich Englisch gelernt habe; ich könnte ...'

Eine dienstliche Stimme unterbrach ihre Träume.

„Bitteschön, Herr Kramer möchte Euch jetzt sprechen."

Hazel sprang von ihrem Stuhl auf, warf die Zeitschrift auf den Tisch zurück und schaute ihre Schwester an.

„Schnell!" kommandierte sie in strengem Flüsterton. „Worauf wartest Du denn?!"

Herr Kramer war ein Mann mittleren Alters mit dünnem, weißen Haar.

„Guten Tag, Hazel; guten Tag, Natalie", rief er ihnen beim Eintreten entgegen.

„Setzt Euch, Mädchen, bitte, nehmt Platz!"

Er zeigte auf zwei Stühle, die vor einem riesigen Schreibtisch standen. Mit einem freundlichen Lächeln setzte er sich auf einen großen, schwarzen Ledersessel hinter dem Schreibtisch. Er schaute die Kinder an und nickte mit dem Kopf. Frau Steiner, fast unsichtbar am anderen Ende des Zimmers, saß bequem auf einem kleinen Ledersofa und konnte nur die Rücken ihrer Kinder sehen.

„Wisst Ihr, warum Ihr hier seid?" fragte Herr Kramer nach einer langen Stille, Natalie und Hazel anschauend. Natalie, die nervös auf der Stuhlkante saß, starrte den Mann vor ihr an. Sie hatte ihm nichts zu sagen. Ihre Gedanken kreisten nur um ein Thema: ‚Wann werden wir nach Hause gehen?'

Und plötzlich, wie aus weiter Entfernung, hörte sie die Stimme ihrer Schwester das Schweigen brechen:

„Wir wissen", sagte diese, „dass unsere Eltern sich scheiden lassen möchten, und wir wollten Ihnen sagen, dass wir bei unserer Mama bleiben wollen. Wir wollen nicht zu unserem Vater zurück. Er schreibt uns nie und schickt uns nie Pakete. Wir haben ein viel besseres Leben hier im Westen!"

Und Hazel fuhr fröhlich fort, den Mann vor ihr zu überzeugen, dass sie mit ihrem Leben, so wie es sei, zufrieden wäre.

Frau Steiner, die sich eine Zigarette angezündet hatte, als die Kinder den Raum betraten, und sie hastig mit blassem Gesicht und zitternden Händen rauchte, lehnte sich jetzt auf dem Sofa entspannt zurück. Sie fühlte die Erleichterung eines Angeklagten nach der Vernehmung eines Zeugen, der bewiesen hatte, dass sie unschuldig war und freigesetzt werden sollte. Es floss wieder Farbe in ihr Gesicht und zugleich ein Lächeln der Dankbarkeit und Befriedigung.

Hazel war mit ihrer ‚Zeugenaussage' fertig. Mit ihrem kindlichen Charme hatte sie sehr überzeugend geklungen. Herr Kramer hatte, während sie sprach, einige Notizen gemacht.

Dieses unaufhörliche Lächeln auf seinem Gesicht fing an, Natalie zu irritieren.

‚Warum ist er nur so zufrieden?' dachte sie, innerlich schreiend.

Jetzt blickte er sie - immer noch lächelnd - mit fragenden Augen an. Aber Natalie schwieg. Warum sollte sie eine Aussage machen, die gegen sie verwendet werden könnte? Warum einfach nichts sagen, und er wird ihre innersten Gedanken erraten, - vielleicht?

„Sag was!" Hazel stieß mit ihrem rechten Schuh gegen Natalies Fußgelenk.

„Nun, mein Mädel, möchtest Du auch bei Deiner Mama bleiben?"

Der Ausdruck auf dem Gesicht vor ihr sah wie eine Grimasse aus. Natalie drehte sich um. Ihre Mutter saß immer noch auf dem Sofa. Der warme Ausdruck, den sie noch vor fünf Minuten auf ihrem Gesicht getragen hatte, war jetzt angespannt. Ihre Angst, ihr Terror, dass sie ihr Kind verlieren könnte, ihr jüngstes, hatte ihr Gesicht vollkommen verzerrt. Ihre rechte Augenbraue begann mit schnellen, nervösen, unwillkürlichen Bewegungen zu zucken. Mit einem erschrockenen Ausdruck in ihren Augen sah sie ihr kleines Mädchen an, ihr geliebtes, und mehr noch: ihre Welt, ihr Leben. Natalie war alles, woran sie sich festhalten konnte. Und in diesem Moment schwor sie zu Gott, dass, wenn Er ihr Natalie ließe, sie alles in ihrer Macht tun würde, sie glücklich zu machen.

Im Zimmer war absolute Stille. Herr Kramer saß mit seinem gefrorenen, nichtssagenden Lächeln hinter seinem prominenten Schreibtisch und sah etwas verlegen aus. Hazel, die überhaupt nicht verstand, warum niemand etwas sagte, sah ihre Schwester kritisch an und erwartete, dass auch sie nun endlich ihre Meinung aussprächе.

Aber Natalie war meilenweit entfernt. Sie hatte vergessen, dass sie an der Reihe war zu sprechen. Wie bei einem Träumer waren ihre Augen auf ihre Mutter fixiert, ohne sie in Wirklichkeit zu sehen. Stattdessen sah sie die ganze Familie zuhause in P. um den Küchentisch sitzen und an einem heißen Sommermorgen bei offenem Fenster frühstücken. Sie konnte das Summen der fliegenden Insekten hören und das Gackern der Hühner im Garten. Ein

Gefühl des Friedens erfüllte sie – der Harmonie, die sie schon lange Zeit nicht mehr gefühlt hatte. Aus dem Schafstall vernahm sie das Mähen der Schafe, die gefüttert werden wollten. Der Wind wehte sachte die Düfte des Sommergartens durchs Fenster und füllte ihre Nase mit süßem Aroma. Natalie atmete tief. Stille füllte ihr Herz.

Plötzlich schrak sie zusammen. Ihr Herz begann wie wild zu klopfen. Sie hörte sich bei ihrem Namen gerufen. Sie drehte sich wieder um. Herr Kramer schloss die vor ihm liegende Akte und streckte seine Hand aus.

„Danke, Natalie, Hazel, dass Ihr gekommen seid. Eure Wünsche werden Euch erfüllt werden. Ihr braucht keine Angst mehr zu haben."

Er reichte beiden Kindern und Frau Steiner seine Hand und begleitete sie zur Tür. Natalie fühlte sich, als ob sie einen Schlag ins Gesicht erhalten hatte. Jetzt musste sie der Wirklichkeit ins Auge sehen. Aber – was war die Wirklichkeit? Was würde geschehen? Ihr war nicht bewusst, dass sie etwas gesagt hatte. Fragend schaute sie ihre Mutter an. Frau Steiner, die wohl die zögernden Schritte Natalies bemerkt hatte, blieb in der Mitte des Fußwegs stehen. Sie stellte ihre Handtasche zwischen ihren Beinen ab und nahm beide Töchter in ihre Arme. Ein tiefer Seufzer der Erleichterung entwich ihr.

„Jetzt wird alles gut sein", sagte sie mit weicher, liebevoller Stimme. „Ihr werdet sehen!"

Und sie zog beide Kinder fest an sich.

8

Es dämmerte. Es ist denkbar, dass Menschen auf den Straßen waren, aber wenn, dann bemerkte man sie nicht. Vielleicht sahen sie und wollten nicht stören? Möglicherweise fühlten sie die Wichtigkeit dieses Geschehnisses?

Ein Mann und eine Frau spazierten nebeneinander an der alten Friedhofsmauer entlang, die mit dunkelgrünem Efeu überwachsen war. Der Mann, in den fünfzigern, war alltäglich gekleidet, mit grauem Mantel und schwarzem Hut. Die Frau, etwa zwanzig, trug gewöhnliche Kleider; nichts Besonderes. Ihre rechte Hand war zu einer Faust zusammengeballt und lag in der linken Hand des Mannes. Es war zu spüren, dass Harmonie und Vertraulichkeit sie verband. Und doch, durch ihre langsamen, gleichmäßigen Schritte, durch ihr künstliches, etwas gestelltes, formales Verhalten machten sie den Eindruck, dass dies eine neue und ungewohnte Begegnung war, und beide empfanden etwas Fremdartiges.

„Wir haben nur eine Nacht", sagte der Mann zugetan, fast abbittend. Die Frau antwortete nicht; sie fühlte nur die Wärme seiner Hand. Sie fühlte sich sanft und beschützend an. Wie damals. Dieses friedvolle Gefühl war jetzt nicht nur eine Erinnerung.

„Ich habe Dich vermisst", sagte sie ruhig, ohne Vorwurf. „Du wusstest es nicht, oder?"

Der Mann antwortete nicht.

„Ich will es Dir alles erklären, denn Du weißt nichts von meinem Schmerz. All die Jahre war ich wie hinter Gittern eingeschlossen, unfrei, wie in einer Zelle verkerkert; es gab keinen Ausweg, ich konnte nicht fliehen. Erst nach viel Qualen meiner Gefangenschaft war es mir möglich, mein Leben wieder zu steuern. Es gelang mir, die Situation umzudrehen, die Wächter zu überlisten und sie mir dienen zu lassen. Alles Kostbare, das ich besaß, hatte ich versteckt. Es gelang ihnen nicht, mir das wegzunehmen. Anstatt ihnen zu erlauben, mich zu berauben, befahl ich ihnen, mir das Tor zu öffnen, und ich schritt durch, in die Freiheit."

Sie hielt inne.

„Es geschah, als wir von Dir weggingen", rief sie aus, „und ich war im zarten, empfindsamen Alter von elf Jahren. Ich bildete mir ein, dass *Du mich* verlassen hättest. Ich dachte, dass ich für Dich gestorben wäre. Ich verlangte nach Dir, suchte Dich überall, aber Du hast mich nicht gehört. Ich warf Dir vor, mich aufgegeben, im Stich gelassen zu haben. Ich war grausam und erbarmungslos und gab Dir die Schuld. Ich habe Dir Geschenke zurückgesandt, die Du mir so liebevoll geschickt hattest. Ich habe Dir Deine Briefe nicht beantwortet, die Du mir in Deiner Verzweiflung geschrieben hattest. Ich warf Dir vor, brutal zu sein, weil ich an Kummer fast zerbrach. Ich wanderte in der Wüste und Du kamst nicht, mich zu retten. Denn für Dich war ich tot."

Er entgegnete nichts. Stillschweigend umhüllte seine Hand die ihre.

„Als wir Abschied nahmen, in dieser kalten Winternacht, wusstest Du doch, dass wir für immer fortgingen. Du hast uns nicht zurückgehalten. Wolltest Du, dass wir von dannen gehen? Warum?"

Er konnte nicht sprechen. Seine Hand war warm; seine Gefühle waren zu tief, als dass er sie hätte in Worte fassen können. Aber in seiner Vorstellung sah er alles. Bilder erschienen vor seinen Augen. Er sah sich in seinem Herrenzimmer sitzen, allein, leise weinend. Er sah sich durch den Garten gehen und die Erde durch seine Hände und Finger bröseln lassen, als ob es ein wertvolles Geschenk wäre, und alle Blumen betrachtend, mit denen er im Herzen verbunden war, - seine einzigen wahrhaftigen, treuen Freunde, die mit ihm warteten, dass das Leben zurückkehrte. Er hörte die Bäume seufzen, seine einzigen Freunde, auf die er sich verlassen und zu denen er sprechen konnte, die einzigen Wesen, die auf seiner Seite waren und zu ihm hielten.

Er sah sich auf dem Weg zur Schule. Herr Steiner, den alle herzlich und respektvoll gegrüßt hatten und der zum Gruß fröhlich seinen Hut zog, dieser Herr Steiner wurde jetzt vermieden. Seine Freunde wechselten jetzt die Straßenseite. Sie wollten ihn nicht sehen. Sie suchten plötzlich nach „etwas" in ihren Taschen oder mussten ihre Schnürsenkel zubinden. Sie mussten unvermittelt in ein Geschäft gehen, um etwas anzugucken. Nein, sie konnten nicht mit ihm sprechen, denn sie sahen ihn nicht.

Er machte Versuche.

Er sah sich auf einen alten Kollegen zugehen, einen Freund seit zwanzig Jahren. Und, ja, er hält an und lüftet seinen Hut, er lächelt sogar. ‚Schön, Dich zu sehen, Viktor', und auf seine Uhr blickend, ‚leider habe ich heute keine Zeit. Muss mein Weiblein von *Seilers* Tante-Emma-Laden abholen. Sie steht schon eine Stunde in der Schlange. Muss sehen, ob sie vorangekommen ist. Sie kann nicht tragen, wegen ihres Rückens, erinnerst Du Dich? Bis bald, Viktor. Auf Wiedersehen!'

Und dann, als der Brief von der Schulverwaltung ankam.

‚Kamerad Steiner!
Nehmen Sie bitte zur Kenntnis, dass Sie ab jetzt, dem 15. April 1961, die Fächer Deutsch und Geschichte nicht mehr unterrichten werden; anstelle dessen werden Sie die Fächer Musik und Basteln lehren. Wir vertrauen auf Ihr Verständnis und glauben, dass es keiner weiteren Erklärung bedarf. Es ist im besten Interesse der Ausbildung unserer Jugend in der Deutschen Demokratischen Republik.'

Jetzt war er der Verzweiflung nahe. Es wurde ihm verboten, seine Lieblingsfächer zu unterrichten. Er ging zur Lehrerkonferenz und schlug Krach.

‚Sind wir Kameraden, oder nicht?! Ihr misstraut mir, weil meine Frau mich verlassen hat, in den Westen gegangen ist, und meine Kinder nicht zurückgekommen sind. Glaubt Ihr, ich bin ein Verräter unseres Vaterlandes? Ich will von Euch allen hören, von jedem Einzelnen, dass Ihr mir glaubt. Ich habe sie gebettelt, zurückzukommen. Ich schwöre es bei Ernst Thälmann und der Kommunistischen Partei. Ich hatte keine Ahnung, dass sie im Westen bleiben würden. Wenn Ihr Eurem eigenen Kameraden nicht traut, dann kündige ich meine Zugehörigkeit zur Partei. Hier sind meine Papiere!'

Und er schleuderte seine Mitgliedskarte auf den Tisch vor ihm und verließ zornig den Raum.

‚Zu solch einer Partei habe ich kein Verlangen zu gehören. Ich bin abgetreten!'

Wurde er als Feind angesehen? Als Spion? Als Verräter vielleicht? Er wurde von seinen eigenen Leuten verstoßen, von den Kommunisten, denen er seit Hitlers Fall Treue geschworen hatte.

Er sah es jetzt alles so klar. – Und dann zog er sich von der Welt zurück.

Und dann die Briefe.

‚Lieber Papa, wir wollen hier im Westen bleiben, denn wir können hier alles kaufen. Fünf Pfund Bananen kosten nur eine Mark!'

Zurückweisungen auf allen Fronten. Hart und versunken und auch sehr zynisch zog er sich von allem zurück.

Eine Eule kreischte von einem hohen Baum hinter der Friedhofsmauer. Es war dunkel geworden. Nur ein paar Sterne waren am Himmel zu sehen. Die Straßenlaternen gaben einen faden Schein. Die großen Äste der alten Eiche an der Ecke knatterten vom Wind.

„Ich wusste es nicht", sagte Natalie, als ob sie die Botschaft seines unbewussten Seufzers verstanden hätte. „Ich wusste es wirklich nicht ..."

„Sch sch h h ...", unterbrach er sie, seinen Finger an den Mund haltend, und dann, auf den Friedhof weisend, flüsterte er: „Sie schlafen!"

„Als ich mich in der Tiefe meiner Verzweiflung befand", fuhr sie nach einer Weile fort, „war Gott meine einzige Zuflucht. Er war so nah, und doch war ich von Ihm so weit entfernt. Er war in mir vergraben wie eine Juwele, von deren Stärke, Macht und Schönheit ich nichts wusste. Ich wusste nicht, wie ich diese Juwele benutzen, welchen Gewinn ich aus ihr ziehen könnte. Ich wusste nur, dass Gott mich irgendwie führte. Er war eine Lebenskraft, ein ‚Kern', der immer bei mir war. Wenn ich traurig war, wurde ich getröstet. Wenn ich einsam war, war Er mein Gefährte, und wenn ich Hoffnung verloren hatte, hörte ich ‚Du bist nicht allein!' Ich kannte Seine Wege nicht, aber es war mir auch nicht bestimmt, sie zu kennen. Er führte mich auf meinem Weg, ohne dass ich wusste wohin und warum. Und dann führte Er mich zu Dir.

‚Ich will wissen', setzte Er in meinen Kopf, ‚wer mein Vater wirklich ist! Nicht, was Mama mir erzählt, sondern was ich, als Erwachsene, sehe. Ich will die Wahrheit sehen!'

Und so geschah es, dass eines Tages ..."

Natalie blieb stehen und lauschte auf das, was sie mit ihren nach innen gerichteten Augen sah. Und hier hielten sie inne, Hand in Hand, verbunden, und lauschten gemeinsam.

‚Vergangenheit und Gegenwart vereinigen sich, wenn alte, vergessene Geliebte sich zu einer verlassenen Seele hinbewegen, und wenn die Seele bereit ist, das Licht, die Liebe zu empfangen, ist das erwärmte Herz bereit, zu vergeben.'

Natalies Gedanken rauschten wie das Wehr, an dem sie stand.

‚Nein', dachte sie. Es ist komplizierter als das. Wie wissen wir, wer der Zurückgelassene ist? Vielleicht kann man nur sein eigenes Verlassensein verzeihen, wenn man in der Lage ist, selbstlos das Verlassensein des Anderen zu sehen. Und wenn die verletzte, verlassene Seele die alte, vergessene Liebe erreichen kann, wenn die Gegenwart nach der Vergangenheit reichen kann, werden beide von neuer Hoffnung umarmt.'

Natalie hatte nun schon über eine halbe Stunde hier an diesem Wehr gestanden. Die Stille der Nacht beruhigte ihre Seele. Dies war genau, was sie jetzt wollte. Wie spät es auch immer sein mochte, wie neugierig ein gelegentlicher Spaziergänger sie beim Vorbeigehen auch anstarrte, wie sehr sie auch in Eile war, sie musste jetzt auf dieser Brücke stehen und auf den Fluss schauen, an genau diesem Ort, und genau zuhören, was ihr Herz ihr zuflüsterte.

‚Wie dunkel diese Nacht ist, - wie still! Wie merkwürdig sicher mich diese Dunkelheit fühlen lässt! Wie laut die Stille spricht! Wer kann sonst noch mein Herz klopfen hören? Der Fluss riecht wie damals; wie kann das sein? Ich muß vergeben; wie steht es mir zu, zu richten?!'

Die Uhr vom Rathausturm schlug halb eins.

‚Es ist jetzt egal', sagte sie zu sich selbst, ‚noch weitere zehn Minuten machen nichts mehr aus!

Sie war sich nicht ganz sicher, ob sie ihr Verweilen an diesem Ort hinauszögerte, weil sie es wollte, oder ob eine unwillkürliche Kraft sie zurückhielt, sich dieser unbekannten, unvorstellbaren Begegnung zu nähern. Ja, sie wollte hier einhalten, sie wollte vom Grund ihres Herzens nur sein, nichts als sein und diese milde, vertraute Luft einatmen. Sonst nichts. Mit Leib und Seele wollte sie die Atmosphäre dieses Ortes aufsaugen, dieser Stelle, auf der sie stand, von der sie so oft geträumt hatte. Dazu musste sie allein sein, und es war ihr völlig bewusst, dass sich dieses Erlebnis nie wiederholen ließ. Nie.

Ein Hund fing in der Ferne an zu bellen. Ein anderer schloss sich an, wie ein Echo. Natalie drehte sich um. Es fiel ihr schwer, ihren Blick vom Fluss abzuwenden. Wenn es nach ihr gegangen wäre, hätte sie den Rest der Nacht hier verbracht. Aus irgendeinem Grund zog das Wehr sie an wie ein Magnet. Aber gerade als sie sich von dieser magnetischen Macht entfernen wollte und ein paar Schritte auf die flackernde Laterne am Ufer zuging, hörte sie die Stimme eines Kindes hinter sich, mit einem fremden Akzent:

‚Bitte, Mama, bitte warte! Guck' mal, das Wehr!'

Und als Natalie sich umdrehte um zu sehen, wer da gesprochen hatte, da war niemand da.

‚Ich dachte, ich habe eine Kinderstimme gehört', murmelte sie, und, nicht begreifend, schüttelte sie ihren Kopf.

Es gab auch andere Stimmen, die sie in dieser Nacht hörte. Im Pflaster hallte die Stimme der Vergangenheit wider. Die Schaufenster um die Ecke unterdrückten ihre Seufzer und ertrugen ihre Armut mit Stolz. Doch ihre leisen Schreie erreichten Natalies Ohren laut und schmerzhaft. Der kleine Einkaufsladen neben dem Schuster sah dunkel und leblos aus. Das lächelnde Gesicht einer Frau - einer Attrappe aus Pappe -, die würdevoll ein Paket *IMI* Waschpulver hielt, stand in der Mitte des Schaufensters, und um sie herum *IMI*, nur *IMI*. Alle Regale waren damit gefüllt. Das war die Vergangenheit, unberührt und unverändert.

Natalie wünschte sich, weiter in die Stadt hineinzugehen, den gewohnten Weg, den Weg, den sie immer gegangen waren: runter auf den Markt, zum Rathaus, zum Fleischer hoch und dann rechts am Friedhof und an der Schule vorbei, zum Club Haus ... Sie konnte es jetzt alles sehen. Es war jetzt nicht nurmehr ein Traum. Sie war da. Besorgt schaute sie auf ihre Uhr.

‚Ich kann nicht überall gleichzeitig sein‘, sagte sie zu sich, ‚ich muss gehen.‘ Und wieder begann ihr Herz zu rasen.

Sie ging langsam zu ihrem Auto, ein wenig verlegen und in der Hoffnung, dass niemand sie sähe. Obwohl sie ihr dunkelstes und schäbigstes Kleid trug, um nicht als die *Frau aus dem Westen* aufzufallen, fühlte sie sich nicht wohl und wollte keine Aufmerksamkeit auf sich ziehen.

‚Es ist mir peinlich hier, vor diesen leeren Straßen‘, dachte sie, ‚vor diesen leeren Geschäften. Aber das ist doch lächerlich!‘ Und sie gab sich einen Ruck, warf ihren Kopf zurück und straffte ihre Schultern, aus Angst, ihr neu gewonnenes Selbstvertrauen so schnell zu verlieren. Sie wollte sich irgendwo verstecken, wollte nicht noch einmal angestarrt werden, weil sie anders war. Das Auto selbst würde die Attraktion der Stadt sein, das Nummernschild, die leuchtend gelbe Farbe. Alles erschien ihr jetzt fremd und sie schämte sich, sein Eigentümer zu sein.

‚Ich habe meine kleine Stadt verraten. Ich habe, was sie nicht haben. Über die selben Pflastersteine, über die Mutter uns im Handwagen mit Schweißperlen auf der Stirn gezogen hat, fahre ich mit einem Auto aus dem Westen. Ich habe meine Mutter verraten. Ich hätte nicht hierher zurück kommen sollen. – Ich habe meinen Vater verraten. Ich hätte nicht weggehen sollen.‘

Unvermittelt hielt sie das Auto an. Die Bäume, die hier standen, und der Fluss kamen ihr so bekannt vor. Sie merkte, dass sie am Haus ihres Vaters, ihres Zuhauses, vorbeigefahren war. Sie drehte um und fuhr zurück.

‚Wegzugehen war einfach‘, murmelte sie, ‚aber auf dem Weg zurück verliere ich meine Orientierung.‘

Ein Gefühl der Verlegenheit überkam sie, weil sie das Haus, was einst ihr Zuhause gewesen war, nicht erkannt hatte.

Natalie fuhr das Auto in die Auffahrt und hielt an. Das Gartentor war verschlossen. Sie stieg aus dem Auto und starrte in die Dunkelheit. Die Straßenlaternen warfen nur kümmerliches Licht. In der Ferne konnte sie das Haus sehen. Ein Zimmer war beleuchtet. Das muss Omas Küche sein. Aus der Richtung des Hauses begann ein Hund bedrohlich zu bellen. Natalie konnte kaum an sich halten. Ihr ganzer Körper bebte, und je mehr sie versuchte, sich zu beruhigen, desto stärker wurde das Zittern.

„Hallo?" Eine tiefe Männerstimme rief sie aus der Ferne an.

„Wer ist da?"

Sie war sprachlos, stumm und wie gelähmt. Sie bewegte sich nicht und hörte nur auf die näher kommenden Schritte, bis sie die Konturen eines Mannes erkennen konnte. Ohne ein Wort öffnete der Mann beide Flügel des Gartentors und signalisierte, dass sie durch den Garten direkt hinter das Haus fahren solle, wo das Auto von der Straße aus nicht gesehen werden konnte. Dann verschloss er das Tor hinter ihnen.

Natalie war es nicht gelungen, den Mann ganz klar zu sehen. Alles, was sie wahrnahm, war, dass er Mitte Sechzig war, mit grauem Haar. Er sah ziemlich kräftig aus, doch er erschien ihr alt.

‚Das muss mein Vater sein', schoss es ihr durch den Kopf. ‚Aber ... das kann doch nicht sein! Wie kann mein Vater alt aussehen? All die Jahre hindurch war er doch jung geblieben in meiner Vorstellung; er hatte sich nicht verändert, war geblieben, der er gewesen war. Mein Herz hat seine Jugend bewahrt. Und nun zeigen sich die Jahre an seinem Körper, auf seinem Gesicht!'

Herr Steiner kam näher. In dem schwachen Licht, das aus Omas Küchenfenster schien, konnte Natalie die tiefen Furchen auf der Stirn ihres Vaters sehen. Da war Traurigkeit in seinen Augen und auch Skepsis. Sein Mund stand halb offen, aber er fand keine Worte. Er stand neben einer alten zerbrochenen Bank unter einem kletternden Rosenbusch, der ordentlich an die Hausmauer gebunden war, und blickte sie verwundert an. Natalie, ihrerseits vollends unvorbereitet auf diese Begegnung, stand ihm gegenüber und spielte nervös mit ihren Autoschlüsseln.

‚Merkwürdig', dachte Natalie, ‚wie diese erste Begegnung all die Jahre hindurch in meiner Erinnerung geblieben ist.'

„Ich hatte damals Angst, Dich zu treffen", sagte Natalie, während sie immer noch mit ihrem Vater an der Friedhofsmauer entlang ging.

„Alles war so seltsam, so fern und doch so nah. Ich musste in entfernte Ecken des Hauses und des Gartens gehen. Ich musste hinter Büsche kriechen und barfuß auf dem Gras stapfen. Ich konnte nicht genug bekommen. Es war, als ob ich all die Schritte tun musste, die ich in vergangenen Jahren nicht gemacht hatte. Da waren Wege zu gehen, Pfade zu beschreiten und Treppen, auf die ich mich setzen musste. Es gab Türen zu öffnen und zu schließen, Möbel zu befühlen und in Schränken zu stöbern. Der kleine ‚Knopf' an der Wand, gerade unter der Decke, wäre niemandem ausser mir aufgefallen. Der Riss über dem Fenster gab mir ein Gefühl von Sicherheit, und der modrige Geruch im feuchten Keller, die Spinnweben und rostigen Gitter gaben mir das Gefühl, zu Hause zu sein.

Es waren diese geheimen Ecken, die ich so liebte. Ich saugte sie auf mit allen meinen Sinnen. Ich wollte rennen, die Bäume umarmen, wollte mich auf die Erde werfen und auf ihr herumrollen, Körper und Seele mit Mutter – und Vater Erde vereinigen. Ich wollte Gras und Unkraut anfassen, meine Hände schmutzig und meine Füße nass machen. Ich fühlte ein brennendes Verlangen in mir, wie Feuer, das lodert, wenn man seinem Geliebten nahe kommt und ihn umarmen und küssen will und sich mit ihm vereinigen.

Die Ekstase in mir überwältigte mich völlig, aber ich stand da wie vereist; ich wagte es nicht, mich zu bewegen, weil Du da warst. Ich schämte mich. Mein Verlangen mich zu offenbaren hätte bedeutet, Dir meine offenen Wunden zu zeigen, die ich all die Jahre vor Dir verleugnet und versteckt hatte. Also lief ich langsam, mit gemessenen, kontrollierten Schritten neben Dir her – jeder Schritt eine Salbe zum Heilen meiner Wunden.

Und als ich mich nach dem Essen auf dem *chaise-longue* in Deinem Zimmer hinlegte, und Du kamst, mich mit der zerrissenen, staubigen Decke – Deinem ost-deutschen Stolz – zuzudecken, fühlte ich mich wie im siebenten Himmel. Deine Liebe, Deine Sorge und Wärme aufsaugend, begann das Kind in mir zu atmen, erwachte erneut zum Leben, - das glückliche Kind. Es war das erste Mal, dass mein Herz weich und friedvoll wurde. Du warst der erste Mann in meinem Leben, dem ich erlaubte, mich zärtlich zu streicheln. Ganz plötzlich und zu meiner eigenen Überraschung erlaubte ich Nähe und meinem Herzen, sich zu öffnen, weil ich mich von Dir beschützt fühlte.

Weißt Du, was es für mich bedeutete, das zu fühlen? Es war, als ob sich ein Schlüssel im Schloss umdrehte, ein Schlüssel, der einen zuvor unbekannten, unsichtbaren Raum öffnete. Ja, ich wusste irgendwie, dass er existierte, war aber nicht in der Lage, ihn zu betreten, weil er verschlossen war. Ich hatte Angst vor Männern. Ja, richtige Angst. Ich fürchtete mich vor ihnen. Ich war ihr Opfer. Ich lief rot an, wann immer ein Mann in meiner Nähe war. Ich blieb stumm, und wenn ich sprach, dann war es eine kurze Antwort auf eine Frage, die mir gestellt worden war. Wer war ich? Niemand würde interessiert sein an dem, was ich zu sagen hatte. Sie waren so mächtig, so stark, so intelligent, und ich war so winzig klein und schwach und dumm. Ich war total in ihrer Macht. Ich hatte keine Kontrolle. Männer konnten mit mir machen, was sie wollten. Sie konnten mich wollen, oder auch verwerfen ... genau wie Du. ...

Wenn ich ganz selten einmal in ein Restaurant ging, fühlte ich mich von allen Seiten beobachtet. Den Löffel zu meinem Mund zu führen war eine solche Anstrengung, die Du Dir kaum vorstellen kannst, denn alle Augen waren auf mich gerichtet, ständig. Sie beobachteten und verurteilten jede meiner Bewegungen. Sie konnten jeden Gesichtsausdruck, jede Gestik interpretieren. Ich war unsicher. Wohin sollte ich blicken? Was sollte ich tun? Wie sollte ich mich bewegen? Die Schweißflecken auf meinen Blusen waren lebendige Zeugen. Ich wollte mich in Luft auflösen. Es war die Hölle.

Als Du diesen alten Lumpen von Decke auf mich legtest, um mich damit zuzudecken, war es eine Antwort, die unaufhörlich in meinem Herzen widerhallte: ‚Liebe existiert! Und ich bin am Leben!'

Und dann der Dachboden, mein Kindheitsparadies. Ich weiß, dass es Dir zuwider war hinaufzugehen. Für Dich war alles Staub und Schmutz. Alles war Schmerz und Vergangenheit, Liebe und Haß. Aber Du hast mich begleitet. Du bist mir gefolgt, wie ein Vater, der seinem Kind nachläuft, um sicher zu gehen, dass es nicht hinfällt und sich wehtut - wo Du selbst doch verletzt warst! Ich konnte es nicht begreifen. Erinnerst Du Dich, wie ich vor meinem Puppenwagen stand, mit all meinen Puppen drin, säuberlich zugedeckt? Erinnerst Du Dich, wie ich es nicht begreifen konnte und fragte: ‚Warum hast Du das alles aufgehoben?'

Und Du hast geantwortet:

‚Für Dich, Kleinchen, ich habe es für *Dich* aufgehoben! Damit Du Deine Spielsachen findest, wenn Du eines Tages zurückkehrst. ... Ich habe sehr lange Zeit gewartet!'

Und erinnerst Du Dich, Papa, dass wir in diesem Moment beide mit solch starken Gefühlen beladen waren, und Du mich zum ersten Mal umarmtest? Unsere Tränen sprachen mehr, als Worte hätten sagen können. Alles Eis schmolz.

Später fragte ich mich, ob es Liebe war."

Die Eule rief wieder, die einzige Zeugin bei diesem Geständnis, und mit ihren weit geöffneten Augen, die durch die Nacht leuchteten, flog sie plötzlich von dem Ast, auf dem sie gesessen hatte, auf einen Ast ganz oben im Baum und schlug laut ihre Flügel.

Natalies Hand, die bis jetzt in seiner gelegen hatte, versuchte unvermittelt, sich zu befreien. Aber kraftvoll und behutsam zugleich hielt er ihre Hand in der seinen, als ob er sagen wollte: ‚Du brauchst nicht wegzulaufen, mein Kleinchen. Wir sind hier, um Frieden zu schließen. Bleib bei mir, wie schmerzhaft Deine Erinnerungen auch sein mögen!'

Und als ob sie seine wortlose Botschaft verstanden hätte, entspannte sich ihre Hand und erlaubte sich nachzugeben und gelöst in ihrer väterlich verkörperten Aura von Stärke zu verweilen.

Als die Nacht vorüber war und der Morgen dämmerte, kehrte Natalie befreit von der Gefangenschaft ihrer Vergangenheit zurück.

Am 10. November 1975 schrieb sie folgende Notizen in ihr Tagebuch:

„Letztes Wochenende war ich in P.. Ich fuhr um vier Uhr nachmittags in Berlin ab und kam um dreizehn Uhr in P. an. Je näher ich kam, um so unwirklicher erschien mir alles. Mein Herz schlug drei Tage vorher schneller als in dem Moment, als ich ankam.

Ich fuhr ‚obenrum' zum Haus. Rechts sah ich die Schule und den Schulhof, links Fullers Club Haus (Wie sich das verändert hatte!).

Ich fuhr ... am Haus vorbei! Das schockierte mich. Ich drehte am Schwimmbad um, und dann versuchte ich, auf die Einfahrt zu fahren, aber ich schaffte die Kurve nicht.

Ich fuhr nochmal vorbei, so dass ich umdrehen und hochfahren konnte ... diesmal schaffte ich es bis in die Einfahrt!

Als ich am Gartentor stand, bellte ein Hund im Garten. Dann kam ein Mann ans Tor (‚Das muss mein Vater sein‘, dachte ich). Er rief laut: „Hallo!" Mein leises „Ja" erreichte ihn nicht. Als wir uns trafen, nahm Papa mich in die Arme und schwieg. Ich ließ es geschehen; ich fühlte überhaupt nichts. Dann fuhr ich hinein und traf Regina, seine „Frau". Wir begrüßten uns. Sie erschien mir sehr jung (Später erzählte mir Papa, dass sie siebzehn Jahre jünger war als er. Er ist jetzt 56 Jahre alt).

Alles war ein bisschen komisch und vernebelt. Alles kam mir wie im Traum vor. Papa ist alt geworden. Er hat jetzt graues Haar und ist ein bischen beleibter, als ich mich an ihn von der Vergangenheit erinnere.

Er zeigte mir alle Räume, auch die, in denen Oma viele Jahre lang gelebt hatte. Alles ist schön und gemütlich. Ich erkannte sofort die Stehlampe mit der eingebauten Bar und dem Schachbrett in Papas Zimmer, und auch die Sessel.

Dann hatte Regina das Abendbrot fertig und wir aßen. Es gab alles, auch Bier. Aber ich zögerte, von ihren Speisen zu essen, falls sie nicht genug für sich selbst hatten, schließlich ist das der Osten.

Ich übergab meine Geschenke. Ich fühlte mich so merkwürdig. Ich hatte die ganze Zeit das Bedürfnis, Papa anzugucken, sein Gesicht zu studieren.

Wir gingen ziemlich spät ins Bett; es war fast Mitternacht.

Nebenan schliefen Papa und Regina im Bett, das Mama und Papa neu gekauft hatten ... .

Ich schlief in meinem früheren Kinderzimmer (im Raum, in dem ich als Kind geschlafen hatte). Ich schlief sofort ein und schlief bis halb neun durch.

Am Sonnabend war Papa bis zwölf in der Schule. Ich frühstückte mit Regina. Danach ging ich mit ihr durch den

Garten. Ich mochte sie. Sie war freundlich und willkommen heißend und gab mir allen Raum, den ich brauchte.

Ich ging voraus. Die Laube, der Schuppen mit den drei Handwagen, die Wassertonne, die Garage, die ich Papa geholfen hatte zu bauen, die hölzerne Teppichstange, an der wir die Teppiche ausklopften, die Treppen zum Keller hinunter und die Treppe, die zur Eingangstür führte, von der Hazel und ich unsägliche Male runtersprangen ... Ich erkannte alles. Nichts hatte sich verändert.

Ich war völlig außer mir!

Dann fuhr ich zur Stadtverwaltung nach R.-, um meinen Besuch registrieren zu lassen. Jeder, der aus dem Westen kommt, muss sich einschreiben lassen, sogar wenn sie nur für einen Tag kommen.

Später spazierte ich durch P.. Ich kaufte sieben Chrysanthemen, drei gelbe Blumen und einen Blumentopf. Vom Blumengeschäft ging ich zum Friedhof, und fand nach langer Suche Omas und Opas Grab, auf das ich die Pflanze stellte. Ich war so glücklich und weinte zum ersten Mal, seit ich hierher kam.

Danach wollte ich zu der kleinen Wasserstelle gehen, der ‚Quelle'. Ich musste es ganz einfach tun! Und ich fand sie! Ich wusch die Erde von meinen Händen und trank von dem Wasser. Ich hätte vor Freude weinen können!

Dann die Treppen hoch zum Schulhof. Ich lief schnell in die Schule und wieder raus. In der kleinen Hütte neben dem Schulgebäude mussten wir immer den Schrott und das Altpapier abliefern, wofür wir Punkte bekamen.

Anschließend ging ich nachhause. Papa und Regina freuten sich sehr über die Blumen, die ich ihnen mitbrachte. Zum Mittagessen gab es Fisch, Rotkohl, Kartoffeln, Kirschen und Wein. Was für ein prächtiges Mahl! Im Osten!

Nach dem Essen machten wir einen Spaziergang mit Zako, Papas neuem Hund, über den *Ziegenberg*. Das war fantastisch! Ich ging mit Papa, und Regina ging mit Zako hinter uns. Das erlaubte Papa und mir private Zeit, um miteinander zu reden. Regina ist wirklich sehr feinfühlig.

Wir beschuldigten uns nicht. Einmal flüsterte Papa mir zu, dass er, nachdem wir die DDR verlassen hatten, dachte, wir hätten im Westen bessere Chancen, und dass unser Leben dort viel besser als in P. sein könnte. Aber es war sehr hart für ihn ohne uns. Er erzählte auch viel von Oma und Opa.

Zuhause zurück gingen wir auf den Dachboden. Mein Puppenwagen war noch immer da, mit vielen Puppen drin. Drei davon erkannte ich sofort; Papa erlaubte mir, sie mitzunehmen in mein Zuhause im Westen.

Als ich Papa fragte, warum er meine Puppen aufbewahrt hatte, umarmte und küsste er mich und streichelte mir übers Haar: „Für Dich, wenn Du eines Tages zurückkommst ...!"

Wir weinten beide und umarmten uns. Es war das erste Mal, dass ich Gefühle für meinen Vater hatte und mich nicht schämte, sie zu zeigen, so wie ich es tat, als ich ihn bei meiner Ankunft traf. Da hätte ich ihn gern auf die Wange geküsst, traute mich aber nicht.

Er sagte: „Jetzt sind wir auf dem Dachboden und werden weich!"

Wir sahen unsere Tränen unsere Gesichter hinunterlaufen. Und es war so gut!

Papa zeigte mir auch die oberen Räume. Die Küche war jetzt eine Dunkelkammer. Papa hatte schon immer gern Fotos entwickelt, die er gemacht hatte. Der alte Küchenschrank, der Abwaschtisch und Waschhocker standen immer noch da.

Zum Nachmittagskaffee gab es Geburtstagstorte und am Abend Gemüsepastete.

Als Papa und ich uns später in seinem Zimmer unterhielten, erzählte er mir, wie er die Kommunistische Partei verlassen hatte. Er erzählte auch von den Gerichtsverhandlungen, weil er weiterhin Kindergeld annahm, und dass er Deutsch nur noch bis zum sechsten

Schuljahr unterrichten durfte, und Geschichte überhaupt nicht mehr.

Ich konnte ihm wirklich seinen Verlust nachfühlen.

Am Abend zeigte er mir einen Film, den er von Oma und Opa gedreht hatte, und wir tranken zusammen ein Glas Wein.

Am Sonntag nahmen wir Frühstück bei Musik von Bach ein. Papa war jetzt für mich kein Fremder mehr. Nach dem Morgenbrot besuchte ich Tante Elfriede. Wie glücklich sie war, mich zu sehen! Dann lief ich nochmal in P. herum und schaute von den Promenaden auf den Fluss hinunter.

Am Nachmittag nahm Papa ein Album heraus mit Fotos von früher und auch mein geliebtes Bilderbuch, ‚Die Häschenschule'. Ich habe mich so gefreut, das wieder zu sehen!

Vor dem Kaffeetrinken gingen Papa und ich in die Garage und liefen zusammen durch den Garten. Ich liebte es so sehr, ihn an meiner Seite zu haben. Ich fühlte mich zuhause. Viele Obstbäume waren abgesägt. Den Schafstall und den Verschlag für die Hühner erkannte ich sofort. Die schwarzen Johannisbeerbüsche waren nicht mehr da. Aber die große, alte Linde stand immer noch vor dem Haus. Die Christrosen, die einst unter der Kiefer gestanden hatten, waren jetzt auf Oma und Opas Grab.

Im Haus zurück fragte Papa mich, wie es Mama jetzt nach ihrer Krankheit gehe (sie hatte eine Art Lähmung). Als ich von Mama sprach, wurde ich sehr traurig. Ich wünschte mir, dass Mama und Papa hier zusammenleben würden.

Nach dem Kaffeetrinken packte ich meine Sachen. Papa brachte mir ein Netz voll Äpfeln aus dem Keller.

Als ich schon den Mantel anhatte, bat mich Papa in sein Zimmer. Er legte mir eine goldene Kette um den Hals und sagte: „Die ist von Oma. Als Erinnerung." Und wir umarmten uns und weinten.

Plötzlich hatte ich das Gefühl, dass ich bei Papa bleiben wollte. Ich fühlte mich wie ein Kind und von ihm so beschützt.

Ich möchte ihn jetzt wieder umarmen und küssen. Aber er ist nicht hier. Er ist in P., und ich in Berlin. Ich bin sehr traurig und gleichzeitig sehr glücklich.

Jetzt habe ich wieder einen Vater.

Und eine Kindheit.

Ich fürchte mich, Mama von diesem Besuch zu erzählen!"

„17. November 1975

Heute griff ich zur Feder und schickte Mama einen Brief, in dem ich ihr schrieb, dass ich ihre damalige Entscheidung, von P. wegzugehen, respektiere, und dass ich denke, dass sie richtig und gut gehandelt hatte, wenn auch mein Wochenende in P. sehr schön war. Ich dankte Mama für alles, was sie für mich getan hat."

TEIL II

1

Die Flughafenhalle brodelt mit Reisenden. Touristen schieben Trolleys mit schwerem Gepäck. Emotionale Abschiedsszenen: Küsse. Umarmungen. Tränen. Andere kreischen. Gelächter. Einige setzen sich hin und essen die Brote, die sie am Tag vorher beschmiert haben. Andere liegen auf gepolsterten Sitzgelegenheiten und warten schläfrig auf die Ansagen aus den Lautsprechern, die sie zum Flugsteig rufen sollen. Babys schreien und Mütter versuchen sie vergeblich zu beruhigen. Geschäftsleute rauchen ihre letzten Zigaretten in den Nichtraucherzonen und schlürfen einen letzten schwarzen Kaffee, bevor sie ins Flugzeug steigen. Endgültiger Einkauf im *Duty Free Shop*. Wellen neu gekaufter Parfüms von elegant gekleideten Damen. Eine heftige Flut von *After Shave Lotion* vermischt mit dem Rauch einer Zigarre von einem übergewichtigen Charmeur, der versucht, seine Krawatte etwas zu lösen. Gelangweilte Reisegäste schauen überdrüssig und stumpf ins Nichts.

Die Ansagen aus den Lautsprechern betäuben meine Ohren.

Ich folge dem Pfeil nach Halle Drei. Genügend Zeit; genügend Verpflegung in meiner Tasche. Käsebrote, hart gekochte Eier, Äpfel, in kleine essbare Segmente geschnitten, Bananen und Mandeln. Mama hat mich gut versorgt. Ihre Schnitten haben den Geschmack von Zuhause. Sogar das Obst schmeckt besonders süß von der Mutterliebe, mit der sie es infusiert hat, und weil sie sicher gehen wollte, dass ich keinen Hunger leide. Um das Essen

105

und zwischen die *Sandwiches* hat sie dicke Schichten ihrer Liebe gepackt.

‚Ich werde warten, bis ich durch die Sicherheitskontrolle bin, dann werde ich mich hinsetzen und essen und vielleicht die Zeitschrift angucken, die Mama in letzter Minute in meine Tasche gelegt hat, und meine Mitreisenden betrachten.‘

All die Menschen, Hinweiszeichen und Lautsprecher verwirren mich.

„Geht's hier zum ELAL Gate?" frage ich einen Sicherheitsbeamten, der dort steif mit seinem schießbereiten Maschinengewehr Wache steht.

„Ja, das ist die richtige Richtung!", antwortet ein Mann mittleren Alters von der anderen Seite her.

„Es ist verwirrend. Ich habe auch lange suchen müssen, wo's lang geht. Hier sind überhaupt keine Hinweise. ... Nach Tel Aviv?"

„Ja, nach Tel Aviv. Also bin ich hier richtig, ja?"

„Bitte, meine Dame, legen Sie Ihr Gepäck auf das Band!"

„Oh, ich habe es gar nicht gesehen; es ist schon soweit?!"

Der Mann von der gegenüberliegenden Seite eilte mir zur Hilfe und wuchtete meinen schweren Koffer aufs Fließband.

„Ich kann nicht verstehen, warum sie die so hoch bauen!"

„Vielen Dank!", sagte ich. ‚Was für ein Kavalier!‘

„Woher kommen Sie?" fragte er, während er seinen Trolley schob und mit seiner linken Hand half, gleichzeitig den meinen vorwärts zu bewegen.

„Besuch", sagte ich. „Besuch in Deutschland", und dachte ‚*Das geht Dich gar nichts an, mein Lieber! Aber es ist nett von ihm, mir zu helfen....*‘

Und um die Aufmerksamkeit von mir abzuwenden, fragte ich:

„Und was haben *Sie* in Deutschland gemacht?"

„Ich komme aus Polen", sagte er, „habe mir Auschwitz angesehen. Alles, was ich hier in meinem Gepäck habe, sind Bücher, die ich dort gekauft habe. Sie sind schrecklich schwer. Unglaubliche Bücher!"

„Warum haben Sie denn Auschwitz besucht? Ist jemand von Ihrer Familie dort umgekommen?"

„Nein, nein, niemand aus meiner Familie. Ich habe viel über den Holocaust gelesen und jetzt wollte ich mal selbst sehen ... Es ist schrecklich!"

„Ich bin noch nicht dort gewesen, wissen Sie.",sagte ich nachdenklich. „Ich war in Buchenwald - zweimal. Das erstemal war ich dort mit meiner Schulklasse, als ich neun war. Das war ein Schulausflug. Sie wollten uns zeigen, wie die Kommunisten getötet worden sind, wieviele von ihnen, und die Vorgehensweise - wie sie getötet wurden. Kein Wort wurde gesagt, kein einziges, dass auch Juden dort umgebracht wurden. Bitte verzeihen Sie meine Ignoranz, aber damals wusste ich noch nicht einmal, dass es Juden gab, wer Juden waren. Niemand hatte mir darüber erzählt."

Wir gingen, unsere Trolleys schiebend, den langen Gang hinunter und wurden jetzt von einer jungen Sicherheitsbediensteten angehalten. Sie konnte nicht mehr als Anfang dreißig gewesen sein, oder sogar noch jünger.

„*At medaberet Iwrit?*" „Sprechen sie Hebräisch?"

„*Ken, ani medaberet Iwrit!*" „Ja, ich spreche Hebräisch."

Mit der Hand signalierend, dass ich mich auf der rechten Seite einreihen solle, sagte sie:

„*Bewakascha, te'amdi scham!*" „Bitte warten Sie hier!"

„Ah", sagte ich zu meinem Reisegefährten, „dort drüben auf der anderen Seite sind wahrscheinlich die Deutschen. Die müssen ein bischen länger warten; sehen Sie die lange Schlange? – Sprechen Sie auch Hebräisch?"

„Fragen Sie mich lieber, ob ich auch Deutsch spreche, das ist eine bessere Frage. Ja, ich spreche auch etwas

Deutsch! Ich bin die siebente Generation Israeli! Mein Hebräisch ist also gar nicht so schlecht."

Ich schmunzelte. Obwohl wir die ganze Zeit Englisch gesprochen hatten, hatte ich seinen leichten hebräischen Akzent nicht wahrgenommen.

„Sie warten am besten vor mir. Ich mag es nicht, wenn Männer mich von hinten beobachten", kicherte ich.

„Ach, möchten Sie, dass ich beim check-in auf Sie warte und Ihnen mit dem Gepäck helfe? Okay, keine Sorge. Das wird ein Weilchen dauern; zuerst kommen die Sicherheitsfragen, Sie wissen doch, wie das ist."

In diesem Moment winkte ihn ein junger Sicherheitsbeamter zur Befragung zu sich.

„Bis später!" rief er mir zu. „Viel Glück!"

Ich nickte lächelnd.

„Wirklich ein Kavalier", dachte ich, „ein interessanter Bursche. Bücher ... Auschwitz ..."

Jetzt war ich an der Reihe. Eine junge Sicherheitsbeamtin gab mir mit einem Wink zu verstehen, ich solle zu ihr kommen.

„Schalom!" sagte sie.

„Schalom!" antwortete ich.

Warum sieht sie so ernst aus? Ich bin doch keine Kriminelle, sie könnte ein bisschen lächeln.

„Reisen Sie allein?"

„Ja."

„Wie lange waren Sie in Deutschland?"

„Eine Woche. Vom ersten bis zum achten Mai."

Vielleicht sollte ich ihr sagen, dass heute mein Hochzeitstag ist. Wir hatten den 8. Mai 1985 zum Heiraten gewählt, weil dieser Tag den 40. Jahrestag des Kriegsendes in Europa markierte. Es ist jetzt siebzehn Jahre her. Ich sollte wirklich etwas Besonderes tun. Es ist schon zu spät, schön Essen zu gehen; vielleicht kaufe ich mir ein spezielles Parfüm. Jancsi hätte es mir gekauft ...

„Wo wohnen Sie?"
„In Jerusalem."
„Auch Ihre Mutter und Ihr Vater?"
„Nein, meine Mutter lebt in Deutschland."

‚Sag' bei Befragungen nur, was absolut notwendig ist', hat Jancsi mir einmal gesagt. ‚Je mehr Du sagst, umso misstrauischer werden sie.'

„Und Ihr Vater?"

Vater? Seit ich elf Jahre alt war, habe ich keinen Vater. Eigentlich habe ich auch keine Mutter. Keine Familie. Ich habe neue Eltern, und sie sind vor über 3000 Jahren gestorben. Ich bin ihre Tochter.

„Er ist tot."

Ist er wirklich tot? Vielleicht ist er doch noch ein kleines bisschen am Leben; ein winziges Fünkchen lebendig. Aber sie würde das nicht wissen wollen. Ich bin mir sicher, dass, wenn sie es wüsste, sie ihn lieber tot wissen möchte. So ist es viel besser.

„Seit wann leben Sie in Jerusalem?"
„Seit den letzten siebeneinhalb Jahren."
„Warum?

Warum? Was für eine Frage!

„Weil ich dort leben will!"

Sag' nicht zu viel, biete ihr nichts freiwillig an. Sie soll sich ruhig ein bisschen anstrengen.

„Wann ist es Ihnen eingefallen, dass Sie dort leben wollen?"

Sie gibt nicht auf. Es könnte richtig beängstigend sein. Wenn diese Beamtin Deutsche wäre und nicht Israelitin, hätte ich eine Riesen-Angst. Genauso wie damals an der Grenze, als ich von einem Besuch zu meinem Vater aus der DDR zurückkam, auf meinem Weg zum Westen. Die Grenzpolizei befahl mir, das Auto anzuhalten, prüfte meine Papiere, schob diesen großen Spiegel auf Rädern unter mein Auto, und bei offenem Kofferraum und Motorendeckel kontrollierten sie, ob sich jemand dort versteckt hatte. Große deutsche Schäferhunde umringten mich. Dann wiesen sie mich an, das Auto zur Seite zu fahren und mit ihnen zu kommen. Flutlichter. Oder Suchlichter? Grüne deutsche Polizeiuniformen, schwere Stiefel, hässliches, ironisches Grinsen, heuchlerische, unheilvolle Grimassen. Zwei von ihnen forderten mich auf, mit ihnen in eine Holzhütte zu kommen. Sie schlossen die Tür hinter uns. Dann fingen sie an, mich zu befragen. Ich war siebenundzwanzig und dachte, mir könnte nie etwas Schlimmes passieren. Aber in dieser Kabine war ich in Todesangst. Ich hatte die dreizehn Deutsche Mark beim Überschreiten der Grenze in die DDR nicht in Deutsche Ost-Mark umgetauscht. Ich hatte gedacht, dass es doch ein Wochenende war, die Geschäfte geschlossen sind und ich das Geld sowieso nicht ausgeben könnte. Das war mein Verbrechen. Nach etwa eineinhalb Stunden Vernehmung sagte der eine zu mir: „Sie werden dafür ins Gefängnis gehen!" Dann hielt er inne, kam mit diesem ungeheuren Hund ganz nahe an mich ran und fügte hinzu: „Wenn das noch einmal passiert!"

Als ich wieder am Lenkrad saß, wusste ich nicht, in welche Richtung ich den Zündschlüssel drehen und wie ich den ersten Gang einschalten sollte. Meine Beine zitterten wie Espenlaub. Ich brauchte Tage, um mich davon zu erholen, und die Hunde verfolgten mich bis in meine Träume.

„Ich entschloss mich 1991 dort zu leben, nachdem mein Mann gestorben war."
„Sie sind Witwe?"
„Ja."

Ich hätte zu gern gewusst, was sie jetzt denkt. Wahrscheinlich, dass ich zu jung bin, um Witwe zu sein. Alle anderen sagen mir das auch. Und sie haben recht. Ich bin sogar zu jung, eine Witwenrente zu erhalten.
„Da Sie erst einundvierzig Jahre alt sind", schrieb mein Parlamentsabgeordneter, an den ich mich in meiner Vezweiflung gewandt hatte - denn wenn man einen Geliebten verliert, hat man das Gefühl, alles unter der Sonne verloren zu haben - , „sind Sie nicht qualifiziert, eine Witwenrente zu erhalten. Laut Gesetz würde Ihnen Witwenrente erst genehmigt, wenn Sie zur Zeit des Todes Ihres Mannes über fünfundvierzig Jahre alt gewesen wären."
... Es tut mir leid, mein Herr, ich habe den Todestag nicht gewählt!

„Wo haben Sie gelebt?"
„In England."

In einem hübschen kleinen Häuschen in London, fast in Hertfordshire. Ziemlich nahe der ländlichen Gegend, mit einem Apfelbaum im Garten. Der Baum blühte jedes Jahr im Mai, ganz wie unsere Liebe. Aber unsere Liebe blühte das ganze Jahr hindurch, nicht nur im Frühling. Es war die Liebe zweier tief vereinter Herzen und Seelen, die bestimmt waren, Eins zu sein vom Beginn der Zeit. Aber als wir uns trafen, wusste ich das noch nicht ...

111

Es war fünf Minuten nach sieben, als ich es an der Tür klingeln hörte. Ein einfaches, aber entschlossenes Klingeln. Mein Herz begann schneller zu schlagen und ich fühlte, wie mein Blut in meinen Kopf und durch meinen ganzen Körper schoss, wie ein unerwarteter Blitz. Ein flüchtiger Blick auf den Tisch. Ein letztes Mal mit dem Tuch seinen Teller polieren. Die Blumen sind zu hoch. Ich werde sie wegnehmen, wenn wir uns zum Essen hinsetzen.

Auf dem Weg zur Tür schaute ich noch einmal kurz in den Spiegel, und dabei fiel mir ein, das Licht im dunklen Flur anzuknipsen. Ich dachte, mein neues zweiteiliges Kleid mit dem passenden Tuch darüber passte zu dieser Gelegenheit. Es war nicht zu elegant, gerade richtig für ein Abendessen in der Küche. Vielleicht hätte ein wenig schwacheres make-up und ein bisschen weniger rouge ausgereicht, das ich manchmal gern auftrug, um meine breiten Wangenknochen zu betonen. Aber es geschieht selten, dass eine Frau mit ihrem Aussehen zufrieden ist – in letzter Minute – wenn sie es nicht mehr verändern kann. Wenigsten passte der grüne Lidschatten zur Farbe meines Kleides, und ich hatte den Lippenstift aufgelegt, so wie es mir meine Kosmetikerin gezeigt hatte.

Tage vorher hatte ich mir überlegt, was ich kochen könnte, und hatte mich für ein kaltes Abendessen entschieden: einen großen Salat mit frischem Gemüse, Eiern und frischen Garnelen - eine Delikatesse, die ich mir an einem Wochentag normalerweise nicht gönne. Ich hatte etwas gekochten Schinken und ein Sortiment von verschiedenen Käsesorten besorgt und dachte, dass ich Weißbrotscheiben, kurz bevor wir zu essen anfangen, im Ofen toaste. Da ich kein Weinkenner war, hatte mir eine Freundin geraten, einen guten Riesling, halb trocken zu wählen, der gut zu der Mahlzeit passen würde. Alles war geplant. Der kleine runde Tisch, den Marks Tante uns geschenkt hatte, damit wir nicht mehr von den Apfelsinenkisten essen müssten, war in der Küche hübsch gedeckt - der einzige Ort, wo wir an einem Tisch sitzen konnten.

Den ganzen Tag hatte ich, während ich das Essen vorbereitete, ein Kribbeln im Bauch, was mich etwas beklommen machte. Wie würde ich mit ihm sprechen? Wie kann ich seinen Erwartungen entsprechen? Warum kommt er überhaupt? Warum will so ein bedeutender Mann, der Reisen und Hotels erster Klasse gewohnt ist, in meine kleine Mietwohnung kommen, eine alte Behausung im Hinterhaus, mit feuchten Wänden und gestapelten Brikett auf dem Balkon, die bis zum Frühling reichen müssen? Mit dem alten ursprünglichen Kochherd in der Küche, der mit Holz und Kohle geheizt werden muss; und mit dem Geruch von gebratenem Fisch, der sogar an heissen Sommertagen zwei Mal in der Woche von der dicken Frau Knoblich, einem Berliner Original, deren Stimme in typischem Berliner Dialekt vom Vorderhaus hörbar war, herüberströmt. Was war seine Absicht? Was wollte er nur?

Ich wusste nur, dass er mit mir sprechen und etwas über Atemtherapie erfahren wollte, die ich einmal wöchentlich von Professor M. erhielt.

Ich war gespannt.

Ich hatte ihn zum ersten Mal in einem Institut der Erwachsenenbildung für Sozialarbeiter kennengelernt, kurz nachdem ich aus dem Krankenhaus entlassen worden war, das mich für Hepatitis behandelt hatte. Wie ich es jetzt sehe, brauchte ich diese Zeit der Isolation im Krankenhaus, um meine Verbindung mit Mark zu überdenken und schließlich den Mut zu fassen, mich von ihm zu verabschieden. Wir waren sieben Jahre lang zusammen gewesen, und eines Tages war mir klar geworden, dass ich nicht die Mutter seiner zukünftigen Kinder sein wollte und dass ich mich von ihm trennen musste.

Er war von meiner Ankündigung einigermaßen schockiert und antwortete mir mit einem Geschenk: einer Schallplatte von Zara Leander ‚Kann denn Liebe Sünde sein?'. Ich muss zugeben, dass dies ein ziemlich charmantes Abschiedsgeschenk war, und wir trennten uns freundschaftlich.

Mark hatte mir einmal eine professionelle Zeitschrift „Das Archiv" gezeigt und sich über einen Artikel geäußert, der über die Arbeit von einem Professor Eugen Heimler, einem psychiatrischen Sozialarbeiter ungarischer Herkunft und Autor mehrerer Bücher handelte. Dieser lebte in England und hatte ein System des sozialen Funktionierens und insbesondere eine Skala des sozialen Funktionierens, die nach seinem Namen benannt wird, erfunden. Diese kann die Befriedigungen und Frustrationen eines Menschen messen. Angeblich unterrichtete er seine Philosophie, dass Frustration das Potential für menschliche Kreativität sein kann, an Universitäten und anderen Bildungsstätten in der ganzen Welt.

Es hörte sich interessant an. Aus purer Neugierde und auch weil ich etwas Neues in meinem Leben brauchte, meldete ich mich für den Kurs an und wurde akzeptiert.

Es war im Herbst 1977 in Berlin, als ich dem Professor das erste Mal begegnete. Ich saß mit ungefähr dreißig anderen Sozialarbeitern in einem riesigen Raum mit hoher Stuckdecke, rund um lange Tische, und hörte auf die Stimme, die sich wie von vielen vergangenen Jahrhunderten auf uns zu bewegte, und deren Sprache ich noch nicht verstand.

Natürlich wollte ich dem Übersetzer zuhören, aber noch mehr drängte es mich, den Mann selbst zu verstehen. Da war etwas sehr Ungewöhnliches um ihn. Damals konnte ich noch nicht definieren, was genau es war. Ich fühlte nur, dass er nicht einer von uns war, einer von uns Deutschen. Erst später, viel später verstand ich, dass das, was dieser Mann uns gab, die Liebe und Menschlichkeit eines Überlebenden war. Eines Überlebenden des Holocaust.

Ich muss zugeben, dass ich von seiner Gegenwart hypnotisiert war.

Nicht nur war fast seine ganze Familie in den Öfen von Auschwitz umgekommen und nur er kam von dieser Hölle zurück; er kreierte nicht nur eine Methode, die tausenden von Menschen half, zu überleben, nein, nicht nur das: er tat das Undenkbare: Er war nach Deutschland gekommen, um jungen Deutschen seine Methode zu unterrichten. Ein Überlebender der Todeslager kam, den Kindern seiner Verfolger Liebe zu lehren.

Für mich war das genügend Beweis. Allein seine Gegenwart reichte aus, mich zu überzeugen, dass seine Methode funktionieren würde. Während er uns seine Überlebensmethode unterrichtete, sprach er auch über seine Angstgefühle, die er hatte, wenn er nach Deutschland kam; über die Liebe seiner Mutter in seiner frühen Kindheit, ohne die, wie er sagte, er nicht überlebt hätte. Er sprach über seine heile, glückliche Kindheit in einer kleinen Stadt in Ungarn, und dass er, als Siebzehnjähriger, bereits ein bekannter Poet in Ungarn war.

Er erzählte uns seinen Traum, den er schon als Kind hatte: Er wollte Schriftsteller und Psychologe werden.

Und dann, nach seinem Kindheits-Paradies, wo er in den Wiesen seines Gartens Schmetterlingen nachlief, und später sein erstes Mädchen am Ufer des Flusses Gongyos küsste, der träumerisch durch das friedvolle Städtchen floss, verkehrte sich sein himmlisches Königreich jäh in eine Hölle: in Gettos, in die die SS alle Juden zwang, und wo er - im Getto - seine Jugendliebe heiratete. Vom Himmel seiner Vergangenheit wurde er heruntergerissen in eine bestialische Gegenwart, Brutalität und Blutdurstigkeit. Zusammen mit allen Juden seiner Heimatstadt wurde er nach Auschwitz transportiert und später nach Buchenwald, Tröglitz und Berga-Elster.

Und doch gab es für ihn nur wenige Momente, in denen er keine Zukunft sehen konnte. Er schrieb darüber in seinem Buch „ Bei Nacht und Nebel ".

„ *Wie überlebt man ein Todeslager?* " *fragte er uns und versuchte seine Pfeife mit einem Feuerzeug anzuzünden, das ein wenig Zusprache benötigte, bevor es eine Flamme produzierte, und dann, nachdem er ein paarmal inhaliert hatte, ließ er den Rauch aus seinem Mund strömen wie aus einem Schornstein.*

Er erzählte uns von einem „ *Experiment mit der geistigen Gesundheit* ", *welches sich der SS-Kommandant hatte einfallen lassen, um nachzuweisen, wie sich nutz- und zwecklose Arbeit auf den Lebenswillen der Gefangenen auswirkt, und um die Zahl derer festzustellen, die tatsächlich Selbstmord begehen würden. Die Gefangenen hatten den Befehl erhalten, Sand und Schottersteine von einem Ende des Geländes zum anderen zu transportieren, etwa sechs Kilometer, und dann alles wieder zurückzutransportieren. Innerhalb weniger Tage stellten sich* „ *Erfolge* " *ein. Einige der Häftlinge* „ *gaben einfach den Geist auf* " *und starben; andere rannten gegen den elektisch geladenen Drahtzaun, der das Lager umgab, und begingen Selbstmord; und viele andere flüchteten in die* „ *innere Immigration* " *und wurden geisteskrank.*

„ *Professor Heimler schrieb darüber in seinem Buch ÜBERLEBEN IN UNSERER GESELLSCHAFT* ", *übersetzte der Dolmetscher, etwas nervös und blass aussehend. Er war Deutscher der gleichen Generation wie der Professor, von den Nazis geschult.*

„ *Wie kommt es, dass einige Gefangene überlebten und andere den Geist aufgaben? Wovon hängt es ab, ob wir im Leben unterliegen oder ob wir Erfolg haben?* " *fragte er uns.*

Da war Schweigen.

Wir konnten nicht sprechen. Schon eine ganze Weile hatte ich mich nicht getraut, mein Taschentuch herauszuholen, damit ich die Stille nicht unterbreche, und so ließ ich meine Tränen frei meine Wangen herunterlaufen. Aber er sah meine Tränen. „Warum weinst Du, Kleines?" fragte er liebevoll. „Wir sind zurückgekommen! Das Volk Israel hat überlebt!"

Ich konnte darauf nicht antworten. Ich konnte nur diese erstaunliche Liebe fühlen, die von diesem charismatischen Mann, der neben mir saß, herausströmte und dessen Aura die ganze Gruppe einhüllte.

Einmal, als ich in Traum-ähnlichen Wolken schwebte, unterbrach er plötzlich seine Rede und fragte mich: „Wo bist Du?" Ziemlich verlegen lächelte ich ihn an und sagte, dass ich es auch nicht genau wüsste, und er erwiderte: „Das ist okay. Geh' dorthin zurück, wenn es schön war!"

Nach meiner strengen deutschen Erziehung zuhause und in der Schule verblüffte mich eine solche Bemerkung von einem Lehrer. Es war erlaubt zu träumen; er stimmte zu. Ich habe diesen Vorfall nie vergessen.

Dann fragte er, was es ihm ermöglichte, diese Zustände zu überleben, in denen es überwältigend hohe Frustrationen gab und wo so viele andere starben.

Seine Antwort lautete, dass er Quellen von Befriedigung finden konnte, die in den positiven Erlebnissen seiner Vergangenheit und in seiner Kindheit lagen, und dass diese Erinnerungen von befriedigenden und beglückenden Erlebnissen ihm die Stärke gaben zu überleben. Es gelang ihm, von der Liebe zu schöpfen, die er in der Vergangenheit erhalten hatte, und er wusste auch, dass er diese gefährliche Situation, in der er sich befand, bekämpfen musste. Dadurch wurde das Verhältnis von Befriedigung und Frustration sehr bedeutend für ihn.

Professor Heimler erkannte auch, dass die Bedeutung von Arbeit oder sinnvoller Aktivität von größter Wichtigkeit zum Überleben ist. Diese Erkenntnis gründet auf der Zeit im Lager, als die Gefangenen zu gänzlich bedeutungsloser und sinnloser Arbeit gezwungen wurden. Daraufhin entwickelte er eine Methode, die ganz besonders für

Arbeitslose bestimmt war und für diejenigen, die Bedeutung, Sinn und neue Möglichkeiten in ihrem Leben suchten.

Die Methode des Sozialen Funktionierens basiert auf einem psycho-sozialen Feedback-System, welches wir in dem Kurs erlernten. Ein zentraler Punkt dabei ist die Überzeugung, dass Menschen, die Hilfe suchen und zur Beratung kommen, mehr über sich wissen als der Therapeut, auch wenn es ihnen zu diesem Zeitpunkt vielleicht nicht bewusst sein sollte. Klarheit und neue Einsicht sollen dem Hilfesuchenden helfen, seine Energie in neue Handlung zu transformieren.

„Einsicht, meine Lieben, ist nicht genug. Jeder kann neue Einsicht haben. Aber was Ihr damit macht, wie Ihr die neue Einsicht in Handlung umsetzt, das ist wichtig und lebenskräftig in Eurem Leben! Denn nur neues Handeln kann Euch und Euer Leben verändern!"

Er sprach auch über seinen Fragebogen, die „Heimler Skala des Sozialen Funktionierens", die aus fünfundfünfzig einfachen, verständlichen Fragen über verschiedene Lebensbereiche eines Menschen besteht und wie er sich diesbezüglich fühlt. Es gibt auch Fragen über die allgemeine Lebensanschauung dieser Menschen, zum Beispiel, wie sie ihre Vergangenheit sehen, inwieweit für sie das Leben die Anstrengung wert war; inwieweit sie meinen, ihr Leben habe einen Sinn; und inwieweit sie hoffnungsvoll in die Zukunft schauen.

Nachdem diese Fragen beantwortet sind, kann durch mathematische Computation der Level von Befriedigung und Frustration festgestellt werden, kurz, wie der Mensch im Hier und Jetzt funkioniert. Die Skala wird zu diagnostischen Zwecken verwandt, ist aber zugleich auch ein nützliches Werkzeug für Therapie und erlaubt uns, Voraussagen zu machen und auftauchende Verhaltensmuster zu erkennen.

Professor Heimler erzählte uns, dass seine „Skala des Sozialen Funktionierens" Gültigkeit besitzt und dass *langjährige Forschung gezeigt hat, dass sie - verglichen mit anderen Methoden - ungefähr zwölf Gesprächsstunden einspart.*

„Wir müssen danach ausschauen, was Gutes und Rechtes im Menschen ist, und das Richtige liegt im Falschen", rief der Übersetzer aus, wobei er versuchte, den Professor nachzuahmen. „Es ist der ,yetzer ha-rah', (ein Hebräisches Wort aus dem Talmud), die Neigung zum Bösen, die dem ,yetzer tov', der Neigung zum Guten dient. Es ist nicht die Schwäche, die wir suchen, sondern die Stärke eines Menschen, die in seiner Schwäche liegt."

In der Tat, welche Stärke dieser Mann hatte, ein Überlebender von Todeslagern und Grauen, seine eigenen, erniedrigenden Erfahrungen zu benutzen, um anderen Menschen zu helfen, die, wie er sagte, ihr eigenes, ganz persönliches Auschwitz mit sich herumtragen!

Er betonte wiederholt, dass die Methode immer handlungsorientiert ist, denn, wie er sagte, ist „Handlung das Ende von Verfolgung".

Und er ergriff ein Stück weiße Kreide und schrieb auf die Tafel hinter sich:

„Der Mensch ist nicht nur das, was er war,
sondern was er tut,
und was er tut,
verändert, was er ist."

Vielleicht steht es heute noch dort.

Er kam für viele Jahre nach Deutschland, um den Kindern seiner Verfolger diese, seine Botschaft zu überbringen.
Und ich war eines dieser Kinder. Oder nicht? ...

Ich öffnete die Tür und zeigte mich fröhlich und leichtherzig.

„Guten Abend, Herr Professor", *sagte ich unbeschwert. „Bitte, kommen Sie herein!"*

Soweit war es leicht, mit ihm Englisch zu sprechen. Sobald er hereingekommen war, gewann ich mein Selbstvertrauen zurück und war mir sicher, dass ich nicht nur die Unterhaltung auf Englisch bewerkstelligen würde, sondern höchstwahrscheinlich auch den ganzen Abend mit ihm.

„Hast Du jemals gezählt, wieviele Stufen das sind, Darling?", *schnaufte und stöhnte er. „Ich bin noch nie in meinem Leben so viele Treppen auf einmal hinaufgestiegen! Es ist ein interessantes Gebäude; wahrscheinlich lange vor dem Krieg gebaut."*

„Kommen Sie doch herein, Herr Professor, bitte. Es tut mir leid, dass ich Sie nicht vor den Stufen gewarnt habe. Kommen Sie nur herein und verschnaufen Sie ein wenig. Darf ich Ihnen den Mantel abnehmen?

„Danke, Darling", *aber er behielt den Mantel in seinen Händen. „Jetzt schau. Ich bin noch nicht so ein alter Mann, dass ich mir von einer jungen Dame den Mantel abnehmen lassen muß. Kann ich ihn hier aufhängen?"*

„Natürlich, bitte! Wie haben Sie denn hierher gefunden? War es leicht?"

„Kein Problem, nur der Taxifahrer hat sich etwas merkwürdig benommen. Er hat kein einziges Wort gesagt. Er hatte so ein ernstes Gesicht, fast ärgerlich. Ich bin von London freundlichere Taxifahrer gewöhnt."

„Bitte, treten Sie ein! Das ist meine Küche. Ich dachte, dass wir hier essen, denn ich habe in meinem Wohnzimmer keinen Tisch. Ich hoffe, es macht Ihnen nichts aus!"

„Ob es mir etwas ausmacht? Warum sollte es? Ich sitze gern in der Küche. Die wichtigsten Dinge im Leben werden immer in der Küche besprochen, denn da ist es heimelich, gemütlich und warm, und auch voller guter Gerüche. Golda Meir, die erste Primierministerin von Israel, regierte ihr Land von der Küche aus. Ob Du's glaubst oder nicht, ihre Kabinettsitzungen fanden in ihrer Küche statt."

„Bitte entschuldigen Sie, Professor, dass ich nur diese hölzernen Kisten zum Sitzen habe anstatt von Stühlen. Ich bin hier erst vor vier Monaten eingezogen. Ich habe alle meine Sachen aus der anderen Wohnung mitgebracht. Hoffentlich ist es okay für Sie!" Als ich es aussprach, merkte ich, wie meine Stimme etwas zögernd klang.

„Alles ist in Ordnung. Bitte hab' keine Sorge!" und er setzte sich auf eine der Kisten, die Mark vor einigen Jahren für uns als Allzweckmöbel gebaut hatte.

„Möchten Sie einen Sherry?"

„Weißt Du, Natalie, ich muss Dir sagen, dass ich überhaupt keinen Alkohol trinke. Er bekommt mir nicht. Wenn ich ihn trinke, bekomme ich rote Flecken am ganzen Körper und fühle mich unwohl. Vielleicht ist das eine Folge aus dem Lager. Aber macht es Dir etwas aus, wenn ich meine Pfeife anzünde und ein bischen paffe? Diese Pfeife ist für mich mehr ein Spielzeug. Ganz selten rauche ich sie richtig. Gewöhnlich nehme ich ein paar Paffs, und dann lege ich sie wieder hin. Es ist mehr eine Gewohnheit als eine Pfeife."

„Natürlich, gern. Ich habe auch irgendwo einen Aschenbecher."

Er nahm seine alte braune Pfeife heraus und eine goldene Dose mit ‚Gold Block' Tabak und begann seine Pfeife zu stopfen, jede Lage mit seinem Daumen zusammenpressend, bevor er sie mit der nächsten Schicht Tabak füllte. Dann nahm er eine Streichholzschachtel aus seiner Hosentasche, setzte das Mundstück an seine Lippen und zog und presste ein paarmal Luft hindurch, als ob er die Passage freimachen wollte. Dann zündete er ein Streichholz an, hielt die Flamme an den Tabak und - sich fast die Finger verbrennend - noch eins. Er brauchte einige Streichhölzer, bevor er, an der Pfeife ziehend, eine dicke Rauchwolke produzierte. Er paffte ein paarmal und ließ den Rauch aus seiner Nase entweichen.

Ich saß ihm gegenüber auf der Kiste und sah ihm geduldig zu.

„Ich weiß nicht, wann Sie essen möchten. Alles ist fertig. Ich muss nur den Ofen anmachen, für den Toast."

Damals wusste ich noch nicht, dass dies nicht die feine Englische Art war, mit einem Gast zum Abendessen den Abend zu beginnen. Plauderei, Gemälde an den Wänden bewundern, über das Wetter sprechen oder wie der Tag verlaufen war, das wäre in England eine elegantere Weise gewesen. Aber das Essen so früh zu erwähnen, das tat man nicht!

Aber der Professor war kein Engländer, wenn er auch die letzten dreißig Jahre in England gelebt hatte. Mir fiel bald auf, dass seine Natur, die Art und Weise, wie er sprach und sich verhielt, alles andere als Englisch waren.

Mit seinem leichten ungarischen Akzent fragte er:

„Kann ich Dir helfen, Darling?"

„Nein, vielen Dank. Sie sind mein Gast!"

Und ich stand auf, um die Zündflamme im Backofen mit einem Streichholz anzuzünden. Aber sie entzündete nicht. Was auch immer ich versuchte, es ging nicht.

„Gerade heute abend, wenn es gehen soll ..." sagte ich ungeduldig.

Er stand auf und kauerte sich neben mich vor den Backofen. Er sah genau hinein, wie ein kleiner Junge, der ein Geheimnis in einer Schachtel zu entdecken sucht.

„Warum geht es nicht?" fragte er mit unschuldigem Ernst, als ob er zuerst eine Diagnose machen müsste.

„Ich weiß auch nicht!"

„Lass es mich probieren, Darling", sagte er, und setzte sich vor den Backofen. Er schien sich auf ein großes Verfahren vorzubereiten. Da kniete dieser charismatische Mann mittleren Alters, in seinen dunklen Hosen, weißem Hemd und Krawatte und dunkelblauem Blazer vor dem Gas-Backofen und versuchte, die Pilotflamme anzuzünden; - eher wie ein kleiner Junge, der einen Arbeiter nachahmt und vorgibt, alles zu verstehen.

„Es tut mir leid, ich schaffe es auch nicht", sagte er schließlich nach einigen Versuchen. „Lass' uns das Brot *essen, wie es ist. Für mich muss es nicht getoastet sein. Was hast Du sonst noch?"*

Inzwischen hatte ich das Gefühl, zum ersten Mal in meinem Leben einen Bruder, einen vertrauten Gefährten, einen engen Freund zu haben, mit dem ich alles unter der Sonne durchdenken und besprechen könnte.

"Einen Salat, verschiedene Käsesorten und Wurstaufschnitt. Ich versuch' es jetzt noch einmal! Oh! Es geht! Ich hab's geschafft. In zehn Minuten können wir essen!"

"Hast Du etwas Warmes zu essen, Natalie? Eine Suppe vielleicht? Oder etwas Warmes zu trinken? Ich habe den ganzen Tag nichts Warmes gegessen. Weißt Du, unsere Mittagspause reicht für mich gerade aus, ein Brötchen zu essen, das ich mir morgens im Hotel zubereite, und für meine ,Relaxation Response'. Weißt Du, was das ist? Es ist eine Übung, die ich jeden Tag zwanzig Minuten lang mache, die mich vollkommen entspannt. Sie ist tiefer als Schlaf. Wegen dieser Zeitbegrenzung habe ich nichts Warmes in meinem Bauch.

"Ich mache Ihnen eine Tasse heißen Tee zum Abendessen, anstelle von Wein; was meinen Sie?"

"Das wäre nett!"

Als der Tee zubereitet und der Toast fertig war, verteilte ich den Salat auf unseren Tellern und begann, mich zu entspannen. Ich fühlte mich ungezwungen mit diesem Mann. Es war alles so einfach. Seine Gegenwart entspannte mich; er war wie ein alter Kumpan, jemand, den ich mein Leben lang gekannt hatte. Alle meine Spannungen und Befürchtungen von den vorhergehenden Tagen verflogen wie im Wind.

Er berührte das Essen fast gar nicht. Er suchte sich ein paar Stückchen Tomate und grünen Salat, und ließ die Garnelen auf der Seite seines Tellers liegen. Er aß etwas trockenen Toast zu seinem Tee und sagte, er dürfe abends nicht zu viel essen, sonst würde er nicht gut schlafen können.

Ein bisschen enttäuscht darüber, dass er sich nicht über mein Essen begeisterte, lud ich ihn schließlich ein, ins Wohnzimmer zu gehen.

Als er eintrat, schaute er sich um und fragte etwas amüsiert:

„Und wo werden wir sitzen?"

„Auf den Matratzen", erwiderte ich ein wenig entschuldigend. „Die sind hier anstelle von einem Sofa."

„Gut", sagte er. „Ich werde schon da runter kommen. Ich bin zwar fünfundfünfzig, aber noch kein alter Mann. Warum sollte ich auch nicht auf dem Boden sitzen?!"

Und beim Hinsetzen fügte er hinzu: „Ich mache Übungen, um fit zu bleiben." Sich in ein großes Kissen zurücklehnend sagte er: „Siehe da, es ist gar nicht so unbehaglich! Ein schönes Zimmer. Was ist das dort drüben?" Er zeigte auf einen kleinen runden Rohrtisch, auf dem ein siebenarmiger Leuchter stand.

„Meinen Sie die Menorah?"

„Ja, wie kommt sie hierher?"

„Nun, ich habe sie vor einiger Zeit gekauft, als ich noch Studentin war. Ich hatte sie in einem Schaufenster gesehen und mich in sie verliebt. Jeden Tag, wenn ich an diesem Laden vorbeikam, schaute ich sie mir an und wollte sie kaufen. Aber ich hatte nicht soviel Geld, und es dauerte etwa ein Jahr, bis ich sie erwerben konnte."

„Sie ist sehr schön. Darf ich sie mir näher anschauen?"

Er stand auf, ging hin, hielt sie in den Händen und sagte:

„Sie gehörte einmal einer sehr alten jüdischen Familie. Du bist gesegnet, Kleines!"

Dann setzte er sich wieder und schaute sich im Raum um:

„Wie lange wohnst Du schon hier? Vier Monate? Du hast ein Zuhause draus gemacht!"

„Ja, ich hatte Glück. Es ist nicht leicht, in Berlin eine Wohnung zu finden. Da ist ein großer Andrang. Viele Studenten wollen eine billige Behausung. Mir gefällt es hier. Es ist ein alter Bau; manchmal riecht es hier ein bisschen und Feuchtigkeit sickert durch die Wände. Ich habe Kachelöfen und muss mit Kohle heizen. Es ist viel Arbeit, und man muss praktisch kurz nach Mitternacht anheizen, um es beim Aufstehen warm zu haben. Aber es ist schön hier und erinnert mich an Zuhause, - mein früheres Zuhause in der DDR, wo wir auch solche Kachelöfen hatten.

„Trägst Du die Kohle jeden Tag aus dem Keller hoch?"

„Nein, Gott-sei-Dank. Der Händler schleppt sie hier hoch und stapelt sie draußen auf dem Balkon auf. Ich muss nur die Asche runtertragen. Aber das ist okay. Mir gefällt es hier. Für mich beginnt ein neues Leben. Ich war sieben Jahre mit Mark zusammen, aber als sein Vater ihm nahelegte, mich zu heiraten, war mein sofortiger Gedanke: ‚Er wird nicht der Vater meiner Kinder!' Also sagte ich ihm, dass ich mich von ihm trennen müsse. Er wollte nicht, dass ich gehe. Ich glaube, dass er mich auf seine Art liebte. Aber ich hatte das Gefühl, dass ich ihn überholt hatte, wenn man es so nennen kann, ohne arrogant zu klingen. Während ich mich weiterentwickelte, sah ich ihn nicht reifen, wie ich es mir gewünscht hätte. So konnte ich nicht weiterleben."

„Du bist eine sehr entschlossene Frau, Natalie."

„Vielleicht, ich weiß es nicht. Ich tat es, weil ich es musste. Mir begann es klar zu werden, als ich mit Hepatitis im Krankenhaus lag. Mark war zur gleichen Zeit davon erkrankt und war im selben Krankenhaus. Wir waren für einen langen Urlaub in Mexiko gewesen und haben den Virus wahrscheinlich von dort mitgebracht.

Wie auch immer, in diesem Krankenhausbett, in dem ich mehrere Wochen in Isolation lag, wurde mir klar, dass ich mich trennen musste. Und nun bin ich hier. Ich habe die richtige Entscheidung getroffen, denn während der ersten Nacht, in der ich hier schlief, träumte ich, dass ich aus dem Küchenfenster sah und eine wunderbare Aussicht hatte. Eine zauberhafte Landschaft lag vor mir, mit Bäumen und Blumen in den schönsten Farben. Der Himmel war blau und die Sonne schien. Ich werde diesen Traum nie vergessen. Für mich war er eine klare Botschaft, dass ich den richtigen Schritt getan hatte. Und wenn ich in Wirklichkeit aus diesem Fenster schaue, sehe ich graue Mauern, die Rückseite von alten, eingefallenen Häusern. Ist die Symbolik in Träumen nicht interessant? Mein Unbewusstes hatte solch eine bunte, schöne Aussicht!"

Der Professor griff nach seiner Pfeife und hielt sie in der Hand.

„Das war ein schöner, bedeutsamer Traum", sagte er nachdenklich. „Träume können bedeutende Botschaften bringen, wenn man sich dessen gewahr ist."

Nach einigen Minuten Schweigen, in denen wir beide über unsere Träume nachsannen, erzählte er mir, dass er fast jede Nacht ‚Botschaften' erhielt.

„Eine kleine stille Stimme spricht zu mir; sie kommt aus einer anderen Dimension. Sie bringt mir Botschaften, genauso, wie ich sie im Konzentrationslager hatte. Sie halfen mir mein ganzes Leben hindurch zu überleben. Ich habe in meinem Buch BEI NACHT UND NEBEL darüber geschrieben. Eines Tages erzähle ich Dir mehr darüber."

Das war das erste Mal, dass wir über Träume sprachen. Ich wusste natürlich nicht, dass das der Anfang eines tiefen Teilens, nicht nur von Träumen, sondern auch von unseren Leben war.

Ich fragte mich nicht mehr, warum er gekommen war. Alles erschien so natürlich. Es schien mir, als ob ich die letzten achtundzwanzig Jahre mit ihm verbracht hätte, vom Beginn meines Lebens und sogar noch früher.

Dann erzählte er mir, dass er im Januar 1978 nach Calgary gehen würde, um sein Fach dort an der Universität zu unterrichten, wie er es schon die vergangenen zwölf Jahre getan hatte, und dass er ein neues Buch schreiben würde.

„Weißt Du, wie ich es schreiben werde?" fragte er mich, seine Pfeife fest in beiden Händen haltend. „Ich werde es auf ein Tonband sprechen. Auf diese Weise kann ich in meinem Bett liegen und denken, und ich brauche nur meinen Mund aufzumachen. Das ist für mich die idealste Weise, ein Buch zu schreiben.

Als ich ein kleiner Junge war und zur Schule gehen musste, fantasierte ich, dass ich in einem Bett auf Rädern liegen würde und dass ich mich mit meiner eigenen Vorstellung im Bett in die Schule rollen könnte: Die Treppen hinunter, die Straße entlang, durch den Park, den Pfad hinauf zur Schule und in den Klassenraum. So brauchte ich nicht aufzustehen und konnte im Bett liegend lernen. Ich hatte eine sehr starke Vorstellungskraft. Manchmal lag ich im Bett und wollte es so sehr, dass ich gelegentlich das Gefühl hatte, dass das Bett sich bewegte und mein Wunsch sich erfüllte."

„Aber Sie müssten doch aufstehen, um das Buch vom Band auf Papier zu bringen!", sagte ich, vom Bett auf Rädern zum Wohnzimmer zurückkehrend. „Oder würde das automatisch passieren, durch Wunschdenken?"

„Nun", sagte er gedankenvoll, „ich werde jemanden finden müssen, der das Buch in Schrift überträgt."

„Kennen Sie jemanden?" fragte ich.

„Noch nicht."

„Muss es jemand sein, der dort lebt, in Kanada, oder kann ..."

„Es kann überall sein. Meinst Du, Du ..."

„Ja, ich würde es sehr gern tun."

„Wirklich? Es könnte jedoch sehr viel Arbeit bedeuten."

„Ich würde es wirklich gern tun. Es wäre für mich ein Privileg."

„Dieses Buch ruht schon einige Jahre in meinen Knochen. Weißt Du, wie meine Bücher entstehen? Es ist *wie eine Schwangerschaft. Zuerst ist da ein Same. Dieser Same kann von irgendjemandem geworfen werden. Ich muss nur bereit sein, ihn zu empfangen. Er muss Wurzeln schlagen. Dann wächst der Same, ganz langsam. Nach einiger Zeit transformiert er sich in einen Embryo, in eine Art Form. Der Embryo wächst und seine Form wird klarer und ich werde schwerer und immer schwerer bis - wenn das Baby körperlich und geistig stark genug ist, allein zu überleben - ich es loslassen kann, und es wird geboren. Und erst wenn es aus meiner Schriftstell-Gebärmutter herauskommt, kann ich sein Gepräge, seinen Charakter sehen.*

Der Samen für dieses Buch wurde hier in Berlin, kurz vor meiner Gallenoperation geworfen. Es ging mir sehr schlecht zu dieser Zeit und ich deutete meinen Studenten an, dass ich ein bisschen Angst hätte und nicht sicher wäre, ob ich diese Operation überleben würde. Auf einer Party, die wir an einem Abend am Ende des Kurses hatten, sagte ein Student zu mir: „Professor Heimler, wann geben Sie uns Ihre Botschaften? Können Sie sie nicht aufschreiben, bevor Sie ins Krankenhaus gehen?"

Das war der Moment, in dem der Samen Wurzeln schlug. In diesem Augenblick entschloss ich mich, so bald wie möglich mein Buch „Botschaften" zu schreiben."

Ich wusste darauf nichts zu erwidern. Ich fühlte mich von all dem ganz überwältigt. Ein berühmter Professor aus London, ein weltbekannter Dichter und Schriftsteller kommt in ein Berliner Wohnviertel, um mich zu besuchen, mich, einen ‚Niemand', ein kleines gewöhnliches graues Mäuschen, das tagaus, tagein seiner Beschäftigung als Sozialarbeiterin nachgeht, ohne viel Begeisterung. Er kommt zu meinem kleinen Quartier im Hinterhof, vier Treppen hoch. Er kniet sich in meiner altmodischen Küche vor meinem Backofen hin, um die Pilotflamme anzuzünden, damit wir Brot toasten können, denn ich habe noch nicht einmal einen Toaster. Und ich fühle mich so zwanglos, so vertraut mit ihm.

Ich bin mir nicht ganz sicher, warum er mich besucht, und doch biete ich ihm an, sein Buch zu schreiben, oder besser, auf Papier zu übertragen. Das kann doch nicht sein! Das kann nicht stimmen, das ist sicher ein Fehler! ‚Es tut mir leid, Natalie‘, wird in seinem Brief stehen, ‚aber ich habe jemanden gefunden, der näher bei mir lebt und auch fließend Englisch spricht. Ich habe den Abend mit Dir überaus genossen. Nochmals vielen Dank!‘

Nun, die Wahrheit ist, dass er Recht hätte, seine Meinung zu ändern. ... Aber noch ehe ich meinen Gedankengang fortsetzen konnte, hatte er schon alles durchdacht:

„Ich werde Dir sagen, wie wir es machen werden: Immer, wenn ich ein Band fertig besprochen habe, stecke ich es in einen Umschlag und schicke es Dir. Dann wirst Du es übertragen und mir die fertig getippten Seiten senden. Du kannst die Tonbänder behalten. Aber nimm die kleinen Knöpfe heraus, damit der Inhalt nicht aus Versehen gelöscht werden kann. Und wenn Du willst, kannst Du mir eine kurze Rückkoppelung mitschicken. Oh, jetzt bin ich richtig aufgeregt! Ich fange bald an, und in etwa drei Wochen solltest Du, so Gott will, das erste Band erhalten.

Und damit trank er seinen Tee aus, steckte seine Pfeife in die Außentasche seines Blazers und sprang energievoll auf.

„Ich werde Dich morgen im Seminar sehen!“ sagte er, noch ehe mir gewahr wurde, dass er schon an der Türe stand.

„Oh, noch eines muss ich Dir sagen, Kleines“, sagte er und sah mich an; „Ich weiß nicht, wie ich es Dir sagen soll ... - wie alt bist Du jetzt?“

„Ich bin achtundzwanzig“, antwortete ich und fragte mich, was mein Alter mit dem Schreiben seines Buches zu tun hat.

„Wenn Du vierzig bist, möchte ich, dass Du sehr gut auf Dich Acht gibst. Ich sehe etwas ... ich weiß nicht ... etwas Ernstes, eine Krankheit. Ich glaube, Du wirst sehr

*krank sein, aber ich hoffe, dass Du es überleben wirst. ...
Ich denke, Du wirst es überstehen. Bitte, mach' Dir keine
Sorgen, aber pass' gut auf Dich auf!"*

*Ich wusste nicht, was ich sagen sollte. Ich stand nur
einfach da, und wie in Trance gab ich ihm seinen Mantel
und seine Mütze und begleitete ihn schweigend die Treppen
hinunter, durch den Hinterhof zu der großen schweren
Haustür, die zur Leonhard Straße führte.*

*„Auf Wiedersehen, Kleines, Ich freue mich auf unser
gemeinsames Abenteuer! Und träume heute Nacht etwas
Schönes! Geh' jetzt rauf, bevor Du Dir eine Erkältung holst
und Dein kleines Näschen morgen laufen wird. Ich gehe
schnell zum Taxistand hinüber."*

*Und bevor ich irgendetwas sagen konnte, kam schon
ein Taxi angefahren und hielt vor uns an. Er stieg ein, und
in Sekunden-Schnelle war es schon um die Ecke gebogen.*

*Ich verschloss von innen die quietschende Tür, wankte
die Treppen hinauf und ließ mich auf mein Bett fallen. Die
Kirchturmuhr schlug die Dreiviertelstunde: Noch nicht mal
zehn Uhr!*

*‚Ich verstehe es nicht; es kann nicht wahr sein! Morgen
werde ich aufwachen und ...“*

*Mir war, als ob etwas sehr Wichtiges geschehen wäre,
aber ich war nicht in der Lage zu begreifen, was es war.
War es die Begegnung? War es das Buch, das er schreiben
und mir schicken wollte? Oder war es die Bedeutsamkeit,
das Gewicht, das dieser Mann trug - sein Name, seine
Geltung? Oder war es der Mann selbst, seine
Persönlichkeit?*

*Ich war aus dem Gleichgewicht geraten, durcheinander
und ein wenig desorientiert. Ein bisschen verworren
stolperte ich in die Küche und begann aufzuräumen. Der
Wustaufschnitt war unberührt, und auch der Käse und die
Garnelen waren noch auf seinem Teller. Hat es ihm nicht
geschmeckt? Was war denn nicht gut?*

Und dann fiel es plötzlich wie Schuppen von meinen Augen:

Er ist Jude. Er isst keine Meeresfrüchte und auch keinen Schinken. Das sind verbotene Speisen. Und Wurst und Käse dürfen nach jüdischem Gesetz nicht zusammen gegessen werden. Welch sündhafter Narr ich doch bin! Welch schändliche, unverzeihliche Tat! Ich hatte es völlig vergessen.

„Gott sei Dank für die Nacht!", murmelte ich. Ich brauchte Zeit, mir zu vergeben.

2

„Wo haben Sie in England gelebt?" drängte die Sicherheitsbeamtin.

„Ich habe es Ihnen gerade erzählt: In London, ganz nahe bei Hertfordshire. Haben Sie einmal Jane Austin gelesen? Vielleicht kennen Sie die Gegend aus ihren Büchern?" fragte ich sie, dabei total vergessend dass es für eine Israelitin ziemlich unwahrscheinlich war, sich mit englischer Literatur befasst zu haben.

Zum ersten Mal sah ich, für einen Bruchteil von einer Sekunde, ein Lächeln auf ihrem jungen, blassen Gesicht. Sie ignorierte meine Frage.

Wie oft wir in späteren Jahren diese Landstraße entlang fuhren! Ich liebte die englische ländliche Umgebung, mit ihren schmalen Wegen und alten strohbedeckten Hütten. Auf dem ,Grünen Gürtel' durfte nicht gebaut werden und ein Wohnviertel war mit dem nächsten durch eine grüne Landschaft verbunden, so, wie Perlen durch eine Schnur zusammenhängen. Das erweckte den Anschein, als ob kleine Dörfchen rund um ein Herz in der Mitte aufgereiht sind und ließ London für mich noch attraktiver erscheinen.

Es war eine leichte Wahl gewesen, Deutschland zu verlassen. Eigentlich brauchte ich mich gar nicht zu entscheiden. Es war ein Ergebnis meines bisherigen Lebens. Ich fühlte, dass ein Dirigent da war, der über mein Leben präsidierte. Ich brauchte nur Seiner Führung zu folgen.

Nachdem ich mehrere Kurse in Berlin belegt hatte, ging ich nach London, um Professor Heimlers Methode - als er wieder in England war - an langen Wochenenden oder für jeweils eine Woche im Sommer und Herbst zu studieren.

„Bitte nenne mich Janos!" hatte er insistiert. „So nennen mich alle in England. Wir sind hier nicht so formell wie in Deutschland. Eigentlich ist mein richtiger Name Jancsi, so nannten mich meine Familie und Freunde. Aber den Engländern fällt es schwer, diesen Namen auszusprechen."

Janos und seine Lehren waren faszinierend. Ergriffen las ich alle seine Bücher und war zu ungeduldig, um im Wörterbuch die mir unbekannten Wörter nachzuschlagen. Ein paar Worte hier und da, die ich nicht verstand, machten nichts aus. Das Wichtige war, dass ich seine Geschichte, seine Botschaft, und den Mann verstand. Während ich meine Arbeit als Sozialarbeiterin beim Berliner Senat verrichtete, nahm ich an seinen Seminaren als Studentin teil und viele Male als Übersetzerin.

Unsere zahlreichen Zusammenkünfte hatten uns viel Gelegenheit gegeben, uns kennenzulernen. Und bei der erstmöglichen Gelegenheit wurde ich seiner Frau Lily und seinen Kindern vorgestellt. Aber wir waren uns am nächsten, als Janos in Kanada und ich noch in Berlin war.

Eines Sonntag morgens im Januar klopfte der Postbote an meine Tür und brachte mir einen Einschreibebrief. Mein Herz hüpfte vor Freude und Aufregung in meiner Brust. „Er hat sein Versprechen in die Tat umgesetzt; ja, er hat sein Wort gehalten!" sang ich und tanzte mit dem Umschlag in meiner Wohnung herum. „Er hat es wirklich durchgeführt und mich nicht fallen lassen!"

Ein kurzer Brief begleitete das Tonband, worin er mich bat, ihn wissen zu lassen, wie lange das Band auf dem Postweg gebraucht hatte, bis es bei mir ankam, und dankte mir für meine große Hilfe.

Ich fing sofort an, das Tonband abzuhören und das Gehörte niederzuschreiben, und ich arbeitete bis in die *frühen Morgenstunden daran. Mir war, als ob ich ein faszinierendes Buch las, das für mich persönlich geschrieben war. Ich konnte es nicht weglegen. Obwohl ich am Morgen um 5.30 Uhr aufstehen musste, um pünktlich um 7.30 zu meiner Analysestunde zu erscheinen, musste ich mich zwingen, um 2 Uhr aufzuhören, damit ich wenigstens etwas Schlaf bekäme.*

Am nächsten Tag nach der Arbeit fuhr ich fort, das Gehörte niederzuschreiben, und als ich das erste Tonband beendet hatte, schrieb ich:

„Lieber Janos,
Am Sonntag morgen um halb neun erhielt ich Dein erstes Tonband. Der Postbote weckte mich mit seinem heftigen Klopfen an der Tür. Dein Band ist angekommen! Ich war sehr neugierig und hörte es sofort ab. Ich weiß nicht richtig, wie ich meine Gefühle darüber ausdrücken soll, aber ich will Dir sagen, dass das, was ich hörte, mich sehr glücklich macht.

Ich bin sehr berührt und beeindruckt von Deinem Buch.

Ich denke, dass die Themen des Buches für meine Generation Deutscher wichtiger sind als alles andere. Ich schaue sehr hoffnungsvoll in die Zukunft. Ich kenne viele junge Menschen, die anfangen, Fragen über die Vergangenheit zu stellen, über die Nazizeit und über ihre Schuld. Und ich selbst habe manchmal Schuldgefühle und manchmal frage ich mich, was ich tun kann, um Menschen zu verändern oder ihnen zu helfen, ihre Seelen zu heilen. – Ganz wie Du es auf dem Band sagst.

Mit Deiner Erleuchtung und Offenheit kannst Du vielen jungen Deutschen helfen, ihre Energie in konstruktiver Weise zu nutzen und emotional zu wachsen.

Dass ich diejenige bin, zu der Du sprichst, macht mich sehr glücklich. Ich will mein Allerbestes versuchen, das Buch niederzuschreiben und zu übersetzen, um Dir zu helfen, es in Deutschland so bald wie möglich zu veröffentlichen.

Ich spüre großes Vertrauen, dass dieses Buch das Leben vieler beeinflussen wird.

Ich verspreche Dir, dass ich mein Bestes tun werde.

Es tut mir leid, dass mein heutiges Schreiben nicht ganz korrekt ist. Es sind viele Fehler darin, weil ich es ganz schnell schreiben wollte, damit ich es Dir morgen früh per Express zusenden kann. Ich möchte Dir meine Niederschrift so bald wie möglich zeigen, damit Du mir sagen kannst, ob es so, wie ich es geschrieben habe, okay ist.

Soll ich zwischen den Zeilen mehr Platz lassen?

Es waren auch zwei Stellen auf dem Band, die ich nicht genau verstehen konnte; da habe ich eine Lücke gelassen.

Ich habe ganz vergessen, Dir das Buch zurückzugeben, das Lily mir in London lieh. Ich sende es ihr hiermit zurück. Ich bin mir sicher, dass ich Bücher über Judentum auch in Deutschland finde, auf Deutsch. Und ich denke, dass ich sehr viel von Deinem Buch lernen kann, das Du aufs Band sprichst. Wie Du weisst, bin ich sehr am Judentum interessiert, und es beglückt mich, dass Du mir in Deinem ‚Brief‘ Antworten auf meine Fragen gibst. Ich danke Dir dafür von Herzen!

Jetzt wünsche ich Dir und Deiner Frau eine gute Zeit in Kanada und hoffe, Ihr beide werdet ein paar freudvolle Tage und Wochen genießen können.

Ich sende Lily meine herzlichsten Grüße.

Bis Du wieder von mir hörst,

Herzlichst,

Natalie.

PS. Bitte verzeih all meine Fehler. Ich muss noch besser Englisch lernen!"

Ein Tonband folgte dem nächsten und ein Brief dem anderen. Innerhalb von drei Monaten hatte ich das Buch gelesen, welches das wichtigste Buch meines Lebens werden sollte.

Als ich Janos wiedersah, waren weder er noch ich noch unsere Beziehung die gleiche wie zuvor. BOTSCHAFTEN hatte diese vielen tausend Kilometer von Calgary nach Berlin überbrückt und uns näher zueinander gebracht. Er war nicht mehr der Professor und ich die Studentin. Er war jetzt mein Inspirator, mein Meister; mein geistiger Führer. Mit seiner verblüffenden Kreativität hatte er mich empor-gehoben, hatte einen Funken, der jahrelang schwach glühte, lichterloh entflammt. Er wühlte Kräfte in meinem tiefsten Inneren in mir auf, aus dem Unterirdischen meiner Seele. Ich war voll Ehrfurcht - und mein Herz erwiderte seine Weisheit.

Es war im Frühjahr 1979, als Janos mich einlud, an einer Konferenz über die Arbeit mit Drogenabhängigen in Seattle, Washington teilzunehmen, wo seine Methode des Sozialen Funktionierens angewandt wurde.

Ich zögerte keinen Augenblick. Da ich Pläne hatte, mit meiner Freundin die Küste Californiens zu bereisen, dachte ich, dass ich die beiden Touren miteinander verbinden könnte, und stimmte sofort zu.

Ich flog mit einem großen Jumbo Jet über London direkt nach Seattle und hatte keine Ahnung, was mich dort nach zehn Stunden Flug erwarten würde. Obwohl ich nicht wusste, wo ich die Nacht verbringen und wie ich mit meinem begrenzten Englisch zurecht kommen würde und wie die ‚Amerikaner‘ sich auf mich einlassen würden, war ich relativ ruhig, entspannt und zuversichtlich. Ich wusste ja, dass Janos dort war. Ich hatte ihn als warmherzigen Mann schätzen und lieben gelernt, und ich vertraute ihm. Ich wusste, dass er sich um Menschen kümmerte und dass er ein verantwortungsvoller Mensch war.

Als ich vom Flughafen die Nummer wählte, die Janos mir gegeben hatte, wurde mir gesagt, dass er erst in zwei Tagen ankommen würde. Ich war ein bisschen enttäuscht und fühlte mich etwas verlassen und allein in diesem großen Amerika. ...

Aber nachdem ich einen YMCA gefunden und mich einquartiert hatte, konnte ich die positive Seite sehen. Total übermüdet und unfähig zu schlafen, obwohl es Nacht wurde, stand ich auf und machte einen Spaziergang durch die Stadt. Zufällig fand ich ein kleines, gemütliches Russisches Restaurant an der Ecke von 1st Street, aß die erste Borschtsuppe meines Lebens und genoss die freundliche Unterhaltung mit dem Herrn, der mich bediente. Er musste meine Müdigkeit bemerkt haben, und seine wohlwollenden Worte gingen mir wie Butter die Kehle hinunter. Bald wurde ich gewahr, dass er nicht der einzige entgegenkommende Amerikaner war. Und so begann ich - ganz langsam - auf dem großen Kontinent von Amerika anzukommen.

Seattle war eine bezaubernde Stadt. Sauber und angenehm, mit Bergen und Seen, die sich am Horizont vereinigten und mir ein Gefühl gaben, draussen in der großen weiten Welt zu sein. Es ist die Metropolis des Nordwestens und das Tor zum Orient.

Obwohl Seattles Hafen über hundert Meilen weit vom offenen Meer entfernt ist, ist er einer der größten Häfen der Welt. Ich hatte gelesen, dass das Meeresklima kühle Sommer in die Region bringt.

Am folgenden Tag sah ich mir einige Sehenswürdigkeiten an und schlenderte durch ‚Fisherman's Wharf', durch die Märkte und genoss ganz besonders die frische Meeresluft des Pazifischen Ozeans. Ein amerikanisch eingebürgerter Schweizer lud mich zum Essen in einem Chinesischen Restaurant ein. Jetzt war ich schon um viele neue Entdeckungen bereichert und hatte viele neue Eindrücke zu verdauen.

Die Zeit bis zu meinem Treffen mit Janos verging schneller, als ich es mir vorgestellt hatte.

Endlich nahm Janos mit mir Kontakt auf.

Er und seine Frau luden mich zum Mittagessen ins Sherwood Inn ein, wo sie ihre Zimmer hatten. Zum ersten Mal war ich wirklich ganz aufgeregt.

Aus dem Busfenster schauend, auf meinem Weg zum Inn, sah ich die Landschaft, die ich bisher durch meine jet-lagged Augen bar und verwüstet gesehen hatte, jetzt grün und blühend. Saftige Wiesen, grüne Bäume; Blumen und Bäume blühten – wundervoll! Ich strahlte, Tränen flossen von meinen Augen; ich war so gerührt von der atemberaubenden Schönheit. Der Union Lake sah phantastisch aus in der Sonne, die hinter den schneebedeckten Bergen glänzte. Ein Mann im Bus starrte mich an. Warum? Stimmt etwas nicht? Vielleicht wegen meiner Tränen? ...

Ich rief Janos von der Hotellobby an, um ihm zu sagen, ich sei angekommen. Eine Ewigkeit verging, bis er herunterkam. Er war prächtig! Er küsste mich auf beide Wangen. Er war so herzlich, so natürlich - wie immer. Seine Augen funkelten. Augenblicklich war mir behaglich und vertraut zumute. Er versprach mir, dass ich mich nicht einsam fühlen würde, solange ich hier sei. Er hatte schon ein Programm: Heute Abend Abendessen bei den Rayners, morgen Abend ... den Abend danach ... und dann ...

‚Er ist ganz einfach fantastisch! – Wie immer!'

Lily war sehr nett. Sie sprach viel mit mir. Unterhaltung. Ich redete mehr mit ihr als mit Janos. Ich war ihr in London schon kurz vorgestellt worden, aber jetzt hatte ich eine Gelegenheit, sie richtig kennenzulernen. Ich mochte sie. Sie war eine natürliche, warme Frau. Sie war offen und liebenswert und zeigte großes Interesse an mir. Wir freundeten uns schnell an.

‚Was mag sie von mir denken, von mir, einem deutschen Mädchen? ...'

Janos und Lily waren sehr feinfühlig und besorgt und gaben mir ein Gefühl von Angenommensein und Sicherheit. Ich fühlte mich nicht allein.

Ich fühlte mich sicher. Mein Hiersein hatte einen Sinn.

Am folgenden Abend holten Janos und Henry mich mit Henrys Mercedes vom Hotel ab. Wir betraten sein Haus – eine Traumvilla auf dem Gipfel eines Berges, mit unbeschreibbarer Aussicht auf Lake Union. Eine Wand der Villa war aus Glas gebaut; dahinter die Terrasse, von der aus ich auf den See blickte.

Sie hatten bereits gegessen. Sie entschuldigten sich und luden mich ein, allein zu essen. Das war mein erster Besuch im Hause einer amerikanischen Familie. Was war der Brauch? War dies hier die Vorspeise oder die Hauptspeise? Ich aß sehr wenig, weil ich nicht wusste, was danach aufgetragen würde. ...

‚Bist Du fertig mit essen?'fragte die Dame des Hauses.

‚Ja, danke!' sagte ich zögernd. (Vielleicht wird noch etwas angeboten? Nein? Ich werde es überleben! ... Eigentlich wollte ich sowieso etwas abnehmen!)

Ich war sehr angespannt. Und jetzt sprachen sie auch noch über Politik! ‚Gut', dachte ich, ‚ich kann mich ja mit Sprachschwierigkeiten herausreden.' - Aber Henry fragte mich ganz direkt nach den Wahlen in Berlin, und zu meinem großen Horror übersetzte Janos seine Frage für mich ins Deutsche.

Jetzt war ich entdeckt. Das Blut stieg mir ins Gesicht, und ich begann zu stottern. Schließlich murmelte ich irgend etwas, ich weiß nicht mehr was.

‚Lies die Zeitung, meine Liebe!' sagte ich mir. ‚Du hast keine Ahnung, was in Deutschland vor sich geht.'

Noch nie in meinem Leben war ich an Politik interessiert gewesen. Als Kind wusste ich nicht, dass Kommunismus eine politische Bewegung war. Für mich bedeutete es, ein blaues Tuch um den Hals zu tragen und ein Pionierabzeichen am Ärmel meiner weißen Bluse. Irgendwie war es mit Wilhelm Pieck, Ernst Thälman und Fahne hissen verbunden; und mit Schrott sammeln, um Punkte zu bekommen. Es war die einzige Welt, die für mich existierte.

Nur zu sehr seltenen Gelegenheiten, wenn mein Vater seine Stimme senkte, um ein paar Worte über ‚den Westen' zu flüstern, hatte ich irgendeine Ahnung, dass noch etwas, etwas Verbotenes jenseits des Universums existieren könnte. Immer, wenn ich in späteren Jahren das Wort ‚Politik‘ hörte, schloss ich die Jalousien meines Geistes. Es war so ein kaltes Wort und so unbegreiflich. Und jetzt, wo ich damit konfrontiert wurde, war ich verlegen und schämte mich für meine Ignoranz.

„Möchtest Du unsere Telefonnummer? Können wir Dir hier in Seattle behilflich sein? Es war wirklich nett, Deine Bekanntschaft gemacht zu haben! Hab einen schönen Abend!“

‚Ob sie wohl wirklich meinen, was sie sagen? ...‘

Es tat mir gut, wieder allein zu sein.

Janos sagte mir, dass ich mich verändert hätte.

„Du stehst jetzt über Deinen Gefühlen“, sagte er, als wir einen Spaziergang durch den Hotelgarten machten. "Deine Gefühle beherrschen Dich nicht mehr, und Menschen auch nicht."

Ich war erfreut, das zu hören. Er sagte, dass ich auf positive Weise ruhiger sei, feinfühlig und stark. – Meine Güte, wie konnte er das wissen, und so schnell?! Das letzte Mal hatten wir uns im Januar gesehen. Jetzt war April und ich hatte wieder große Fortschritte gemacht. Meine Analyse war sehr hilfreich.

„Du wirst eine der besten Dozenten meiner Methode in Deutschland sein, ja in der ganzen Welt. Du hast meine Gedanken, meine Philosophie absorbiert. Wir werden wichtige Dinge miteinander tun und viel zusammen arbeiten.“

Ich wusste nicht, was ich sagen sollte. Vielleicht hatte er mich missverstanden. Ich, das kleine ängstliche Vögelchen, das kaum ihren Mund auftun kann? Meint er mich? Ich konnte nichts sagen. Konnte er denn nicht das richtige ‚ich‘ sehen?

‚Wenn er so fortfahren würde‘, dachte ich, ‚könnte ich ... könnte ich mich vielleicht bald so wichtig fühlen, wie er mich sieht. ...‘

Janos und Lily kümmerten sich gut um mich. Ich war der Star der Partygäste.

„Das ist unsere Freundin Natalie aus Deutschand. Sie wird Dozentin in meiner Methode des Sozialen Funktionierens und sie ist Vorsitzende der Deutschen Gesellschaft für Human Social Functioning."

Ich wurde überall warm willkommen geheißen. Obwohl ich ...Deutsche war ...

Janos schien hier sehr bekannt zu sein. Wohin wir auch gingen, gab es Parties mit solch wichtigen Menschen wie Professoren, Ärzten und soweiter, und ganz allmählich war ich in der Lage, in ihnen menschliche Wesen zu sehen.

„Möchtest Du Deinen letzten Abend in Seattle als Gast einer Diskussion zwischen Rabbi B. und mir verbringen?" fragte mich Janos am Telefon. Das Thema der Diskussion wird heißen: ‚Widerstand gegen Tyrannei'.

Wie hätte ich meinen letzten Abend allein verbringen können?!

„Natürlich, gern!" antwortete ich mit höflicher Spontanität. Es war mir nicht wichtig, wer da sein würde und worüber sie sprechen würden. Das war mir völlig egal. Ich wollte in Janos' Nähe sein. Das war mir das Wichtigste.

Ich fragte mich, wie es kam, dass Janos mir so wichtig war. Ich konnte ihm vertrauen. Er würde mich nie fallen lassen. Ich fühlte mich sicher. Dieses Gefühl, beschützt zu werden, war sehr wichtig für mich, gerade jetzt zu der Zeit, wo ich daran arbeitete, Nähe zu erlauben. Ich hatte gerade jetzt zum ersten Mal während meiner dreijährigen Analyse das Gefühl zugelassen, dass mein Analytiker und ich uns zusammen im selben Raum befanden und die Tür geschlossen blieb. Ja, meine Vergangenheit hatte Wunden hinterlassen. Aber jetzt fühlte ich, dass Janos' Gegenwart wie Heilsalbe auf die Verletzungen wirkte. Ich fühlte mich von ihm bedingungslos akzeptiert.

Es war ein fantastisches Haus auf einer Insel bei Seattle. Wir hatten Lake Washington auf der Evergreen Bridge bei Sonnenuntergang überquert, und mir war von der prächtigen Aussicht schwindlig.

Die Dame des Hauses war ‚Master of Social Work in Privater Praxis' und half mir, über meine anfängliche Verlegenheit hinweg zu kommen. Bald erkannte ich die Professoren, die ich am Abend zuvor auf der Konferenz getroffen hatte, und ging auf sie zu, um an dem ‚small talk' teilzunehmen - ein neues Wort, das ich gelernt hatte, ohne dass ich ein Wörterbuch hatte benutzen müssen.

„Was machst Du, Natalie? fragte mich ein älterer Herr mit weißen Schläfen, nachdem wir uns begrüßt hatten.

„Ich bin Sozialarbeiterin.", sagte ich und lächelte ihn an.

„Und arbeitest Du im Feld?" fuhr er fort.

„Nein", antwortete ich etwas überrascht, „ich arbeite mit Familien in einem Raum der Familienfürsorge."

Ich dachte, dass seine Frage etwas ungewöhnlich war, ‚aber vielleicht', dachte ich, ‚gibt es in Amerika so etwas wie Gemeinwesenarbeit mit Bauern ...auf dem Feld?'

Nachdem ich mich unter die Gäste gemischt hatte und von einer Gruppe zur anderen gegangen war, erzählt und gelacht hatte, hatte ich das Gefühl, dass mein Englisch sich verbesserte. Ich wandelte selbstbewusst durch den Raum. Ich spielte meine Rolle: „Eine wichtige Dame aus Deutschland". Und dann erkannte ich, dass, wenn man jemandem, der nichts von sich hält, wiederholt sagt, sie sei wichtig, sie mit Respekt und ehrenhaft behandelt und ihr eine wichtige Rolle gibt, sie letztendlich, mit Gottes Hilfe, diese Rolle erfüllen wird. Janos hatte mir immer wieder gesagt, dass ich das Potential hätte, jemand von Bedeutung zu sein, aber ich hatte es vorgezogen, ihn nicht zu verstehen. Ich wusste nicht einmal, was genau er damit gemeint hatte. Doch als ich mich jetzt im Spiegel der anderen Partygäste sah, wurde mir bewusst, dass ich mich noch nie vorher in meinem Leben so frei durch einen Raum voller Menschen bewegen konnte.

Von der Diskussion zwischen Janos und dem Rabbi verstand ich wenig.

Mir war gesagt worden, auch der Rabbi sei durch seine Bücher und sein Erscheinen im Fernsehen sehr bekannt. Es waren Mikrofone und Tonbandgeräte aufgestellt, Lichter blitzten von Blitzlichtaufnahmen und das Publikum applaudierte. Alle schienen sehr beeindruckt. Als der formelle Teil vorbei war, verlief sich die Menge; nur eine kleine Gruppe blieb zum Kaffee zurück. Da alle in Unterhaltungen verwickelt waren und ich allein stand, mit meinen Händen nicht wohin wusste und mich etwas verloren fühlte, ging ich hinüber zum Rabbi, der es sich in einem Ohrensessel am Fenster bequem gemacht hatte und hinauf zu den Sternen blickte. Er war ein alter Mann mit langem weißem Bart und einem freundlichen Gesicht.

„Vielen Dank, Rabbi", unterbrach ich seine meditationsähnliche Reflektion. „Vielen Dank für Ihre Rede!"

Er drehte sich bedächtig um. Mit einer Handbewegung bat er mich, näher zu kommen.

„Setzen Sie sich, junge Dame!" befahl er lächelnd und deutete auf den Stuhl neben sich.

„Ich verstehe, dass Sie den ganzen Weg von Deutschland hierher gemacht haben. Wie gefällt Ihnen Amerika?"

„Es gefällt mir", piepste ich und vergaß, dass ich seit meiner Kindheit erwachsen geworden war.

„Die Menschen sind nett."

Ich wusste nicht, was ich noch hätte sagen können. Er war der große Rabbi und ich, ich war das kleine Mädchen aus der DDR.

„Sie sind so still, Natalie, so entspannt. Wie machen Sie das? Die meisten Leute sind aufgeregt, nervös und verdrossen. Sagen Sie mir Ihr Geheimnis!"

„Ich habe kein Geheimnis", fuhr ich in meinem Piepston fort, „Vielleicht, weil ich meditiere."

„Erzählen Sie mir davon. Was für eine Meditation praktizieren Sie?"

„Nun, ich sitze jeden Tag zwei Mal zwanzig Minuten lang, und - nun, tue nichts. Ich sitze nur und atme und lasse meine Gedanken kommen und gehen. Es ist gut für mich. Ich lese auch in der Bibel, und das beruhigt mich auch."

„Sie sind ... als Deutsche geboren?"

„Ja."

„Und Ihre Eltern?"

„Die sind auch Deutsche."

Eine lange Pause folgte. Ich hatte das Gefühl, dass wir in eine Sackgasse geraten waren. Der Rabbi wollte keine Fragen stellen und ich wusste nicht, ob ich ihm meine Geheimnisse anvertrauen wollte. Ich kannte den Mann nicht; ich wusste nur, dass er ein Rabbi war, liebenswürdig und warm.

Das Risiko war gering. Was würde geschehen, wenn ich es ihm erzählte?

„Als ich dreizehn Jahre alt war, Rabbi, erhielt ich Konfirmandenunterricht. Ein Pastor lehrte uns die Bibel, bevor wir konfirmiert wurden. Ja, ich wurde in der Protestantischen Kirche konfirmiert. Meine Eltern waren Protestanten, hielten sich jedoch nicht an die Gesetze. Wir haben zuhause nicht gebetet; ich betete nur, wenn ich mit meiner Großmutter zusammen oder allein war. Vor Mahlzeiten sagte ich immer einen Segen und ein Dankgebet nach dem Essen. Ich sagte es ganz laut, wenn ich allein war und ganz leise, wenn ich zusammen mit meiner Mutter und Schwester aß. Ich schämte mich. Ich weiß auch nicht, warum.

In der DDR haben wir Weihnachten gefeiert. Wir hatten einen Weihnachtsbaum mit einer Spieluhr im Ständer, der sich drehte und Weihnachtslieder spielte. Mein Vater brachte das Puppenhaus und den kleinen

Kaufmannsladen vom Dachboden und wir bekamen Geschenke. Meine Großmutter ging am Weihnachtsabend in die Kirche, oft in hohem Schnee, und meine Schwester Hazel und ich begleiteten sie. Manchmal kam auch meine Mutter mit.

Ich verstand nicht richtig, was Weihnachten bedeutete und warum dieser tote Mann an ein Kreuz genagelt war. Aber ich erinnere mich an das Kribbeln im Bauch, denn ich wusste, dass zuhause viele Überraschungen auf uns warteten. Später, im Westen, war es das Festessen, das meine Mutter bereitete, was Weihnachten als ein besonderes Fest markierte: der Herings- und Selleriesalat, und natürlich auch der Weihnachtsstollen.

Als ich in diesen Unterricht ging, Rabbi, den ich vorhin erwähnte, erzählte uns der Pastor, wieviele Menschen in der Welt Christen sind, wieviele Buddisten und wieviele an Islam glauben. Er diktierte uns die Zahlen. Ich habe sie immer noch irgendwo aufgeschrieben. Als er uns sagte, wieviele Juden es in der Welt gab, war die Zahl so gering. Er erzählte uns etwas über Judentum und dass die Juden schon vor den Christen da waren. Er erzählte uns die ganze Geschichte über Jesus und wie das Christentum geboren wurde. Ich erinnere mich noch genau, wie ich an dem großen Tisch saß, neben meiner Freundin Dagmar, und wie ich darüber nachdachte.

‚Pastor, wenn die Christen doch praktisch aus dem Judentum kamen, nur, weil jemand plötzlich glaubte, dass Jesus der Sohn Gottes war, der Messias, dann sind wir doch in Wirklichkeit Juden, nicht wahr? Judentum ist unser Ursprung, die Quelle, von der wir kommen. Warum sind wir also nicht alle Juden?'

Aber ich traute mich nicht, diese Frage zu stellen. Ich war immer so schüchtern in der Schule und tat meinen Mund nicht auf. Auf dem langen Nachhauseweg dachte ich ständig: ‚Ich bin ein Jude! Von dort komme ich her!'

Als ich an diesem Abend nachhause kam, ging ich zu meiner Mutter, ganz aufgeregt, schaute sie an und sagte:

,Mama, ...'. Aber sie war so müde nach der Arbeit und wollte das Abendessen vorbereiten. ...

Also behielt ich meine neue Identität ganz für mich.

Nach dieser Episode, Rabbi, war Weihnachten nie mehr das gleiche wie vorher. Ich suchte immer nach einem Sinn, konnte aber keinen finden. Und seitdem ich mehr über Juden gelernt habe und dass der Messias noch kommen wird, hat Weihnachten alle Bedeutung für mich verloren. Bei der erstmöglichen Gelegenheit, als ich nicht mehr zuhause wohnte, erfand ich einen Grund, warum ich zu Weihnachten nicht nach Hause kommen konnte. Jedes Jahr fand ich eine andere Begründung, weshalb ich nicht zu meiner Mutter ging. Ich konnte mich nicht mehr verstellen, nicht mehr vorgeben, dass ich dieser Religion angehörte.

Über diese Frage, Rabbi, warum ich keine Jüdin bin, wenn ich doch daher komme, zerbrach ich mir mein ganzes Leben lang meinen Kopf. Und Sie, Rabbi, sind der erste Mensch, dem ich dieses Unerklärliche anvertraue. Das ist mein Geheimnis.

Ich war sehr erregt und mein Herz raste.

Jetzt hatte ich das große Geheimnis meines Lebens offenbart.

Der Rabbi lehnte sich in seinem Sessel zurück und nippte an seinem Kaffee. Als er die Tasse wieder hinstellte, sah er mich teilnehmend an. Ein warmherziges Lächeln schmiegte sich um seine Lippen, die fast von seinem langen, weißen Bart bedeckt waren.

„Und wie haben Sie das Dilemma gelöst?", fragte er besinnlich.

„Ich habe es nicht gelöst, Rabbi. Noch nicht. Aber ich werde den Dingen auf den Grund gehen. Ich muss es tun! Sehen Sie, es ist etwas so Wichtiges in meinem Leben und lässt mir keine Ruhe. Es ist eine Lebensnotwendigkeit. Es drängt mich, mehr über das Judentum zu lernen.

„Ich hoffe, dass ich nicht zu viel von Ihrer Zeit stehle, Rabbi, aber da ist noch etwas, was ich noch nie jemandem zuvor erzählt habe. Vor ein paar Jahren hatte ich einen Traum.

In diesem Traum bin ich in einer großen Halle, in der viele Stühle in Reihen aufgestellt sind. Ich sitze in der ersten Reihe mit einem Schreibheft und Bleistift in meiner Hand. Eine andere Person sitzt neben mir. Vorn in der Halle ist eine Art Bühne und darauf steht ein Podest. Auf diesem Podest stehen alte Männer mit langen, weißen Bärten, weißen langen Gewändern und mit weißen Kippot auf ihren Köpfen. Sie diktieren mir etwas, und ich muss es aufschreiben. Es ist ungeheuer schnell, und ich kann es kaum schaffen mitzuschreiben. Es ist extrem rapide. Aus irgendeinem Grund muss ich von rechts nach links schreiben. Ich bin äußerst bemüht, nichts, was die Männer sagen auszulassen.

Als ich von dem Traum aufwachte, wusste ich, dass das ein ganz außergewöhnlich wichtiger Traum war.

Ich träume viel und habe schon seit Jahren meine Träume immer aufgeschrieben. Und jetzt, wo ich unter Analyse bin, interpretiert mein Analytiker sie. Aber als er anfing, diesen zu entschlüsseln, fand seine Interpretation keine Resonanz in mir.

Als ich den Traum mitten in der Nacht aufgeschrieben hatte, hatte ich das starke Gefühl, dass er aus einer anderen Dimension kam. Ich kann es Ihnen nicht erklären, Rabbi, aber seit dieser Nacht war ich nicht mehr dieselbe.

Am Samstag nach dem Traum ging ich in die Synagoge in Berlin-Kreuzberg, nahe dem Wohnviertel, in dem ich einmal wohnte. Es war ein merkwürdiges Gefühl, weil ich dort niemanden kannte. Jemand zeigte mir, wo die Frauen sitzen. Dort setzte ich mich hin und wusste nicht, was ich tun sollte. Eine Frau ließ mich mit in ihr Gebetbuch schauen, aber ich konnte mich überhaupt nicht konzentrieren. Ich blickte mich ständig um, wollte wissen, was die Leute dort machen und wie sie aussehen und dergleichen. Ich las nur ein Gebet, und als der Gottesdienst vorüber war, fragte ich die Frau, die neben mir saß, wo ich *dieses Buch kaufen könnte. Sie sagte es mir. Ich bemerkte, dass die anderen Frauen miteinander tuschelten, und eine von ihnen fragte mich, vorher ich käme. ‚Sind Sie aus Israel?‘ erkundigte sie sich. Können Sie mir das glauben, Rabbi, sie fragte mich, ob ich aus dem Heiligen Land käme! Und als ich sagte: ‚Nein, ich lebe in Charlottenburg und bin zum ersten Mal hier in der Synagoge‘, hörte ich die Frauen ein Wort flüstern, das ich noch nicht kannte; ich hatte es noch nie zuvor gehört.*

‚Sie ist eine Schikse‘ (eine nicht-jüdische Frau), erzählte eine den Männern, als wir nach dem Gottesdienst unten auf dem Hof vor der Synagoge standen. ‚Eine Schikse!‘

Ich blieb dort mit den anderen stehen und wartete gespannt und neugierig, was jetzt wohl als nächstes passieren würde. Ich bat die Dame, neben der ich gesessen hatte, ob sie mir den Titel des Buches, aus dem wir gerade gebetet hatten, aufschreiben könnte. Aber ein Mann, der in der Nähe stand, rief aus: ‚Es ist Sabbat, liebe Dame, Juden schreiben am Sabbat nicht. Es steht in der Heiligen Tora, dass es uns untersagt ist!‘

Ein wenig verlegen entschuldigte ich mich dafür, dass ich die Bitte geäußert hatte.

Das war meine erste Begegnung in einer Synagoge. Einige der Damen luden mich danach ein, sie auf ihrem Spaziergang zu begleiten. Ich war verblüfft von ihrer Freundlichkeit und ihrem Wohlwollen. Dann wollten sie in ein vegetarisches Restaurant zum Mittagessen gehen und baten mich, mit ihnen zu gehen. Aber ich lehnte ihre Gastfreundschaft ab und ging, etwas verwirrt, nach Hause.

Nach dieser Begegnung ging ich viele Male in dieses Restaurant, um zu sehen, ob ich vielleicht eine der Damen, die ich am Sabbat getroffen hatte, dort wiedersehen würde. Ich wollte mit ihnen sprechen. Ich wollte sie kennenlernen. Aber wir schienen uns jedesmal gerade verfehlt zu haben.“

Ich schaute den Rabbi an. Es saß mit weit offenen Augen da und schenkte mir ein liebes Lächeln. Wartete er darauf, dass ich weitersprach? Ich hatte ihm schon so viel erzählt und war unsicher, ob es der richtige Zeitpunkt war, ihm mehr zu erzählen. Dann schaute ich mich um. Der große Gesellschaftsraum war fast leer. Rechts hinten in einer fernen Ecke saßen noch vereinzelte Gäste um einen ovalen Tisch bei Orangensaft und Champagner, in Unterhaltung vertieft. Ich hörte Gelächter. Eine Dame begann, eine bekannte ungarische Sängerin nachzuahmen. Ich hörte Janos' Stimme. Sie schienen uns absichtlich alleingelassen zu haben; vermutlich wollten sie unseren vertraulichen Dialog nicht stören.

„Natalie", sagte der Rabbi, „Ich bin sehr froh, dass Sie mir Ihr Geheimnis anvertraut haben. Ich danke Ihnen von Herzen! Und nun, da es kein Geheimnis mehr ist - was wird geschehen?"

Das war eine gute Frage. Ich hatte ihm meine versteckte Juwele gezeigt, aber was würde ich jetzt damit machen?

An vielen Sonntagnachmittagen in Berlin war ich auf den Jüdischen Friedhof gegangen. Ich lief um die Gräber und las die Inschriften auf den Grabsteinen, die Namen und Daten ihres Hinscheidens. An vielen Sonntagen hatte ich mit dem Mann gesprochen, der ein kleines Käppchen auf dem Kopf trug und der bei Sonnenuntergang das Tor schloss. Ich brauchte den Kontakt mit einem Juden. Aber warum, das wusste ich auch nicht.

Und jetzt? Jetzt Janos. Und seine „BOTSCHAFTEN".

Vielleicht war ich sechzehn, als ich einmal zuhause im Bett lag und mein bisheriges Leben überdachte. Plötzlich hatte ich das Gefühl, fast einer Offenbarung gleich, dass alles, was in meinem Leben geschehen war, zum Besten war. Ich rief eine Begebenheit meines vergangenen Lebens nach der anderen ab, schmerzvolle Ereignisse , und ich sah im Handumdrehen, dass sie alle miteinander verbunden waren; dass alle Begebenheiten aufeinander folgen mussten, und dass ich ohne die Schmerzen, durch die ich gegangen war, in meinem Leben nicht sein würde, wo ich jetzt war. Ich war zu dieser Zeit ganz erstaunt, das so klar zu sehen.

Und als ich jetzt mit dem Rabbi hier saß, begriff ich, dass mein Zusammensein mit ihm kein Zufall, und dass der Weg zu Janos speziell und eigens für mich vorbereitet war.

Ich war gerührt und überwältigt.

„Was jetzt geschehen wird, Rabbi, weiß ich nicht. Ich weiß nur, dass ich dem Weg, der mir gezeigt wird, folgen werde."

Der Rabbi lehnte sich ein wenig nach vorn und streckte mir seine Hand entgegen. Dann berührte er meinen Arm und sagte:

„Möge Gott Dich führen und segnen!"

Meine Augen füllten sich mit Tränen. Ich hätte den alten Mann gern geküsst, aber ich traute mich nicht.

Stattdessen sagte ich: „Vielen Dank, Rabbi, dass Sie mir zugehört haben, und für Ihren Segen."

Er stand auf, und nachdem er sich gestreckt hatte, lief er zu den verweilenden Gästen hinüber. Ich folgte ihm.

„Ah!" sagte Janos, „Willkommen! Möchtet Ihr Euch zu uns gesellen? ... Möchtet Ihr einen Saft oder vielleicht etwas anderes trinken?"

„Eigentlich", erwiderte der Rabbi, „bin ich müde und möchte nach Hause gehen. Es war ein wunderbarer Abend, bereichert durch das Gespräch mit dieser jungen Dame. Aber es ist Zeit, mich zu verabschieden. Also, wenn es Euch nichts ausmacht, würde ich gern ein Taxi rufen."

Er reichte Janos und den Gastgebern die Hand und ging zur Tür.

Die anderen waren in der Zwischenzeit auch aufgestanden und signalisierten, dass auch sie aufbrechen müssten.

Ich dankte den Gastgebern, empfahl mich der restlichen Gesellschaft und gesellte mich zu Janos und Lily in ihrer Limousine.

„Es war ein ausgezeichneter Abend! Es war eine wundervolle Zeit mit Euch und eine interessante Zeit in Seattle", sagte ich. „Ich danke Euch aus tiefstem Herzen, dass Ihr mich eingeladen habt!"

Als sie mich beim YMCA absetzten und wir uns zum Abschied umarmten und küssten, sagte Janos:

„Vergiss' nicht, Kleines, jedes Ende birgt einen neuen Anfang in sich!"

Ich hätte an diesem Abend gern gewusst, was dieser neue Anfang sein würde. Jetzt, dreiundzwanzig Jahre später auf mein Leben zurückblickend, sah ich viele Abschiede und viele neue Anfänge, und alle folgten einem klaren, geradlinigen Weg.

3

Ich weiß nicht mehr, wie lange ich dort gestanden bin. Jetzt, ganz unversehens kam mir zu Bewußtsein, dass ich nicht mehr mit Janos zusammen war oder mit dem Rabbi oder in diesem großen Amerika.

Ich war gezwungen, zur Sicherheitskontrolle in der überfüllten Halle von EL AL im Frankfurter Flughafen zurückzukehren, mit meinem Gepäck auf dem Trolley neben mir und der jungen Sicherheitsbeamtin vor mir.

„Ist alles in Ordnung, Madam?" fragte sie mich und schaute mich besorgt an.

„Ja, ja, alles okay", stotterte ich, als ob ich von einem Traum erwachte. Ich brauchte etwas zu trinken, um aufzuwachen, und erfrischte mich mit etwas Wasser aus meiner Flasche.

„Was haben Sie in Deutschland gemacht?"

„Ich habe meine Mutter besucht und gearbeitet."

„Wo lebt denn Ihre Mutter?"

„In Pungstadt."

„Und wo unterrichten Sie?"

„In Heidelberg."

„Darf ich wissen, was Sie unterrichten?"

„Ich lehre Studenten, ihren Schülern zuzuhören."

„Was für eine Schule ist das?"

„Eine Schule für die Alexandertechnik."

„Was ist die Alexandertechnik?"

„Sie wird allgemein als Technik zur Veränderung der Haltung eines Menschen betrachtet. Aber es ist viel mehr als das. Es ist eine Technik zur Veränderung der Reaktion eines Menschen auf die Reize seiner Umgebung. Wir lehren unsere Schüler einen besseren Gebrauch ihrerseits, Körper und Psyche."

„Wie alt sind die Studenten?"

Meine Güte! Es ist kaum zu glauben! Warum will sie das nur alles wissen?! Was hat das denn mit der Alexandertechnik zu tun, wie alt die Studenten sind?!

„Zwischen fünfundzwanzig und fünfundsechzig. Ich lehre sie, wie sie ihren Schülern besser zuhören und antworten können."

„Warum, sind Sie Lehrerin?"

„Ich bin Therapeutin und Dozentin in der Heimler Methode des Sozialen Funktionierens."

„Und was ist das?", fragte sie, leicht irritiert.

Möchte sie jetzt von mir einen Vortrag hören? Wie kann ich ihr hier, inmitten dieses lebhaften Ortes und einer unendlich langen Schlange hinter mir erzählen, was ich so viele Jahre hindurch gelernt habe?

„Es ist eine Methode, die Menschen hilft, ihre Frustrationen kreativ zu benutzen", sagte ich kurz und fügte lächelnd hinzu: „Vielleicht möchten Sie einmal ein Buch darüber lesen."

„Haben Sie ein Buch darüber hier?"

„Ja."

„Darf ich es sehen?"

„Ja."

Ich traute meinen Ohren nicht. Sie wollte es tatsächlich sehen. Also öffnete ich meinen Koffer, wühlte darin herum und fand das Buch schließlich ganz unten, zwischen Schuhen und Handtüchern und Fotos aus meiner Kindheit.

Sie schaute hinein, blätterte ein wenig herum und gab es mir zurück.

„Wo haben Sie diese Methode gelernt?"

Ihre Fragen fingen an, mich zu reizen, und ich begann etwas ärgerlich zu werden. Sah ich denn so verdächtig aus? Aber dann fiel mir ein, dass Alleinreisende, besonders Frauen, besonders sorgfältig untersucht werden.

„Ich habe in Berlin, London und an der Universität Calgary in Kanada gelernt", sagte ich etwas barsch.

Ob sie mich jetzt wohl fragt, warum ich in Kanada studiert habe? Nun, es ist tatsächlich etwas ungewöhnlich für eine Deutsche. Aber es war wieder ein neuer Weg, dem ich folgen musste. Ich erinnere mich, dass ich den Brief am Anschlagbrett im Fortbildungsinstitut für Sozialarbeiter sah; darin stand, dass in den Jahren 1981 – 1983 zum ersten Mal in der Geschichte der Universität zwei europäische Studenten für die post-graduierte Ausbildung in der Methode des Sozialen Funktionierens akzeptiert werden würden, die von Professor Eugene Heimler gelehrt würde. Ich war schrecklich aufgeregt! Janos hatte es vor einiger Zeit schon einmal erwähnt, aber jetzt sah ich es schwarz auf weiß, ganz offiziell. Ich zögerte keinen Augenblick. Natürlich würde ich mich bewerben! Ich hatte nichts zu verlieren. Wenn ich akzeptiert würde, nun, das wäre die Chance meines Lebens. Am gleichen Abend rief ich Janos an und sagte ihm, dass ich interessiert sei, mich zu bewerben.

„Ich wusste es!", sagte er nur. „Und ich habe keine Zweifel, dass Du angenommen wirst."

Ein paar Wochen später erhielt ich von der Universität die Bestätigung meiner Annahme. Der Kurs sollte im Januar 1981 beginnen, und es gab eine Menge vorzubereiten und zu organisieren. Ich entschloss mich, nichts aufzugeben, sondern meine Wohnung an eine Freundin unterzuvermieten, damit ich, - falls ich zurückkäme - eine Unterkunft hätte. Ich bat den Berliner Senat um ein Jahr unbezahlten Urlaub, der mir gewährt wurde.

Am 26. Dezember 1980 hatte ich meine letzte Analyse-Stunde. Ich verabschiedete mich von meinem Analytiker. Wir waren uns beide einig, dass der Zeitpunkt, meine Analyse zu beenden, stimmig war. Ich trug mein weißes Winterkostüm und darunter einen schwarzen Pullover. Mir war die schwarz-weiß Kombination meiner Kleidung völlig bewusst, denn die Tatsache, nach vierjähriger, dreimal wöchentlicher intensiver Arbeit meinen Analytiker, mein Zuhause, meine Sozialarbeitertätigkeit und Deutschland zu verlassen, auch wenn ich vielleicht zurückkommen würde, produzierte dunkle Schwermut und Trauer, die aber von der vorausgesehenen hellen Freude auf ein neues Leben, auf eine neue Zukunft verdeckt wurde. Aber es war nicht nur schwarz und weiß. Es gab auch viele Grautöne dazwischen.

So enthusiastisch ich auch war im Hinblick auf meinen neuen Anfang, so war ich auch traurig und bedrückt und mir war bange. Der Abschied war schmerzlich, und ich hatte niemanden, dem ich mein Herzeleid und meine Bedenken anvertrauen konnte.

,Was werde ich in der Zukunft tun, wenn ich deprimiert bin? Wem werde ich meine innersten Gedanken und Gefühle mitteilen können? Werde ich meine Selbständigkeit bewahren, oder werde ich völlig abhängig von Janos sein, dem einzigen Menschen, den ich kennen würde? Werde ich mich in meiner neuen Umgebung zuhause fühlen oder mein kleines Nest schrecklich vermissen? Und wie wird es mit meinen Studien in einer Fremdsprache gehen? Ob ich es schaffen werde? Werde ich weiterhin so intensiv fühlen, auch jetzt, wo meine Analyse beendet ist? Oder müssen meine tiefen, reichen Emotionen verblassen?' Werde ich im Licht oder im Schatten stehen?

Ich hatte Tausende von Fantasien aller Art, dass es vielleicht doch nicht das Leben sein würde, was ich mir vorgestellt hatte. Und inmitten all dieser Gefühle stand mein Koffer, gepackt, aber noch offen. Vielleicht hatte ich für all diese Emotionen noch Platz gelassen, damit sie mit mir reisen könnten. ...

Und tatsächlich begleiteten mich diese Empfindungen in die Boing 747, mit der ich nach London flog, und in die kleine Wohnung in Swiss Cottage, einem Wohnviertel in

London, wo ich zwei Nächte unterkommen würde, bis Janos und ich nach Calgary fliegen würden.

Ich muss zugeben, dass mir bange war. Im Traum, den ich in der ersten Nacht dort träumte, sah ich, wie ein kleines Baby in seinem Kinderwagen einen Abhang hinunter geschubst wurde. Ich rannte ihm nach, war aber nicht in der Lage, ihn zu stoppen. Unten war Wasser. Der Zwilling des Babys war dort fast am Ertrinken. Ein Mann konnte den Kinderwagen gerade noch rechtzeitig anhalten. Dann nahm ich das Baby in meine Arme und legte es ins Bett. Wie ich es so daliegen sah, erschien es mir viel größer als ein Säugling.

Das war nicht das einzige Mal, dass Janos mich vor dem Ertrinken rettete. Zahlreiche Male während der Zeit, als ich in Kanada lebte, inmitten all der unbekannten, nicht vertrauten Menschen, mit einer für mich fremden Kultur, Bräuchen und Gewohnheiten, rettete er mich. Ich war ihm dafür sehr dankbar.

Mir wurde immer stärker bewusst, dass ich tief unten in meinem Herzen und meiner Seele ein kleines Mädchen aus Ost-Deutschland geblieben war. Dass ich zu grünen Wiesen und Apfelbäumen gehörte und zu kleinen Einkaufsläden, wo ich das Nötigste einkaufen konnte. Ich konnte eine zeitlang eine Rolle spielen, vorgeben, dass ich eine Dame der Welt war, aber nicht lange. Immer, wenn wir in diesen großen Einkaufszentren ‚shoppen‘ gingen, merkte ich, wie Depression in mir aufstieg. Wozu dieser Luxus? Ich wollte ihn nicht sehen.

Zum ersten Mal nach vielen Jahren hatte Lily sich entschlossen, nicht mit nach Calgary zu kommen. Sie sagte, sie habe des Reisens und Lebens aus Koffern genug und wollte zuhause, in der Nähe ihrer Kinder bleiben. Während der zwei Tage vor unserer Abreise aus London weihte sie mich in ungarisches Kochen ein, schrieb die Gerichte auf, die Janos liebte, und unterwies mich ganz allgemein, wie ich mich um Janos kümmern und für ihn sorgen sollte.

„Dort gibt es viele Schmarotzer", warnte sie mich. „Erlaube ihnen nicht, Jancsi auszusaugen. Du musst aufpassen, dass sie nicht zu nahe kommen, sonst hat er keine Minute für sich. Und bewahre keinen Kuchen oder Schokolade im Haus auf, denn er mag sie zu sehr, aber sie sind nicht gut für ihn und er würde zunehmen."

Sie sorgte sich um Janos. Seit sie ihm 1947 nach England gefolgt war, hatte sie alles getan, ihn zu unterstützen. Mit ihrer Hilfe hat er die schrecklichen Erlebnisse der Todeslager überlebt. Lily war Janos' Cousine, eine der wenigen Verwandten, die nach dem Krieg von seiner Familie übriggeblieben waren.

Ich versprach Lily, ihre Anordnungen zu befolgen und versicherte ihr, dass ich mein Bestes tun würde, mich um ihren Mann zu kümmern.

Ich mochte meine neue Aufgabe gern. Obwohl wir in separaten Häusern wohnten, war es einfach, schnell einmal nachzusehen, wie es Janos ging, und so meine Pflicht zu erfüllen. Ich war für diese Gelegenheit dankbar. Ich fühlte mich geehrt und priviligiert, dass ich als vertrauenswürdig befunden worden war, diesem bedeutenden Mann zu helfen.

Aber die Hilfe war beidseitig.

Janos half mir, meine Ängste vor Unbekanntem auf eine neue Weise zu betrachten: nämlich als besiegbare Herausforderung. Anfangs war mir, als ob mein Aufenthalt in Calgary die größte Herausforderung meines Lebens sei. Er lehrte mich, dass wir durch Herausforderungen lernen, und ich beschloss, mich ihnen zu stellen. Ich lernte, mit dem ängstlichen kleinen Mädchen in mir umzugehen, und langsam begann ich, wieder Leben in mir zu spüren und sagte: ,Danke!'.

Bald genoss ich auch den Unterricht und meine Kommilitoninnen. Aber lange Zeit sass ich noch in der Klasse mit einem Englisch – Deutschen Wörterbuch auf dem Schoß und getraute mich nicht, den Mund aufzumachen, weil ich befürchtete, dass das, was ich sagen wollte, viel zu langsam sein und meine Mitstudenten ungeduldig mit mir machen würde.

Nachdem ich Janos' Frühstück bereitet und aufgeräumt hatte, saßen wir oft zusammen, sprachen über den Lehrstoff und wie ich mich in Calgary fühlte. Wir erzählten einander auch die Träume der vergangenen Nacht. Es gab viel miteinander zu sprechen. Janos erhielt Botschaften aus anderen Dimensionen. Ihm wurden Mitteilungen diktiert, die er in sein Tagebuch schrieb und mir morgens vorlas. Er lehrte mich, Ereignisse im Leben zu betrachten, als ob sie ein Traum waren, und ich lernte, sie wie einen Traum zu interpretieren. Er lehrte mich, dass es im Leben keine Zufälle gibt und dass ich für alles, was mir passiert, dankbar sein muss - Gutes und Schlechtes - und dass der Teufel der Diener Gottes ist.

An einem hellen, sonnigen Morgen, als knirschender Schnee die Erde bedeckte und ich meine Hausarbeit verrichtete, während Janos in seinem gemütlich warmen Wohnzimmer schrieb, spürte ich plötzlich einen Drang, raus zu gehen.. Ich schlug - ein wenig drängend - vor, einen Spaziergang zu machen.

„Es sieht wunderschön aus draußen. Wir sollten nicht hier drin sitzen!", sagte ich. „Wir müssen raus gehen!"

Da ich vom Osten Europas kam und an Schnee gewöhnt war, wollte ich das Schneewunder dieser Tage, vielleicht Wochen genießen. Wer weiß, wielange sie andauern würden?! Ich konnte die schneebedeckten Rocky Mountains vom Fenster aus sehen. Sie schauten gigantisch aus!

Aber als wir draußen waren und nebeneinander herliefen, fühlte ich meinen Atem unter der Nase gefrieren. Niemand außer uns beiden war draußen.

„Ich dachte nicht, dass es so eisig kalt wäre", sagte ich, mich etwas entschuldigend.

„Weißt Du, wieviel Grad wir haben? Minus dreißig! Wir sind hier nicht in Europa. Das ist Kanada!" murmelte Janos unter seinem Schal, der Mund und Nase bedeckte.

„Janos, darf ich Dich etwas fragen?"
Ich wartete, bis ich sein „Hmm?" hörte.
„Wo kann ich mehr über Judentum lernen?"
„Ich weiß nicht", sagte er schroff. Er wollte vermeiden, zuviel kalte Luft einzuatmen.
„Aber es muss doch einen Ort geben, wo man lernen kann!"
„Hmm?"
„Vielleicht in einer Synagoge?"
„Vielleicht."
„Vielleicht kann ich einen Rabbiner fragen?"
„Hmm!"
Ich lastete ihm seine spärlichen Worte nicht an; es war wirklich bitter kalt.
„Aber ich kenne keinen", fuhr ich fort.
„Warum willst Du über Judentum lernen?" stieß er plötzlich aus. „Fordert Dich Dein Studium hier nicht genug heraus?"
Ich schwieg ein paar Minuten lang. Ich war enttäuscht. Er hatte mich doch immer für alles ermutigt, was ich tun, lernen, oder was auch immer ich sonst beginnen wollte. Und plötzlich war er so kurz angebunden. Ich fühlte mich abgelehnt und ein bisschen verletzt. ‚Vielleicht ist ihm so kalt und er will jetzt nicht darüber sprechen', dachte ich und ging still neben ihm weiter.
Nach etwa einer halben Stunde Spaziergang gingen wir zurück nachhause und machten es uns mit einem Buch und einer guten Tasse englischem Tee gemütlich. Lily hatte an alles gedacht!
„Kleines", hörte ich Janos' Stimme aus dem Nebenzimmer. „Wo bist Du? Möchtest Du Dich nicht zu mir hier im Wohnzimmer gesellen?"
„Wenn Du möchtest", rief ich höflich zurück. „Ich möchte Dich nicht stören!"
„Ich will Dich etwas fragen!" sagte er entschlossen. „Komm', setz Dich!"

Ich setzte mich auf den Sessel ihm gegenüber und wärmte meine Hände an der Teetasse.

„Glaubst Du an Gott?"

Ich war sprachlos. Ich hatte das Gefühl, ein Pfeil hätte meine Seele getroffen. Mir fehlten in diesem Moment nicht nur die Worte, sondern auch der Zugang zu etwas viel tiefer Liegendem. Ich wurde noch nie so direkt mit einer Glaubensfrage konfrontiert. In meinem ganzen Leben hatte mir noch niemand eine so persönliche Frage gestellt. Zuhause hatten wir nie über Gott, Geistigkeit oder Kirchliches gesprochen. Nie! Diese Worte gehörten nicht zu unserem Wortschatz. Ja, als Kind betete ich und später hinterfragte ich das Christentum, las viel über Judentum und war davon angezogen, aber über Gott sprechen, das tat ich nie.

„Es gab eine Zeit in meinem Leben", begann ich, „sogar viele Jahre lang, in denen es Gott für mich nicht gab. Er war in mir erloschen. Ich weiß nicht, wie ich es sagen soll - ich sah Ihn einfach nicht in meinem Leben. Ich dachte nie an Ihn, oder sprach zu Ihm oder fühlte seine Gegenwart. Es ist merkwürdig, nicht wahr, dass ich mich jetzt erinnere, wann ich Ihn nicht spürte, und nicht, wenn ich es tat. Ich fühlte mich viele Jahre lang leer. Ich konnte eine zeitlang keinen Sinn in meinem Leben sehen. Aber nach diesen Jahren - ich nenne sie die dunklen Jahre - kam Er zu mir zurück. Aber ich habe nie richtig an Ihn gedacht oder mich gefragt, ob ich an Ihn glaube. Ich spürte nur, dass Er da war, der Einzige Gott."

Wir schwiegen lange.

„Ich glaube, Kleines, dass Gott immer bei uns ist. Ich weiß es. Ich habe es schließlich an meinem eigenen Leib gespürt, als ich in Auschwitz und den anderen Lagern war. Ich habe viele Wunder gesehen. Aber auch viel Zerstörung und Schmerz und Leiden, und es gab Zeiten, in denen ich Ihn fragte, wo Er sei und was Er tat, und manchmal fragte ich mich auch, ob Er überhaupt bei uns war."

„Ich habe noch nie mit einem Menschen über Gott gesprochen", sagte ich.

„Nun, jetzt tust Du es!"

Ich wollte nicht noch einmal die Frage des Lernens über Judentum aufbringen. Also ließ ich es dabei, und wir gingen beide unseren Arbeiten nach.

Aber ich hatte meine Absicht nicht aufgegeben. Ein paar Tage später brachte ich sie nochmals zur Sprache, und Janos begann zu merken, dass es mir damit ernst war; dass ich es nicht nur wirklich wollte, sondern dass ich nicht aufgeben würde. Er kenne einen Rabbiner in London, sagte er, den er fragen könnte, ob er bereit wäre, mich zu unterrichten. Ich war begeistert. Jetzt hatte ich ein Ziel und hoffentlich die Möglichkeit, Unterricht zu erhalten.

Wir hatten von vornherein geplant, dass ich für den Rest des Jahres mit Janos als seine Assistentin nach London zurückgehen und sein Buch MESSAGES ins Deutsche übersetzen würde, bis wir für das nächste Semester nach Calgary zurückgehen würden. Es war Lilys Vorschlag gewesen, da dieser Plan sie von viel extra Arbeit befreien würde, die sie bis jetzt viele Jahre lang getan hatte, um Janos und der ‚Foundation' zu helfen.

Als das Wintersemester zu Ende war, lud mich Janos ein, ihm in Montreal und Bermuda in seinen Seminaren zu assistieren.

Auch das hatten wir lange bevor wir unsere Reise nach Kanada antraten geplant. Aber wie würde ich ihm assistieren? Ich konnte kaum Englisch sprechen und ... ich selbst brauchte Unterstützung.

„Du wirst es schon sehen, Kleines, Du wirst es schaffen. Auch wenn niemand anderes es könnte, Du kannst es. Ich weiß es!"

Er war vollkommen von meinen Fähigkeiten überzeugt. Er ließ mir keine Wahl. Ich vertraute ihm und ich würde es versuchen.

161

Der Schnee war schon lange geschmolzen, als wir auf dem Flughafen in Montréal landeten. Unsere Französisch-Kanadischen Studenten halfen mit ihrer gelassenen Haltung, das Eis zu brechen und die Spannung zwischen ihnen und den Englischsprechenden zu entladen. Sie kamen um neun Uhr mit frischen, noch warmen Croissants zum Unterricht - der Zeit des Seminarbeginns - und fingen an, den Schlummer noch auf ihren Augenlidern, zu frühstücken. Sie standen um den Tisch herum und tranken aus kleinen Tassen café noir – ein Unterschied wie Tag und Nacht, verglichen mit deutscher Disziplin.

Niemand würde es in Deutschland wagen oder auch nur wollen, den Beginn des Seminars aufzuschieben. Dort würden die Studenten genau viertel vor neun auf ihren Plätzen sitzen, mit Schreibzeug und in aufrechter Haltung, und auf ihren Lehrer warten. Die Deutschen würden ihr Brötchen mit Marmelade schon um halb sieben am Morgen essen, nach ihrer Morgengymnastik! Hier, im französischen Teil Kanadas, schienen die Menschen – zumindest zu dieser Morgenstunde – angenehm ruhig. Comme ci comme ça ...

Während der ersten Woche brauchte ich Janos noch nicht im Seminar zu assistieren, aber er bat mich, die organisatorischen Aspekte zu klären.

Das erschien mir einfach. Ich erhielt vom Organisator eine Liste mit Namen und Telefonnummern der Teilnehmer, woraus unter anderem hervorging, wer von ihnen bereits bezahlt hatte und wer den Beitrag noch schuldete. Ich musste nur alle Teilnehmer anrufen, die auf der Liste aufgeführt waren, und die Zeiten für die persönlichen Gespräche mit Janos vereinbaren. Die Gruppe war ein Gemisch aus Englisch- und Französischsprechenden. Ich hatte einige Jahre in der Schule Französisch gelernt, aber das Französisch in Montréal klang anders. In Frankreich konnte ich mich unterhalten; hier jedoch hörte sich diese Sprache ungewöhnlich an.

„Es ist das Französisch des Mittelalters", sagte Janos. Auch ihm fiel es schwer zu verstehen.

Aber die Telefonate, die ich machen musste, waren im Großen und Ganzen nicht schwierig. Ich konnte die meisten Teilnehmer leicht erreichen. Es stand jedoch jemand auf der Liste, der schwerer erreichbar war.

„Kann ich bitte mit Mr. Nickelpaid sprechen?" fragte ich seine Frau am anderen Ende der Leitung. Sie sagte, er sei nicht zuhause.

„Würden Sie mich bitte mit Mr. Nickelpaid verbinden?", bat ich die Vermittlung auf seiner Arbeitsstelle.

„Einen Moment bitte", sagte sie gefällig.

„Hallo?"

„Ja, kann ich bitte Mr. Nickelpaid sprechen?"

„Einen Moment, Madam!" äußerte eine schläfrige Männerstimme mit frazösischem Akzent. „Ich verbinde Sie mit seiner Sekretärin!"

„Hallo?"

„Ja, Mr. Nickelpaid bitte. Kann ich mit ihm sprechen?"

„Mit wem möchten Sie sprechen?"

„Mit Mr. Nickelpaid, bitte."

„Hier gibt es niemanden mit dem Namen Nickelpaid."

„Oh?" sagte ich und schaute verzweifelt auf meine vom Computer ausgedruckte Namensliste.

„Aber ... „

„Meinen Sie Mr. Nickel?"

Als ich mit Mr. Nickel sprach, benötigte ich meine äußerste Anstrengung, nicht mit schallendem Lachen herauszuplatzen.

Janos, der während der ganzen Zeit zugehört hatte, kringelte sich vor Lachen in seinem Sessel.

„Ich kann es nicht glauben!", rief ich aus, und die Tränen liefen mir vom Lachen die Wangen herunter. „Ich habe mich die ganze Zeit gewundert, wie ich seinen Namen genau aussprechen sollte: ‚Nickelpayed' oder ‚Nickelpad'? Wenigstens wissen wir jetzt, dass er uns nichts schuldig ist. (Die Übersetzung von ‚paid' ins Deutsche heisst ‚bezahlt'.)

Es machte auch viel Spass, dem Unterricht beizuwohnen und zu sehen, wie Janos mit seinen Studenten umging. Ich lernte viel. Einige der Französisch-Kanadischen Studenten konnten ziemlich schwierig sein, temperamentvoll und manchmal verärgert. Einer verließ einmal nach einer Auseinandersetzung mit einem Englischsprechenden die Klasse. Sie waren nicht so ruhig wie unsere Studenten in Deutschlannd, England oder Calgary. Aber jeden Morgen um neun, manchmal ein bisschen später, erschienen sie mit ihren croissants und blauen bérets und ihren Französisch-Englischen Wörterbüchern unterm Arm. Ich lernte, nie mit einem Studenten zu argumentieren, sondern deren Emotionen für konstruktive Beiträge zu benutzen.

Am vierten Seminartag - es muss etwa halb zwölf gewesen sein - tänzelte ganz langsam auf Zehenspitzen eine ,petite Mademoiselle' vom ,secrétariat de l'université' in den Klassenraum und überreichte ,Monsieur le Professeur' einen Zettel. Er überflog ihn kurz und fuhr mit dem Unterricht fort.

Sobald wir zur Mittagspause aufbrachen, entschuldigte er sich und sagte, dass er dringend telefonieren müsse.

Als er mich später in der Cafeteria traf, sah er kreidebleich aus, aber als ich ihn fragte, ob ich ihm irgendwie helfen könnte, versicherte er mir, dass alles in Ordnung sein wird. Er fühle sich etwas schwach auf den Beinen, sagte er, und bat mich, etwas mehr Arbeit zu übernehmen. Er wollte, dass ich in der folgenden Woche im Hörsaal der Universität einen kurzen Vortrag über seine Methode halte. Ich erschrak.

Er fuhr mit dem Unterricht fort. Als der Tag, an dem ich den Vortrag halten sollte, eintraf, geriet ich in Panik.

„Ich kann es nicht!" stieß ich aus. „Ich bin nicht die, die Du glaubst, vor Dir zu haben. Ich bin keine Dozentin, auch wenn das seit dem Abschluss des Winter Semesters mein Titel ist. Außerdem spreche ich kaum Englisch. Wie kannst Du von mir erwarten, vor professionellen Zuhörern *einen Vortrag auf Englisch zu halten! Deine Erwartungen an mich sind unrealistisch!"*

Ich war entrüstet.

Er antwortete nicht. Gewöhnlich beantwortete er Ärger mit Schweigen. Plötzlich sah ich sein blasses, etwas zerbrechliches Gesicht und hätte meine Reaktion gern zurückgenommen. Als ich den Mann anschaute, merkte ich, dass ich mich wie ein Kind benommen hatte, das nicht merkte, dass auch er Gefühle hatte, die er meistern musste. Ich fühlte mich widerlich und egoistisch und entschuldigte mich.

Ich entschied mich, seiner Einschätzung von mir zu vertrauen und ins tiefe Wasser zu springen.

„Wann beginnt das Leben?" begann ich meine Rede und versuchte, meine zittrigen Beine zu beruhigen, indem ich einen Fuß auf den anderen setzte. Dann verharrte ich eine Weile, um die Frage zu betonen.

„,Leben beginnt mit der Zeugung', sagen vielleicht einige von Ihnen. ,oder sogar vorher', sagen vielleicht andere. Aber ich sage:" – *und ich wartete wieder* – *„Leben beginnt mit dreißig!"*

Das Lachen, das folgte, half mir entspannter weiterzumachen und meine schwachen Beine wurden kräftiger. Und als ich am Ende war, hatte ich das Gefühl, die Welt erobert zu haben.

Nach Abschluss der zwei Wochen sagten wir adieu zu dem Schick und Charm Montréals und flogen nach Bermuda, wo wir unter der Schirmherrschaft der Sozialen Dienste ein Seminar halten sollten.

„Wie geht es Dir, Jancsi?" fragte ich behutsam, während ich ihm beim Packen half. Janos hatte mir angeboten, ihn bei diesem Namen zu nennen, so wie es seine Familie und engen Freunde taten. Ich fühlte mich geehrt.

„Ich will so schnell wie möglich nach Hause!", sagte er knapp. Ich wollte nicht tiefer graben. ,Jancsi wird schon

sprechen, wenn es für ihn an der Zeit ist!', dachte ich, auf seinem Koffer sitzend, um seine Kleidung niederzudrücken. ,Wenn ein Gefühl zu tief ist, ist es zu schwer, es auszudrücken.'

Wir begaben uns auf die Reise nach Bermuda mit wenig Fröhlichkeit und in niedergedrückter Stimmung. Ich wusste nicht, warum wir in deprimierter Verfassung waren, nur Janos wusste es. Ich reagierte nur auf seine Gefühlslage.

Jetzt schwiegen wir öfter, und ich merkte, dass er sich mehr als vorher auf mich verließ, besonders mit praktischen Dingen wie Einkaufen und Kochen.

Ich hatte keine Ahnung, was ich erwarten durfte. Dass die Bermudas wunderschöne Britische Inseln waren, hatte ich gelesen, aber selbst in meinen wildesten Träumen konnte ich mir die hübschen grünen Wiesen und blühenden Hibiscusbüsche, die engen englischen Landwege, den leuchtend blauen Himmel und die bezaubernden weißen Strände vorstellen, die sich viele Kilometer lang am Atlantischen Ozean hinstreckten.

Vor noch nicht so vielen Jahren wurden die Schwarzen von den Weißen beherrrscht, und ich konnte kaum glauben, dass vor nur kurzer Zeit es Schwarzen und Weißen nicht erlaubt war, in Restaurants zusammenzusitzen oder im gleichen Supermarkt einzukaufen.

Es war heiss und die Menschen, egal welcher Hautfarbe, schleppten sich langsam unter der brennenden Sonne dahin. Sie sprachen eintönig, bewegten sich im Schneckentempo, waren schläfrig und träge und ihre Gesichter schauten etwas gelangweilt drein.

„Jaaaaaanooooos!" rief eine schwarze Frau aus einiger Entfernung in der Ankunftshalle des Flughafens, winkte ein- zweimal mit ihrer Hand und ließ sie wieder fallen, um unnötige Anstrengung zu vermeiden.

„Hiiiii!"

Sie schleppte sich näher. Der Strohhut, der ihren Kopf bedeckte, sank tiefer und verdeckte fast ihre Augen. Von

166

Zeit zu Zeit wischte sie sich mit einem Taschentuch die Schweißperlen von der Stirn..

„Jaaaanoooos! Ich bin so froh, dass Du gekommen bist!" und sie streckte ihre Hand aus, um ihn zu begrüßen. Aber Janos ignorierte es.

„Sind wir jetzt so formell geworden?" sagte er und schloss sie fest in seine Arme.

„Hilda, meine liebe Hilda!" rief er aus.

„Lass mich Dich anschauen. Du bist ein bisschen runder geworden und siehst noch hübscher aus als je zuvor!"

Und er küsste sie auf beide Wangen.

„Jaaanooos!" Sie strengte sich an, Missbilligung in ihre Worte zu legen.

„Sag das nicht! Ich versuche doch so sehr abzunehmen!"

Und sie blickte blitzschnell an ihrem braunen Kleid hinunter. Dann schaute sie Janos an und sagte:

„Du siehst gut aus, Janos! Wie geht es Dir?" Das Weiße in ihren Augen glänzte in ihrem dunkelbraunen Gesicht.

„Mir geht's gut, Hilda, meine Liebe, aber ich möchte Dir Natalie, meine Lehrassistentin vorstellen."

Es war das erste Mal in meinem Leben, dass ich die Hand einer Schwarzen berührte. Meine Großmutter hatte mir einst aus dem Westen eine kleine schwarze Puppe mit Silber-Ohrringen geschickt, für die meine Mutter ein graues Kleidchen gehäckelt hatte. Als Kind sah ich, dass sie anders als meine anderen Puppen aussah. Meine Mutter hatte mir erkärt, dass es Menschen in der Welt gäbe, die so aussahen. Da sie mich an Schokolade erinnerte, zählte sie bald zu meinen Lieblingspuppen.

Hilda fuhr uns im Auto ihrer Eltern nach Devonshire. Wir setzten uns, von einem Sonnenschirm geschützt, in ein kleines Restaurant mit bezaubernder Aussicht auf den Hafen, tranken Eistee und erzählten uns Neuigkeiten des vergangenen Jahres. Hilda war Sozialarbeiterin und

Dozentin in Janos' Methode. Sie hatte den Kurs, den zu halten wir gekommen waren, für die Sozialen Dienste organisiert. Das Seminar sollte am folgenden Tag beginnen. Hilda hatte eine Unterkunft für Janos bei den Nobles arrangiert. Ein angenehmer, ruhiger Ort mit Swimming Pool, wo er und Lily in vergangenen Jahren nach dem Kurs Urlaub gemacht hatten.

Mein Quartier war fünfzehn Minuten zu Fuß entfernt. Eine einfache, saubere Bleibe mit vielen blühenden Büschen und nächtlichen zirpenden Grillen-Konzerten.

Die Seminarteilnehmer waren überwiegend Schwarze. Die Atmosphäre war warm und schläfrig. Die Hitze und die schwere, feuchte Luft machten uns alle ein bisschen lethargisch.

Zwischen Janos und seinen Studenten herrschte Aufgeschlossenheit, Wärme und Herzlichkeit. Die Teilnehmer fühlten sich von Janos vollkommen akzeptiert.

„Ihr und ich, wir haben viel Gemeinsames," sagte er einmal. „Wir sind Jahrhunderte lang verfolgt worden und wir haben überlebt. Ich habe großen Respekt vor Euch. Und ich weiß, dass Ihr meine Überlebensphilosophie verstehen werdet."

Die Studenten liebten ihren Professor und priesen ihn in Lobgedichten.

Ich erfuhr, dass die Studenten im Kurs auch persönliche Gespräche mit einem Dozenten haben würden, um die Methode des Sozialen Funktionierens an sich selbst zu erfahren.

„Du wirst auch einige dieser Gespräche führen, Kleines", sagte Janos, „und Du wirst sehen, dass es gut gehen wird."

Ich schrak zusammen. Ich hatte Angst. Wie könnte ich in einem Gespräch mit einem erwachsenen, englisch sprechenden Bermudaner, der ein Problem hatte, zuhören, verstehen, zusammenfassen, Feedback geben und Fragen stellen? Aber diesmal widersprach ich nicht, sondern versuchte, mein Bestes zu tun. Diesmal wollte ich Janos wirklich helfen.

Nach dem Gespräch versicherte mir ‚mein Klient‘, dass er es nützlich fand, dass ich ihm Zeit zum Nachdenken gegeben hatte, und dass meine Fragen ‚Was meinen Sie damit?‘ ihm geholfen hätten, seine Gedanken zu sortieren, seine Situation zu überdenken und für sich zu klären. Zu meiner eigenen großen Überraschung hatte ich meine negativen Gefühle, meine Angst, zu langsam zu sein, meine Zweifel und Unsicherheit bezüglich der Worte, die ich nicht kannte, für kreative Unterstützung verwendet.

Als die Klasse in kleinere Gruppen aufgeteilt wurde und ich die Studenten in einer dieser Gruppen unterrichten sollte, hatte ich schließlich ein Gefühl, dass es vielleicht gut gehen würde. Und mit Hildas Hilfe, die mir einige Schlüssel-Ausdrücke beibrachte und wie ich am besten mit den Studenten spreche, ging tatsächlich alles gut.

Janos hatte mich noch einmal ins tiefe Wasser geworfen, und ich war nicht untergegangen.

Janos war müde. Aufgrund der Hitze war das Unterrichten eine größere Anstrengung für ihn als anderswo, und jeden Tag, wenn das Seminar beendet war, seufzte er einen Seufzer der Erleichterung.

Manchmal nach der Arbeit, nachdem ich für uns gekocht hatte und wir in der Abendkühle gegessen hatten, saßen wir um den Swimming-Pool und lauschten dem Zirpen der Grillen.

„Wenn Du auf das letzte Jahr zurückblickst, inwieweit war Dein Leben die Anstrengung wert?“ fragte mich Janos an einem der letzten Abende.

„Volle Punktzahl!“ rief ich aus. „Ein hundert Punkte aus hundert!“

„Und was war das denkwürdigste, einschneidenste Erlebnis für Dich in diesem Jahr?“

„Das ist schwer! Das kann ich nicht sagen. Alles war bedeutend. Es war einfach wunderbar!“

Ich dachte eine Weile nach. Dann fiel mir das Geschenk ein, welches Janos mir zu meinem zweiunddreißigsten Geburtstag gemacht hatte, während wir den Sonnenuntergang betrachteten. Er hatte mir ‚Happy Birthday' gewünscht, nachdem ein paar Sterne am Himmel erschienen waren, und ich hatte gesagt:

„Aber heute ist mein Geburtstag noch gar nicht; er ist erst morgen!" Ich wollte die guten Wünsche zu meinem Geburtstag nicht vorher.

„Warum?" erwiderte er überrascht. „In der jüdischen Religion beginnt der Tag am Abend. ‚Und es war Abend, und es war Morgen, der erste Tag.' So steht es am Anfang der Tora geschrieben. Jeder Sabbat, alle jüdischen Feiertage, jeder Tag beginnt am Abend. Als Gott die Welt geschaffen hat, schuf er die Nacht vor dem Tag."

Das war mir vorher noch niemals eingefallen. Ich erinnerte mich nur an die Geburtstage in meiner Kindheit, als Mama mit einer brennenden Kerze und einem Blumenstrauss aus dem Garten an meinem Bett stand, als ich aufwachte, mich küsste und mir gratulierte. Und dann kamen Papa und Hazel an mein Bett und sangen mir ein Geburtstagsständchen vor.

„Also hat mein Geburtstag schon angefangen?" hatte ich fröhlich überrascht ausgerufen.

„Wenn Du es jüdisch betrachtest, ja, dann ist jetzt Dein Geburtstag."

Und er überreichte mir einen kleinen Briefumschlag. „Happy Birthday, Kleines! Sei Dein Leben lang gesund und glücklich!"

Ich hatte den Umschlag geöffnet und die Karte herausgenommen: Getreidehalme wehten im Wind vor einem braunen Hintergrund.

‚Für Dich' hieß es. Und als ich die Karte geöffnet hatte, las ich das Gedicht, das Janos für mich geschrieben hatte:

„Entlang den blühenden Feldern des Lebens
hielt ich ein Kind bei geketteten Händen.

Er wollte frei sein und spielen,
aber ich konnte ihn nicht freilassen,
denn die Felder waren freundlos.

Entlang den blühenden Feldern des Lebens
hieltest auch Du ein Kind bei geketteten Händen.
Auch sie wollte frei sein und wünschte zu spielen.
Aber Du konntest sie nicht freilassen,
denn die Felder waren freundlos.

Und wir trafen uns entlang der blühenden Felder des
Lebens:
Und wir sahen die Linien im Himmel
und die Sonne ins Meer sinken.
Wir gingen durch die Felder und
ach, durch das Spektrum der Natur –
Seen und Bäume und Wind,
Kälte und Wärme –und wir weinten,
weil wir das Wunder des Lebens zusammen erlebten. –
Und die endlosen Felder waren nicht mehr freundlos.

Und wir ließen die Kinder frei,
und saßen auf einer Bank
Hände haltend,
und betrachteten sie frei; -
die Spiele Gottes spielend,
und waren dankbar für ihre Liebe und Freiheit.

Das ist das Geheimnis.

Mit Liebe, Jancsi"

„Für mich war es das Gedicht, das Du für mich
geschrieben hast. Ja, das war das Allerbemerkenswerteste
im letzten Jahr für mich. Ich werde es mein Leben lang
hüten. Ich weiß nicht, wie ich Dir dafür danken kann!"

Tränen füllten meine Augen. Ich hatte einen wahren Freund an meiner Seite. Es war alles so schnell gegangen. Ich konnte kaum folgen. War ich nicht vor kurzem erst das kleine Mädchen aus der DDR gewesen? Einen Moment lang fühlte ich mich wie ‚Eliza Doolittle‘: Ich konnte nicht sprechen; wusste mich nicht durch einen Raum voller Menschen zu bewegen. Ich konnte mich nicht ausdrücken. Ich wusste überhaupt nichts. Und hier kam der große Professor und nahm mich unter seine Obhut: Er lehrte mich Englisch zu sprechen. Er lehrte mich neues Verhalten. Er warf mich ins tiefe Wasser und beobachtete, ob ich schwimmen konnte. Er tat es; ja, er tat es! Und er war viel netter als ‚Professor Higgins‘!

Mein Geburtstag war an einem Sonntag gewesen und Janos hatte mich zu einem späten Mittagessen in ein Restaurant, das Meer überblickend, einladen wollen. Er wusste, dass ich das lieben würde. Wir hatten jemanden um Rat gefragt, und uns wurde ein ‚wunderbares Restaurant‘ empfohlen, was den Ozean überblickte. Eine Reservierung wäre unnötig, aber Janos hatte trotzdem zwei Plätze reserviert, um sicher zu gehen, dass wir einen schönen Platz und gute Sicht haben würden. Sonnengebräunt und ausgeruht, hatte ich mich geduscht, mein weißes Kleid mit den schönen Blumen angezogen. Ich hatte ein leichtes Make-up aufgelegt und hatte mich wie eine Prinzessin gefühlt. Als Janos ins Taxi stieg, war er einem Filmstar ähnlich. Mit frischem weißen Hemd, heller Kravatte und einer leichten hellblauen Baumwolljacke sah er phantastisch aus, als wir auf unser Ziel loskutschierten.

„Guten Abend, mein Herr, guten Abend, meine Dame!“
„Guten Abend! Wir haben eine Reservierung. Heimler. …“
„Bitte“, hatte der Mexikanische Kellner gesagt, „gehen Sie hinein. Sie können wählen, wo Sie sitzen möchten. Das Restaurant gehört heute Abend Ihnen allein!“

Und er hatte seine Arme weit ausgebreitet. Es waren den ganzen Abend lang keine weiteren Gäste gekommen und wir konnten herrliche Stille genießen. Nur die hölzernen Bänke, auf denen wir saßen, quietschten ab und zu. Sie fühlten sich nach einiger Zeit hart unter uns an, und die Tacco wäre geeigneter als take-away gewesen. Aber wir hatten über die Situation gelacht und das Spiel genossen. Ich glaube, der Kellner, der uns bediente, hatte uns von dem Photo in der „Royal Gazette" Zeitung erkannt. Wir amüsierten uns.

Es hatte viele unvergessliche Ereignisse gegeben. Ich konnte sie alle wie in einem Film an mir vorbeigehen sehen. Und jetzt, als sich der letzte Tag näherte, fragte ich mich, wie mein Leben wohl weitergehen würde.

Am letzten Nachmittag, als die Feuchtigkeit sich etwas abgeschwächt und der Wind Erleichterung gebracht hatte, beschlossen wir, noch einmal - zum letzten Mal in diesem Jahr - zur Elbow Beach zu gehen und am Strand entlang spazieren zu gehen. Es war traumhaft, atemberaubend! Die Schattierungen des Meeres veränderten sich von grün zu türkis, je nach Sonnenstand. Der Sand war weiß und pudrig. Nach einer Weile setzten wir uns in den Sand und betrachteten die gigantischen Wellen des Ozeans.

„Jetzt fühle ich mich Gott ganz nahe", sagte ich nach einer Weile und schaute auf die Wunder, die vor uns lagen. „Solche Schönheit! Keine menschliche Hand kann jemals solch eine Schöpfung kreieren!"

„Das ist wirklich ein unbegreifliches Wunder!" stimmte Janos mir zu. Er saß im Buddha-Sitz im Sand. Er hatte seine Sonnenbrille abgenommen und trank einen Schluck Wasser.

„Es ist unglaublich schön!"

„Was ist das wichtigste Gebet in der jüdischen Religion, Jancsi?" fragte ich, als ob es eine natürliche Fortsetzung dessen war, über das wir gerade sprachen.

„'Schema Yisroel' ist unser Gebet. Wir sagen es dreimal täglich."

„Was bedeutet es?"

„'Höre, oh Israel, der Ewige ist unser Gott, der Ewige ist einzig.' Es bedeutet, dass wir, die Juden, Gottes Souveränität absolut akzeptieren. Indem wir erklären, dass Gott einzig, ohne Seinesgleichen und unsichtbar ist, ordnen wir jeden Aspekt unserer Persönlichkeit, unserer Besitztümer, unseres ganzen Lebens Seinem Willen unter. Es ist ein wunderschönes Gebet!"

„Kannst Du es aufsagen?"

„Es ist nicht zur Vorführung gedacht, Kleines", sagte er, nahm seine Pfeife aus seiner Hosentasche und blies hinein.

„Erinnere mich, ich muss morgen eine neue Dose 'Gold Block' kaufen, sonst bin ich verloren!"

„Okay", sagte ich. „Aber kannst Du mir sagen, wie das Gebet lautet? Sage mir nur die Worte!"

„Du bist aber hartnäckig! Ich habe noch niemanden so beharrlich wie Dich getroffen!"

Er füllte seine Pfeife mit dem Rest Tabak, den er noch in der Dose fand.

„Ich kann die Pfeife nicht anzünden, - es ist zu windig", sagte er und versuchte vezweifelt, ein Streichholz anzuzünden.

„Kannst Du mir helfen?"

Ich umschloss die Flamme mit beiden Händen, um sie vor dem Wind zu schützen.

Janos paffte ein paar Mal und schaute träumerisch auf den Ozean. Dann zog er aus seiner Tasche ein Taschentuch und bedeckte seinen Kopf damit:

„Schema Yisroel, Haschem Elokeinu, Haschem Echad. Baruch Schem Kevod Malchuto Le'olam Vaed".

„Ich möchte es auch sagen", brach ich unser darauffolgendes Schweigen. Ich sprach seine Worte nach, so wie man Worte in einer Hochzeitszeremonie wiederholt.

„Das ist nur der Anfang des Gebets, es geht noch weiter!", sagte Janos.

„Ich will es lernen, das ganze Gebet. Und ich möchte wissen, was es bedeutet. Kannst Du es für mich aufschreiben?"

„Ich hoffe, dass ich es kann", sagte er und suchte tief in seiner Hosentasche nach einem Stück Papier und Bleistift.

„Ich könnte mir nichts Schöneres als diesen Ort vorstellen, um das ‚SCHEMA' aufzuschreiben!"

Während er schrieb, sagte er die Worte laut vor sich hin.

Ich hörte zu und wiederholte jeden Laut.

Und die mächtigen Wellen des Ozeans, der Wind und die Sonne und der weiße Sand hörten alle zu, und der blaue Himmel über uns öffnete sich. Sie waren unsere Zeugen.

4

Ich hatte es mir in ‚unserem' neuen Wohnzimmer, in unserem neu gekauften kleinen Haus in New Barnet – die Tür zum Garten weit offen - gemütlich gemacht und lauschte Janos' Stimme. Es war das erste Mal, dass jemand mir seine Tagebucheintragungen vorlas. Welch großes Vertrauen er in mich hatte! Ich fühlte mich geehrt.

„ 7. Dezember 1981.

Ich habe seit letztem Jahr nichts in mein Tagebuch geschrieben. Seit der letzten Eintragung sind die Entwicklungen und Veränderungen kolossal.

... Hhm, hm, hm ... wo bin ich? Ah, hier:
... Ich versuche mein Bestes, das Leben für Lily leichter zu gestalten. Ich liebe sie sehr ...

Am 19. September hat ‚meine kleine Tochter' geheiratet. Ich bete zu Gott, dass ihre Kinder eine jüdische Erziehung erhalten.

Eine weitere bedeutende Entwicklung ist Natalie und ihre wunderbare Einfügung in unser Leben. Sie hat nun in nächster Nähe ein Jahr mit mir verbracht und ich finde sie rücksichtsvoll und fähig. Aufgrund ihres Wesens wird sie von allen akzeptiert. Meine Wahl einer professionellen Partnerin macht mich sehr glücklich und stolz. Etwas unglaublich Wundervolles ist geschehen, wie es von meinen ‚Botschaften' die Jahre hindurch versprochen wurde. Wir kaufen zusammen ein Haus in Gloucester Road und wir werden es am 15. Dezember- in genau einer Woche – übernehmen. Wir stecken in das Haus gleiche

Geldsummen. Ich, das Gesparte meines Lebens und sie, ihr eigenes Gespartes und das ihrer Mutter.

Sie kümmert sich um mich, wenn Lily nicht bei mir sein kann, und das gibt mir ein Gefühl von Sicherheit und Versorgtsein.

Ich versuche auch, unser Leben umzustrukturieren, damit ich nicht so lange von zuhause weg sein muss.

Alles in allem – trotz erheblicher Schwierigkeiten im Alter von neunundfünfzig Jahren – werden neue Muster in unser Leben eingebaut, und diesbezüglich fühlt sich dieses Stadium eher wie ein Beginn, als das Ende meines Lebens an.

Es ist interessant zu sehen, dass ich mich vor genau zehn Jahren über vier Jahre lang in meiner großen Krise befand: in meinem ‚zweiten Auschwitz‘.

Natalie und ich werden Anfang nächsten Monats für vier Monate nach Calgary gehen. Ich würde gern für eine kürzere Zeit eine Alternative finden. Ich hoffe, dass es bewerkstelligt werden kann.

12. Dezember 1981.

Was jetzt geschieht, ist das größte Abenteuer meines Lebens. Gestern habe ich £ 21.696,70, und vor ein paar Tagen £ 2000 für die Hälfte unseres Hauses in Gloucester Road bezahlt. Die andere Hälfte hat Natalie beigetragen. Lebenslang Gespartes floss in dieses Unternehmen, und ich weiß, dass ich das Richtige tue!
In den kommenden Jahren werden Natalie und ich alle diese Träume verwirklichen, die in mir schlummern: die Möglichkeit zu schreiben und daher zu leben. In gewisser Weise wurden schon Lösungen gefunden, aber dieses Haus

ist ein wahres Fundament einer lebenslangen Suche nach Selbstverwirklichung und Kreativität. Ich bin demütig dankbar.

Ich musste meine Reise nach Belgien wegen totaler Erschöpfung absagen; aber mit Gottes Hilfe werde ich bald meine Kräfte wiedergewinnen und den neuen Anforderungen eines wichtigen Plans meines Lebens ins Angesicht schauen. Ich bin Lily dankbar, die diesen Traum möglich gemacht hat, die mir zur Seite stand und steht und mir hilft, mein letztendliches Ziel zu erreichen. Ohne sie wäre diese neue Phase eine Unmöglichkeit."

„16. Dezember 1981.

Heute haben wir unser neues ,Zuhause' in Gloucester Road in Besitz genommen. Also haben Natalie und ich jetzt zusammen ein Haus, in dem ich schreiben kann. Ich muss hier aufzeichnen, dass das vergangene Jahr eines der wichtigsten in meinem ganzen Leben war: Es war mir möglich, mein Gespartes zu verwenden, um eine Sicherheit ganz anderer Art zu erhalten. Sie basiert nicht auf Ziegelsteinen und Zement, sondern auf Verlässlichkeit und sich Kümmern. Der menschliche Wert ist wichtiger als alles andere.

Es ist interessant, dass mir genau in dieser Zeit vier Weisheitszähne gezogen wurden."

„26. Dezember 1981. „Botschaften von oben":
,Das Wichtigste ist, dass Deine Schriftstücke veröffentlicht sind; und dann überlasse es dem Schicksal (oder Uns), was damit geschieht.'
,Versuche nicht, Dein Schicksal zu erklären, ob als Professioneller oder als Schriftsteller. Weder sind Schicksal noch Deine persönliche Vorsehung in Deiner

178

Hand. Ich wiederhole, was ich so oft gesagt habe: Vertraue Mir!'"

„27. Dezember 1981. Botschaften von oben:
‚Du hattest Mich vor Jahren gebeten, Antworten auf Deine ewigwährenden Probleme zu finden, zu einer Zeit, als Du keinen Ausweg sahst. Ich habe jetzt für Dich die fundamentalen Dinge gelöst. Bitte nimm Dein Los an, ohne die Dinge für Dich zu komplizieren. Die sogenannte Welt versteht Dich nie vollkommen, und sie wird Dich wahrscheinlich auch nie verstehen. Über angemessene Achtsamkeit hinaus brauchst Du die Welt nicht von Deinen Motiven, Gefühlen und Wirklichkeit zu überzeugen. Du brauchst auch keine Geister für die Zukunft zu schaffen. Es reicht, Dich mit den Geistern der Vergangenheit auseinanderzusetzen. Ich habe Dir viele Dinge versprochen, einschließlich der Erfüllung Deiner Begabungen. Türen werden sich auf gleiche Weise wie in vergangenen Jahren öffnen, um diese zur Reife zu bringen. Aber bitte tritt behutsam auf den Weg der Vergangenheit und Gegenwart! Lass Bitterkeit und Verzweiflung nicht Deine Tage und Nächte regieren!'"

„3. Januar 1982. Botschaften von oben:
Du bist überrascht, dass ich mein Versprechen gehalten habe und Pläne entsprechend verwirklicht werden. Deine Überraschung zeigt, dass Du der Gültigkeit Deiner empfangenen Botschaften immer noch nicht traust. Ich werfe Dir Deine Zweifel nicht vor und Du sollst auch nicht denken, dass es anders sein soll. Als Mensch kannst Du das Absolute nicht wahrnehmen und Zweifel sind Teil Deiner Erbschaft. Also, Zweifel und Verdacht sind nichts Schlimmes. Aber trotzdem bewegen sich die Dinge vorwärts, und Teil der Erfüllung ist in vieler Hinsicht ähnlich wie Deine Anfänge. Ich sagte Dir, dass das nächste Jahrzehnt die meisten Deiner Träume zur Erfüllung

179

*bringen wird. Vertrau' mir, auch wenn Du manchmal
Zweifel hast!'"*

Janos steckte seine Pfeife in den Mund und zog ein paar
mal daran, ohne sie anzuzünden.

„Du bist der erste Mensch, den ich an meinen
Tagebuchaufzeichnungen und Botschaften teilhaben lasse,
Kleines", sagte Janos und hielt seine Pfeife in seiner Hand,
als ob es ein wertvolles Spielzeug sei.

„Sie kommen gewöhnlich des nachts und wecken mich
auf. Manchmal sind sie äußerst schnell und ich komme mit
dem Schreiben kaum nach."

„Seit wann hast Du sie?" fragte ich ehrfürchtig.

„Ich habe sie seit vielen, vielen Jahren. Das erste Mal
wurden sie mir in den Lagern bewusst. Und Du hast *Bei
Nacht und Nebel* gelesen, also weißt Du, wovon ich
spreche."

Die Sonne schien ins Wohnzimmer, die Tür zum
Garten stand weit offen. Der Wind hatte die meisten Blätter
vom Apfelbaum geweht und ein Laubteppich breitete sich
unter ihm aus. Trotz des Winters brachte Vogelgezwitscher
von benachbarten Bäumen und Zäunen Musik in unser
neues Haus.

Im Mai, nachdem wir das zweite Mal aus Calgary
zurückgekommen waren, hatte ich meine Wohnung in
Berlin aufgegeben und richtete mein neues Zuhause mit
den Möbeln ein, die ich nach England gebracht hatte. Ich
hatte meine Sozialarbeiterstelle in Berlin gekündigt und
mich von meiner Mutter und dem Land meiner Geburt
verabschiedet. Diesmal war mein Herz leicht und ich war
glücklich. Ich war enthusiastisch, mein neues Leben zu
beginnen.

„Jancsi", sagte ich erregt, „haben ‚*Sie*' Dir auch gesagt,
dass Du mit mir ein Haus kaufen sollst?"

„Manchmal werde ich gewarnt, dass etwas Bestimmtes geschehen wird. Sie haben mir in der Nacht, bevor wir das Haus gefunden hatten, gesagt, ‚Das wird es sein!‘"

„Das ist unglaublich!" rief ich aus. „Ich frage mich, woher ‚Sie‘ kommen und wer ‚Sie‘ sind."

Unsere Arbeit für den Tag war beendet. Wir hatten viele Briefe beantwortet, Anfragen aus den USA und Europa bezüglich eines geplanten Internationalen Seminars im August, und hatten ein paar Seiten meiner Übersetzung von ‚Botschaften‘ besprochen. Es war Freitag, und das bedeutete nur einen halben Tag Arbeit. Der Sabbat würde bald kommen und Jancsi würde den Nachmittag mit Lily verbringen; wir würden am Montag früh wieder mit unserer Arbeit beginnen.

Ich mochte diese langen Wochenenden nicht.

Nicht, weil ich nicht wusste, was ich tun könnte, sondern weil ... ich nicht gern allein war. Ich hatte mich so daran gewöhnt, in Kanada jeden Tag mit Janos zusammen zu sein, in Calgary, Montréal und Bermuda, in Saskatoon und Halifax, und jetzt, jetzt musste ich mich an einen neuen Lebensstil gewöhnen.

Nachdem Janos sein Auto aus der Einfahrt gefahren und zum Abschied gewinkt hatte, ging ich ins Wohnzimmer zurück und blickte mit Wunder in den Garten. Haus und Garten waren sehr friedvoll. Die Dezemberluft war kalt und klar, das Gras war jedoch noch grün vom Regen. Der Efeu bedeckte fast den ganzen Zaun, und ich konnte hören, wie mir der Apfelbaum Grüße aus meiner Kindheit zuflüsterte. André, Janos‘ bester Freund, ein Rabbi aus New Jersey, war mit einer Tasche voller guter Bücher über Judentum zu Besuch gekommen und hatte *Mezuzot* an den Türen unseres neuen Zuhauses angebracht. Tief in meinem Herzen fühlte ich, dass dieses Haus gesegnet war.

Ich trat in den Garten hinaus und schnitt ein paar der letzten rosa Rosen ab, die keine Chance gehabt hatten, sich zu öffnen. ,Am Sabbat', dachte ich, ,sollen Blumen den Tisch schmücken, auf dem die Kerzen stehen.'

Während unseres letzten Seminars in Bermuda hatte Janos mir zu meinem Geburtstag zwei wunderschöne silberne Kerzenhalter geschenkt. „Von Lily und mir: Happy Birthday!" hatte er gesagt, und ich war zu Tränen gerührt gewesen. Er hatte sie für mich ausgewählt, da er wusste, dass ich begonnen hatte, jeden Freitag Abend Kerzen anzuzünden, um den Sabbat begrüßen.

,Ich werde die Kerzen in diesen Kerzenständern freitagabends für den Rest meines Lebens anzünden', schwor ich. Und ich war entschlossen, mein Wort zu halten.

Janos hatte auch sein Versprechen gehalten und mich Rabbi ** vorgestellt.

Er war ein ziemlich junger Rabbi, vielleicht in den Vierzigern, dünn, mit Vollbart und Brille.

„Ich denke, wir sollten ein bisschen miteinander reden, Natalie", hatte er mit sanfter Stimme und einem Lächeln auf den Lippen gesagt, und wir hatten ein Treffen für den nächsten Tag vereinbart.

Ich hatte ihm einige meiner vergangenen Erlebnisse mit dem Judentum erzählt und gesagt, dass ich mehr über die Juden, die jüdische Geschichte, Gesetze und Praktiken lernen möchte. Er hatte mir ein paar Fragen gestellt. Er wollte wissen, was ich über Jesus denke. Da ich darüber nicht viel zu sagen wusste, hatte er vorgeschlagen, dass ich mich einer Gruppe junger Frauen anschließe, die auch lernen wollten. Ich war begeistert. Der Unterricht sollte bald beginnen, und er empfahl mir bestimmte Bücher, die ich lesen sollte während der Monate mit Janos in Kanada.

„Sie sollten auch in die Synagoge kommen und sehen, wie es Ihnen damit geht. Der Gottesdienst beginnt um halb zehn Uhr früh. In ein paar Wochen hätte ich gern von Ihnen gehört."

Das Treffen war ziemlich einfach gewesen und direkt. Ich war erleichtert.

Als ich die Synagoge zum ersten Mal betrat, war noch niemand da. Ich war früh hingegangen, um nicht zu spät zu kommen – meine deutsche Erziehung ...! Während ich in der Eingangshalle wartete, las ich einige Notizen auf dem ,Schwarzen Brett', um mich von meiner Nervosität abzulenken. Kurze Zeit darauf erschien ein junges Pärchen und wartete nahe der Tür.

„Schabbat Schalom!" rief ich aus und ging mit ausgestreckter Hand auf sie zu.

„Schabbat Schalom!" erwiederten sie höflich.

„Wie heißen Sie? Sind Sie Mitglieder in der Synagoge?"

„Devorah und Avi. Es tut mir leid, dass wir uns nicht gleich vorgestellt haben. Ja, wir gehören der Synagoge schon einige Jahre an."

„Ich heiße Natalie. Es ist nett, Ihre Bekanntschaft zu machen!"

„Woher kommen Sie, Natalie? Sie haben einen Akzent!", fragte Devorah.

„Ich bin aus Deutschland.", antwortete ich etwas unbehaglich. Ich wollte meine deutsche Vergangenheit nicht mit in diese Synagoge bringen.

„Willkommen in England!", unterbrach sie freundlich meine Gedanken.

„Ich hoffe, es gefällt Ihnen hier. Es ist manchmal ziemlich regnerisch, aber man gewöhnt sich dran. Möchten Sie nach dem Gottesdienst zum Mittagessen zu uns kommen?"

Ich hatte von der außergewöhnlichen jüdischen Gastfreundschaft gehört und gelesen, hatte aber nicht erwartet, sie so schnell am eigenen Leibe zu erfahren. Ich lernte später, dass es ein wichtiges Gebot ist, Gäste und ganz besonders Fremde nachhause einzuladen. Ich war tief gerührt.

„Ich danke Ihnen sehr für Ihre Einladung", sagte ich, „aber ich habe schon andere Pläne."

Ich war schüchtern. Ich wollte nach dem Gottesdienst nach Hause gehen. Ich würde so viele neue Eindrücke zu verdauen haben und ich wollte Zeit für mich reservieren.

Langsam trafen andere Leute ein, und ich ging zu ihnen, um sie mit ‚Schabbat Schalom!' zu begrüßen.

Nach einer Weile begannen die Leute, sich in die Haupthalle der Synagoge zu bewegen, wo der Gottesdienst stattfinden würde. Es gab kein Frauenabteil. Männer und Frauen saßen nebeneinander. Die Männer trugen Kippot (Käppchen) auf ihren Köpfen und mit dem Gebetsschal über ihren Kopf gezogen, sprachen sie leise ein Gebet. Dann küssten sie den Gebetsschal und legten ihn sich über ihre Schultern. Ich setzte mich auf der linken Seite am Ende der Reihe hin. Als der Raum etwa halb mit Menschen gefüllt war, kam der Rabbi an, lief in die Mitte des Raumes und blieb dort für ein paar Minuten schweigend stehen. Niemand sprach mehr. Plötzlich spürte ich eine tiefe Ruhe und Besonnenheit. Dann begann er, ganz leise, eine Melodie zu summen, und bald stimmten auch die anderen ein.

„Wie schön sind Deine Zelte, Jaakob, und Deine Heime, Jisrael!" fuhr er fort.

„Durch die Größe Deiner Liebe betrete ich Dein Haus. In Ehrfurcht diene ich vor der Arche Deiner Heiligkeit ...

„Möge mein Leben ein Glied in der Kette für Güte sein. Wie ich die Gebete meiner Väter sage, hilf mir, mich an ihre Hingebung und Treue zu erinnern, ihre Freude und ihr Leid, die in jedem Wort enthalten sind. Heiligkeit ist meine Erbschaft, lass sie mich wert sein.

„Möge diese Tradition in mir leben und von mir zu Generationen gehen, die ich nie kennen werde, bereichert mit der Wahrheit, die ich gefunden habe, und den guten Taten, die ich getan habe. Möge ich meine Aufgabe hier auf Erden erfüllen und meinen Segen erhalten ...

„Gesegnet sei Er, der Seinen Kindern Israels am heiligen Sabbat einen Ruhetag gibt ...
„... Gesegnet sei der Ewige, Gott, der Gott Israels ...“
(*Forms of Prayer for Jewish worship, Siddur RSGB*)

Das war für mich genug. Jetzt musste ich diese Worte einsinken lassen. Ich hatte schon so viele Fragen: Gab es Glieder in meinem Leben, die sich zu einer Kette von Gutem zusammenfügen lassen? Wer sind meine Väter, und wofür gaben sie sich hin und waren treu? Was war ihre Freude und ihr Leid? Und wieder die guten Taten ... es mangelt mir so an guten Taten ...

Gibt Er nur Seinem Volk einen Ruhetag oder mir auch? Ich fühlte mich ausgeschlossen. Und wer ist der Gott Israels, ist Er nicht derselbe Gott, den ich auch habe? Ich wollte, dass Er auch mein Gott war.

Aber was meinen inneren Frieden am meisten störte, war die Frage von Würdigsein. Wie konnte ich, ein deutsches Mädchen mit deutschen Eltern und deutschen Großeltern würdig sein? Ganz plötzlich hatte ich das Gefühl, dass ich ihre Schuld trug, die Schuld von ganz Deutschland. Es hatte mir geholfen in Janos' Buch „*BOTSCHAFTEN – Brief eines Holocaust Überlebenden an junge Deutsche*" zu lesen: ,Du bist nicht schuldig. Was auch immer Deine Elternn getan oder nicht getan haben mögen: Du bist nicht schuldig!'...

Aber jetzt, wo ich mitten in dieser heiligen jüdischen Gemeinde saß, war ich verwirrrt. Wie würden sie mich einschätzen?

Die Gebete waren schön; viele tiefe, bedeutende Worte. Ich konnte nicht genug bekommen von dieser heiligen

185

Atmosphäre. Ich wollte sie nicht mehr entbehren; ich liebte sie. Ich war entzückt zu sehen, wie die Tora – wie ein kostbares Baby mit einer Krone auf dem Kopf – in der Halle herumgetragen wurde, und die Menschen verbeugten sich vor ihr und küssten sie - sie küssten das Wort Gottes.

Ein dreizehnjähriger Junge im Stimmbruch, dessen *tallit* (Gebetsschal) ein wenig zu groß war für dieses dünne, knochige Kind – las von der Tora die *sedra* (wöchtentlicher Tora Abschnitt). Ich hörte die hebräischen Worte, kannte jedoch ihre Bedeutung nicht. Die Frau neben mir ließ mich mit in ihren *chumash* (Buch mit den fünf Büchern Moses) schauen und verfolgte den Text mit ihrem Zeigefinger.

„... Da hatte Josef einen Traum und erzählte ihn seinen Brüdern; da hassten sie ihn noch mehr. Er sprach nämlich zu ihnen: ,Hört doch diesen Traum, den ich gehabt habe! Sieh, wir banden Garben mitten auf dem Feld; da richtete sich meine Garbe auf und blieb auch stehen, und eure Garben reihten sich rings herum und warfen sich vor meiner Garbe hin.' Da sprachen seine Brüder zu ihm: ,Willst Du etwa König über uns werden oder über uns herrschen?' (Bereschith XXXVII v. 5 - 8)

Ich hätte den Zeigefinger meiner Nachbarin unter den hebräischen Worten verfolgen sollen. Aber ich wollte meine Augen schließen und den Gesang der Wörter auf seinen Flügeln zu mir hinüber schwingen lassen, denn die Geschichte war so fesselnd; also verfolgte ich die englische Übersetzung auf der gegenüberliegenden Seite:

„... Und Josef sprach zu seinen Brüdern: ,Ich bin Josef! Lebt mein Vater noch?' Aber seine Brüder konnten ihm nicht antworten. Denn sie waren erschrocken vor ihm. Da sprach Josef zu seinen Brüdern: ,Tretet doch zu mir her!' Und sie traten herzu. Da sprach er: ,Ich bin Josef, euer

Bruder, den ihr nach Mizraim verkauft habt! Nun aber grämt euch nicht und kränkt euch nicht, dass ihr mich hierher verkauft habt; denn zur Lebenserhaltung hat mich Gott vor euch hergesandt. Denn zwei Jahre schon herrscht der Hunger im Land, und noch fünf Jahre kommen, da nicht Pflügen noch Mähen sein wird. So hat mich Gott vor euch hergesandt, um euch Fortbestand auf Erden zu bereiten und euch am Leben zu erhalten zu großer Errettung. Nun denn: Nicht ihr habt mich hierher gesandt, sondern Gott ..." (Bereschith XLV, v. 3 – 8)

‚...Nicht ihr habt mich hierher gesandt, sondern Gott ...'
Ich sann diesem Denkbild lange nach: Wie es doch auf mein eigenes Leben zutraf! Mein Traum, mein Lernen, mein neuer geistiger Weg.

„Ein Rabbi lief einst durch ein Feld, wo er einen sehr alten Mann eine Eiche pflanzen sah", fuhr der Bar-Mitzvah Junge fort, nachdem er aus der Tora gelesen hatte. *‚Warum pflanzt Du diesen Baum?', fragte er. ‚Du lebst sicherlich nicht so lange, dass Du sehen kannst, wie die Eichel zu einem Baum gewachsen ist?'*
‚Ah', antwortete der alte Mann, ‚meine Vorfahren pflanzten Bäume nicht für sich selbst, sondern für uns, so dass wir den Schatten und die Früchte genießen können. Ich tue das Gleiche für die, die nach mir kommen.' (Talmud, Ta'anit)."

Der Vater des Jungen, der neben seinem Sohn stand, schaute stolz seine Frau an. Sie saß in der ersten Reihe und wischte sich mit ihrem umhäkelten Taschentuch leise die Tränen von den Augen, die ihr Hut beinahe verdeckte. ‚Wir haben's geschafft! Wir waren erfolgreich!', gaben die Augen des Vaters zu verstehen. ‚Wir haben unseren Sohn bis zu diesem Wendepunkt in seinem Leben gebracht. Laut jüdischem Gesetz ist er jetzt kein Minderjähriger mehr, sondern wird wie ein Erwachsener behandelt. Er trägt jetzt volle Verantwortung für die Einhaltung aller Vorschriften und Gesetze. – Wir können stolz sein, dass wir unseren Sohn so weit gebracht haben!"

Nachdem der Junge einen Abschnitt des Propheten Ezekiel vorgelesen hatte, wurde die Torarolle noch einmal durch den Raum getragen und dann in die heilige Lade gehoben.

„Ein Baum des Lebens ist sie denen, die an ihr festhalten; wer sich auf sie stützt, ist beglückt. Ihre Wege sind Wege der Anmut, all ihre Pfade führen zum Frieden. Bringe uns, Ewiger, zu Dir zurück, denn wir wollen umkehren, erneuere unsere Tage wie einst (Siddur Schma Kolenu).

Als die heilige Lade geschlossen war, hielt der Rabbi eine kurze Rede, in der er den Jungen lobte, weil er so gut von der Tora gelesen hatte.

„Bis zu Deiner heutigen Bar-Mitzvah war Dein Vater für Deine Handlungen verantwortlich, und wenn sie mangelhaft waren, konnte er dafür bestraft werden; es gibt auch eine andere Meinung, die sagt, dass Du bis zu Deiner Bar-Mitzvah für die Fehlleistungen Deiner Eltern leiden musst. Nun ist Dein Vater dankbar, dass seine eigenen Sünden Dir nicht mehr schaden können. ..." (Artscroll Siddur).

Zu Ehren dieses ganz besonderen Tages in Deinem Leben wurde in Deinem Namen im Friedenswald Jerusalems ein Baum gepflanzt. "Der Rabbi überreichte dem Bar-Mitzvah Jungen ein Zertifikat der Baumpflanzung.

Der Junge nahm sein Geschenk an. Er strahlte. Er erschien äußerst erleichtert.

Ich war sprachlos. Hier war ein dreizehnjähriger Junge, der fließend Hebräisch las. Und hier war ich, und ich konnte kaum eine Unterhaltung auf Englisch führen. Ich beneidete ihn um seine Selbstsicherheit und seine Fähigkeit. Auch ich wollte die Heilige Sprache sprechen und verstehen können. Ich wollte lernen und lernen und lernen ... und eines Tages wollte auch ich von der Torarolle lesen.

Auf den Gottesdienst folgte ein *Kiddusch*, zuerst der Segen über den Wein und dann über Backwaren und andere Delikatessen.

Die Leute stehen in kleinen Grüppchen im Kreis und verzehren Gebäck und Komplimente.

„Dein neues Kostüm gefällt mir! Wie gut es zum Hut passt!"

„Rachel, Du siehst bezaubernd aus! Wo hast Du diesen Schal gekauft? Dieses rosa steht Dir ausgezeichnet! Es passt sogar zu Deinen Schuhen!"

„Du musst diesen Apfel-Streusel-Kuchen probieren!" befiehlt eine ältere Dame, die sich mit einem großen Tablett durch die Menge schlängelt. „Sarah hat ihn gebacken. Er schmeckt himmlisch!"

Kleine Mädchen in Prinzessin-Kleidchen tanzen vor der Heiligen Lade und schwingen ihre steifen Petticoats unter ihren geblümten Kleidern. Ein kleiner Fünfjähriger, in Anzug und Fliege, mit einem kleinen Käppchen auf dem Kopf, schaut ihnen aus der Entfernung zu und stopft seinen Mund mit Bretzeln voll.

Ich stehe auf der Seite und betrachte das Geschehen.

„Unsere Tochter hat letzten Donnerstag einen kleinen Jungen zur Welt gebracht.", sagt eine Dame mit einem weiten, himmelblauen Hut. „So Gott will, wird der *Brit Milah* (die Beschneidung) nächsten Donnerstag sein.

„Mazal tov, Mazal tov!" ruft die halbe Gesellschaft, die die gute Nachricht mitgehört hat. „Mögest Du viel *Nachas* (Freude) von Deinem Enkel haben!"

„Hast Du gehört, dass Jack letzte Woche gestorben ist?" fragt ein alter Herr. „Der Rabbi hat es bekannt gegeben. Hanna ist völlig gebrochen. Sie braucht jetzt viel

Unterstützung. Nach Schabbat Ausgang wird sie noch drei Tage *Shiva* sitzen (sieben Tage lang in Trauer sitzen)."

„Oh, ich erinnere mich gerade", stößt eine laute weibliche Stimme in schwarzem Kleid mit großen, roten Blumen aus. „Ich habe gehört, dass Du diese Woche *Yahrzeit* (Jahrestag des Todes) für Deine Frau hast, Tony; ich wünsche Dir ein langes Leben! Wieviele Jahre ist es nun schon her?"

„Euer Sohn war großartig! Und vielen Dank für diesen wundervollen *Kiddusch*!" Der junge Mann neben ihm schüttelt die Hand des Vaters des *Bar-Mitzvah* Jungen.

Mehr Apfelkuchen, Käse- und Marmorkuchen, kunstvoll in kleine essbare Stücke geschnitten, Gebäck aller Art, Bretzeln und selbst gemachte Schokolade werden herumgereicht.

Mehr Küsse und Lachen; mehr neue Hüte und mehr Geplauder.

„Habt Ihr gehört, dass Lea Yitzchak heiraten wird? Wisst Ihr, wer den *Schidduch* (Verkupplung) gemacht hat? – Esther! Sie war mehrere Monate dran. Sie hat jeden Schabbat beide eingeladen, bis es gefunkt hat."

„Wann ist die *Chuppa* (Heirat)?" fragt das schüchterne Stimmchen eines jungen Mädchens im Heiratsalter.

„Ich glaube, nächsten Monat. Sie müssen den Familien in den Staaten Zeit geben, anzukommen ... Ich wünschte, dass Du bald an der Reihe wärst!" Das Gesicht des Mädchens läuft rot an; sie dreht sich mit einem verlegenen Lächeln um und weiß mit ihren Händen nicht wohin.

„Nein, die Diagnose ist Prostatakrebs," flüstert eine Dame mittleren Alters den anderen in ihrem Grüppchen zu, als ob sie ein Geheimnis verriete. „Und Rivka besucht ihn jeden Tag. Er hat niemanden. Sie ist ein wunderbares Mädel. Und wir wechseln uns mit dem Kochen für ihn ab. Wenn sich jemand von Euch auf die Liste zur Mahlzeitbereitung setzen möchte, dann soll er sich beim ‚Sorgen- und Besuchs-Kommittee' melden!"

Zwei Damen kommen aus gegenüberliegenden Richtungen mit Tabletts, die mit Nascherei beladen sind, auf mich zu.

„Schabbat Schalom! Ich sehe, Sie essen gar nicht. Bitte! Ich habe Sie hier noch nie gesehen. Sind Sie ein neues Mitglied?" fragt die Dame rechts von mir.

„Ich ... ich bin zum ersten Mal hier", stottere ich und nehme das kleinste Stück des Kuchens, den ich am wenigsten mag, ... falls ich ihn nicht verdient habe.

„Woher sind Sie?" erkundigt sich die Dame links von mir. Ihr Gesicht zeigt Wärme und Offenheit. Ich mag sie.

„Aus Deutschland, aber ich lebe jetzt hier in London."

„Wie lange sind Sie schon hier?" fährt die ‚Rechte' mit ihrer Befragung fort.

„Nur ein paar Monate."

„Sind Sie mit Ihrer Familie hier?" fragte die ‚Linke'.

„Nein, ich bin allein."

„Allein?!" ruft die Dame zu meiner Rechten wie in Schock aus. „Dann müssen Sie zum Mittagessen zu uns kommen!"

„Vielen Dank, aber ich habe schon ..."

„Aber dann müssen Sie ein anderes Mal zu uns kommen", beteuert sie.

„Wie wär's am nächsten Sabbatabend zum Essen? Dann werden auch unsere Kinder zuhause sein. Wir würden Sie gern bei uns haben, nicht wahr, Jakob?" ruft sie aus.

„Natürlich, Anya!" stimmt Jakob zu. „Sehr gern!"

„Sind Sie nicht die Dame, die so zauberhaft im Chor gesungen hat? Sie haben eine entzückende Stimme!" Ich bin froh, dass ich sie erkannt habe. „Ich habe Ihr Solo sehr genossen. Vielen Dank!"

Ein Schabbat folgte auf den nächsten und ich begann, auf den Schabbat hin zu leben:

Mittwochs einkaufen, donnerstags sauber machen, freitags kochen, damit ich das Essen am Schabbat nur

191

aufzuwärmen brauchte. Es dauerte eine Weile, bis ich mich daran gewöhnt hatte, dass samstags der Heilige Schabbat war und der Sonntag nur ein zusätzlicher freier Tag zum Genießen. An den meisten Freitagabenden war ich bei Anya und Jakob zum Abendessen eingeladen. Ich genoss die festliche Schabbat Atmosphäre: Das weiße Tischtuch mit dem besonderen Geschirr, die Schabbatkerzen, die Blumen, die Segnung der Kinder, der Segen über Wein und über die zwei *Challot*. (*Challa* ist ein Hefezopf speziell für den Schabbat). Ihr Tisch glich dem Altar im Tempel.

Ich hatte mich der Gruppe angeschlossen, die über das Judentum lernte, und Rivka, unsere Lehrerin, erklärte geduldig die Geschichte, die Gesetze und Sitten des jüdischen Volkes.

„Kann man „china" koscher machen?" fragte sie uns, um uns zum Denken anzuregen. Diese Frage verwirrte mich; ‚gibt es Juden in China?' fragte ich mich. ‚Und wie kann ein ganzes Land koscher gemacht werden?'

Als ich meine Konfusion mit China bemerkte, wurde ich äußerst verlegen. (das Englische Wort für Porzellan heißt ‚china'.) Es war für mich nicht leicht gewesen, ihrem Englisch zu folgen. Die Frage über China war für mich nicht verbunden mit dem, worüber sie vorher gesprochen hatte. Das englische Englisch unterschied sich vom Englisch, das ich in Kanada gelernt hatte.

Die anderen in der Klasse sprachen mit leisem Ton, mit der Betonung am Ende eines Satzes nach unten. Ich konnte kaum folgen. Mein Problem war auch, dass ich weder genug englische noch hebräische Worte kannte, um unterscheiden zu können, welches Wort zu welcher Sprache gehörte. Wenn ich zum Beispiel in die Bäckerei ging, um *Challot* für den Schabbat zu kaufen, wusste ich nicht, ob die Verkäuferin wusste, was ich kaufen wollte.

„Was? Was wollen Sie?" fragte sie mich einmal.

„*Challot*!" erwiderte ich.

„Was ist das denn?"

„Das süßschmeckende Zopfbrot."

„Ach, das!"

Es gab noch mehr Verwirrung auf den Straßen: Wer war Englisch und wer war Jüdisch? Wen würde ich mit ‚Schabbat Schalom' grüßen, wenn ich am Schabbat Nachmittag spazieren ging? Fasteten alle diese Menschen, die langsam die Straße hinunter gingen am Tag, an dem ich fastete? Es dauerte ein Weile, bis ich die Juden von den Nicht-Juden unterscheiden konnte. Lesen und Diskussionen mit Janos halfen mir, allmählich mehr zu verstehen.

Ich erwähnte diese Angelegenheit in meinem nächsten Treffen mit dem Rabbi. Das Meeting war ein paar Wochen vor *Rosch Haschana*, dem Jüdischen Neuen Jahr.

„Ich bin verwirrt, Rabbi", sagte ich zu ihm, auf der Kante eines weichen Sessels in seinem Arbeitszimmer sitzend.

„Ich bin mir nicht sicher, was zu England, und was zu den Juden gehört."

„Das überrascht mich nicht im Geringsten!" sagte er mitfühlend und legte ein großes altes Buch auf das Regal neben ihm.

„Sie betreten zwei für Sie unbekannte Kulturen zur gleichen Zeit. Sie müssen Geduld haben! Geben Sie sich Zeit; Sie werden sehen, dass Sie es ganz allmählich lernen werden."

Dann setzte er sich mir gegenüber und sprach über die Hohen Jüdischen Feiertage, und dass Frauen wochenlang nicht aus der Küche herauskommen, da sie so viel besonderes Essen für das Jüdische Neue Jahr und für *Succot*, das Laubhüttenfest, vorbereiten.

„Wir bauen *Succot,* (Hütten), und leben in ihnen acht Tage lang, sieben Tage lang in Israel. An *Succot* gedenken wir den Wanderungen der Kinder Israel in der Wüste, als wir in Hütten lebten. Es ist auch die Zeit der letzten Obsternte, und wir feiern es daher auch als ein Dankfest für die Naturerzeugnisse des vergangenen Jahres."

„Ich wollte Ihnen auch sagen, Rabbi, dass ich die Gottesdienste am Schabbat liebe. Ich kann nicht genug von den Gebeten und vom Vorlesen aus der Tora bekommen. Und die Gemeinde ist hilfsbereit und liebenswert. Erinnern Sie sich, dass ich niemanden hier kannte, als ich das erste Mal hierherkam? Und jetzt, nach solch kurzer Zeit, habe ich ein Gefühl, nach Hause zu kommen, wenn ich die Synagoge betrete. Ich bin sehr dankbar.

Die Tora, die Gebete, die Menschen, die Gastfreundschaft, die religiöse Feier mit ihren Ritualen – da ist eine Atmosphäre von ... von Reinheit ... und von Heiligkeit.

Ich weiß nicht recht, wie ich es sagen soll, Rabbi, aber ... ich muß Ihnen die Wahrheit sagen: Ich fühle, dass ich es nicht wert bin, zu dieser heiligen Gemeinschaft Israels zu gehören. Dennoch, nach allem was ich bis jetzt gesehen und gehört habe, möchte ich so gerne dazugehören, dem jüdischen Volk angehören."

Der Rabbi war freundlich und belehrend. Er war verständnisvoll und einfühlsam und strömte Wärme aus. Aber er befreite mich nicht von der Last meiner Zweifel, von der Bedrückung, dass ich es nicht verdiene, zum auserwählten Volk Israels zu gehören.

„Ich spüre auch eine Befangenheit, weil ich Deutsche bin. Am Anfang, wenn mich jemand fragte, woher ich käme, hätte ich meine Identität am liebsten versteckt. Ich fühlte mich auch schuldig. Ich weiß, das ist nicht rational, denn ich habe ja nichts Böses getan. Dieses Gefühl hat mich dann allmählich verlassen. Da ist jedoch etwas, was Deutschsein betrifft, das mich bedrängt. Vielleicht muss ich mit meiner Mutter und meinem Vater etwas klären."

Der Rabbi schwieg. Er nickte lächelnd und in Gedanken versunken mit seinem Kopf.

„Und nachdem ich alles gesagt habe, was mir so wichtig ist, möchte ich Sie fragen, Rabbi, ob Sie glauben, ... ob ich vielleicht eine Chance habe zu ... zum Judentum zu konvertieren. – Jüdin zu werden."

Endlich war es raus! Es war gesagt! Ich hatte sehr lange darüber nachgedacht und wusste nicht, wie ich fragen sollte. Schließlich ... war ich Deutsche und wusste nicht viel über die persönliche Geschichte meiner Eltern, ihre Einstellung Juden gegenüber, ihre Denkweise. Die Frage, ob ich es verdiene oder nicht, hatte mich davon abgehalten zu fragen.

... 'Ist Ihr Vater Deutscher? Ja? – Nun, in diesem Falle, nein, dann kommt es nicht in Frage! Wir wollen keine Juden, die Nachkommen von dieser schändlichen Nation sind. Schlagen Sie es sich aus dem Kopf!' ...

... Aber er sagte das nicht.

Stattdessen nickte der Rabbi ein paar Mal, ernst lächelnd, mit dem Kopf. Dann schaute er mich an und sagte:

„Lerne weiter, Natalie! Beende den Unterricht! Danach werden wir weiterreden."

Er sagte nicht: ‚Nein!'

Ich war erleichtert und glücklich und ging in optimistischer Nachdenklichkeit nachhause.

Bevor meine Mutter aus Deutschland eintraf war ich schrecklich angespannt. Ich wusste, dass ich ihr gewisse Fragen stellen musste und fürchtete mich vor ihren Antworten. Es war keine normale Angst. Es fühlte sich mehr wie eine Frage von Leben und Tod an, und ich konnte es mir nicht erklären.

Als sie ankam, war ich furchtbar unruhig. Ich bemühte mich sehr, freundlich zu sein und sie herzlich willkommen zu heißen. Aber ich konnte nicht mit ihr sprechen. Ich fühlte eine tiefe Kluft zwischen uns. Sie war anders und kam aus einem anderen Universum. Ich gehörte nicht mehr zu dieser Welt. Ich war nicht mehr dieselbe wie einst.

Erst ein paar Tage nach ihrer Ankunft, als wir im Garten Unkraut jäteten, war es mir möglich, ihr einige wichtige Fragen zu stellen. Ich fragte sie nach ihrer Mutter, wo sie gelebt hatten, als sie aufwuchs, und über die Juden. Allein dieser wichtigen Sache nachzugehen gab mir ein Gefühl von Befreiung. Ich hatte meine Zweifel zu lange zurückgehalten.

„Du weisst, dass ich in Ostpreußen aufgewachsen bin, was jetzt Polen ist. Wir lebten in Goldap, einer kleinen Stadt mit schönen Seen rundherum. Und wir hatten einen kleinen Lebensmittelladen. Als ich neun Jahre alt war, ergriffen die Nazis die Macht. Jeder musste der NSDAP beitreten, der Nazipartei."

Sie kauerte vor einem Blumenbeet und jätete Unkraut.

„Ich war sehr böse mit meinen Eltern", sagte sie, hielt ein paar Minuten inne und drehte sich zu mir um.

„Sie erlaubten mir nicht, der Hitlerjugend beizutreten. Ich war die Einzige in meiner Klasse, ausser den jüdischen Mädchen, der es nicht erlaubt war, dazuzugehören. Ich fühlte mich schrecklich ausgeschlossen. Ich wollte so gern auch zur Hitlerjugend gehören. Weißt Du, als Kind möchte man das tun, was die anderen Kinder tun. Also bettelte ich meinen Vater, aber er gab nicht nach. Meine Eltern waren keine Parteimitglieder bis, ja bis jeder gezwungen war, der Partei beizutreten. Unser Arzt, unser Rechtsanwalt und auch viele Geschäftsleute in unserer Stadt waren Juden. Wir hatten guten Kontakt zu ihnen; wir waren ja auch Geschäftsleute.

Ich erinnere mich an einen Vorfall: Ich muss zehn oder elf gewesen sein, als ich Menschen vor einem Geschäft auf dem Marktplatz stehen und neugierig ein Plakat lesen sah. Ich ging zu ihnen hinüber und sah mein Bild, sah mich auf einem Foto. Auf dem Foto war ich in einem der Geschäfte, die Juden gehörten. Ich freute mich und war ganz aufgeregt, ausgestellt zu sein. Ich erzählte es begeistert meiner Mutter. Aber sie war sehr bestürzt und verbot mir, zukünftig dorthin zu gehen. Sie hatte Angst, dass wir großen Ärger bekommen, wenn wir in einem jüdischen Geschäft einkaufen."

Meine Mutter hatte sich inzwischen – die kleine Hacke noch in ihrer Hand - unter den Apfelbaum gesetzt.

„Weißt Du, Natalie", sagte sie nachdenklich, „das waren schreckliche Zeiten. Mein Vater bestand darauf, dass wir den Kontakt mit den Juden nicht aufgeben. Wir lebten mit ihnen zusammen. Wir waren Nachbarn, Freunde. Wir respektierten sie; sie waren intelligente Menschen, sehr gebildet und gelehrt.

Dann wurde mein Vater zum Kampf in die Armee eingezogen, und meine Mutter und ich wurden evakuiert. "

Ihr Gesicht war blass geworden. Ich konnte sehen, dass sie Schwierigkeiten hatte zu atmen. Sie schnappte nach Luft. Ich wollte sie nicht noch einmal an die Evakuierung aus ihrer Heimat erinnern, wie sie in Eile zwei Koffer gepackt hatte und mit ihrer Mutter zum Bahnhof rannte, um unter Beschuss den letzten Zug zu erreichen. Beide wussten, dass sie niemals zurückkehren würden.

Sie hatte mir diese Geschichte oft erzählt. Es war jetzt nicht nötig, noch einmal in ihre schmerzhafte Jugend einzudringen.

„Kann ich Dir eine Tasse Tee machen, Mama?" fragte ich, um sie etwas zu trösten.

„Vielleicht", seufzte sie und verfolgte ihre vergangenen Jahre hinter geschlossenen Augen.

Diese Unterhaltung entspannte mich. Ich spürte tiefe Erleichterung.

Und ich war völlig getröstet, als Janos mit mir sprach, nachdem er und Lily meine Mutter zu sich nach Hause zum Tee eingeladen hatten.

„Kleines", sagte er unbeschwert, „Deine Mutter ist der naivste, unschuldigste Mensch, den ich jemals in meinem Leben getroffen habe. Du brauchst Dich nicht zu sorgen. Sie ist absolut rein. Glaub mir, ich als Jude, der Auschwitz überlebt hat, würde sofort spüren, wenn eine deutsche Frau meiner Generation in ihrer Seele mit der Nazimentalität verbunden ist, wenn auch nur im Geringsten. Ich mag Deine Mutter. Sie ist ein guter Mensch. Sie hat ein gutes Herz."

5

„Sind Sie Jüdin?" Die Frage dröhnt in meinen Ohren. „Madam, bitte antworten Sie mir!... Was ist los? Träumen Sie? Haben Sie einen israelischen Personalausweis?"

„Ja."

„Darf ich ihn sehen?"

„Hier, bitte!"

„Einen Moment bitte, Madam."

Sie geht mit meinen Papieren zum anderen Ende der Halle und spricht mit einem - höchst wahrscheinlich erfahreneren - Kollegen. Von Zeit zu Zeit wenden sie sich zu mir um.

Was ist denn los? Wie lange wird diese Befragung noch dauern? Meine Mutter war naiv und unschuldig. Sie hat nichts getan. Sie hat ein gutes Herz! Es muss wahr sein, schließlich hat es ein Überlebender von Auschwitz gesagt. Sie ist keine Mörderin. Sie hat gesagt, dass sie nichts gewusst hätte. Jancsi hat ihr geglaubt.

... Niemand in Deutschland wusste etwas ... Millionen von Juden wurden umgebracht, die ganze Welt wusste es; aber niemand in Deutschland hatte auch nur eine Ahnung?! ... Arme, unschuldige Menschen! ...

Die Sicherheitsbeamtin kommt zurück.

„Sind Sie Jüdin?" Ihre Augen blicken scharf in meine Pupillen.

Wer weiß, ob sie die wirkliche innere Essenz meiner Seele sieht, oder beurteilt sie mich nach meiner äußeren Erscheinung?

„Sind Sie Jüdin?" ruft sie noch einmal aus, diesmal fast vor Ungeduld platzend.

Warum schreit sie mich so an? Ich bin doch nicht taub!

„Ja, Madam, ich bin Jüdin."

„Ist Ihre Mutter Jüdin?"

Nun, wenn meine Mutter Jüdin wäre, würde ich automatisch auch Jüdin sein. Warum stellt sie die Frage nicht anders herum?

„Nein, meine Mutter ist nicht jüdisch."

Ich wünschte, sie wäre es ...

„Und Ihr Vater?"

„Er ist tot."

Er ist wirklich tot.

„Warum wollen Sie in Israel leben?"

„Weil ich Jüdin bin und Israel mein Zuhause ist; Gott hat es meinem Vater Abraham vor über 3000 Jahren versprochen."

„Also sind Sie jüdisch und leben allein in Israel, ohne Familie."

„Ja, so ist es."

„Kennen Sie Menschen, die außerhalb Ihres Stadtviertels wohnen, in anderen Städten?"

„Ja."

„Wen kennen Sie?"

„Ich habe eine gute Freundin in Tel Aviv. Sie heisst Geneviève. Sie wohnt nahe am Meer ..."

„Sonst noch jemand?"

„Ja."

„Wen?"

„Benny R.; er war mein *Shaliach* (Immigrations Berater) und lebt in Haifa."

„Gut; sind Sie zum Judentum übergetreten?"

„Ja."

„Dann sagen Sie mir, welche Feiertage feiern wir in Israel im September?"

„*Rosch Haschanah*, das Jüdische Neue Jahr."

Meine Mutter schickt mir zu jedem Jüdischen Neujahrsfest eine Karte mit ihren guten Wünschen, aber diese Frau wäre nicht daran interessiert; oder vielleicht doch?"

„Und noch andere Feiertage?"

„Yom Kippur, den Tag der Vergebung."

Wenn das Volk Israels seine Seelen belastet, damit seine Sünden vergeben werden. Ich bin mir sicher, dass auch sie an diesem Tag fastet.

„Gut; nun sagen Sie mir bitte, an welchem Tag ist der *Brit Milah* (Beschneidung)?"

„Und Gott sprach zu Abraham: ... ‚Und ihr sollt euch beschneiden lassen am Fleisch eurer Vorhaut, und dies sei das Zeichen des Bundes zwischen mir und euch. Acht Tage alt soll alles Männliche euch beschnitten werden für eure Geschlechter ...' (Genesis 17, 11, 12)"

Ich zitiere und lächle sie an.

Sie lächelt nicht zurück. Vielleicht, weil der Brit Milah schmerzhaft ist. Jancsi hat darüber in seinem Buch BOTSCHAFTEN geschrieben. Es ist eine ganz bedeutsame Handlung und eine große Mitzwa, ein wichtiges Gebot. Sie kann stolz sein, dem jüdischen Volk anzugehören.

„Der Name auf dem Flugschein ist nicht der gleiche wie in Ihrem Reisepass, Madam", fuhr sie fort mich herauszufordern.

„Ja, das stimmt. Mein Name hat sich verändert.", antwortete ich leise, „drehen Sie doch mal die Seite um, dort steht es geschrieben: ‚Namensänderung'."

„Ah, gut ..."

„Sehen Sie", erklärte ich, im Fall dass sie es nicht wusste, „Als Abram neunundneunzig Jahre alt war, erschien der Ewige Abram und sprach zu ihm: ‚Ich bin der gewaltige Gott, wandle vor mir und sei untadelig. Und ich will meinen Bund setzen zwischen mir und Dir, und ich will Dich mehren über die Maßen.' Da fiel Abram auf sein Angesicht, und Gott redete mit ihm und sprach: ‚Ich, sieh, mein Bund besteht mit Dir, und Du wirst werden zum Vater eines Heeres von Völkern. Darum sollst Du nicht mehr Abram heißen, sondern Abraham soll dein Name sein. ..' (Genesis 17, 1 – 5) Und da Abraham der erste Mensch war, der zum Judentum konvertierte, verändert jeder zum Judentum Konvertierte seinen Namen und wird dadurch ein direkter Nachkomme Abrahams."

Wie nervös ich gewesen war, als ich im Wartezimmer des Beit Din, dem Rabbinatsgericht saß! Es war der 22. Tag im Monat Elul 5743. In meinem Kalender hatte ich den 31. August 1983 mit rotem Stift als einen bedeutsamen Tag in meinem Leben markiert.

Mein Herz raste. Die Sekretärin schien sehr verständnisvoll und bot mir eine Tasse Tee an. Ich hatte gelernt, dass ,eine Tasse Tee' in England so etwas wie Notfall-Tropfen für alle Eventualitäten im Leben darstellte. Aber in meinem Fall schienen sie nicht zu wirken. Ich hatte fürchterliche Angst zu versagen. Worin würde ich denn versagen? Die richtigen Antworten zu geben? Dass sie mich durchfallen lassen und sagen: ,Wir nehmen Sie nicht als Jüdin an!'?

Seit dem Alter von dreizehn Jahren war ich in meinem Herzen Jüdin, und jetzt würden drei Rabbiner die Macht haben zu entscheiden, ob das so war. Dieser Gedanke ängstigte mich.

Als Rabbi **, der Vorsitzende des Rabbinatsgerichtes, die Tür öffnete und mich hereinrief, war all meine Nervosität verflogen. Das Lächeln auf seinem runden, feinen Gesicht gab mir mein Selbstvertrauen zurück.

„Bitte, setzen Sie sich, Fräulein Steiner", sagte er und stellte mir die drei Rabbiner vor, die um einen riesigen Tisch saßen.

Ich setzte mich hin und wartete. Verstohlen trocknete ich meine schweißigen Hände an meinem Sommerrock.

„Wir haben Ihren Brief gelesen, Fräulein Steiner", sagte der Rabbiner vom anderen Ende des Tisches, „und wir sehen, dass Sie lange Zeit gelernt haben, sogar jahrelang. Ihr Brief hat uns sehr beeindruckt."

Dann fragten er und die anderen Rabbiner mich über meine Motive zu konvertieren, über meine Vergangenheit, mein Einhalten der Gebote, Schabbat und Kaschrut, die Speisegesetze.

„Was tun wir zum Tischa beAw?“ (der 9. des Monats Av), fragte mich der junge Rabbiner, der in der Mitte saß.

„Der 9. Aw ist ein Gedenk- und Fasttag zur Erinnerung an die Zerstörung des 1.Tempels in Jerusalem (Bajith Rishon) durch die Babylonier, und an die Zerstörung des 2. Tempels in Jerusalem (Bajith Sheni) durch die Römer“, sagte ich. „Wir sitzen auf dem Boden und klagen. Es ist ein trauriger Tag!“ Ich wusste es, da wir diesen Tag gerade erst hinter uns hatten. Ich wäre an diesem Tag gern in Jerusalem an der Klagemauer in der Altstadt Jerusalems gewesen, einem Teil der Mauer, die einst Jerusalem umgeben hat.

„Können Sie uns erzählen, worum es beim Jom Kippur geht?“ fragte der dritte Rabbi, der zu meiner Linken am Tisch saß. Er hatte ein ernstes Gesicht mit tiefen, horizontalen Falten auf seiner Stirn.

„Es ist der Tag der Sühne; er wird auch Versöhnungstag genannt. Dieser Tag fällt auf den 10. Tischri des jüdischen Kalenders. Wir führen uns unsere Vergehen vor Augen und bitten Gott darum, uns alle Übertretungen zu vergeben und einen Neuanfang zu ermöglichen. Bis zu diesem Tag versuchen wir, unsere Sünden und Untaten wieder gut zu machen, denn Gott verzeiht uns erst, wenn wir uns vorher mit Menschen versöhnt haben, mit denen wir uns gestritten hatten. Deshalb versuchen wir, spätestens am Jom Kippur mit uns selbst, der Welt und unseren Mitmenschen ins Reine zu kommen. Wir unterziehen uns strengem Fasten, das heisst wir essen und trinken nicht und wir arbeiten auch nicht, aus Bescheidenheit und Reue vor Gott. Wir verbringen diesen Tag in der Synagoge, wo wir uns zehn Stunden ununterbrochen Bußgebeten widmen. Als Zeichen der Reinheit und Festlichkeit kleiden wir uns komplett in weiß, und wir …“

„Und was tun wir am Ende vom Jom Kippur?" unterbrach mich der Rabbi.

„Wir essen!" sagte ich lächelnd. „Das ist das Ende des Fastens."

Die Rabbiner lächelten auch.

„Aber da ist noch etwas anderes, das wir am Ende dieses Tages tun", fragte er.

Mir fiel nicht ein, was das sein könnte. Ich saß ein wenig verlegen auf meinem Stuhl, den ‚Richtern' gegenüber, und konnte nach den fünfundzwanzig Stunden Fasten nur an Essen denken.

„Ein letzter, einfach geblasener Schofarton verkündet das Ende Jom Kippurs." sagte er sanft.

‚Narürlich! Warum habe ich daran nicht gedacht? Jetzt bin ich durchgefallen; habe total versagt!'

Die Rabbiner schwiegen. Nach einer Weile nickten sie sich einander und dem Vorsitzenden zu.

„Fräulein Steiner", sagte dieser mit warmer Stimme, „wären Sie so gut, für ein paar Minuten hinauszugehen? Wir werden Sie dann rufen, wenn Sie wieder hereinzukommen können."

Mir war nach Weinen zumute. Ich hatte versagt, war durchgefallen, hatte mich nicht bewährt. Inzwischen waren Schweißflecken auf meinem Kleid zu sehen. Ich hatte es also doch nicht verdient, auserwählt zu sein; am Ende war ich es nicht würdig. Ich war ... Deutsche.

‚Wenn ihr nun auf meine Stimme hören und meinen Bund wahren werdet, so sollt ihr mir eigen sein aus allen Völkern, denn mein ist die Erde. ...' (Exodus 19, 5)

Israel war Gottes Geliebte, für höhere Zwecke und geistigen Ruhm bestimmt.

Aber haben die Juden es nicht gewählt, auserwählt zu werden? Hatten sie nicht die Gebote auf Har Sinai (Berg Sinai) angenommen?

Das ganze Volk Israel hatte einhellig geschworen: ‚Alles was der Ewige geredet hat, wollen wir tun!' (Exodus

19, 8), als sie noch gar nicht wussten, was die Gebote von ihnen verlangen würden. Warum konnte ich nicht auch wählen?

Ich stand am Fenster und blickte auf den Garten des alten Herrenhauses, in dem das Zentrum für Reformjudentum in Großbritannien seinen Sitz hatte, und wischte mir die Schweißperlen von meiner Stirn.

„Fräulein Steiner", rief der Vorsitzende des Beit Din. „Würden Sie bitte hereinkommen!"

Als ich eintrat und die freundlichen, lächelnden Gesichter der Rabbiner sah, fühlte ich ihnen gegenüber einen leichten Groll. Welche Macht sie über mich hatten!

„Waren Sie in der Mikwe (rituell reinigende Wasseransammlung), Fräulein Steiner? fragte einer von ihnen.

Ja, ich war mit einer Freundin dagewesen. Es war ein Gefühl gewesen, wie ins Schwimmbad zu gehen. Ich wusste, dass ich dreimal untertauchen musste, aber wie konnte ich sicher sein, dass jeder Teil von mir wirklich total mit Wasser bedeckt war, so wie es nach jüdischem Gesetz sein soll? Ich hatte den Segen gesagt: ‚Gelobt seist Du, Ewiger, unser Gott, König der Welt, der uns durch Seine Gebote gheiligt und uns das Tauchbad befohlen hat.' Aber ich empfand, dass ewas fehlte.

Ich spürte, dass es der Geist Gottes war.

„Ja", sagte ich, „ich war letzte Woche in der Mikwe in Cardiff."

„Können Sie uns das Zertifikat zeigen, die Quittung?"
„Ja, hier, bitte!"

Ich hatte ein paar Pfund Sterling bezahlen müssen, denn, so dachte ich, sie müssen das Becken sauberhalten und es war richtig, Eintrittsgeld zu bezahlen.

„Und haben Sie einen hebräischen Namen ausgewählt? Sie wissen doch sicher, dass Sie nach dem Untertauchen in der Mikwe wie ein neugeborenes Kind sind."

„Ja. Ich habe den Namen ‚Miriam Bracha' ausgewählt."

Ich liebte diesen Namen. Jancsi hatte ihn für mich ausgesucht. Der Name seiner Mutter war Maria, was auf Hebräisch Miriam heißt. Er meinte, dass seine Mutter mich in ihr Herz geschlossen hätte. Tatsächlich hatte ich viele Gespräche mit ihr, im Wachzustand und auch in Träumen. Ich glaubte, sie zu kennen. Ich fühlte eine starke Verbindung mit ihr und konnte es nicht erklären. Einmal bat ich Jancsi, mir ein Foto von ihr zu zeigen. Sie war eine wunderschöne Frau und die Schönheit ihrer Seele schien durch die glatten Linien ihres Gesichts. Sie war gestorben, als Jancsi siebzehn Jahre alt war.

‚Und eine Bracha (Segen) bist Du, Kleines!' hatte er zu mir gesagt. ‚ deshalb sollst Du auch diesen Namen tragen. Du bist eine wahre Bracha!'

Die Rabbiner schmunzelten immer noch. Der Vorsitzende hatte ein großes Blatt Papier vor sich liegen, und mit grosser Konzentration schrieb er etwas darauf. Als er aufhörte zu schreiben, blickte er auf und sagte:

„Mazal Tov, Fräulein Steiner! Herzlichen Glückwunsch! Wir waren alle von Ihrem Wissensstand der jüdischen Religion sehr beeindruckt und befriedigt; auch von der Ehrlichkeit ihrer Motive. Wir sind überzeugt, dass Sie diesen Schritt aus eigenem freien Willen tun, dass Sie bereit sind, die Mitzwot auf sich zu nehmen und mit allen Konsequenzen Ihr Leben als Jüdin leben wollen. Sie haben versprochen, dass Sie alle Kinder, die Sie haben werden, im jüdischen Glauben erziehen werden. Folglich haben wir Ihrer Bitte entsprochen und Sie als ‚ger toschaw', eine konvertierte Jüdin angenommen..

„Mazal Tov, Miriam Bracha!"
Dann überreichte er mir das Zertifikat.
Ich fühlte mich irgendwie betäubt.
Endlich war mein Traum erfüllt: Jetzt gehörte ich zum Volk Israel.

Dieser Schritt brauchte Zeit, um ihn sich festigen zu lassen. Es war ein Prozess, der sich langsam vollzog.

Als ich am folgenden Sabbatausgang vor der offenen Heiligen Lade stand, fühlte ich mich, als ob ich ein neugeborenes Baby in meinen Armen hielte, das Versorgung und Stärkung brauchte, reichliche, umfassende Liebe und Wartung und fortlaufende Bildung. Janos und Lily hatten für mich die Lade geöffnet und standen jetzt an ihrer Seite.
Dieses Erlebnis war meine Wahrheit. Mit seinem Buch BOTSCHAFTEN, das ich in meinem 'vorigen Leben' von Tonbändern auf Papier übertragen hatte, hatte Janos mir geholfen, meine jüdischen Samen sprießen zu lassen. Und Lily, mit ihrer fortwährenden liebevollen Betreuung seit meiner Ankunft in England, hatte die Nahrung für meine Seele mit Nahrung für meinen Körper ergänzt. Sie hatten tatsächlich die Heilige Lade für mich geöffnet. ...

Und Anya, meine treue Freundin, die mir an unzähligen Freitagabenden und Sabbattagen gezeigt hat, was ein wirklicher Heiliger Sabbat ist, sang mit ihrer bezaubernden Stimme, die gekrönten Torarollen in der Lade anblickend, eine Erklärung des Glaubens und ein Gebet von Gottes ständigem Schutz:

'Ich erhebe meine Augen zu den Bergen,
woher soll meine Hilfe kommen?
Meine Hilfe kommt vom Ewigen, der Himmel und Erde macht.
Er wird deinen Fuß nicht wanken lassen,

niemals schlummert dein Hüter.
Siehe, niemals schlummert oder schläft der Hüter Jisraels.
Der Ewige ist dein Hüter,
der Ewige ist dein Schatten zu Deiner rechten Hand.
Bei Tag schlägt Dich die Sonne nicht,
noch der Mond bei Nacht.
Der Ewige behüte Dich von allem Bösen,
behüte deine Seele.
Der Ewige behüte dein Hinausgehen und deine Heimkehr
von jetzt an bis in Ewigkeit. (Psalm 121).

Und in der Heiligkeit dieses Augenblicks sagte ich das Gebet, dass Jancsi mir beigebracht hatte, als wir unterm offenen Himmel von Bermuda im Sand saßen, vor den mächtigen Wellen des Ozeans: ‚Schema Yisroel, Haschem Elokenu, Haschem Echad' (Höre Jisrael, der Ewige ist unser Gott, der Ewige is einzig).

Als meine ehrenwürdige, wunderbare, geduldige Lehrerin Rivka die Lade zusammen mit Janos wieder schloss, symbolisierte das für mich das Schließen eines vollen Kreises, eines Kreises von Lernen und Dazugehören.

Ich wusste nicht, was der Allmächtige mit mir vorhatte. Ich wusste nur, dass ich jetzt– mehr als jemals – für die nächste Herausforderung bereit war.

„ ... Der Mensch ... muss einen Traum haben, wie unmöglich er auch immer sein mag. Er muss um die Erfüllung des Traumes bitten, und dann wird er erfüllt. Und wenn der Traum erfüllt ist, kommt ein Test; eine Zeit des Probens, um zu sehen, ob Du für diesen Traum reif genug bist. Der Test kann außergewöhnlich hart sein; manchmal so hart, dass der Traum selbst zerstört werden kann. Doch wenn wir an die Grenze unserer Verzweiflung

kommen, dann, genau in diesem Moment, erfüllt sich nicht nur unser Traum, sondern es wird ein Bund geschlossen zwischen Gott und uns, der den Traum dauerhaft macht. ...

„... Ohne Traum kann es niemals eine Wirklichkeit geben. Zuerst kommt der Traum. Aber ich bin gefasst und erwarte ständig den Test ...

„... Aber es ist der Test, den die meisten Menschen nicht bestehen. Und ich sage Dir: Das jüdische Schicksal liegt in der Prüfung." ...

(BOTSCHAFTEN – Brief eines Holocaustüberlebenden an Junge Deutsche -, Eugene Heimler).

Ich bin auf meine Prüfung vorbereitet. Ich werde auf sie warten.

6

Sein Brief erreichte mich Monate später. Ich hatte schon seit Wochen auf seine Antwort gewartet. Ich hätte es ja ungesagt lassen können, er hätte es nie erfahren. Aber ich hatte ein tiefes, inneres Bedürfnis, ihm meine neue Geburt mitzuteilen. Nicht so sehr, weil ich ihm die Schönheit und Tiefe, die sie für mich darstellte, übermitteln, sondern weil ich seine Reaktion sehen wollte. Ich sehnte mich danach, die Wahrheit zu erfahren.

„Liebe Natalie!

Du fragst mich, was ich zu Deinem Übertritt zur jüdischen Religion denke.
Nun, die Nachricht hat mich geschockt! Und ich bin auch jetzt noch nicht darüber hinweg. Es fällt mir auch schwer, Dir darüber zu schreiben; viel lieber würde ich mich mit Dir unterhalten. Geschriebenes – auch wenn es noch so ausführlich wäre – steht immer so hart auf dem Papier, und zu einer Anfrage oder Richtigstellung vergehen wegen der trägen Post Wochen und Monate.

Du schreibst, Du habest Dich schon längere Zeit mit dem Judentum beschäftigt. Warum hast Du mir nicht davon geschrieben? Warum hast Du Deinen Vater nicht von Deiner Absicht in Kenntnis gesetzt? Warst Du Dir nicht sicher genug?
Warum hast Du Deinen Glauben gewechselt?! Du bist in einem christlichen Elternhaus aufgewachsen. Dein Opa unterrichtete Christenlehre. Welche Glaubenssätze haben Dich bewogen, den jüdischen Glauben anzunehmen? (Nach meinem Dafürhalten bist Du deshalb keine Jüdin!) Natürlich bist Du alt genug und musst mir keine Rechenschaft über Dein Verhalten abgeben. Ich hätte mich

aber gefreut, wenn Du mir über Deine Beweggründe ausführlicher geschrieben hättest. Und ich würde mich auch jetzt noch freuen, wenn Du es tätest.

Ob Du meiner Bitte nachkommen wirst?

Wenn ich mir diese Zeilen durchlese, dann stelle ich doch wieder fest, dass manches sehr hart klingen mag. Es ist nicht so gemeint. Lies bitte mehr die Sorge Deines Vaters heraus!

Ich grüße Dich herzlich,
Dein Papa "

Ich dachte lange über den Brief meines Vaters nach. Je länger ich darüber meditierte, desto stärker wuchs in mir die Vermutung, dass mein Vater eine Nazi-Mentalität hatte, und ich konnte diesen Verdacht nicht von mir weisen.

„Lieber Papa!

Vielen Dank für Deinen Brief vom 9. März 1984.
Ich bin froh, dass ich diesen Brief von Dir erhalten habe. Bitte entschuldige die so sehr verzögerte Antwort. Ich habe lange Zeit gebraucht, den Inhalt Deines Briefes einsinken zu lassen und mir meiner Gefühle klar zu werden.

Ich hoffe, es geht Dir gesundheitlich besser und Du hast den schönen Sommer genießen können. Hier in England war der Sommer wunderschön und wir konnten den Garten richtig auskosten. Ganz besonders erfreuen mich die Rosen, die ich erst im vorigen Herbst gepflanzt habe. So langsam entwickle ich richtige Gärtnerfähigkeiten. Eine große Sonnnenblume scheint jetzt, in den ersten Regentagen, wie der Frühling zum Fenster herein. So genieße ich mein Leben hier und bin sehr glücklich und erfüllt, und ich hoffe, dass auch Du mit Deinem Leben zufrieden bist.

Nun zu Deinem Brief:

Natürlich war es nicht meine Absicht, Dich mit meinem Übertritt zur jüdischen Religion zu „schocken". Meine Absicht war, eine der wichtigsten Entscheidungen meines Lebens mit meinem Vater zu teilen. Ich bin sehr überrascht, dass Dich diese Nachricht so schockiert hat und verstehe es auch nicht richtig. Ich dachte, als Christ aufgewachsen und erzogen von Deinem Vater, der sogar Christenlehre unterrichtete, bist Du offen für - und respektierst andersgläubige Menschen. Ganz besonders Juden, die sogar vor den Christen schon lebten und deren Ethik, Kultur und Zivilisation älter ist als die meisten Kulturen.

Als Christ, dachte ich, weißt Du, dass Gott nicht nur der Gott einer bestimmten Religion ist und dass Jesus selbst Jude war.
Aber darüber möchte ich nun nicht schreiben, denn es gibt ja genügend Literatur darüber.

Jedoch würde auch ich Dich gern etwas fragen, bevor ich Deine Fragen beantworte:
Was hast Du, als Christ, während des Krieges getan, und was hast Du von den Nationalsozialisten gelernt? Welche Befehle hast Du ausgeführt?
Wieviele und welche Versuche hast Du, als Christ, unternommen, um unschuldige Juden zu retten? Und was hat Dein Vater getan während des Dritten Reiches?
Ist es wirklich mein Glaubenswechsel, der Dich schockiert?

Ich hätte mich sehr gefreut, wenn Du mir über die Beweggründe Deines Schocks ausführlicher geschrieben *hättest. Und ich würde mich auch jetzt noch freuen, wenn Du es tätest.*

Ob Du meiner Bitte nachkommen wirst? Wenn ich mir diese Zeilen durchlese, dann stelle ich doch fest, dass manches sehr hart klingen mag. Es ist nicht so gemeint. Lies bitte mehr die Sorge Deiner Tochter heraus.

Mit herzlichen Grüßen
Deine Natalie"

Reginas Brief verstärkte meine Mutmaßung, dass mein Vater in seinem Herzen ein Nazi war, noch mehr.

„Es schmerzt mich tief und ich schäme mich," schrieb Regina eines Tages: *„Ich bin beschämt und verlegen nicht nur für mich selbst, sondern für Deinen Vater. Immer wenn ein Brief von Dir ankommt, auch wenn er an mich adressiert ist, spricht Dein Vater einige Tage lang nicht mit mir. Allein Deine Handschrift auf dem Briefumschlag reicht aus, ihn in eine solche Stimmung zu versetzen. Als Dein letzter Brief ankam, gab er mir ein schreckliches Ultimatum: ‚Entweder meine Tochter, oder ich,' sagte er, ‚Du kannst wählen!'*

Glaube mir, Natalie, ich habe gewählt. Ich fing an, mich nach Wohnungen umzuschauen. Ich war entschlossen auszuziehen. Wie kann ich mit einem Mann leben, der seine eigene Tochter verstößt? Aber alles, was ich hätte mieten können, wäre ein Zimmer in einem bewohnten Apartment, und dafür müsste ich meinen Namen auf eine Warteliste setzen. Mir wurde gesagt, dass ich etwa achtzehn Monate warten müsse, bis ich eine Chance hätte. Das ist Ostdeutschland, vergiss' es nicht! Die ganze Situation ist äußerst deprimierend. Ich weiß nicht, ob ich für längere Zeit von Papa getrennt in diesem Haus unter diesen Umständen leben könnte. Außerdem muss ich Dir gestehen, dass der Gedanke an ein kleines Zimmer mich furchtbar bedrückt, wo ich doch jetzt an ein Haus mit großem Garten gewöhnt bin. Ich glaube nicht, dass ich es aushalten könnte. Also habe ich mich – nach vielem Tränenvergießen, vielen schlaflosen Nächten und Gesprächen mit meiner besten Feundin – entschlossen, bei Deinem Vater zu bleiben.

Ich würde es vollkommen verstehen, Natalie, wenn Du mich deswegen verachtest; - wenn Du glauben würdest, dass ich schwach und ein Feigling bin -, denn das bin ich. Ich verabscheue mich deswegen. Und weil ich schwach bin, habe ich die Entscheidung getroffen, bei einem Mann zu bleiben, der seine Tochter verstößt, weil sie jetzt Jüdin ist.

Wenn Du mir nicht verzeihen kannst, Natalie, kann ich es durchaus verstehen, obwohl es mich mein Leben lang schmerzen würde.

Ich hab' Dich sehr gern. Ich bewundere Dich! Du sollst wissen, dass ich Dich immer in Hochachtung halten werde. Du bist stark und entschlossen und ich schätze unsere Freundschaft sehr.

Wenn Du mir vergeben kannst, Natalie, dürfte ich Dich dann bitten an folgende Adresse zu schreiben? Es ist die Adresse meiner besten Freundin in D. und sie wird mich wissen lassen, wenn Post von Dir für mich angekommen ist, damit ich sie abholen kann. ..."

Wie könnte ich ihr nicht verzeihen. Ich konnte mich der Nazi-Gesinnung meines Vaters nicht entledigen - ... aber sie liebt ihn doch. ... Ist das möglich?

Von Photographien wusste ich, dass an der Uniform, die mein Vater während des Krieges trug, ein Luftwaffenabzeichen angenäht war.

Aber entschuldigt ihn das?

Wenn er in seinem Herzen kein Nazi gewesen wäre, hätte er meinen Übertritt zum jüdischen Glauben dann nicht akzeptiert?

Konnte man jemanden zu gleicher Zeit lieben und verabscheuen?
Ich sagte mir, dass ich kein Urteil darüber fällen könne.
Es gab einen Höheren Richter, der die Wahrheit kannte.

Viele Jahre später bestätigte mir Regina, dass mein Vater seit seiner Jugend die Einstellung seiner Nazigenossen geteilt hatte.

Mein Dilemma war jetzt jedoch ein anderes:
Wie konnte ich das Gebot erfüllen: ‚Ehre Deinen Vater und Deine Mutter, auf dass Du lange lebst auf dem Boden, den der Ewige, Dein Gott, Dir gibt!'
Aber bald fiel es mir ein:
Ich bin ja gar nicht mehr seine Tochter!
Ich bin jetzt die Tochter Abrahams!

„Ich habe jetzt einen anderen Namen, weil ich eine Tochter Abrahams bin!" sagte ich fröhlich zu der Sicherheitsbeamtin.

Ihr Gesicht war nun entspannter.
„Von woher sind Sie zum Flughafen gekommen?"
„Von meiner Mutter."
„Wie sind Sie hierher gekommen?"
„Mit dem Flughafenbus."
„Ist das hier Ihr Gepäck?"
„Ja."
„Wer hat die Koffer gepackt?"
„Ich habe sie gepackt."
„Haben Sie Geschenke mitgenommen?"
„Ja, ein paar Sandwiches, die meine Mutter für mich gemacht hat.
Sie konnte ihr Lächeln nicht verbeißen.
„Gut!" sagte sie schmunzelnd. „Ich wünsche Ihnen einen angenehmen Flug!"

Wie betäubt folgte ich den Schildern und hielt an einem Tisch an, auf dem Gepäck untersucht wurde. Ich hob meinen Koffer darauf und öffnete ihn.

Eine Frau, die Handschuhe trug, nahm jeden einzelnen Gegenstand heraus, beschaute ihn an allen Ecken und legte ihn wieder zurück in den Koffer. ‚Ich möchte das nicht den ganzen Tag lang machen,‘ dachte ich. ‚Aber Gott sei Dank kümmert sie sich um unsere Sicherheit. ‘

Nachdem ich mein Gepäck eingecheckt hatte, ging ich endlich in die Wartehalle für Passagiere.

„Oh je! Was für ein Morgen!“ rief ich aus, fiel auf einen dieser Sessel, der erschreckend hart war, und schloss meine Augen. Ich war hungrig und durstig, aber zu erschöpft, meinen Proviant aus der Tasche zu nehmen.

‚Na gut, sie hat nur ihren Job getan,‘ dachte ich und muss gleich darauf eingenickt sein.

„*Giveret!* Madam!“ Eine nahe Stimme erweckte mich. „Wir fangen an, ins Flugzeug zu steigen.“

„Oh!“ Ich schaute mich schlaftrunken um. „Oh, ... schon?!“

Der nette Herr, der mir mit meinem Gepäck geholfen hatte, stand schmunzelnd vor mir.

„Müde?“ fragte er.

„Müde?!“ antwortete ich, „das ist nicht das richtige Wort! Ich bin total erschöpft!“

„Was hat denn so lange gedauert? Es schien, dass Sie stundenlang befragt wurden.“

„Ja, viele Fragen. Weil ich eine interessante Person bin!“ scherzte ich.

„Ah, erzählen Sie mir doch mehr über sich! Ich würde es auch gern wissen.“

„Nun, was möchten Sie denn wissen, mein Herr", fragte ich spielerisch.

„Zuerst einmal: mein Name ist Eli. Und mit wem habe ich die Ehre?"

„Miriam Bracha."

„*Na'im me'od!*" (Nett, Sie kennenzulernen!)

„*Na'im me'od!*"

„Alles!" rief er aus und ließ sich auf den Sitz neben mir fallen.

„Ich möchte überhaupt alles wissen!"

„Mein Leben ist ein Buch", sagte ich frech. „und wenn ich Ihnen jetzt den Inhalt des Buches erzähle, werde ich es nie schreiben."

„Wirklich?" Seine Stimme wurde ernst. „Meinen Sie das ernst? Schreiben Sie Bücher?"

„Aber nein! Ich wünschte, ich wäre Schriftstellerin! Aber um die Wahrheit zu sagen, - ich habe schon vor einigen Jahren einen Teil eines Buches geschrieben."

„Und warum nur einen Teil? Warum nicht das ganze Buch?"

„Weieieieil ... ." dehnte ich meine Antwort, „weieieieil – eigentlich weiß ich selbst nicht warum."

„Sie sollten den Rest schreiben. Hiermit ermutige ich Sie: Sie müssen Ihr Buch zu Ende schreiben!" schrie er beinahe.

„Ach ja?!", sagte ich keck, „Aber ich wüsste nicht, wo ich anfangen sollte."

„Ich sage Ihnen, wo Sie anfangen können: Na, es ist nur ein Vorschlag. Sie könnten mit ‚*aleph*', dem ersten Buchstaben im Hebräischen Alphabet beginnen. Oder Sie könnten mit ‚*bet*', dem zweiten Buchstaben anfangen, welcher der erste Buchstabe von ‚*bereschit*' (Genesis) ist, der Geschichte in der Tora, wo Gott Himmel und Erde geschaffen hat. Oder Sie können anfangen mit dem, was für Sie am Wichtigsten ist."

„Ich sage Ihnen: Was jetzt das Wichtigste für mich ist, ist, ins Flugzeug zu steigen, am Flughafen Ben Gurion sicher anzukommen, nachhause zu gehen, eine Tasse Grünen Tee zu trinken und eine Pitta in Humus zu dippen (Fladenbrot und Paste aus Kichererbsen) , meine Zähne zu putzen und ins Bett zu gehen. Ich brauche darüber nicht zu schreiben. Und überhaupt: heutzutage ein Buch zu veröffentlichen ist so eine Sache... !"

„Vielleicht kann ich Ihnen dabei helfen?" sagte er ruhig.

„Und wie?"

„Ich habe einen Verlag; ich bin Verleger. Also, wenn Sie es fertig geschrieben haben, zeigen Sie es mir!"

„*B'seder!*" (Okay!) rief ich lachend, als ob es ein Witz wäre, und fügte grinsend hinzu: „Aber nur, wenn Sie mir den Nobel Preis für Literatur versprechen!"

„Wir sind hier fast die Letzten. Wir müssen jetzt durchgehen, Miriam Bracha!"

„Ja, gehen Sie schon voraus!" sagte ich. „Ich möchte noch kurz meine Mutter anrufen!"

Hastig schob ich ein paar Münzen in den Telefonschlitz und wählte die Nummer.

„Hallo?!"

„Hallo Mama! Ich wollte mich nur noch einmal kurz von Dir verabschieden. Ich gehe jetzt durch ins Flugzeug. Lass' es Dir gutgehen! Und nochmal vielen Dank für alles!"

„Auf Wiedersehen, mein Püppchen, mein liebes Kind!" sagte sie, ihre Tränen runterschluckend. „Bleib' schön gesund und komm' bald wieder!"

Ich drückte den Hörer schnell fest auf die Gabel. Ich wollte ihren Schmerz - und meinen - nicht noch weiter hinausziehen.

TEIL III

1

Als ich zuhause angekommen war, tat ich genau das, was ich Eli gesagt hatte, und dann sank ich in tiefen Schlaf. Als ich die Jalousien am Morgen öffnete, war der Himmel leuchtend blau und klar; nicht eine Wolke war am himmlischen Zelt zu sehen. Die Sonne brannte und überflutete mein Wohnzimmer mit goldenem Licht. Alles war an seinem Platz, genau, wie ich es hinterlassen hatte, sauber und geordnet. Ich ging durch mein kleines Apartment, - den Wohnraum, den Heil-Raum, das Arbeitszimmer. Zuhause, süßes Zuhause!

Im Zeitlupentempo packte ich meinen Koffer aus, goss die Pflanze, die mit den Jahren zu einem Baum gewachsen war, und legte die viele Post säuberlich auf ein Häufchen auf die eine Seite meines Schreibtischs. In meinem Kalender waren für die nächsten zwei Tage keine Termineintragungen, und grundsätzlich öffnete ich nach einem Flug mindestens einen Tag lang keine Briefe und ging auch nicht ans Telefon. Ich wollte langsam wieder zu Hause ankommen und mich entspannen. Dann frühstückte ich gemütlich.

Die Reise war erfolgreich gewesen. Das Seminar war gut gelaufen, Studenten und Direktor waren zufrieden. Meiner Mutter – nun, ihr Alter berücksichtigend, geht es ihr so gut, wie man es mit Osteoperose und Lungenemphesem erwarten kann. Die Reise war insgesamt zufriedenstellend abgelaufen.

Und meine Bekanntschaft mit Eli am Flughafen ... Was hatte er gesagt? „Sie müssen Ihr Buch fertig schreiben! ... Beginnen Sie mit ‚alef‘ oder ‚bet‘, oder mit dem, was für Sie am Wichtigsten ist."

‚Vielleicht sollte ich wirklich damit anfangen ... oder besser: weitermachen. ...

Also setzte ich mich in mein Arbeitszimmer, öffnete den Computer und begann:

„*Ani ohevet otcha!* (Ich liebe Dich!) Du bist mein Anfang und mein Ende. Du bist der wichtigste Mensch, der jemals in meiner Welt existiert hat!", flüsterte ich in sein Ohr und schmiegte mich an ihn. Halb schlafend streckte er seinen Arm aus und streichelte mein Haar.

„Ich liebe Dich auch!" Seine Stimme hörte sich an, als ob sie aus dem Jenseits kam. „Meine kleine Frau, Du bist mein Leben!"

„Ich bin froh, wieder zuhause zu sein. Du auch?"

„Ja, sehr!"

„Jancsi, hättest Du jemals gedacht, dass wir eines Tages in diesem Bett liegen werden, als Mann und Frau - verheiratet?"

„Nie!"

„Bist Du glücklich?"

„Sehr!"

„Könntest Du glücklicher sein?"

„Nie!"

„Doch!"

„Nein, könnte ich nicht!"

„Aber ich weiß, dass Du glücklicher sein könntest!"

„Nichts in der Welt könnte mich glücklicher machen!"

Ich kniete mich neben ihn, lehnte mich vorwärts und ließ meine Lippen sanft seine Stirn berühren.

„Eine Tasse Tee!", atmete ich über sein Gesicht.

Er lag bewegungslos, mit geschlossen Augen da. Plötzlich fasste er mich, hob mich hoch in die Luft, ließ mich wieder fallen und sprang aus dem Bett.

„Genau das macht mich jetzt glücklich! Eine Tasse Tee!"

„Jetzt bin ich eifersüchtig!" rief ich, „Du liebst eine Tasse Tee mehr als mich! Ich wusste es doch!"

„Kann ich Sie zum Frühstück einladen, Madam?"

„Mit wem habe ich die Ehre?"

„Sir Pancs, Madam." Und er griff nach seinem Unterhemd, das auf dem Stuhl lag, legte es über seinen linken Arm, wie eine Serviette über das schwarze Jacket eines Kellners, und verbeugte sich tief.

„Wie wär's mit Zimmer-Service, Sir Pancs? Wäre das möglich? Ich meine: Frühstück im Bett!"

„Wie Madam es wünscht, Madam!" sagte er, noch immer in seiner vorgebeugten Haltung.

„Also lass' uns frühstücken, aber langsam, im Obstgarten, unter den blühenden Zweigen des Apfelbaumes, mit zartem Fliederduft und elegantem Amselgezwitscher im Hintergrund. – Danke, das wäre alles, Sir Pancs!" Ich imitierte eine aristokratische hohe Stimme.

Wir brachen in Gelächter aus und umarmten uns herzlich.

„Ich muss mich erst rasieren!", sagte er.

„Und ich muss mein Gesicht mit kaltem Wasser waschen!", rief ich, und wir rannten ins Badezimmer.

„Toto", sagte er, indem er die Rasierseife mit dem Pinsel schäumte und sie auf sein Gesicht auftrug. „Ich glaube, ich habe etwas abgenommen, seit wir verheiratet sind."

„Das freut mich zu hören. Ich wünschte, ich würde an Gewicht zunehmen."

„Alles zu seiner Zeit", antwortete er, zärtlich auf meinen Bauch schauend. „Alles zu seiner Zeit. Du möchtest wirklich ein Kind, Toto? Hast Du wirklich darüber nachgedacht? Ich könnte der Großvater des Kindes sein. Ich könnte zuerst einen Enkel haben, und dann wäre er älter als mein eigener kleiner Sohn oder meine Tochter. So ist das in vielen jüdischen Familien. Aber jetzt denk einmal darüber nach: Wie könnte ich mit ihm auf dem

Boden rumkriechen und mit ihm spielen? Was für ein Vater würde ich sein? Und wie könnte ich Dir bei der Hausarbeit helfen? Du wärst völlig erschöpft. Ich weiß, wie gerne Du schläfst und wie wichtig Dir Deine Privatsphäre ist.

Toto, ich habe Angst. Oft bedroht die Ankunft eines Kindes die Harmonie in einer Beziehung. Auch die stärkste Liebe würde durch ein Kind herausgefordert. Ich weiß es aus Erfahrung. Als unsere zwei Kinder kamen, war Lily völlig überarbeitet. Ich konnte ihr nicht viel helfen, da ich Geld verdienen musste. Und außerdem, Toto, kann sich ein Mann sehr ausgeschlossen fühlen, weißt Du? Jetzt bin ich Dein Baby, und dann ... dann wäre ich es nicht mehr? Und, Toto, falls, - Gott behüte! – Dir etwas passieren würde, wie könnte ich das Kind allein aufziehen? Ich bin ein alter Mann! Es wäre dem Kind gegenüber nicht fair!"

„Bist Du fertig?" fragte ich geduldig.

„Noch nicht.", sagte er und hielt den Rasierpinsel unter fließendes Wasser. Er sah mich an.

„Was denkst *Du*?"

„Ich denke ... Du weisst, was ich denke. Ich liebe Dich mehr als mein eigenes Leben. Du bist der einzige Mann in meinem Leben, von dem ich gern ein Kind haben möchte. Ich höre, was Du sagst. Wirklich. Aber Du bist Schriftsteller; Du bist kein Fußballer! Du kannst das Kind auf den Schoß nehmen und ihm Geschichten erzählen. Es wird Deine Geschichten lieben! Es wird so stolz sein, wenn es seinen kleinen Freunden erzählt, dass sein Vater Bücher schreibt. Du kannst ihn lehren, Gedichte zu schreiben. Seine Freunde werden neidisch auf ihn sein wegen seines Vaters. Und was mich und meine mögliche Erschöpfung betrifft: Wir können eine Haushilfe anstellen, damit ich mich nicht total überarbeite. Und Du, Pancs", sagte ich und legte meine Arme um seine Hüften, „wirst immer mein Baby bleiben. Immer!"

„Versprichst Du mir das?"

„Ja, das versprech' ich Dir!"

222

„Ich weiß nicht, Toto! Ich hätte furchtbar gern ein Kind mit Dir. Du bist meine Liebe, Du bist mein Leben. Ich möchte, dass Du die Mutter meines Kindes bist, dass Du meinen Samen trägst. Ich kann Dich mir so gut als Mutter vorstellen und ... wie Du ein Baby in Deinen Armen trägst. Aber wir dürfen Gott nicht herausfordern! Er hat uns bereits etwas so Kostbares gegeben: Unsere Liebe und unsere ganz einzigartige Verbundenheit.“

Plötzlich war er still.

„Machen wir uns fertig und gehen runter! Ich habe Hunger!“, sagte er und nahm den Schaum mit einer Rasierklinge von seinem Gesicht.

Seit Jancsi mir einen Heiratsantrag gemacht hatte, träumte ich immer wieder davon, die Mutter seines Kindes zu sein. Ich liebte diesen Mann mehr als mein Leben. Ich konnte mir mein Leben ohne ihn und ein Kind einfach nicht vorstellen. In meinen tiefen, unterbewussten Vorstellungen hatte ich mich immer als Mutter gesehen. Sogar als kleines Mädchen war ich Mutter in meinen Träumen. Ich hatte *ihm* sogar einen Namen gegeben: ‚Daniel‘!

„Der Allmächtige hat einen Plan“, murmelte ich vor mich hin und ging in die Küche hinunter, um das Frühstück zuzubereiten.

Als Jancsi in den Garten kam, war der Tisch schon gedeckt.

„Hmm, Du riechst gut. Ich mag Dein Rasierwasser! Jetzt setz‘ Dich, Pancsko“, sagte ich, „ich hole nur noch die Eier.“

Nachdem ich den Tee eingeschenkt und die Eier in die Eierbecher gesetzt hatte, setzte ich mich hin.

„Was ist das hier auf meinem Teller?“ rief ich aus.

„Ein Brief“, sagte er ruhig. „*Und der Briefträger klingelte zweimal!*“

„Ach ja, und wo ist die Briefmarke?“

„Vielleicht persönlicher Versand?“ sagte er spielerisch.

Ich öffnete den Briefumschlag und las:

„Meine teuerste, liebste Toti!
Ich habe Dir einen Brief versprochen, - hier ist er:

I thank you for your love.
I thank you for your eyes.
I thank you for your arms.
I thank you for your days and nights.

I am more of a man because of you.
I am more of a child because of our play.
I am more safe in this world
When I hide on your breast and silently pray.

Yours,
Pancs."

„Danke, Pancsko! Was Du schreibst, bewegt mich tief. Ich liebe es!" Ich stand auf und umarmte ihn.
„Genauso fühle ich wahrhaftig!", sagte er, mich liebevoll anschauend. „Jedes Wort, das ich geschrieben habe, ist die Wahrheit und kommt von meinem Herzen."
„Ich weiß", sagte ich.
„Aber jetzt setz' Dein Popöchen hier hin und iss, sonst wirst Du mir zu dünn, und ich werde Dich füttern müssen, damit Du nicht verschwindest. Ich sehe Dich gerne essen!

Es war ein bezauberndes Frühstück an einem herrlichen Morgen. Die Amseln sangen tatsächlich, und ein leichter Wind trug den Duft des Fliederbusches an unseren Tisch.

„Toto", sagte Jancsi mit ernster Stimme, sein letztes Stück Toast kauend, „wenn Du mit dem Essen fertig bist, möchte ich Dir etwas erzählen."
„Ich bin fertig", sagte ich neugierig. „was möchtest Du mir erzählen?"

Ich lehnte mich im Gartenstuhl zurück.

„Ich möchte Dir etwas erzählen, was bis jetzt nur zwei andere Menschen außer mir in der ganzen Welt wissen."

Ich schaute ihn erwartungsvoll an.

„Vor vielen Jahren, - ich glaube, es war etwa die Zeit Deiner Geburt -, im Sommer 1949, hatte ich eine Vision. Ich sah eine junge Frau mit dunklem Haar, um die dreißig, vielleicht Anfang vierzig, vor einer weiß-gestrichenen Hütte stehen. Sie war barfuß und trug einen langen Rock. Sie hielt ein weißes Bündelchen in ihren Armen. Von der Hütte führten Stufen zum Wasser hinunter, zu einem See, glaube ich, oder zu einem Fluss. Ich saß ein paar Meter von der Hütte entfernt unter einer Art Baldachin. Vor mir stand eine Schreibmaschine. Der Baldachin war aus einem Strohdach, welches diese junge Frau für mich aufgebaut hatte, weil sie mich vor der Sonne schützen wollte.

„Ich sah diese junge Frau ganz deutlich, und die Visionen kamen jahrelang immer und immer wieder. Manchmal sah ich diese Vorstellungen plötzlich des nachts, und manchmal kamen sie am Tag. Sie waren so intensiv, dass ich Lily davon erzählte. Ich gab ihr eine Beschreibung dieser jungen Frau in allen Einzelheiten. Zuerst dachten wir, dass sie unsere zu jener Zeit noch ungeborene Tochter sein würde. Aber mit der Zeit, als die Visionen sich verstärkten, wurde es klar, dass unsere Tochter der jungen Frau in meiner Vision nicht ähnlich sah. Ich erzählte auch meinem Freund André davon und gab ihm eine klare Beschreibung dieser jungen Frau. Wir grübelten, wer sie sein könnte."

Jancsi hielt inne und suchte in seinen Hosentaschen nach seiner Pfeife. Als er sie gefunden hatte, hielt er sie wie eine Kostbarkeit in seinen Händen. Dann fuhr er fort:

„Und dann verschwanden die Visionen; ich glaube, es war die Zeit, als ich Dich traf. Als Du zum ersten Mal nach London kamst und ich Dich Lily vorstellte, sagte sie zu mir, nachdem Du gegangen warst:

‚Jancsi, dieses Mädchen ist die junge Frau in Deiner Vision!'

Ich war verblüfft. Dieser Gedanke war mir nicht gekommen.

‚Ach, was redest Du da!' sagte ich und dachte, dass sie vielleicht recht hätte.

Lily war die erste Person, die Dich als die Frau in meiner Vision erkannt hat, Kleines.

Und dann, als André zu Besuch kam - erinnerst Du Dich - als wir zusammen im Auto saßen und nach Swiss Cottage fuhren, sagte er mir auf Ungarisch, damit Du es nicht verstehen solltest:

‚Jancsi, das Mädchen auf dem Rücksitz sieht aus wie die junge Frau in Deinen Visionen!'"

Jancsi hob seine Pfeife an den Mund und ließ sie wieder herunter.

„Du hast mich also zuerst nicht erkannt?" fragte ich, von Wolken der Faszination umhüllt.

„Es war mir nicht bewusst. Ich fühlte mich Dir sehr nahe, spürte eine enge Vertraulichkeit mit Dir, eine Verbundenheit, die ich noch niemals zuvor mit jemandem empfunden hatte. Ich hatte das Gefühl, dass ich Dich schon mein ganzes Leben lang gekannt hatte."

„Ich auch, Jancsi. Wirklich, ich fühlte genauso. Ich fühlte mich von Dir angezogen, wie ein Stück Eisen von einem Magneten."

„Und Lily war der erste Mensch, der Dich erkannt hat. Ist das nicht merkwürdig? Und dann brachte sie Dir bei, wie Du mich versorgen sollst. Sie hat Dich in der Tat vorbereitet, diese Aufgabe einmal von ihr zu übernehmen."

Jetzt nahm Jancsi seine Pfeife und füllte sie mit Tabak.

„Gott hat bemerkenswerte Wege, Kleines. Aber warum Lily gehen musste ... – ich weiß es nicht! Hätte sie nicht am Leben bleiben können und ... Ich habe sie sehr geliebt. Sie hat oft zu mir gesagt: ‚Jancsi, ich bin wie Luft für Dich; Du atmest sie ein, ohne Dir bewusst zu sein, dass sie da ist.‘ Und ist es nicht seltsam, dass ich am gleichen Abend, nachdem sie gestorben war, kaum Luft bekam? Und seitdem habe ich diese Asthma Attacken?"

Ich saß da wie betäubt und wusste nichts zu sagen. Ich sah Jancsi zu, wie er seine Pfeife anzündete, ein paarmal an ihr zog und sie dann wieder hinlegte.

„Was meinst Du, Jancsi, was das kleine weiße Bündel in Deiner Vision ist?"

„Es ist ein Baby, in eine Decke gehüllt . Die junge Frau hält es nahe an ihrer Brust."

„Wirklich?!" rief ich aufgeregt aus. „Ein Baby!"

„Toto, nimm es nicht so wörtlich. In meiner Vision ist es ein richtiges Baby, aber vielleicht ist es ja symbolisch gemeint. Es könnte sein, dass Du einige meiner Schriftstücke, meiner Bücher trägst; das sind auch meine Babys. Ich weiß es nicht!"

Ich brauchte Zeit, um diese außergewöhnliche Geschichte zu verdauen, dass ich die Frau in Jancsis Visionen war.

„Jancsi, ich fühle mich irgendwie schuldig, diese Frau zu sein, weil Lily gestorben ist. Erinnerst Du Dich, als sie mich unterwies, wie man ungarisches Gulasch kocht und wie man ein Huhn enthäutet, damit die Hühnersuppe für Dich nicht zu fettig ist? Sie hat mir sogar gesagt, - und Du solltest es nicht wissen - niemals Schokoladenkuchen zu kaufen, weil Du des nachts zum Kühlschrank gehen und den Kuchen essen würdest. Ich habe es ihr versprochen!"

„Nach ihrer Operation, als sie wusste, dass sie Krebs hatte," fuhr Jancsi fort, „sagte sie zu den Kindern: ‚Ihr müsst immer nett zu Miriam Bracha sein, jetzt und in der

Zukunft, denn sie wird die Einzige in der Welt sein, die sich um Euren Vater kümmern wird, wenn ich nicht mehr hier bin."

„Und ich wusste nichts von alledem!", rief ich aus. „Ich wünschte, Du hättest es mir in Montréal gesagt, als Du in dem Telefonat von Lilys Operation erfahren hattest. Ich hätte versucht, Dir mehr Arbeit abzunehmen, Dich mehr zu entlasten. Sie war wirklich eine außergewöhnliche Frau!"

„Kleines, sie wollte, dass niemand es erfährt. Sie wollte nicht bemitleidet werden. Sie war sehr verbittert und von Menschen, die sie kannte, enttäuscht. Sie meinte, da sie sich nicht um sie kümmerten, als sie gesund war, sollten sie sich auch nicht um sie kümmern, als sie krank war. Sie sagte oft, sie wären Hypokraten, und am Ende war sie mit sich und der Welt zerfallen."

„Ist es wirklich schon fünf Jahre her, Jancsi? Ich kann es kaum glauben! Ich hoffe, dass ich ihre Erwartungen an mich erfülle und den Vorstellungen in Deiner Vision entspreche. Aber eins verstehe ich nicht: Warum erzählst Du mir die Geschichte Deiner Visionen erst jetzt?"

„Es stimmt nicht, Toto, dass ich es Dir erst jetzt erzähle! Ich habe Dir viele Male, seit ich Dich gefragt habe, ob Du mich heiraten würdest, seitdem wir beschlossen, unter der *Chuppa* zu stehen, gesagt, dass Du die Frau meiner Träume bist."

„Das stimmt. Aber Du hast mir nie die ganze Geschichte erzählt."

„Ich sage Dir warum nicht. Die Wahrheit ist, dass ich zögerte, es Dir zu erzählen, damit Du Dir nichts darauf einbildest. Aber jetzt, da ich Dich besser als mich selbst kenne, habe ich diesbezüglich keine Angst mehr."

„Hab ganz vielen Dank, Pancs, dass Du mir Dein Geheimnis verraten hast. Es ist ein traumhaftes Geschenk, das Du mir gibst an ... an unserem besonderen Tag."

„Jeder Tag ist unser besonderer Tag, Toto, und ich danke Gott für das Geschenk, was Er mir gegeben hat: Dich!"

„Ja, aber heute ist ein ganz besonderer Tag und wir haben ihn fast vergessen."

Ich sagte ‚wir‘, damit er sich keine Vorwürfe machen würde, wenn er herausfände, welcher Tag es war, den er vergessen hatte.

„Heute vor vier Jahren standen wir unter der *Chuppa*", sagte ich.

„Toto!" Er sprang von seinem Stuhl auf und gab mir einen Kuss. „Möge Gott uns viele, viele glückliche Jahre schenken! Ich bitte Ihn jeden Abend, bevor ich schlafen gehe, dass Er uns mit allem Guten segne. Wieviele Jahre wir noch haben, wissen wir nicht. Aber weißt Du, Toto, die meisten Ehepaare wissen nicht, was wirkliche Erfüllung ist. Oftmals haben Menschen sogar nach dreißig Ehejahren nicht die Liebe, Harmonie und Erfüllung erlebt, die wir nach so kurzer Zeit unserer Ehe kennen. Schau, wir sind praktisch Tag und Nacht zusammen. Wenn wir eingeladen sind, langweilen wir uns, weil wir uns mit anderen Menschen teilen müssen. Wenn wir Gäste haben, warten wir schon darauf, dass sie bald wieder gehen, damit wir miteinander allein sein können. Toto, ist das normal? Was ist das Geheimnis, warum wir uns so gut verstehen?"

„Ich glaube, es sind die Kinder in uns, die sich mögen. Ich denke, wenn die Kinder miteinander spielen können, dann lieben sich auch die Erwachsenen.

Wenn ich mir Dich als kleinen Jungen vorstelle, Pancs, hätte ich gern mit Dir gespielt. Zuerst einmal hätte ich Dir alle meine Puppen gezeigt - hätten sie Dich interessiert?"

„Ich hätte sie mir wahrscheinlich angeguckt und hätte sie untersucht. Ich hätte ihren Puls gemessen und sie ein bisschen an den Haaren gezogen und unter ihre Röcke geschaut. Vielleicht hätte ich für die Puppen aus Pappkartons eine Art Haus gebaut. Ich hätte Dich gern gehabt, Toto; ich hätte mir Geschichten ausgedacht und sie Dir erzählt."

„Ich hätte Deine Geschichten gern gehört!"

„Aber auch Geschichten, die Angst einflößen, um zu sehen, wie Du darauf reagierst. Ich hätte Dich vor bösen Jungen geschützt. Ja; ich hätte Dich beschützen und besitzen wollen."

„Und ich hätte Dich als kleinen Jungen geliebt! Ich liebe den kleinen Jungen in Dir, Pancs! Ich glaube wirklich, dass dies das Geheimnis ist: Damit eine Ehe erfolgreich ist, müssen die Kinder sich gern haben. Denn wenn man jemanden liebt, respektiert man ihn auch. Vielleicht ist unser Altersunterschied auch ein Grund dafür. Würde ich, könnte ich jemanden meines Alters respektieren? Ich denke schon. Aber Du, Pancs, mit all Deinen Erfahrungen, Du verlangst Respekt. Nicht künstlich, nicht gezwungen oder angeberisch. Sondern ganz einfach weil Du ‚Du' bist. Es ist einfach, Dich zu respektieren."

„Weißt Du, Toto", sagte Jancsi und paffte gedankenvoll an seiner Pfeife, „was Du gerade gesagt hast, ist sehr wichtig. Ich werde das meinen Studenten vermitteln. ‚Die Kinder müssen sich gern haben, damit eine Ehe erfolgreich ist!' Toto, Du bist weise!"

„Danke. Ich denke nicht, dass es Weisheit ist. Es ist ganz einfach unsere Erfahrung."

„Aber da ist noch etwas, Toto. Weil ich viel älter bin, habe ich viel Zeit, die ich mit Dir verbringen kann. Ich habe auch mehr Geduld. Ich muss nicht mehr so viel arbeiten, um Geld zu verdienen, um Brot auf den Tisch zu bringen, wie in früheren Jahren. Und Gott hat es möglich gemacht, dass wir genauso viel Zeit – was Stunden betrifft - miteinander haben wie ein Paar, das dreißig Jahre verheiratet ist, obwohl wir weniger gemeinsame Jahre haben als andere Paare. Und weil wir wissen, oder glauben zu wissen, dass unsere Zeit wegen meines Alters begrenzt ist, benutzen wir unsere Zeit bewusster.

Aber auch zu denken, dass wir wissen, ist eine Illusion. Kein Ehepaar weiß, wieviel Zeit es miteinander haben wird. Schau her", sagte er, „lass uns eine Berechnung machen: Wir verbringen täglich im Wachzustand 18

Stunden miteinander. In einem Jahr ... lass uns sehen ... ",
er nahm seinen kleinen Rechner aus seiner Tasche, "... das
macht 6570 Stunden im Jahr ... in zehn Jahren ... werden
wir 65700 Stunden zusammen verbracht haben. Die
meisten Ehepaare, wo der Mann die meiste Zeit außer Haus
arbeitet, verbringen vielleicht fünf Stunden am Tag
zusammen. In einem Jahr, warte ... 1825 Stunden, ... in
zehn Jahren ... warte ... 18250 Stunden, und in dreißig
Jahren, ... 54750 Stunden! Siehst Du, Toto, Gott hat unsere
Zeit miteinander konzentriert, und damit haben wir in zehn
Jahren mehr gemeinsame Zeit, als ein Paar im Durchschnitt
in dreißig Jahren hat ... wenn ich solange lebe. Es sieht so
aus, dass Gott für uns Qualität und nicht Quantität
beabsichtigt hat."

Jancsi strahlte. Seine Augen leuchteten. Wieder nahm
er seine Pfeife zum Mund und legte sie kurz darauf wieder
hin.

"Ja, kleiner ‚Zweistein'!" rief ich aus und schmunzelte
über das kreative Kind.

"Toto!" sagte er gedankenvoll, "Ich möchte gern einen
Blick ins einundzwanzigste Jahrhundert werfen. Ich bitte
nicht um viel, aber ich bitte Gott, dass er mir diese Sicht
erlaubt. Vielleicht wird Gott mir diese Ehre erweisen, nach
all dem, was ich durchgemacht habe."

Ich hasste es, an die Grenzen unserer Zeit und unseres
Glücks erinnert zu werden, aber ich kannte auch Jancsis
Alter und wusste, dass es möglich war, dass ... Ich wollte
nicht weiterdenken.

"Pancs, für mich wirst Du bis in die Ewigkeit leben!"
warf ich ein.

"Und ich werde Dich lieben und beschützen, solange
ich lebe und, wenn es möglich ist, auch darüberhinaus!",
versicherte er mir.

Ich hatte zwischen uns nie einen Altersunterschied
bemerkt. Siebenundzwanzig Jahre waren ein großer
Abstand, aber während der vier Jahre unser Ehe und der
sieben Jahre, während derer ich Jancsi vorher kannte, war

es mir nie bewusst, dass er älter war als ich. Alter war nie in unsere Beziehung getreten, spielte überhaupt keine Rolle. Auf physischer, emotionaler, intellektueller und geistiger Ebene waren wir eins.

Die Kinder in uns waren miteinander verbunden, konnten spielen, konnten teilen, konnten zusammen weinen und lachen; konnten sich über etwas begeistern. Die Kinder konnten Erwachsene sein und verliebt; die Kinder konnten Erwachsene sein und füreinander sorgen wie eine Mutter ein Kind versorgt. Jancsi konnte mein Lehrer und mein Schüler sein, mein Liebhaber, mein Mann, mein Spielgefährte, mein Vater und mein Sohn. Und ich konnte für ihn seine Frau sein, seine Geliebte, seine Spielfreundin, seine Lehrerin und Schülerin, seine Mutter und sein Baby. Wir spielten alle Rollen; wir lebten alle Farben des Regenbogens. Wir hatten einen wertvollen Schatz, eine Juwele, und wir waren uns dessen bewusst. Nachdem Jancsi mir das Heiratsangebot gemacht und ich zugestimmt hatte, hatte er zu mir gesagt:

„Kleines, lass uns etwas beschließen: Lass uns immer verliebt bleiben! Ja, wir lieben einander, aber die Glut der Verliebtheit kann so leicht verlöschen. Lass uns hier und jetzt den Entschluss fassen, die Flamme immer am Lodern zu halten. Sie ist das Aroma und Gewürz unserer Liebe.

„Lass uns keine Probleme haben! Weißt Du, nach dem, was ich in den Konzentrationslagern durchgemacht habe, glaube ich, dass das, was die Menschen als Probleme ansehen, gar keine richtigen Probleme sind. Wir sollten sie als Herausforderungen ansehen, die wir überwinden können."

Es gelang uns. Und was die Welt dachte oder sagte, war uns nicht wichtig. Wir lachten, wenn der Verkäufer sich auf Jancsi als meinen Vater bezog oder die Dame im Reisebüro meinte, ich sei seine Tochter. Wir waren glücklich, und nur das war von Bedeutung.

Jancsi war süß! Er wollte mir helfen und machte dazu ernsthafte Versuche.

„Kann ich Geschirr spülen?" würde er sagen, ging zur Spüle und schaute das schmutzige Geschirr an.

‚Jancsi', Du bist Schriftsteller, kein Geschirrspüler. Deine Hände sind zum Schreiben gemacht! Schau sie Dir an, es sind solch schöne Hände!' würde ich sagen und sie küssen. ‚Ich habe eine Idee: Während ich das Geschirr abwasche, scheibst Du ein Gedicht für mich.' Und er würde hinauflaufen, wie ein kleiner Junge, und für mich ein Gedicht verfassen.

Manchmal, wenn er dabei war, ein Buch zu schreiben, konnte er völlig zerstreut sein.

‚Kann ich etwas aus der Küche mitbringen?' fragte er einmal, als wir im Esszimmer saßen und mit dem Abendessen beginnen wollten.

‚Ja, bitte! Aber bring es mit dem Tablet herein".

Er brachte Brot, Käse, Butter, lief für jedes Stück in die Küche, und am Ende kam er mit dem leeren Tablet.

Wir lachten Tränen, als er in seiner kreativen Verfassung die Schranktür eines Einbauschranks öffnete und hindurchlaufen wollte; und wir prusteten los, als er einmal nach Hause kam und mir erzählte, er habe die Mutter eines Freundes getroffen, die er nicht besonders mochte, und zu ihr gesagt: ‚Es tut mir leid, Sie zu treffen!' (Oh je! Was würde Onkel Sigmund dazu sagen?)

In dieser kreativen Stimmung sagte das Kind Jancsi die Wahrheit. Er konnte sich nicht verstellen.

Manchmal ließ er seine Pfeife auf dem Duschvorhang liegen und suchte sie den ganzen Tag.

Jeder Moment, den wir zusammen verbrachten, war prickelnd pikant, saftig und süß. Jede Stunde war aromatisch, schmackhaft und köstlich gewürzt. Unsere Welt war gehaltvoll, fruchtbar und satt. Stark und warm war unser Universum und vibrierend leuchtete jeder Stern.

Der Allmächtige Gott beschenkte und bereicherte uns; unser Gott, der uns geschaffen und zusammengeführt hatte.

Der Eine, der Jancsis Qualen und Erniedrigungen in Deutschen Konzentrationslagern beabsichtigt hatte, sandte ihm jetzt Ausgleich für sein Leiden. Und für meinen eigenen Schmerz, von einem wirklichen Vater beraubt gewesen zu sein, für meine Einsamkeit und Schmerzen in den Jahren meines Heranreifens wurde ich jetzt entschädigt.

Einmal, an einem warmen Frühlingstag in unseren Flitterwochen, als wir uns unsere Träume erzählten, schilderte Jancsi mir einen Traum von Eva, seiner ersten Frau, die er im Getto seiner Heimatstadt geheiratet hatte und die wenige Tage nach ihrer Deportierung in Auschwitz umgekommen war. Er war über diesen Traum sehr aufgeregt und glücklich, da er seit vielen Jahren nicht von ihr geträumt hatte. „Sie ist auch zu Dir gekommen, Kleines!" hatte er mir erregt zugerufen, „In meinem Traum hat sie an Deine Tür geklopft. Auf seltsame Weise hat sie mich an die Hand genommen und zu Dir geführt."

Ich erkannte deutlich, dass ich von dem Allmächtigen Ewigen, der uns geschaffen hat, auserwählt war, Jancsi glücklich zu machen. Und ich war entschlossen, alles in meiner Macht Stehende zu tun, seine Wunden mit heilender Salbe zu bestreichen.

Er war nicht der Mann meiner Träume. Er ragte weit über meine Vorstellung hinaus. Er war das Gott-gesandte-Wunder meines Lebens!

Meine einzige Sehnsucht war nach einem kleinen, weißen Bündelchen, einem Baby, einem Kind seines Samens. Aber darüber sprach ich nicht mehr.

Wir hatten unser Frühstück längst beendet, aber saßen noch im Garten, im Schatten des Apfelbaumes, als die Türklingel läutete und ein Bote ein riesiges Bouquet mit rosa Rosen brachte. Ich hätte es wissen müssen. Jancsi hatte unseren Hochzeitstag nicht vergessen. Er vergaß nichts.

Ich öffnete den Umschlag und las:

„There now grow new flowers in our garden,
Buds open their tiny eyes towards the sky.
There is order and beauty in nature's world,
And love grows from beneath the earth.

You are the flower of my private garden.
In your eyes I see the infinite sky.
The only beauty that had entered my world,
after long and dark wintery years.

And now that our forth year had passed:
I love you like the sun loves our garden.
I love the beauty shining from your heart.
I love you for being unchanging you.
And I love your love –
Without which there is no life.

... And I thank God for His precious gift:
You!

From Pancsko!"

Worte reichten nicht aus, die Intensität der Gefühle in meinem Herzen auszudrücken. Nach ruhigem Nachsinnen sagte ich:

„Hab' herzlichen Dank, Jancsi. Es ist ein bezaubernd schönes Gedicht! Und diese Rosen sind so reizend wie Deine Worte. Woher wusstest Du, dass rosa ..."

„Oh, Toto, wie könnte ich es nicht wissen, dass rosa ..."

Er nannte mich manchmal ,Rosa', denn ich war mit rosa bedeckt. Es war meine Lieblingsfarbe.

„Nun, was wollen wir mit diesem Tag machen, der so tragisch begann, indem Du mir mit einer Tasse Tee drohtest?"

„Wir könnten einen schönen, langen Spaziergang im Regents Park machen und die Enten füttern, und von dort aus könnten wir zum ‚Churchill' gehen zum ‚High Tea'. "
Ich liebte die Atmosphäre dort, die Kellner und die Lachs-Sandwiches, und die frischen ‚scons' mit Sahne und Erdbeerkonfitüre.
„Wäre das nicht angemessen an unserem Hochzeitstag?"
„Gut, aber lass uns nicht zu spät nachhause kommen, denn ich habe morgen einen vollen Tag mit Patienten. "

Nachdem wir aufgestanden waren, gingen wir ins Haus zurück und umarmten uns. Es gab keine neugierigen Nachbarn, aber trotzdem ... für alle Fälle ... es ging niemanden etwas an.

Ich kann mich nicht mehr erinnern, ob wir es bis zum Entenfüttern und ins Churchill geschafft hatten; vielleicht nicht. ... Vielleicht haben wir stattdessen ein Baby gemacht.

2

Der 28. Mai 1989 war in England ein Feiertag. An diesem letzten Montag im Mai klingelte das Telefon lauter als gewöhnlich.

„Lass es klingeln, Pancs!" murrte ich, von einem Traum erwachend. „Wer ruft uns denn zu dieser frühen Stunde an? Es ist unmenschlich. Es ist Feiertag; wir können ausschlafen!"

„Ich denke, wir sollen antworten!" meinte Jancsi.

„Jemand ist sehr hartnäckig."

Er stand auf und ging zu seinem Schreibtisch.

„Hallo?!" rief er mit fester Stimme und wartete.

„Für Dich, Toto." Er hielt mir mit fragenden Augen den Telefonhörer hin.

„Ich nehme es mit in mein Zimmer", sagte ich, inzwischen hellwach, „damit Du weiterschlafen kannst."

Ich ging in mein Zimmer, stand an meinem Schreibtisch, hielt den Hörer an mein Ohr und sagte sanft „Hallo?"

„Hier ist *British Telecom Telegraph Service*, Madam. Ich habe hier ein Telegramm in einer fremden Sprache für Sie. Haben Sie Papier und Bleistift bereit? Ich muss es buchstabieren", sagte die Stimme eines schwarzen Amerikaners.

Jancsi war mir in mein Zimmer gefolgt und sah mich erwartungsvoll an.

„Es ist ein Telegramm. Sicherlich ein Freund, der sich einen Scherz mit uns macht, ich bin mir sicher! Wer sonst würde mir ein Telegramm schicken?"

Dann setzte ich mich an meinen Schreibtisch, nahm Bleistift und Papier, wie es verlangt war, und fing an, die Buchstaben aufzuschreiben, die der schwarze Mann mir diktierte.

„'P' für Paul"

„‚P‘ für Paul ... ja?“

„‚A‘ für Amsterdam“

„‚A‘ ... ja?“

„‚P‘ für Paul“

„‚P‘ für Paul ... ja?“

„‚A‘ für Amsterdam“

„‚A‘ ... hm?“

„Neues Wort: ‚I‘ für Irland“

„‚I‘ ... ja?“

„‚S‘ für Socken“

„Ja?“

„‚T‘ für Tom“

„...?“

„Madam?“

„Ja, ich bin hier. Ich hab das soweit verstanden!“

Meine Stimme zitterte inzwischen etwas. Die nächsten zwei Buchstaben würden bestimmen, ob mein Vater tot oder lebendig war.

„Neues Wort, Madam: ‚E‘ für Egypten, ‚I‘ für Irland, ‚N‘ für Napoleon, ‚G‘ für Georg, hallo, sind Sie da? Haben Sie es?“

Ich hatte die Nachricht in meinem Kopf allein vervollständigt.

„Hallo, Madam! - Madam, sind Sie da?“

„Ja, Sir, ich habe die Nachricht erhalten. Vielen Dank!“

Wie gelähmt starrte ich auf den Zettel vor mir. Leicht bebend reichte ich Jancsi das Papier.

„Papa ist eingeschlafen.“

Warum Tränen meine Wangen herunterliefen, verstand ich nicht. War er nicht vorher schon zweimal für mich gestorben? Hatte ich nicht schon jahrelang um ihn getrauert?

Ich konnte keinen Trost annehmen. Ich wollte keinen Zuspruch. Ich wollte allein sein. Ich wollte meine Trauer zum dritten Mal erleben, in die Tiefe meines Schmerzes gehen, denn jetzt war er endgültig.

Als der Rabbi anrief, hatte ich mich schon wieder gefangen.

„Ich denke, wir sollten uns treffen", schlug er vor. „Das ist nichts, was man am Telefon besprechen kann."

„Okay", stimmte ich zu und wartete auf seinen Vorschlag.

„Könnten Sie um 15 Uhr zu mir kommen? Hier, zu mir nach Hause?"

„Ja, okay, ich komme", sagte ich mit schwacher Stimme und legte den Hörer auf die Gabel.

Mir ging es nicht gut; mir war übel. Mit diesem Schwindelgefühl wäre es mir lieber gewesen, wenn der Rabbi zu mir gekommen wäre. Aber er muss ein sehr beschäftigter Mann sein, dachte ich und machte meinen Hausbesuch.

Als ich ihm in seinem geräumigen Wohnzimmer gegenübersaß, hatte ich ein merkwürdiges Gefühl. Etwas war seltsam, aber ich konnte nicht sagen, ob es die Gefühle des Rabbis waren, auf die ich reagierte, oder meine eigenen.

„Miriam Bracha, es tut mir sehr leid, vom Tod Ihres Vaters zu hören. Es muss für Sie ein großer Schock gewesen sein. Wie fühlen Sie sich damit?"

„Es kam nicht wirklich als Schock. Ich wusste, dass mein Vater viele Jahre lang krebskrank war."

„Totzdem, auch wenn jemand krank ist, hofft man immer darauf, dass er wieder gesund wird, und wir wollen nicht glauben, dass der Tod so nahe ist."

Ich wusste, dass ich ihm nicht meine ganze Geschichte erzählen würde. Ich würde ihm nicht von unserer erschütternden Korrespondenz erzählen, und dass ich viele Jahre später, als mein Herz Frieden gefunden hatte, den Gedanken hatte, ihm zu schreiben und gute Besserung zu wünschen - ihm, einem Nazi; ihm, einem Feind der Juden...

Der Rabbi versuchte, mich zu trösten. Wie hätte er meinen inneren Aufruhr spüren können?

„Vielleicht können Sie mir zwei oder drei glückliche Erinnerungen aus Ihrer Kindheit erzählen, die Sie von Ihrem Vater haben?" fragte er mit einem Ausdruck voller Bedauern.

„Ich bin mir nicht sicher, Rabbi", brach ich ein langes Schweigen. „Ich bin mir nicht sicher, ob ich das kann. Mir fällt nichts ein!"

Vor mir sah ich meinen Vater, wie er uns nachwinkte, als wir auf unserem Weg in den Westen waren; auf dem Weg von ihm weg und von der Heimat meiner Kindheit. Ich sah die Spione, die mich kurz darauf verfolgten, oder war es mein Vater selbst? Warum hatte er mich verlassen? Und ich sah auch seinen Brief: „... die Nachricht hat mich geschockt! Und ich bin auch jetzt noch nicht darüber hinweg ..."

„Möchten Sie *Shiva sitzen*, Miriam Bracha?"

Ich war völlig in Gedanken versunken. Der Rabbi unterbrach die Stille und reichte mir ein Glas Wasser.

„Mein Vater war kein Jude, wissen Sie?"

„Das ist mir bekannt. Aber ein konvertierter Jude kann auch für einen nicht-jüdischen Vater oder Mutter *shiva sitzen*, wenn sie oder er das tun möchte. Die *shiva* ist dafür da, um die Trauernden zu trösten; sie ist nicht da, den Verstorbenen zu ehren. Sie könnten auch für nur einen Tag, oder zwei Tage *sitzen*, um Ihren Freunden die Gelegenheit zu geben, ihr Mitgefühl auszudrücken."

„Rabbi", sagte ich ohne zu zögern, „ich möchte kein Beileid. Ich möchte allein gelassen werden."

„Das ist in Ordnung, Miriam Bracha, ganz wie Sie es möchten. Aber können Sie mir den vollständigen Namen Ihres Vaters sagen, damit wir seinen Tod am Sabbat in der Synagoge bekannt machen können und *Kaddisch* (Gebet für die Toten) für ihn sagen?"

„Was möchten Sie tun?!" rief ich empört aus. „Sie wollen den Tod eines Nazis bekannt geben und *Kaddisch* für einen deutschen Mann sagen, der gelernt hat, die Juden zu hassen? Nein, Rabbi, niemand wird *Kaddisch* für meinen Vater sagen. Es wäre schrecklich für mich. Ich würde mich wie eine Verräterin fühlen!"

„Sie möchten auch keine Bekanntmachung?"

„Ich möchte, dass sein Name nicht erwähnt wird. Mein Vater ist tot, verstehen Sie das nicht?"

Er nickte wieder mit einem schwachen Lächeln. Wie hätte er meinen heftigen Ausbruch verstehen können? ...

Als der Vorsitzende der Synagoge am darauffolgenden Sabbat vor der Heiligen Lade stand und die Namen der neugeborenen jüdischen Babies und der jüdischen Männer und Frauen, die im Verlauf der Woche verstorben waren, vorlas, und derer, deren *Yahrzeit* es war, bemerkte ich einen winzigen Tropfen Wasser meine Wange herunterlaufen. Und als ich ihn mit meiner Zunge berührte, schmeckte ich die Bitterkeit, die Scham und Verlegenheit, das Fleisch und Blut eines Nazis zu sein, obwohl ich in meiner *Neshama* (Seele) eine Tochter Abrahams war.

Und ich fühlte Stolz in mir aufsteigen, dass ich Jüdin war; dass ich meiner jüdischen Gemeinde gegenüber loyal war und meine Mitjuden nicht täuschte. Ich war keine Betrügerin.

Ich erinnere mich deutlich an die Treffen im Jüdischen Zentrum für Holocaustüberlebende, welches Janos, zusammen mit anderen Therapeuten aufgebaut hatte. Die Mission dieses Zentrums war, Frauen und Männern, die den Holocaust überlebt hatten, zu helfen, ihre Einsamkeit zu überbrücken und andere Menschen, die ähnliches durchgemacht haben, zu treffen.

Wenn ich dieses Zentrum besuchte, wurde ich viele Male gefragt, woher ich komme, weil mein deutscher Akzent hörbar war.

„Ich bin in einer kleinen Stadt in Ostdeutschland geboren", sagte ich; „Sie würden den Ort nicht kennen, er ist so klein."

„Was ist die nächst größte Stadt?" insistierten sie.

„Leipzig und Karl-Marx-Stadt", informierte ich.

„Ich kenne die Gegend!" sagte eine alte Frau mit einer eingebrannten Nummer auf ihrem Arm. „Ich war schon einmal da! Ich bin durchgefahren, mit dem Zug ..."

Sie war in einem Viehwaggon durch diese Gegend gerollt, der sie zu den größten Qualen in der menschlichen Geschichte transportierte, zu den Experimenten, zu den Öfen.

Ich erinnerte mich an meinen ‚Schulausflug‘ nach Buchenwald, wo mir erzählt wurde, wieviele Kommunisten dort umgebracht worden waren. Juden wurden nicht erwähnt. ... Ich fühlte wieder diese große Verlegenheit.

Ein alter, gebrechlicher Mann, der neben mir gestanden hatte und sich hinsetzen wollte sagte zu mir:

„Komm, setzen wir uns auf die Judenbank!"

Dann fragte er mich, woher ich komme und wie ich aus der DDR entkommen sei.

„Mit einem Visa", antwortete ich und wartete auf seine Frage, wie meine Eltern überlebt hätten. Aber zu meiner Erleichterung fragte er nicht.

Eine Frau, die gehört hatte, dass ich aus der Nähe von Leipzig käme, erzählte mir, dass sie auch von dort sei, und beschrieb mir in allen Einzelheiten, wie sie vor den Nazis geflohen sei.

Eine andere sagte zu mir: „Was macht denn eine Frau in Ihrem Alter hier? Sie können nicht in einem Lager gewesen sein. Sie sind doch viel zu jung!"

Und als sie hörten, woher ich kam, stellten sie mir keine weitere Fragen. Entweder spürten sie meine Verlegenheit, oder sie hatten Angst, die Wahrheit zu hören.

Es dauerte einige Zeit, bis ich verstand, warum ich mich durch diesen Weg kämpfen musste. Warum ich mich in engem Kontakt mit Überlebenden des Holocaust, mit den Opfern der Verfolger meines Vaters Generation, vielleicht Verfolgte meines Vaters auseinandersetzen musste.

Mir wurde klar, dass ich ohne den Schmerz, ohne meine tiefe Verwirrung, Aufruhr, Scham und Verlegenheit keine Möglichkeit gehabt hätte, dass es keinen Weg für meine Heilung gegeben und dass ich keinen Seelenfrieden gefunden hätte.

Schließlich begann ich, dankbar zu sein für die Chance, die Gott mir gegeben hatte, meine tiefen Seelenwunden, die von den Greueltaten von meines Vaters Generation noch bluteten, die in mein Unbewusstes hinuntergeglitten waren, zu heilen.

Das Wissen um die Vergangenheit meines Vaters und sein Tod zwangen mich, mich mit der Frage zu konfrontieren, wo meine Loyalität lag. Genauso, wie ich als Kind zwischen meiner Mutter und meinem Vater entscheiden musste, so musste ich jetzt zwischen dem Land meiner Geburt und dem Land meiner Bestimmung wählen. Aber diesmal war die Entscheidung einfach.

Es waren nicht nur die Juden, die keine Fragen stellten, weil sie die Wahrheit nicht wissen wollten, die Deutschen fragten auch nicht. Aus ihren eigenen Gründen wollten sie nichts wissen. Und sogar einige der nichtjüdischen Engländer, Janos' Schüler und Kollegen, sagten, als ich ihnen als Janos' Assistentin und später als seine Frau vorgestellt wurde:

„... Sie ist nett, aber warum musste es eine Deutsche sein?!"

Hätten sie von der Tiefe der Beziehung zwischen Janos und mir gewusst, sie hätten eine Antwort auf ihre Frage gehabt.

3

Der folgende Sommer war regnerisch, aber mild. Nur ab und zu blinzelte die Sonne durch die dicken, grauen Wolken hindurch. Das Gras in unserem Garten war grüner, als ich es jemals zuvor gesehen hatte, und der Regen hatte die Blüten des Apfelbaumes vollkommen weggespült. Ich erinnerte mich, dass mein Vater mir in meiner frühen Kindheit erklärt hatte, dass es Früchte geben würde, auch wenn die Blüten herunterfielen. Ich konnte schon ganz kleine grüne Bällchen an den Zweigen hängen sehen und blickte hoffnungsvoll auf die Herbsternte.

Ich beantwortete den Tod meines Vaters mit dem Lernen der hebräischen Sprache in unserer *shul* (Synagoge).

Ilana, unsere Lehrerin, eine Israelitin mit starkem Raucherhusten und Wassersucht, tat ihr Bestes. Es konnte nicht leicht sein, einer Gruppe höflicher britischer Juden Unterhaltung beizubringen, so wie sie in Israel geführt wird.

„*Ani Ilana*" (Ich bin Ilana)

„*T'ni li et ha cos!*" (Reich' mir die Tasse!)

Da war Aufruhr in der Klasse.

„Wo ist denn das ‚bin'? Sie sagen nur ‚Ich, Ilana'"

„Und wo ist die Höflichkeit?! In England sagen wir ‚Würden Sie mir bitte die Tasse reichen?'"

„Das gibt es nicht in der hebräischen Sprache. Wenn Du die Tasse willst, dann sagst Du, dass Du sie haben willst."

Es war lustig und auch verwirrend. Erfolg und Misserfolg und viel Gelächter.

Ich erinnerte mich an meine Verwirrung als Kind, als ich zuerst Russisch und dann Englisch und Französisch lernte. Letztendlich war ich gezwungen, mich daran zu gewöhnen, nicht nach Logik zu fragen und nur zu lernen, was mir beigebracht wurde. Am wichtigsten war, viel sprechen zu üben.

„Miriam Bracha", sagte Ilana einmal in der Klasse, „Du würdest in Israel gut zurecht kommen!" Ich lachte. Alles, was ich getan hatte, war, mit den einfachen Worten, die mir bekannt waren, Sätze zu bilden. *‚challa'*, *‚succa'*, *‚ani ohevet'*. Aber es war schön, ein Kompliment zu erhalten, und vielleicht, wer weiß, werden Jancsi und ich das Heilige Land noch einmal besuchen. Seit unserer Heirat waren wir während der regenreichen, grauen englischen Winter fast jedes Jahr nach Eilat in die Sonne gereist. Aber Eilat war nicht das richtige Israel. Es war die Wüste und das Rote Meer, mit unzähligen Touristen und Hotels. Und doch war es mir möglich, ein paar hebräische Worte, die ich kannte, anzuwenden. Besonders wenn ich von einem arabischen Kellner für Jancsi *‚marak off'* (Hühnersuppe) und für mich *‚yerakot ve'Dag'* (Gemüse und Fisch) bestellte.

4

An einem hellen, sonnigen Tag im August saß ich mit einer Tasse englischem Tee in meinem Zimmer und ging noch einmal über die Hebräischlektion der vergangenen Woche. Ich hatte viel Hausaufgaben zu machen und neue Vokabeln zu lernen.

Die Vögel zwitscherten draußen und eine angenehm frische Brise kam aus dem Garten. Während Jancsi noch schlief, hatte ich mich aus dem Bett geschlichen. Ich wollte die Welt umarmen. Ich lief auf Wolken und konnte es kaum glauben, dass mein Traum, meine Sehnsucht, erfüllt werden sollte: So Gott will, würden wir ein Baby bekommen. Als wir vor sechs Wochen den Test gemacht hatten, zeigte das Ergebnis klar unsere Zukunft. Wir waren im Haus herumgetanzt, so glücklich waren wir. Wir hatten uns entschlossen, niemandem etwas davon zu erzählen außer André.

Er war hoch erfreut, als er die Nachricht von einem kleinen Heimler in meinem Bauch hörte, schließlich hatte er Jancsi's Vision von seinen Beschreibungen selbst gekannt, er hatte mich erkannt und wollte auch das ‚kleine weiße Bündelchen' sehen. Ich konnte meine Aufregung nicht verbergen. Von dem Mann, den ich liebte, würde ich ein Kind haben. Ich war sehr dankbar und dankte Gott, dass Er meine Gebete, meine Gesuche gehört hat.

Ich versuchte mich auf's Hebräisch zu konzentrieren, aber mein Geist begann zu wandern ...; er wanderte fort; ganz, ganz weit weg. ...

Ich weiß nicht, was mich wieder zurückbrachte. Waren es die Stimmen um mich herum, oder das Klirren von Geschirr, oder war es ...? Ich spürte jemanden meine Hand streicheln, und als ich die Augen auftat, schaute Anya mich mit mitleidigem Lächeln an.

„Alles ist in Ordnung, mein Schatz", sagte sie sanft, „alles ist in Ordnung."

Ich muss sie verwirrt angestarrt haben.

„Was ist passiert? ... wo ... wo ist Jancsi? Wo bin ich?"

„Alles wird in Ordnung sein. Jancsi kommt gleich. Er hatte noch Patienten. Er kommt in ein paar Minuten."

Ich schloss meine Augen und ging zurück in die Welt aus der ich gekommen war. ‚Jancsi kommt gleich.'

Als ich wieder aufwachte, saß Jancsi neben mir und streichelte mein Haar.

„Toto, meine Toto", flüsterte er, „meine liebste, süße Toto. Ich liebe Dich. Ich bin hier; ich werde Dich nie mehr verlassen."

„Wo bin ich, Jancsi?" fragte ich und blickte um mich.

„Du bist in *Barnet General Hospital*. Der Doktor hat Dein Leben gerettet. Er sagte, Du wirst wieder ganz gesund werden. Geh wieder schlafen, Darling, ruh Dich aus, Du hast viel durchgemacht; Du bist operiert worden."

„Was ist passiert? Wie bin ich hierhergekommen?"

„Du bist zuhause in Ohnmacht gefallen, und als der Arzt kam, konnte er keinen Puls mehr fühlen, Du hattest keinen Blutdruck mehr. Du hattest innere Blutungen. Der Krankenwagen kam und brachte Dich direkt in den Operationssaal. Du wurdest ganz dringend operiert. "

„Aber was ist passiert? Was ist passiert? Was ist mit dem Baby?"

„Ich habe dem Arzt die gleiche Frage gestellt, als er kam."

„Und? Was hat er gesagt?"

„Er hat gesagt: ‚Wir wollen versuchen, das Leben ihrer Frau zu retten, das Baby ist jetzt zweitrangig."

„Und?"

„Das Baby, mein Darling, das Baby ist nicht mehr. ... Du hattest eine *ektopische Schwangerschaft*."

„Oh", sagte ich und schloss erneut meine Augen.

Ich begriff überhaupt nichts; ich begriff nur, dass mein Traum zusammengebrochen war, zusammen mit mir.

„Welcher Tag ist heute?"

„Der siebente August 1989", hörte ich Jancsi sagen, bevor ich in meine inzwischen familiäre Dunkelheit zurückging.

„Ich liebe Dich! Ich liebe Dich! Ich danke Gott für Dein Leben!" Jancsis Stimme hallte dumpf in meinen Ohren wider.

Ich hatte kein Verlangen aufzuwachen; es geschah, ohne dass ich es wollte. Tag für Tag lag ich in dieser hoffnungslosen Verzweiflung. Ich spürte, dass sogar meine Seele Zerstörung litt. Ich hatte die Grenze meiner Ausdauer erreicht und war überzeugt, dass es für mich keine Hoffnung oder Hilfe mehr gab. Ich fühlte mich wie ein junger Vogel, der aus dem Nest gefallen war, völlig hilflos und unbeschützt. Es gab kein Gestern oder Morgen. Es gab nur eine völlig leere, untröstliche Gegenwart..

Mit den Tagen verwandelte sich meine Verzweiflung in Entrüstung.

„Warum?! Warum tut Er mir das an? Warum gibt Er mir erst einen Samen, und nimmt ihn wieder weg? Was für Spiele spielt Er? Wenn Er bestimmt hat, dass ich kein Kind haben soll, warum lässt Er mich durch Hoffnung, Freude und Glück gehen, nur, um es wieder wegzunehmen?"

Es war das erste Mal in meinem Leben, dass ich mit Gott haderte.

Es gab keine Antwort.

„Was soll ich davon lernen?" fragte ich ein paar Wochen später, noch in Jancsis Armen schluchzend.

„Vielleicht, Kleines, vielleicht solltest Du einen echten Verlust erleben. Siehst Du, wir Juden haben so viele Menschen, die wir liebten, im Holocaust verloren, und in den Verfolgungen durch die Jahrhunderte hindurch. Jetzt, da Du Jüdin bist, sollst Du Dich vielleicht wie die anderen Juden fühlen, die Verluste erlitten. Es ist ein Test, Kleines. Du wirst getestet!"

Es aus dieser Perspektive zu sehen half mir, mich zu beruhigen. Wenn ein Sinn dahinter lag, dann könnte ich vielleicht mit dem Verlust leben. Es war die furchtbare Sinnlosigkeit, die meine Seele zerstören wollte.

„Aber wozu werde ich getestet?" fragte ich Jancsi.

„Denke darüber nach, Kleines, nur Du hast die Antwort."

„Ich erkenne daraus, dass ich überhaupt keine Kontrolle über mein Leben habe.

Ich kann wünschen, wollen, planen, aber ich bin nicht die, welche die Fäden zieht. Gott ist der Meister; Er bestimmt. Ich bin lediglich ein kleines Nichts, wie Staub und Asche in Seinen Händen. Vielleicht lerne ich das daraus!"

Und dann erinnerte ich mich, was Jancsi geschrieben hatte:

Der Mensch muss einen Traum haben, wie unmöglich er auch immer sein mag. Er muss um die Erfüllung des Traumes bitten, und dann wird er erfüllt. Und wenn der Traum erfüllt ist, kommt ein Test, eine Zeit des Probens, um zu sehen, ob Du für diesen Traum reif genug bist. Der Test kann außerordentlich hart sein; manchmal so hart, dass der Traum selbst zerstört werden kann.

... es ist der Test, den die meisten Menschen nicht bestehen. Und ich sage Dir: Das jüdische Schicksal liegt in der Prüfung." ... (BOTSCHAFTEN – Brief eines Überlebenden des Holocaust an Junge Deutsche)

Das Versprechen, der Test und das Opfer hinterließen eine lange, tiefe Narbe nicht nur in meinem Bauch. Sie würde immer in meiner Seele eingraviert sein als Mahnung, dass es eine Höhere Macht gibt, die die Welt regiert.

Nach einigen Monaten, als mein Trauern nachließ und mein Glaube an Gott wieder stärker wurde, begann eine neue, innere Reise. Mir war, als ob ich eine persönliche Begegnung mit Gott gehabt hätte.

Und damit stärkte sich auch mein Vertrauen und meine Hoffnung. Wir baten den Einen, der uns prüft - Er sei gesegnet! – erneut, uns noch eine Chance zu geben und uns mit einem Kind zu segnen. Aber diesmal war mir viel stärker bewusst, dass die Erfüllung meines Traumes allein von Ihm abhängt; alles, was wir tun konnten, war, uns zu lieben.

Ganz langsam verwandelte sich meine Verzweiflung und Erbitterung in Dankbarkeit, dass der Allmächtige mir mein Leben geschenkt hatte, und ich wollte es anerkennen.

„Ich möchte an einem Sabbat von der Torarolle lesen", teilte ich dem Rabbi mit, als er zu Besuch kam.

„Das wäre sehr schön, Miriam Bracha", sagte er, „Wie geht es mit Ihrem Lesen in Hebräisch?"

„Wenn es soweit ist, dann wird mein Lesen perfekt sein!" versicherte ich ihm. „Ich brauche jedoch ein bisschen Zeit, um zu üben."

Ich war selbst ein wenig überrascht, wie selbstsicher ich diese Worte gesprochen hatte, wusste ich doch vor noch gar nicht so langer Zeit nicht einmal, dass wir Hebräisch von rechts nach links lesen. Aber ich war entschlossen und wusste, dass ich es mit Übung und Gottes Hilfe schaffen würde.

Ich brauchte ein paar Wochen, und als der Sabbat da war, an dem ich aus der Heiligen Tora vorlesen würde, stand ich, zum ersten Mal in meinem Leben, vor einer Torarolle, mit einem silbernen *yad* (Hand, Anzeiger) in meiner Hand, und las den Toraabschnitt der Woche. Anfangs zitterten meine Stimme und meine Beine, aber nach kurzer Zeit war ich völlig entspannt und eins mit unserem Schöpfer. Das war das Mindeste, was ich tun konnte, Ihm zu danken: einige der Worte zu lesen, die Er uns gegeben hatte.

Ich weiß selbst nicht genau, wie sich alles vollzog. Wenn mich heute meine Freunde fragen, wie ich dazu kam, Judentum zu praktizieren, kann ich es ihnen nicht erklären. Ich erinnere mich nur daran, dass ich ein Bedürfnis hatte, mehr von den Geboten einzuhalten, als ich in meinem Unterricht gelernt hatte. Ich wollte am Sabbat meinen Kopf bedecken, so wie Jancsis Mutter – möge ihre Erinnerung gesegnet sein! - es getan hatte. Ich wollte am Heiligen Sabbat nicht mehr Einkaufen gehen oder im Garten arbeiten.

Ich wollte mehr über die Ursprünge unserer *mitzvot* (Gebote) lernen und mehr in der Tora lesen. Ich ahnte diese enorme Wissensquelle und dürstete nach mehr. Jancsi war über meine Sehnsucht nach seelischem Wachstum sehr glücklich. Er war in einem orthodoxen Elternhaus aufgewachsen mit einem Vater, der dreimal am Tag in der Synagoge betete. Er kam aus einem streng koscheren Zuhause und hatte mir vor längerer Zeit schon gesagt, wie glücklich es ihn machte, dass ich Milch- vom Fleisch-geschirr trennte und die jüdischen Speisegesetze einhielt.

Allmählich begann ich mich in unserer Reform-synagoge irgendwie nicht mehr dazugehörig zu fühlen. Ich fühlte mich stark mit meinen jüdischen Freunden, mit den Menschen, die in der Synagoge beteten, verbunden. Sie waren wunderbare Menschen mit warmen Herzen, waren offen und gastfreundlich, generös und warmherzig. Ich liebte die Gottesdienste mit dem Singen und dem Geist Gottes in den Gebeten; aber ich konnte nicht verstehen, warum wir am Sabbat nur ein kleines Stück vom Wochenabschnitt aus der Tora lesen und nicht den ganzen. Ich konnte nicht verstehen, warum die Leute am Sabbat arbeiteten wie an einem Wochentag, wenn wir doch von aller Arbeit ruhen sollten. Und warum sagten sie, dass man sich aussuchen könne, die jüdischen Speisegesetze einzuhalten oder auch nicht, wenn ich doch gelernt hatte, dass es ein Gesetz von der Tora war, sie zu befolgen? Es verwirrte mich, und ich hatte mich entschlossen, das einzuhalten, was ich für richtig fand und mich nicht zu begrenzen, nur weil andere weniger einhielten. Ich erinnerte mich, was der Rabbi einmal in einer Ansprache vom *Talmud* zitiert hatte:

„Wenn jeder Jude auch nur einen Sabbat einhalten würde, würde die ganze Welt gerettet!"

Also – warum nicht? Was war denn so schwer dabei?!

Eines Tages waren meine Wunden geheilt und nur die Narbe war geblieben. Wie war das passiert, fragte ich mich; wie heilt Gott Wunden?

Als ich allmählich mit dem Allmächtigen wieder ins Reine gekommen und in der Lage war, meinen Schmerz des Verlustes als Herausforderung zu akzeptieren, konnte meine Wunde langsam heilen, und ich wollte wieder leben. Indem ich Bedeutung und Sinn in meinem Verlust fand, konnte ich die physische und psychische Herausforderung als einen neuen Wachstumsprozess erkennen.

‚Auf diese Weise heilt Gott Wunden', sagte ich mir.

„Lass uns ins Kino gehen und einen romantischen Film angucken, Toto", schlug Jancsi eines Tages vor, als er durch die Tür kam. „Wir haben genug getrauert. Erinnerst Du Dich, dass wir uns versprochen haben, nie die Funken verlöschen zu lassen ...?" und er überreichte mir ein kleines Päckchen.

„Was ist drin?" fragte ich neugierig und fühlte etwas Weiches durch das Papier.

„Mach es auf! Es ist für meine ‚Rosa'!" sagte er strahlend.

„Wie kannst Du mir etwas schenken, wenn ich in einer solch miesen Stimmung war?"

„Weil ich Dich liebe!"

Ich schämte mich. Zum ersten Mal, seit ich Jancsi kannte, war ich am Morgen in schlechter Laune gewesen.

Ich war Jancsi gegenüber gereizt und nervös, angespannt und unmutig. Kurz darauf hatte es mir leid getan. Aber als ich mich bei ihm entschuldigen wollte, war er schon gegangen. Was war mit mir geschehen, dass ich mit meinem Liebsten die Geduld verloren hatte? Ich schämte mich und fühlte mich hässlich, und Jancsi antwortete mir mit Liebe. Das war typisch. Ich fühlte, dass die Waffe der Liebe so viel stärker war als Kugeln aus Maschinengewehren, und ich wollte lernen, die Macht der Liebe in meinem Leben nutzbar zu machen.

Ich hatte Tränen in den Augen, als ich einen wunderschönen seidenen Batik-Schal auspackte, der mit meinen Lieblingsfarben bemalt war.

„Es tut mir leid, dass ich heute früh so ungeduldig mit Dir war, Pancs. Ganz vielen Dank für das bezaubernde Geschenk!"

Jancsi schloss die Haustür, und wir konnten uns wieder umarmen.

Ich stand vor dem Spiegel und probierte aus, wie ich meinen neuen Schal auf verschiedene Weise tragen konnte: um den Hals, auf meinem Kopf, um meine Hüften.

„Jancsi, wie sieht es aus?"

„Es ist ... darf ich ihn Dir anlegen?" Er stellte sich vor mich und zog hier und da an einer Ecke des Schals.

„So! Du musst ihn lose tragen, wie die Französinnen."

Jancsi war mein Modeberater. Seit unserer Hochzeit hatte er mir oft bei der Auswahl meiner Kleidung geholfen, besonders bei Schuhen.

„Lass uns gehen und Dir ein Paar neue Schuhe kaufen", sagte er, und ich vertraute seinem Geschmack. Manchmal stand er vor einem Schaufenster, nahm seine Pfeife heraus und schaute sich intensiv die ausgestellten Kleider an. Dann stellte er sich mich darin vor und fragte sich, ob sie mir stehen würden.

„Die Farbe steht Dir nicht, Toto," würde er sagen; oder „es ist zu eng für Dich"; oder: „dieser Stil ist für eine ältere Frau. Du brauchst etwas mit mehr Chic!"

Sogar mein Haar war nach seiner Vorstellung geschnitten. Der Meister-Friseur in Salon Étoil in Berlin-Charlottenburg war nicht im geringsten überrascht.

„Ich möchte eine hübsche, saubere Liebesgeschichte sehen", beantwortete ich seinen Vorschlag, ins Kino zu gehen. „Wir könnten in ein Matinée gehen." „Ich führe Dich aus, Toto. Es läuft gerade ein guter Film im *West End*. Er erhielt ausgezeichnete Rezensionen. Wir können zuhause mittagessen und dann mit dem Auto nach *Swiss Cottage* fahren, es dort parken und mit einem Taxi ins *West End* fahren. Ich habe heute Nachmittag keine Patienten, und morgen fange ich spät an."

Seit ich meine spezielle Herausforderung von Gott erhalten hatte, waren wir nirgendwohin gegangen. Jetzt freuten wir darauf, unseren Kummer zu vergessen und erneut das Leben zu feiern.

Der Film war ganz nett, aber für unser Leben von wenig Bedeutung. Es war das Ausbrechen aus der Routine, das Zusammensein, das Nebeneinandersitzen und Händehalten, was uns belebte. Auf unserem Nachhause-weg, als wir wieder im schwarzen Taxi saßen und der Fahrer höflich das Fenster, das ihn von den Passagieren trennte, schloss und den Vorhang zuzog, konnten wir es kaum erwarten, die Eingangstür unserer ‚kleinen, weißgestrichenen Hütte' wieder zu verschließen. Der Funke war nicht verlöscht. Wir waren noch verliebt.

5

Im Herbst 1989 hörten wir im Radio die Nachricht, dass der eiserne Vorhang gefallen sei. Was niemand für möglich gehalten hatte, war geschehen. Die Gefängnistüren des Kommunistischen Regimes in Russland und Osteuropa waren entgittert. Freiheit flog wie das leichte Gleiten von Vögeln durch die Luft. Am Ende des Jahres konnten Russen, Ungarn und Bewohner der DDR Grenzen überschreiten, ohne die Bedrohung von Such-Scheinwerfern und Schiessen von hohen Wachtürmen; ohne Bellen von deutschen Schäferhunden, Minenfeldern und Angst und Panik bei der Flucht, ohne die nackte Angst eines Verfolgten, der um sein Leben rennt. Der Kommunismus hatte letztendlich versagt. Karl-Marx-Stadt änderte ihren Namen zu Chemnitz. Menschen veränderten ihr Leben.

Seit er 1947 nach England gekommen war, hatte Jancsi Ungarn aus Angst, dass ihm ein ‚Unfall' zustoßen könnte, nicht mehr besucht; schließlich hatte er Ungarn unter falschen Angaben verlassen. Aber jetzt, mit dem drastischen Wechsel der politischen Lage und der Befreiung aus Gefangenschaft entzündete sich in ihm ein kleiner Hoffnungsfunke, dass er seine Heimat noch einmal wiedersehen könnte. Während er die Nachrichten über die Ereignisse in Ungarn verfolgte, begann er gedankenvoll in sein Vorleben zu wandern.

„Als ich noch ein kleiner Junge in Szombathely war", fing er oft seine Sätze an, „bin ich oft Schmetterlingen auf der Wiese in unserem Garten nachgelaufen, aber ich konnte sie nie einfangen."

Oder: „In der Bäckerei, wo wir unser Brot gekauft hatten, war ein Bild von einem alten Mann mit langem weißen Bart an der Wand. Engel flogen um ihn herum, und ich dachte, dass Gott so aussehen musste."

„Meine Mutter ging einmal in der Woche auf den Markt, um Hühner zu kaufen. Alle Bauern aus dem umliegenden Land kamen an diesem einen Tag, ihre Ware zu verkaufen. Es war sehr aufregend für mich als kleiner Junge."

„Und im Café, in das mein Vater jeden Nachmittag ging, um mit seinen Freunden die großen Ereignisse der Welt zu beraten, war eine warme, europäische Atmosphäre ...". Jancsi würde seufzen und seine Pfeife mit frischem Tabak füllen.

„Möchtest Du gerne sehen, woher ich komme, Kleines? Vielleicht können wir meine Heimat besuchen, bevor ich sterbe."

„Jancsi", sagte ich, „Du bist siebenundsechzig Jahre alt; ich hoffe, wir können Dein Geburtsland viele Male besuchen. Du hast noch dreiundfünfzig Jahre zu leben, bis Du hundertundzwanzig bist!"

„Wie wäre es, wenn wir im Mai hinreisten und zu unserem Hochzeitstag dort wären?"

Seine Stimme klang, als ob er vergeblich versuchte, seine Aufregung zu beherrschen.

„Das wäre fantastisch!" rief ich begeistert. „Ja, das machen wir! Und danach können wir meine Heimat in Ost-Deutschland besuchen. Dann werde ich Dich an die Hand nehmen und Dich durch den Garten meiner Kindheit führen. Ich werde Dir jede kleine Ecke zeigen, jeden winzigen Grashalm, alle kleinen Quellen, das Wäldchen, in dem ich als Kind Maikäfer eingesammelt habe. Ich zeige Dir die Apfelbäume, die Pflaumenbäume, die Johannisbeerbüsche, die winzig kleinen Veilchen um die Wassertonne am Schuppen, die Schneeglöckchen am Birnbaum, der am Eingangstor steht. Ich führe Dich auch auf den Dachboden und zeige Dir das Kasperle-Theater; die Kasperle-Puppen mit den hölzernen Köpfen, den König und die Königin und das kleine Rotkäppchen. Pancs, wir machen das! Ich bin so aufgeregt!"

„Toto, ich weiß nicht warum, aber ich habe Angst, mich darauf zu freuen, im Falle dass, nun, im Falle dass nichts daraus wird!"

Er sah mich mit großen Augen an, wie ein kleiner Junge, der zögert, an eine Tür zu klopfen, voll Angst, dass sie sich öffne, und der möchte, dass seine Mutter es für ihn täte.

„Als ich ein kleiner Junge war, Toto, und meine Mutter mir sagte, dass wir morgen einen Ausflug in die Berge von Koszeg machen, wanderte ich in unserer Wohnung herum und sagte ständig ‚Wir gehen nicht, wir gehen nicht!', aus Angst, dass etwas passieren könnte, was unseren Ausflug verhindern würde und ich enttäuscht sein würde."

„Oh Pancs, das hört sich bekannt an! Erinnerst Du Dich an die Tage, bevor Du Dein Ehrendoktorat von der Universität Calgary erhieltest? Kannst Du Dich daran erinnern, wie deprimiert Du warst, weil Du für Deine ausserordentlichen Errungenschaften geehrt werden solltest? Es war wirklich nicht einfach, Dich aufzumuntern!"

„Ja, wie hast Du das denn am Ende geschafft?"

„Ich habe Dich ausgeschimpft. Du brauchtest Schock-Therapie. Nette, weiche Worte wirkten nicht. Ich sagte Dir, dass Du die Totenlager nicht überlebt habest, um hier depressiv im Bett zu liegen, und dass Du Gott gegenüber, der Dein Leben gerettet hatte, damit Du eine Methode erfinden könntest, welche anderen Menschen hilft zu überleben, - dass Du Ihm gegenüber undankbar seist. Ich sagte, dass Du der Beauftragte all derer seist, die ihr Leben lassen mussten und dass Du sie ehren müssest, indem Du Dein Doktorat auch in ihrem Namen empfängst. Ich sagte, dass Du das Gegenteil machest von dem, was Du lehrst, dass Angst und Depression unnütze Gefühle sind und dass ich bisher immer geglaubt hätte, Du seist weise!"

„Das hat gewirkt, Toto; was Du gesagt hast, war erfolgreich. Aber was hat das mit unserer Ungarnreise zu tun?"

„Jancsi, ich glaube, Du hast Angst, erfolgreich zu sein. Die meisten Menschen haben Angst, zu versagen, aber Du bist anders. Ich habe es schon immer gesagt: Du weichst von anderen ab! Du bist untypisch, Du bist anders. Du bist ein Original. Gott-sei-Dank! Sonst wäre ich nicht Deine Frau! Ich würde nie mit einer Kopie leben wollen! Ich könnte es nicht aushalten!"

„Also wann reisen wir ab?"

„Wir könnten Anfang Mai gehen, wie Du vorgeschlagen hast. Und am 8. Mai können wir in einem kleinen Café an der Donau sitzen und die Bäume von Budapest blühen sehen."

Die Monate vor unserer Reise waren voll von Vorbereitungen und vom Austausch von Erinnerungen. Jancsi schrieb Briefe an einen alten Cousin in Budapest und an den Vorsitzenen der jüdischen Gemeinde in Szombathely. Er bestellte Zimmer in einem Budapester Hotel und am See Balaton. Ich kaufte ihm eine Videokamera für seinen Geburtstag in Anbetracht seines Besuches ,zuhause'.

„Ich glaube, Toto, das ist eine der aufregendsten Zeiten meines Lebens", sagte Jancsi, als wir in Budapest ankamen.

Ich ließ Jancsi vorangehen, ließ mich führen. Ich folgte jedem seiner Schritte durch die Straßen und Hinterhöfe seiner Vergangenheit, durch kleine Parks und Flüsschen und durch die unvermeidlichen Erinnerungen von Zerstörung und Tod.

Es gab viele Enttäuschungen, aber auch viele Wunder. Der hübsche Garten mit den Kastanienbäumen, in dem er einst Schmetterlingen nachgelaufen war, war jetzt ein hässlicher Parkplatz, und die Veranda, auf der seine Mutter die Wäsche aufgehängt hatte, war nicht mehr da.

Wir gingen auf den jüdischen Friedhof, um das Grab seiner Mutter zu finden. Als Jancsi bei brennender Hitze nach langer, vergeblicher Suche den Friedhof verlassen wollte, lehnte er sich an einen Grabstein, um sich von seiner fiebernden Anstrengung auszuruhen. Und genau in diesem Moment schien es, dass Gott ihm zuflüsterte, auf den Grabstein zu schauen, der ihm Halt gab.

„Miriam Heimler, geborene Salgo", waren die eingravierten Worte.

Wir standen in Ehrfurcht da und dankten Gott, dass Er uns auf diesem wundersamen Weg zu ihrem Grab geführt hatte. Sie war dort begraben worden, bevor der Zweite Weltkrieg begonnen hatte.

Ich ging mit Jancsi ins ‚Kontinentale Café‘, wo sein Vater gewöhnlich seinen Kaffee trank und wo die Zigeuner an heißen Sommerabenden ihre temperamentvollen Violinen klingen ließen.

„Bitte, setz‘ Dich hier hin, Kleines", sagte Jancsi mit trauriger Stimme und zeigte auf den Stuhl ihm gegenüber. „Auf diese Weise kann ich unser Haus und Dich gleichzeitig sehen. Sonst ... müsste ich auf einen leeren Stuhl , ... ich müsste auf den Tod schauen."

Wir gingen in die Synagoge, in der Jancsi mit seinem Vater und den Mitgliedern der jüdischen Gemeinde gebetet hatte. Kaum jemand von ihnen war am Leben geblieben.

Und Gott war auch mit Jancsi, als wir die Straße suchten, die nach seinem Vater benannt war. Als wir sie nicht finden konnten, fragten wir nach der Richtung und verirrten uns vollkommen. Schwitzend und enttäuscht entschlossen wir uns nach langer vergeblicher Suche, ins Hotel zurückzufahren. Um das Auto zu wenden, musste ich in eine kleine Seitenstraße einbiegen.

„Halt an, Toto! Halt an!" rief Jancsi plötzlich, „ich habe das Straßenschild gesehen!"

Wir stiegen aus dem Auto und lasen: ‚Dr. Heimler Ernő Útca'.

Sein Vater war ein prominenter Rechtsanwalt und Landtagsabgeordneter gewesen. Auch er wurde nach Auschwitz deportiert und in den Öfen des Todeslagers verbrannt.

Ich folgte Jancsi, wohin auch immer er gehen wollte. Ich konnte gar nicht anfangen, mir die Traurigkeit, die Angst, Depression und Enttäuschung vorzustellen, die er während dieser Stunden durchmachte. Aber es gab auch Erwartung, Aufregung und Freude. Ich wollte bei ihm sein, um ihn auffangen - um seinen Schmerz lindern zu können - falls er das Gleichgewicht verlöre und zu Fall käme. Schließlich war er von Verfolgung und Tod umkreist.

‚*Und ich ging zurück durch die toten Straßen, zurück, dem Leben entgegen.*' Mit diesen Worten hatte Jancsi sein Buch ‚BEI NACHT UND NEBEL' dreiundvierzig Jahre zuvor beendet. Und mit Gottes Hilfe hatte er einen Erfolg aus seinem Leben gemacht. Jetzt, nach all diesen Jahren, als er noch einmal in diese toten Straßen zurückgekehrt war, schien es, dass die ‚Geister' der Vergangenheit ihn eingeholt hatten. Diesmal ergriff ihn die Einsamkeit. Ich hoffte jedoch, dass seine Lebensfreude und sein Humor wieder zurückkehren würden.

An meinem einundvierzigsten Geburtstag fand ich eine Karte von Jancsi zwischen den rosa Rosen seiner Liebe:

„22. Juni 1990
Mein Darling Toto!

Ich sende Dir die herzlichsten Geburtstagswünsche für einen Tag besonderen Glücks und ein Jahr voll guter Dinge!

Ich möchte, dass Du weißt, wie sehr ich Dich liebe, und ich danke Dir aus der Tiefe meines Herzens! Du wirst nie allein sein, solange ich lebe, und ich werde immer an Deiner Seite stehen.

Ich bete zu Gott, dass Er all Deine Träume erfüllen möge!

Ich weiß es sehr zu schätzen, dass Du mit mir in meine Heimat gegangen bist. Ich werde nie vergessen, wie Du meine Einsamkeit mit Liebe fülltest. Ich danke Dir im Namen meiner Eltern und Susie, meiner Schwester.

Sei gesegnet!

In Liebe,

Jancsi-Pancsi. "

6

Der Wind heulte grauenvoll, und die eisige Luft schnitt gnadenlos in unsere Gesichter.

„Die Nazis haben es nicht geschafft, mich hier vor sechsundvierzig Jahren zu töten, aber dieser grausige Wind kann es besorgen!" Jancsi hatte den Kragen seines unzureichenden Regenmantels hochgeschlagen. Sein Atem war schwer, sein Gesicht zeigte Verzweiflung und Hoffnungslosigkeit.

„Du sollst leben!" rief ich aus und legte meinen Arm in seinen.

Ihm auf den Wegen des Grauens auf dem Gipfel des *Ettersbergs* folgend, entlang der Baracken, wo über 50 000 Juden ermordet worden waren, dachte ich, dass es ein Fehler gewesen war, hierher gekommen zu sein.

Wir hätten bei meinen Puppen auf dem Dachboden im Haus, in dem ich aufgewachsen war, bleiben sollen und bei den Apfelbäumen in meinem Garten. Und wenn die Sonne unterginge, hätten wir auf der Bank sitzen können, auf der ich mit meinem Vater gesessen hatte und wo wir still Mutter Igel mit ihren Kleinen unter den roten Rosenbüschen beobachteten, wie sie von der Milch tranken, die Papa ihnen hingestellt hatte. Da war Sonnenschein in meinem Garten und der Frieden der Vergangenheit in meiner kleinen Stadt. Bäcker *Wetzel* buk das gleiche Drei-Pfund-Brot, und Fleischer *Lamm* gab kleinen Kindern immer noch winzige Würstchen. Sogar der kleine Kaufmansladen hatte kaum seine Schaufenster-dekoration verändert. Mein altes Schulgebäude war jetzt noch gefüllt mit dem Geruch von Bohnen- und Kartoffel-suppe aus der Suppenküche seines kommunistischen Vorlebens. Das Wehr schäumte auch jetzt noch, und immer noch bestaunte ich es schweigend.

Nur *Onkel Radel* an der Ecke schnitt keine Haare mehr. Ich vermisste es nicht, denn er hatte mit seiner großen Schere immer in mein Ohr gepickt, während ich als Kind schreiend auf seinem hohen Stuhl saß. Ich hatte ihm noch nicht verziehen!

Die hölzernen Bänke auf den Promenaden waren jetzt grün gestrichen, und die Entfernung zur Schwimmbad war so viel kürzer als in meiner Erinnerung ...; wie war das möglich?

„Lass uns zurückgehen, Jancsi", bat ich. „Wir haben genug gesehen. Ich will, dass Du von hier weggehst. Lass uns zurück nach P. gehen!"

Ich spürte eine tiefe Depression in meinem Liebsten aufsteigen, und ich wollte nicht, dass er erneut leide.

Es war Jancsis Idee gewesen, hierher zu kommen. „Wenn wir Dein Zuhause im September besuchen, könnten wir auch nach *Buchenwald* gehen, wo ich 1944 gefangen war", hatte er vorgeschlagen. Er war mit seinem Zeigefinger auf der Landkarte von Deutschland herumgefahren. „P. und Buchenwald sind nicht weit voneinander entfernt." Ich war einverstanden.

Als wir nach P. zurückfuhren, hatte Jancsi das Gefühl, dass er sich eine Erkältung eingeholt hatte. Trotz der gut geheizten Räume und wollenen Decken konnte er nicht warm werden. Er fieberte, und es schien, dass sein Husten und Fieber all die Qualen und Leiden hochbrachten, die noch in seiner Seele schliefen.

Schritt für Schritt schleppte ich mich einen langen Weg entlang, bevor ich verstehen konnte - und das auch nur zu einem geringen Grade - warum mich Jancsi zwei Monate später verließ.

Ein neutraler Beobachter in unserem Haus hätte gesehen, wie Jancsi am hellichten Tag lange Stunden im Bett verweilte, wie er dann - ganz plötzlich –die Treppen rauf und runter jagte, als ob er ein Rennen lief, und gleich darauf seinen Puls und Blutdruck maß. Männer kamen und gingen wieder, redeten mit ihm in seinem Zimmer. Jancsi diktierte etwas auf ein kleines Tonband und ließ seinen geliebten Semolinapudding mit Nüssen und Zimt unberührt.

In einer dunklen Nacht im November, es muss beinahe Mitternacht gewesen sein, packte Jancsi seinen kleinen blauen Koffer mit seinem hellblauen Pyjama, seinem Rasierzeug und Toilettensachen, steckte seine Pfeife in die äußere Tasche seines dunkelblauen Blazers und blickte sich abschiednehmend in seinem Zimmer um.

Sein kleiner blauer Koffer, mit dem er nun durch die Haustür unserer ,kleinen weißgestrichenen Hütte' zu seinem Auto ging, war sein Reisegefährte durch die Welt gewesen. Er hatte Amerika, Kanada und Europa gesehen; er war zu Israels Rotem Meer, zu den Rocky Mountains, Prärien und Ozeanen gereist; er hatte im Schnee und eisiger Kälte gestanden und unter der brennenden Sonne. Schwarze und Weiße hatten geholfen, ihn zu und von Flughäfen zu tragen. Er hatte viel Lachen und Fröhlichkeit gehört und warme Empfänge von dankbaren Studenten und Freunden erhalten. Aber er war auch Zeuge gewesen von Traurigkeit und vielen Tränen.

Der kleine blaue Koffer war stark genug gewesen, in die Vergangenheit zu reisen: Er trug die Gewürze von Paprika Gulasch und sah die Wellen der Donau und die unsichtbaren Kastanienbäume; er hörte den eisigen Wind heulen und war blutbefleckt vom Grauen des Todes.

Mit demselben kleinen blauen Koffer, mit dem Jancsi jetzt unsere ,kleine weißgestrichene Hütte' verließ, war er nach Berlin gekommen, um mich zu unterrichten, und zum

Tempel Emanuel in *New Jersey,* um mich zu seiner Frau zu nehmen.

Ich betete zum Allmächtigen Gott, dass Er ihm gewähre, seinen kleinen blauen Koffer noch viele, viele Jahre tragen zu dürfen.

Aber wenn man einen Kreis zieht und das Ende den Anfang berührt, ist der Kreis geschlossen.

„Wenn ein Kind geboren ist, herrscht große Freude. Wir bringen Geschenke und feiern. Alle sind glücklich. Aber der erste Atemzug wird von einem Schrei begleitet. Die Ankunft in diese Welt ist ein gewaltiges traumatisches Erlebnis für das Baby. Alle, die bei der Geburt beteiligt sind, versuchen, die Krise des Übergangs weniger traumatisch zu machen und, wenn möglich, angenehmer.

„Das neugeborene Kind kommt aus einer Welt von Sicherheit, Frieden und Licht in eine Welt von Unrast, Unruhe und Sorgen. Trotzdem sind wir beglückt und selig, das neugeborene Leben zu empfangen.

„Wenn jemand stirbt, lässt er die Kümmernisse und Verwirrungen dieser Welt hinter sich, um in eine Welt von Frieden und Ruhe zu gleiten; in eine Welt von Harmonie."

Der Rabbi hielt inne.

Dann erhob er seine Stimme und rief:

„Wir sollten tanzen! Wir sollten glücklich sein und uns erfreuen und den Allmächtigen preisen. Das ist eine Zeit zum Feiern! Wir wollen Janos Heimlers Leben feiern und für seine Befreiung dankbar sein!"

Ich saß in unserem Wohnzimmer auf dem niedrigen Stuhl für Trauernde, gegenüber hunderten von Menschen, die gekommen waren, um für die Seele von *Mordechai ben Aharon* zu beten.

„Yisgadal v'yiskadasch sch'mei raba ..."

„Sein großer Name werde erhoben und geheiligt in der Welt, die Er nach Seinem Willen erschaffen hat. ..."

Alle diese Menschen waren auch gekommen, um mir und Jancsis Kindern Trost zu spenden. Ich war jedem dankbar, der gekommen war, aber ich war nicht fähig, der Aufforderung des Rabbis zu folgen und zu feiern. Ich war völlig gelähmt und konnte mir nur vorstellen, Jancsi ins Grab zu folgen. Ich hatte die Totengräber gebeten, Platz für mich zu lassen, damit ich ihm - hoffentlich bald - folgen könnte. ...
Hunderte von Menschen müssen meine Hände geschüttelt haben; Menschen, die ich gut kannte, und andere, die ich als Jancsis Freunde erst erkannte, nachdem ich ihre Erzählungen über die Vergangenheit erfuhr. Meine Freunde aus der jüdischen Gemeinde hatten für mich und meine Besucher Essen und Trinken vorbereitet. Sie füllten den Gefrierschrank mit gekennzeichneten Behältern und den Kühlschrank mit Gerichten für die nächsten Tage. Sie reichten mir einen Teller mit einem Bagel (rundes Brötchen) und einem hartgekochten Ei als das erste Trauermahl, nachdem ich meinen Geliebten beerdigt hatte, und sie ließen mich die gesamte Woche, in der ich *Shiva saß*, nicht allein. Sogar des nachts war immer eine Freundin bei mir, die mit im Haus schlief, und, wie die Heiligen Bücher es voraussagen, hatte ich keine Chance, mich allein zu fühlen.
‚Ich muss Jancsi erzählen, dass sogar S. hier war, mich zu besuchen‘, dachte ich; ‚Jancsi wird sich freuen zu hören, was Rabbi M. über ihn gesagt hat.‘ ‚Ich sollte die Leute zählen, die Namen von allen, die gekommen sind, aufschreiben, damit ich Jancsi erzählen kann, wenn er kommt.‘ ...

Mein tödlicher Schmerz war seltsam mit hoffnungsvoller Erwartung gemischt, dass Jancsi jede Minute durch die Tür treten würde, genauso, wie er gegangen war, mit seinem kleinen blauen Koffer in der Hand. Ich stellte ihn mir vor, wie er in der Tür stehen würde. Und wie er, wenn er all seine Freunde in unserem Haus versammelt sähe, mit seiner Pfeife in der Hand und strahlend vor Freude ins Wohnzimmer treten würde. Es würde viele Umarmungen geben: ‚Ich dachte, Du bist verschollen! Ich habe Dich schon ewig nicht gesehen!‘

Ich war erleichtert, als die *Shiva* Woche vorüber war. Endlich konnte ich wieder mit Jancsi allein sein, so wie wir's immer waren. Ich konnte wieder mit ihm sprechen, und immer, wenn Besucher kamen, hoffte ich, dass sie bald wieder gehen würden, damit ich mich in unsere private Sphäre zurückziehen konnte.

Allmählich begann ich merkwürdige Sensationen in meinem Körper zu fühlen, tief in meinen Zellen, fast in meinem Blut; ich könnte sie physische Entzugserscheinungen nennen. Ich war nie von Drogen abhängig gewesen, und hatte nie gefühlt, welche Wirkung der Entzug einer Droge auf mich haben würde. Der einzige Stimulus, von dem ich seit Jahren abhängig war, war Jancsis Energie, Jancsis Gegenwart. Für kurze Momente kam diese Energie manchmal zurück, wenn ich aus dem Fenster seines Zimmer guckte und sein Auto in der Ausfahrt stehen sah: ‚Jancsi ist von der Arbeit zurückgekommen!‘ fuhr es mir durch den Kopf wie ein Blitz; und wenn ich mich - nur einen Bruchteil einer Sekunde später – umdrehen und ihm entgegenlaufen wollte, erinnerte ich mich ...

Ich beschäftigte mich damit, seine Tagebücher entsprechend den Daten zu numerieren, und mit den Anliegen der *Heimler Foundation*. Ich setzte meine Therapiestunden mit meinen Patienten, die ich schon vorher betreut hatte, fort und war ihnen dankbar, dass sie meinen professionellen Fähigkeiten vertrauten, trotz der Zerrüttung meines Lebens, trotz der Depression, in die ich gefallen war. Ich las wieder und wieder aus Jancsis

Büchern, hielt Vorträge über ihn und sein Leben und schrieb hier und da kurze Artikel.

Es stimmte mit meinem Gefühlen überein, dass ich die Hälfte meines Gewichtes verlor. Ich war jetzt die Hälfte von der, die ich vorher gewesen war. Meine andere Hälfte lag im Grab, und der überlebende Teil sehnte sich, ihm zu folgen. Mit wenig Essen lebte ich von seiner Philosophie:

„Schmerz ist der Antrieb. Frage nicht: ‚Warum Schmerz?‘ sondern wie Du ihn benutzen kannst.“

Ich glaube, ich überlebte, weil Jancsi ein Überlebender war. Ich sagte mir oft: ‚Wenn Jancsi die Grausamkeiten von Nazideutschland überleben konnte, muss ich fähig sein, seinen Tod zu überleben!‘

„Wenn man merkt, dass die Form des Lebens, die wir kennen, nicht perfekt und vom Tod begrenzt ist, beginnt man, einen Sinn aus dem Schmerz und Leiden zu machen. Das bedeutet, dass man vom Leiden nicht gebrochen ist, sondern es wird zu einer Quelle von Einsicht. Anstatt zu fragen, ‚warum geschieht mir dies oder jenes‘ sagt man: ‚Es ist geschehen, was kann ich jetzt damit tun; was lerne ich davon?‘ Durch diese Lehren akzeptiert man nicht nur den Schmerz, sondern sieht ihn als Quelle für Kreativität.“
(Eugene Heimler)

Ich hielt mich fest an seinem Denken, an seiner Stärke und seinen Überzeugungen. Ich klammerte mich an seine Weisheit und blieb am Leben, weil ich versuchte, andere unglückliche Seelen zu überzeugen, dass seine Philosophie die Wahrheit war. – Jancsi rettete mein Leben, sogar von ... dort oben!

Während dieser Zeit des ‚Existierens‘ träumte ich viele Träume und versuchte mein Bestes, sie zu verstehen.

Eines nachts träumte ich:

„Ich wollte ein Grab auf *Mount Scopus* in Jerusalem für mich reservieren, aber ich dachte, dass es nur für

Prominente und besondere Menschen reserviert würde. Aber als ich hinging, sah ich, dass es ganz einfach war, da dort für jeden Platz war. Ich stellte mir vor, ich könnte ziemlich leicht einen Platz für mich bekommen, aber er würde sicherlich sehr teuer sein. Ich fragte mich, ob ich ihn mir leisten konnte. Dann fragte ich jemanden, der für diese Dinge zuständig war, und mir wurde gesagt, dass ich nur eine Anzahlung von hundertachtzig Shekeln zu leisten brauchte, und der Rest könnte nach meinem Abscheiden und Begräbnis bezahlt werden."

Gott hat mir in Seiner Gnade die Einsicht und Fähigkeit gegeben, manchmal Träume zu interpretieren, und ich war neugierig, diesen Traum zu entschlüsseln.

Ich hatte von Gematria, einer Methode biblischer Entschlüsselung, die auf der Interpretation eines Wortes entsprechend dem numerischen Wert seiner Buchstaben im Hebräischen Alphabet basiert, gelernt, dass die Nummer achtzehn *Leben* bedeutet.

Sagte mir mein Traum, dass die Anzahlung für mein Grab ‚nur‘ damit bezahlt zu werden brauchte, dass ich leben sollte - dass die Anzahlung, eine Multiplikation von achtzehn, mein Leben war - und dass für mich die Zeit zu sterben noch nicht da war? Reservierte ich meinen Beerdigungsplatz, meinen Tod, nur mit meinem Leben?

Ich tat mein Bestes.

Manchmal kam Jancsi mich in der Stille der Nacht besuchen. Wahrscheinlich wusste er, dass ich in diesen Stunden höchst empfänglich für seine Botschaften war.

Eines Nachts kam Jancsi in unser Wohnzimmer, um mich und seinen Freund André zu treffen. Jancsi war genauso, wie er immer war: fröhlich, energievoll, optimistisch und schwungvoll. Er sagte: „Weißt Du, was Du auf meinen Grabstein schreiben kannst? ‚*Er war eine Art Nachrichten-Leser*‘. Aber Du kannst das nicht vorschlagen, Toto, nur André kann es!"

269

Ich war verlegen und fühlte mich unbehaglich. Mein unangenehmes Gefühl rührte daher, weil Jancsi nicht lebendiger hätte sein können; warum würde er also über die Inschrift auf seinem Grabstein sprechen?! Das war doch lächerlich. Ich wollte nichts davon hören. Ich freute mich, Jancsi so lebendig zu sehen.

Gleichzeitig wunderte es mich nicht, dass er gekommen war, um mir die Antwort zu geben. Ich fand es schwer, mich zu entscheiden, was die bleibenden Worte auf seinem letzten Ruheplatz sein sollten.

In der Woche davor hatte ich endlich Mut gefasst und war auf den Hof des Steinmetz gegangen. Wie ein Geist hatte ich über den schwarzumrandeten Steinen geschwebt, von Tod umgeben.

...'Hier liegt Frieda Kings, Friede sei mit ihr! In tiefer Trauer, ihre immer liebende Tochter Etty.'

Der Stein lehnte an einer rostigen Tonne. Daneben lagen Schrott und Steine.

,Hier ruht ein liebender Eheman, Vater und Großvater. Seine Erinnerung wird immer in unseren Herzen leben ... Wir lieben Dich ewig! Milly, Rosa und Jim.'

Der Stein lag auf dem Boden, auf anderen Grabsteinen.

Ein großes Herz war in einen feinen Marmorstein graviert, und darunter war ein *Magen David*, das Symbol unserer jüdischen Nation.

Der Steinmetz, oder vielmehr der Mann, der das Geld vom Verkauf dieser künstlerischen Werke verdiente, kam mir mit langsamen Schritten entgegen. Er muss sein Geschäft gut gelernt haben.

,Was kann ich für Sie tun, Madam?' wäre in dieser Situation nicht passend gewesen.

Oder: ,Wir fertigen Grabsteine an, entsprechend Ihrem Geschmack.' Nein, das wäre geschmacklos gewesen.

Stattdessen stand er neben mir und wartete, bis ich zu sprechen anfing. Vielleicht hatte er gesehen, dass ich meine

Tränen herunterschluckte, seit ich diesen gespensterhaften Hof betreten hatte.

„Ich brauche einen Grabstein," sagte ich so kurz, wie es mir möglich war, ohne in Tränen auszubrechen. „Aber keinen wie diese."

„Was würden Sie bevorzugen, Madam?"

„Ich brauche einen Felsen; einen, der stark ist, wild und unzerbrechlich; einen, der rauh ist und auch ebenmäßig glatt, und ewig."

„Vielleicht möchten Sie einen Granit, Madam."

Er hätte das ‚Madam' weglassen können. Ich war keine ‚Madam' und fühlte mich auch nicht wie eine. Alles andere als ...

„Vielleicht", antwortete ich. „vielleicht."

„Für wen ist er?"

„Für meinen Mann. Er war ein ganz besonderer Mensch. Ein Überlebender von Auschwitz und Buchenwald, ein Dichter und Schriftsteller, der Erfinder und Therapeut eines Systems, das Menschen hilft zu leben, und ein Lehrer seiner Methode."

Der Verkäufer lächelte. „Jemand wie Viktor Frankl?" fragte er.

„Ja, jemand wie er.", antwortete ich. Mir war nicht danach zumute, ihm einen Vortrag zu halten darüber, wo die Unterschiede der beiden lagen. Erst ein Jahr vorher hatte ich an Frankl geschrieben, weil ich die beiden Männer zu einem Dialog zusammenbringen wollte, schließlich waren sie zur gleichen Zeit in den Lagern gewesen und hatten, unabhängig voneinander, eine Methode erfunden, die Menschen half, ihre seelischen Erschütterungen zu überleben. Aber als ich geschrieben und auch eine Antwort erhalten hatte, war es schon zu spät gewesen. ...

„Ich habe Viktor Frankls Buch ‚*Man's Search for Meaning*' ins Hebräische übersetzt", sagte er. „Es war sehr interessant."

„Oh", sagte ich überrascht, „vielleicht wollen Sie ein paar Bücher meines Mannes auch ins Hebräische übersetzen."

Für einen Bruchteil einer Sekunde kam Leben in mich, und Aufregung rührte in meinen irdischen Resten. Aber plötzlich erinnerte ich mich wieder daran, wo ich war und mit wem ich sprach, und ich hatte wieder diese tödliche Empfindung einer trauernden Witwe.

Wir hatten uns geeinigt, dass der Stein ein Granit sein solle. Ich ging nach Hause, um endgültig zu entscheiden, was die Inschrift sein sollte. Beide Kinder hatten gesagt, ich solle darauf schreiben, was ich für richtig halte; ich wüsste es am besten.

Ich hatte diese enorm große Verantwortung gefühlt, die die Endgültigkeit einer Inschrift mit sich bringen würde, und es wurde mir schwer, mich zu entscheiden ... bis Jancsi in meinem Traum mit der Antwort erschienen war.

Ich wusste jedoch nicht, was Jancsi mit dem Wort ‚Nachrichten-Leser' meinte und warum nur André es vorschlagen konnte und ich nicht. In seinem Leben hatten wir alles unter der Sonne miteinander besprochen und getan. Und jetzt sollte ich etwas nicht tun - oder ich konnte es nicht tun? Ich war leicht verletzt. Aber dann überlegte ich, was André und mich voneinander unterschied: Er war ein Mann, ein Rabbi und ein Ungar. Er sprach Jancsi's Muttersprache! Aufgeregt und aufgewühlt fragte ich André und alle meine ungarischen Freunde, unabhängig voneinander, was das Wort ‚Nachrichten-Leser' auf Ungarisch heisst. Alle gaben mir die gleiche Antwort: „Es bedeutet *‚hirmondó'*, was bedeutet: *‚jemand, der Neuigkeiten bringt'*, *‚ein Zeuge'*, *‚ein Ansager'*, *‚der Einzige, der zurückkam, die Wahrheit zu erzählen'*.

Ja, das war Jancsi: Ein persönlicher Zeuge des Holocaust, ein Ansager von Wahrheit, von Schmerz, von Hoffnung für Juden und für die Menschheit allgemein.

Am Ende meines Trauerjahres wurde ein großer, wilder und starker Granit am Kopfende von Jancsis Grab aufgestellt: Unzerbrechlich und rauh. Auf der ebenmäßig glatten und harmonisch glänzenden Steinplatte war in hebräischen Buchstaben eingraviert:

Hier ruht
Mordechai ben Aharon
Schriftsteller, Lehrer und Überlebender der Shoah

„Es kam über mich des Ewigen Hand
Er führte mich hinaus im Geist des Ewigen
Und setzte mich ab in der Ebene;
Die aber war voll von Gebeinen.
Und ließ mich sie umschreiten ringsumher
Und sieh, sehr viele waren da
Auf der Ebene
Und sieh, sie waren arg gedorrt.
Da sprach Er zu mir:
‚Menschensohn!
Werden diese Gebeine leben?‘
Und ich sprach:
‚Gott, Herr, Du weißt es.‘
(Jeheskel XXXVII: 1 – 4)

„Und weil Stärke ewig ist wie die Sonne,
weiß ich heute: es gibt keinen Tod“
(THE STORM, Eugene Heimler)

7

Der Himmel war mit dunklen grauen Wolken bedeckt und die Erde war matschig vom ständigen Regen, der unaufhörlich tagelang gefallen war. Es gab keine Erleichterung. Seltsamerweise fühlte ich mich von den Himmelstränen getröstet. Der pausenlose Regenguss entsprach meiner Stimmung. Mit Gummistiefeln bis zu meinen Knien stapfte ich vorsichtig auf den engen Pfaden zwischen den vielen Gräbern durch den Schlamm zu Jancsis Ruheplatz, wie jemand, der sich zum ersten Mal auf der Schlittschuhbahn bewegt. Mein lila Regenmantel war ganz und gar durchgeweicht, und der Wind blies ständig die Kapuze von meinem Kopf. Ich machte den Schirm zu, weil es aussichtslos war, vor der Flut geschützt zu werden. Es drängte mich, trotz des Regens hierherzukommen, wie viele Male vorher.

Als ich schließlich ankam, setzte ich mich auf die Kante der Steinplatte, die Jancsis Grab bedeckte. „... *weiß ich heute: es gibt keinen Tod!* Der Satz von Jancsis Drama, *The Storm – Tragedy of Sinai*, sprang mir entgegen. Ich fühlte immer mehr, dass es stimmte. Ich fühlte Jancsis Gegenwart ständig. Oft traf ich ihn in meinen Träumen, greifbar und lebendig, gut aussehend, lachend und jung. Meistens kam er zu mir und wir redeten miteinander, spielten und lachten, wie wir es früher getan hatten. Nur einmal war sein Besuch andersartig. Wir trafen uns in einer Synagoge. Dort waren Bänke in Reihen aufgestellt. Jancsi saß in einer Reihe vor mir und wir unterhielten uns. Er sagte: „Es ist komisch, wie sich Gesellschaftsleben vollzieht." Alles, was mir dazu einfiel, war, dass es jemand anderen geben musste, den er liebte; sie muss der Grund gewesen sein, dafür, dass er mich verlassen hatte. Ich hatte diese Vorstellung, dass es

Jancsis Entscheidung gewesen war, mich zu verlassen, und ich konnte es einfach nicht verstehen.

,Warum?! Warum hat er mich verlassen, wenn wir uns doch so gut verstanden? Wenn wir uns doch so nahe waren und unsere innersten Gedanken und Gefühle miteinander teilten. Warum?! Warum ist er weggegangen und hat mich zurückgelassen? Vielleicht war ich zu jung für ihn? Vielleicht, weil ich einmal gereizt mit ihm war? Vielleicht weil ...?'

Was für Gedanken auch immer kamen, sie hörten sich nicht wahr an. Ich liebte ihn, ich hatte ihn versorgt, mich um ihn gekümmert, ihn beschützt. Er war immer, und ist immer noch, der kostbarste Juwel in meinem Herzen. Wie er da so saß, stark und gesund und voller Energie, konnte er sich entschließen, zu mir zurückzukommen. Er war so ein ungewöhnlicher Mann; er könnte auch das völlig Unerwartete tun, und ich würde nicht im Geringsten überrascht sein. Er könnte wirklich zurückkommen! Vielleicht gab er nur vor, tot zu sein. Vielleicht wird er mich eines Tages - übers ganze Gesicht lächelnd - mit einem Strauss rosa Rosen in seinem Arm überraschen: „Toto, ich bin zu Dir zurückgekommen!"

Aber so sehr ich es auch wollte, Jancsi entschied, zu bleiben, wo er war; wo auch immer dieser Ort sich befand. Er kam nicht in seiner physischen Gestalt, jedenfalls nicht, dass ich wüsste. Nur in meinen Träumen hatte ich Zugang zu ihm.

Meine Begegnungen mit ihm reichten jedoch nicht aus, mir wieder zum Leben zu verhelfen. Realität war für mich nicht sehr attraktiv, und wenn immer es möglich war, zog ich mich von der schmerzlichen Gegenwart in ein Luftschloss zurück. Ich hatte keine großen Einwände, mich von dieser Welt zu verabschieden, und oft wünschte ich, mit meinem Liebsten wieder vereint zu sein. Mir war völlig bewusst, dass ich dabei war, eine höfliche Art von

Selbstmord zu begehen. Und als ich merkte, wie zerstörerisch meine Gedanken waren, wurde mir klar, dass ich aufhören musste zu trauern, und wieder leben musste. Ich musste aufhören, zu fantasieren; ich musste meine Wanderungen zwischen den zwei Welten beenden. Ich musste in der physischen Welt neue Interessen finden und verstehen, dass sich meine Mission, meine Aufgabe auf das Hier und Jetzt bezieht. Ich musste wieder in diese Welt eintreten und in ihr leben.

Und jetzt, als ich im strömenden Regen auf seinem Grab saß, bat ich Jancsi um Hilfe.

„Du hast mich so viel Weisheit gelehrt, Jancsi," sagte ich, „Bitte sag mir, wie ich in diesem Leben wieder einen Sinn finden kann."

„Du musst Fragen stellen, Kleines, denn ohne klare, präzise Fragen erhältst Du keine Antworten." nahm ich wahr.

„Was kann ich mit meinem Leben tun?"

„Gehe vorwärts!"

„Wohin?"

„Dorthin, wo Du sein willst!"

„Ich möchte in Israel leben, aber ich kann es nicht. Ich habe hier zu viele Verpflichtungen. Ich habe ein Haus; ich trage die ganze Verantwortung für Deine Arbeit, für Bücher, Copyright, Deine Methode und für die Heimler Foundation."

Ich wusste nicht weiter. Es kam keine Antwort ... bis mir einfiel, dass ich erst eine Frage stellen musste.

„Was kann ich tun, mich von dem Gefängnis all der Verantwortungen und Verpflichtungen zu befreien, die anfangen, mich zu belasten?"

„Du könntest einige davon delegieren."

„Wie?"

„Du hast Kollegen, die, als ich starb, sofort alles kontrollieren wollten. Das geschieht oft, wenn der Erfinder einer Bewegung stirbt. Sie wollten mehr zu sagen haben und mehr Verantwortung in der Heimler Foundation übernehmen. Du könntest einige Aspekte davon delegieren und teilen, und das würde Dich zur gleichen Zeit befreien."

„Das könnte ich tun; aber wie kann ich in Israel ein neues Leben beginnen, ohne dort jemanden zu kennen? Ich weiß noch nicht einmal, ob es für mich eine Realität ist oder nur einer meiner Träume!"

„Du könntest es ausprobieren."

„Wie?"

„Du könntest für einige Zeit als Freiwillige nach Israel gehen und dort arbeiten, vielleicht in einem Krankenhaus, und sehen, wie Dir das Leben dort gefällt."

„Das könnte ich machen! ... Das könnte ich wirklich tun! Ganz vielen Dank!"

Mir war klar, dass ich Jancsi benutzt hatte, Zugang zu meinem eigenen inneren Repertoire von Erlebnissen zu finden, das mir Antworten auf meine Fragen geben kann. Ich hatte das getan, was Jancsi mich an der Universität gelehrt hatte: meinen Computer mit einer präzisen Frage zu füttern, und die Antwort wird kommen. Wenn sie nicht kommt, bedeutet das, dass ich meine Frage nicht richtig gestellt habe und der Computer keine Antwort hat.

Wunderbarerweise hatte es während meines Dialoges aufgehört zu regnen. Sogar ein paar schwache Sonnenstrahlen kämpften sich durch die Wolkendecke. Ich stand schwungvoll auf, als ob ich irgendwohin gehen müsste; als ob ich meine Richtung kannte und ihr folgen wollte. Mit dem großen Taschentuch, das wir vor vielen Jahren in der *Mea Shearim* in Jerusalem von einem Bettler gekauft hatten, trocknete ich seinen Grabstein, sagte Jancsi ‚adieu' und lief eilig zum Wasserhahn, um meine Hände vom Verfall des Todes zu reinigen.

Ich hatte jetzt ein neues Ziel, einen neuen Sinn in meinem Leben. Ich konnte nicht schnell genug nach Hause gehen, um einen Plan zu machen. Ich fühlte mich wie eine gerettete Pflanze, die, nachdem sie beinahe gestorben war, umgepflanzt und mit Dünger gefüttert wurde, damit die hängenden Blätter neue Energie erhalten und sich wieder aufrichten.

Schon nach wenigen Tagen wusste ich, wohin ich gehen würde. Die *Jewish Agency* (Jüdische Einwanderungsorganisation) war sehr hilfreich gewesen. Am 7. Juni 1993 würde ich für drei Monate nach Israel gehen, um das Land kennenzulernen; nach Israel, wo die Anwesenheit Gottes, die *Schechina*, stark spürbar ist.

8

Das Flugzeug landete um Mitternacht.

Ich taumelte verschlafen und jet-lagged von der Ankunftshalle in Ben Gurion Airport nach draußen. Eine feuchte Brise hieß mich in Gottes Land willkommen. Ein riesiges Thermometer zeigte 25 C an.

Eine junge Soldatin in Uniform hielt ein Schild mit meinem Namen. Sie war in dieser warmen Sommernacht gekommen, um mich abzuholen und ins *Beilinson Hospital* in *Petach Tiquva* zu bringen, wo ich eine Bleibe bei den Studenten in der Schwesternschule hatte.

Obst und Wasser warteten im Kühlschrank auf mich. Ein Bett, auf dem ich in den nächsten Monaten meinen müden Kopf ausruhen konnte, war liebevoll bereitet.

Am folgenden Morgen traf ich Alice, die englisch-sprechende ungarische Sozialarbeiterin, die für Volontaire zuständig war. Auch sie war Witwe. Während sie mit mir sprach, unterbrach sie unsere Unterhaltung mehrmals, um ans Telefon zu gehen, wenn es klingelte. Sie schrieb Notizen von rechts nach links in hebräischen Buchstaben. Ich war beeindruckt. Schließich machte sie mich mit anderen bekannt, die, so wie ich, gekommen waren, dem Land Israel ihre Dienste anzubieten.

Sie führte uns im Krankenhaus herum und bot uns Gurken, Quark, Tomaten und Oliven, Eier, Humus und Tehina zum Frühstück in einer geräuschvollen Kantine an.

Nach dem Frühstück übergab sie uns in einer Hitze von 35 Grad einem Mann mit *kippa* (Käppchen), der einen dunkelblauen Arbeitsanzug trug, Hebräisch sprach und uns Anweisungen gab, indem er kleine Rollenspiele vorführte. Nur auf diese Weise konnte er uns verständlich machen, was wir tun sollten.

Mir war alles egal. Ich war in Israel, und das war für mich das Wichtigste.

‚Alles war im Untergrund. Es war ein langer, dunkler, stinkender Tunnel, der nur trübe beleuchtet war. Ich konnte kein Licht am Ende sehen. Trolleys mit stinkendem Abfall wurden von dunklen Figuren durchgeschoben. Je tiefer ich in den Tunnel kam, umso dunkler wurde es. Als ich um eine Ecke ging, in der Hoffnung, dass der Tunnel hier zu Ende sein und ich endlich Licht sehen würde, befand ich mich tatsächlich in einem noch finstereren Teil, der noch gespenstiger war.

Hier war ich, mitten in dieser schaurigen Unterwelt, mitten in diesem dunklen Tunnel. Aus irgendeinem Grund wusste ich jedoch, dass draußen die Sonne schien. Zumindest darüber war ich mir sicher.'

Jancsi hatte mich gelehrt, Erlebnisse im Leben wie Träume zu betrachten; auf die Symbole der Situationen zu schauen und zu versuchen, ihre Bedeutung zu erkennen, genauso, wie ich einen Traum interpretieren würde.

Nun, was ich hier beschrieben habe, war tatsächlich eine Episode im Leben und kein Traum. Es war Wirklichkeit auf zwei Ebenen: Es war Wirklichkeit auf der emotionalen Ebene, denn so hatte ich mich gefühlt, bevor ich nach Israel ging; und es war eine reale Situation.

Ich arbeitete ‚unter dem Boden‘. Ich hatte die Aufgabe, die Wände des Tunnels unter dem Krankenhaus weiß zu streichen. Das war der Tunnel, durch den nicht nur die Trolleys mit schmutziger Wäsche und stinkendem Abfall, sondern auch Medikamente durchgeschoben wurden.

Mir wurde ein Pinsel, ein Eimer mit weißer Farbe, eine Leiter und ein Spachtel gegeben, und mein Job begann früh um sieben. Wenn ich darüber nachdenke, müsste ich diese Arbeit gehasst haben. Sie hört sich schrecklich an. Aber ich hatte mich entschlossen, alles so zu nehmen, wie es kommt und auf die Symbole des Erlebnisses zu achten.

Das war nicht schwierig: Die Dunkelheit im Untergrund, die ich empfunden hatte, als ich lange Zeit kein Licht am Ende meines Tunnel sehen konnte, war mir bekannt. Jetzt wurde ich in eine Situation im äußeren, wirklichen Leben geschickt, einem Spiegel ähnlich, der mein inneres Leben reflektierte. Und hier war ich, in unserem kleinen *Eretz Yisrael,* und musste sehen, wo ich stand: Ich sollte dunkle, untergründige Wände transformieren, indem ich sie säuberlich weiß strich. Das half mir, mich langsam auf das Ende meiner Trauerperiode zu bewegen, dem Licht entgegen.

Aber das war nicht das Ende. Der Allmächtige weiß, was Er tut. Ich vertraue Ihm. Es war kein Zufall, dass Er mich drei Wochen später in eine Situation stellte, von der ich zuerst dachte, ich könnte sie nicht aushalten.

Wenn ich jetzt daran denke, war es ein Wunder, dass ich ‚befördert‘ wurde, auf *Pnimit Alef* zu arbeiten. Das war die Abteilung für Herzkranke und die Intensivstation.

Meine Aufgabe war es, in der Küche das Essen für die Patienten auf Tabletts zu stellen, sie zu verteilen und die Patienten, die nicht allein essen konnten, zu füttern. Da zwischen den Mahlzeiten viel Zeit war, entschloss ich mich, von einem Zimmer ins andere zu gehen, von einem Bett ans andere, um mit den Patienten zu sprechen. Ich muss ganz ehrlich zugeben, dass ich am Anfang dachte, ich müsste fortgehen, weg, und schnell!

Die Drähte zu sehen, die lebenserhaltenden Maschinen, die Monitore, die Schläuche ... und zu hören, dass die Patienten den gleichen Untersuchungen unterzogen wurden wie damals Jancsi ... brachte all meine Hilflosigkeit, meine Angst, den Schmerz und die Verzweiflung zurück.

Aber Jemand dort oben wollte, dass es mir gut gehe. Ich spürte es. Damals wusste ich es nicht, aber ich weiß es jetzt, dass die Stärke nicht meine eigene war. Ich beschloss zu bleiben. Schließlich war Hadar, ein alter Jemenit, einhundertzwei Jahre alt, und es war ihm unmöglich, den Löffel selbst zu seinem Mund zu führen.

Und da war Sarah, die mir erzählte, wie sehr sie ihr Leben in ihrer Jugend genossen hatte und wie sehr sie es immer noch auskosten wollte. Wie konnte ich sie verlassen, wenn sie nach ihren Bluttransfusionen zitternd im Bett lag?

Und Kuba, der nach seiner Herzattacke deprimiert war und keine Hoffnung für die Zukunft hatte. Wie hätte ich nicht mit ihm sprechen können?

Und vor allem – wie hätte ich nicht für Rimma dasein sollen, ein junges Mädchen, das erst vor kurzem allein, ohne Familie aus Russland gekommen war. Rimma weinte. Sie fühlte sich allein und hatte Angst vor der Angiographie.

Und Karni, der bis zum Ende seines Lebens so mutig war. Wie hätte er weiterleben können, ohne dass jemand ihn zum Lächeln brachte, wenn er die riesigen Pillen schlucken musste?

Und die alte Beduinin, deren Weinen stundenlang auf dem Korridor gehört werden konnte. Wer würde ihren Kopf streicheln?

Wer würde der verzweifelten Maya helfen, die Telefonkarte ins Telefon zu legen, damit sie mit ihrem Mann sprechen konnte? ...

Mein Schmerz, den ich lange Zeit wie eine Niederlage empfunden hatte, die Dunkelheit, die sich angefühlt hatte, als wäre ich in einem Tunnel gefangen, an dessen Ende kein Licht zu sehen war, begann langsam vorbeizugehen. Alles fing an, eine Bedeutung zu haben. Heilmächte waren am Werk. Je mehr ich meinem Schmerz ins Auge sehen musste, desto leichter wurde er; die Wunden hatten eine Möglichkeit zu heilen. Indem ich meinen Schmerz benutzte, konnte ich heilen. Die Transformation war ein Wunder, wenn es sich am Anfang auch nicht so anfühlte.

Mir fielen Jancsi's Worte ein: *„Frage nicht, warum der Schmerz, sondern wie Du ihn benutzen kannst.*" Und *„Handlung ist das Ende von Verfolgung.*"

Ich lernte erneut, dass seine Philosophie wahr ist: *„Frustration ist das Potential für Befriedigung"* und *„Schmerz ist die Antriebskraft für Kreativität.*" Wie Janos geschrieben hatte: *„Wenn man beginnt, einen Sinn in seinem Schmerz und Leiden zu sehen, bedeutet das, dass man nicht von ihm zerbrochen ist, sondern er wird zu einer Quelle von Einsicht und Kreativität".*

Nur wenn wir unsere Dunkelheit akzeptieren, kann Heilung stattfinden. Wie es geschrieben steht: *"Nur entsprechend Deinen Taten kann der Geist Gottes auf Dir ruhen."*

Ohne dieses Erlebnis auf *Pnimit Alef* hätte ich vielleicht meinen Schmerz nach Janscis Tod über Jahre mit mir getragen, vielleicht bis zum Ende meines Lebens.

Hadar und Sarah, Kuba, Rimma und Karni und die alte Beduinin, die gesamte *Pnimit Alef* und der lange, dunkle Tunnel wurden meine Heiler. Ich lernte, dass Schmerz sich gegen uns wendet, wenn wir ihn nicht benutzen. Wenn wir beschließen, ihm ins Auge zu sehen, wenn wir ‚ja' sagen zu der Herausforderung, mit der Gott uns konfrontiert, wenn wir offen sind für das Wunder, auch wenn es anfangs nicht wie ein Wunder aussieht, dann haben wir eine Gelegenheit, uns zu entfalten und zu wachsen, vielleicht sogar eine Chance, aufzublühen und zu reifen.

Ich hatte gelernt, dass wir, um Strom zu erzeugen, einen positiven und einen negativen Pol benötigen. Nehmen wir den negativen Pol heraus, so gibt es einen Kurzschluss und wir sitzen im Dunkeln. Die positiven und negativen Pole der Elektrizität sind weder gut noch schlecht; sie sind ganz einfach positiv und negativ. Ohne eine solche Polarität kann keine Energie produziert werden. Das ist ein von Gott gegebenes Gesetz der Natur. Und nur mit dieser Interaktion können wir uns von Dunkelheit zum Licht bewegen.

Als ich Ende August nach London zurückkehrte, war meine Entscheidung getroffen. Ich war von Israel angezogen wie ein Stück Eisen von einem Magneten.

Während meines Aufenthalts war ich an meinen freien Tagen durch Israel gereist und hatte seine Schönheit gesehen. Milch und Honig flossen tatsächlich durch das Land. Dort gibt es Flüsse und Seen und Wasserfälle, Berge und Wälder. Es gibt Dattelpalmen, Feigen- und Olivenbäume, süße Weintrauben und rotbackige Granatäpfel. Ich sah grüne Weiden und trockenes Wüstenland. Ich genoss es, im Mittelmeer zu schwimmen und war gleichzeitig vom Roten Meer mit seinem Süßwasser und Fischen angezogen. Und viele Male ließ ich mich auf dem heilenden Wasser des salzigen Toten Meeres treiben, dem niedrigsten Ort der Erde.

Ich traf viele wunderbare Menschen und wurde von Menschen, die mich niemals zuvor gesehen hatten, zum Sabbat eingeladen. In den Bussen spielte laute Musik, süße Melodien und Lieder über die Größe Gottes. Die Menschen waren liebenswürdig und oft, wenn ich mit jemandem im Bus sprach, erhielt ich eine Einladung zum Sabbat.

Ich reiste nach Norden und nach Süden, eine kurze Entfernung, und genoß *falafel* und *pitta* mit *humus* an den zentralen Busstationen.

Einmal saß ich am Freitagmittag auf einem Mäuerchen vor einer Gemäldegalerie in Safed und ruhte meine müden Beine aus. Der Inhaber, der mich von seiner Galerie aus gesehen hatte, begrüßte mich, reichte mir nach einer kurzen Unterhaltung ein Stück Papier und sagte:

„Bitte rufen Sie in einer Stunde meine Frau an. Bis dahin werde ich mit ihr gesprochen und ihr gesagt haben, dass wir Sie zum Sabbat einladen möchten. Wir hatten schon lange keine Gäste mehr. Sie können die Einzelheiten mit ihr besprechen!"

Als ich sie anrief, hatte der Mann noch nicht mit seiner Frau gesprochen, aber sie lud mich sofort ein und erklärte mir, dass ich im Zimmer mit Aussicht zum Garten schlafen und ihre Kinder für den Sabbat in ein anderes Zimmer ziehen würden.

„Bitte, rufen Sie uns an und besuchen Sie uns zum Sabbat!" sagte eine Frau und suchte nervös in ihrer Tasche nach einem Stück Papier. Dann kritzelte sie drei Telefonnummern auf die Rückseite ihres Busfahrscheins. Genau wie ich probierte sie Hüte in einem Hutgeschäft in *Petach Tiquva* an, und wir berieten einander, welcher Hut uns am besten stand.

„Das hier ist unsere Nummer, diese ist die Nummer meiner Schwester und die ist von meinen Schwiegereltern. Bitte rufen Sie einen von uns an, egal wann. Bitte! Wir möchten Sie sehr gern als unseren Gast empfangen und den Sabbat mit Ihnen feiern!"

Ein anderes Mal, als ich auf der kleinen ‚*Ein Gedi Spa*' Bimmelbahn von den heißen Schwefel-Quellen hinunter zum Toten Meer fuhr, saß ich zwei älteren Damen gegeüber, die über die gesunde Luft von *Ein Gedi* sprachen. Wir waren in unseren Badeanzügen, noch mit dem schwarzen Schlamm des Toten Meeres bedeckt, und unsere Gesichter waren frisch gebräunt.

„Woher sind Sie?" fragte ich die fröhliche Frau. „Sie haben einen ungarischen Akzent!"

„Ich bin in Ungarn geboren", sagte sie heiter und genoss, munter wie ein Kind, die Fahrt.

Als wir auf unseren Rücken auf dem Wasser glitten, fragte ich sie, ob sie meinte, dass es für mich sicher wäre, nach Jericho zu gehen.

„Möchten Sie allein gehen?!" fragte sie erschrocken.

„Ja, ich habe niemanden, mit dem ich gehen kann."

„Sie gehen nicht alleine! Sie gehen mit mir. Ich fahre Sie hin. Wo haben Sie jetzt Ihre Bleibe?"

„Von Donnerstag bis zum Ende des Sabbats bin ich in einer kleinen Herberge in Jerusalem untergebracht."

„Ist es komfortabel?"

„Nun, es ist ein Bett, wissen Sie ...?

„Das nächste Mal, wenn Sie nach Jerusalem kommen, Darling, bleiben Sie am Sabbat bei mir. Ich habe ein Zimmer für Sie. Und am Sonntag gehen wir zusammen runter nach Jericho."

Ich fand keine Worte. Roses Offenheit und Gastfreundschaft waren unfassbar. Hier in ihrem Badeanzug in den salzigen Gewässern des berühmten Toten Meeres herumspritzend, nannte sie mich in ihrem ungarischen Akzent „Darling" und lud mich, eine vollkommen Fremde, ein, bei ihr zu übernachten. Rose muss nahe achzig gewesen sein. Damals wusste ich noch nicht, dass sie die berühmte „*Papaya Lady von Jericho*" war.

Ich schaute hinauf zum hohen, blauen Himmel und fragte mich, wer sie gesandt hatte. Rose wurde meine beste Freundin und blieb es, bis sie im Alter von hundertzwei Jahren starb.

Für mich war es keine Frage mehr, dass Israel mein Zuhause werden würde, denn hier herrschte Gottes Geist. Und als ich Benny, einen sonnengebräunten Israeli traf, der bei der *Jewish Agency* für *alyia* (Immigration nach Israel) zuständig war, sagte ich ihm:

„Ich möchte nach Jerusalem ziehen, und das Datum soll der 7. August sein."

Er kannte die Bedeutung dieses Datums nicht, aber für mich war es klar. Wie anders hätte ich Gott danken können, dass Er mir fünf Jahre zuvor mein Leben gerettet hatte?

Auf meinem Nachhauseweg wurde mir bewusst, dass für Benny meine Entschlossenheit etwas unverständlich war. Vielleicht war er Zweifel, Ängste und

Unentschiedenheit gewohnt, aber ich hatte davon keine. Ich konnte jedoch seine Überraschung verstehen.

Zeit und Raum waren für mich wichtig, um alles vorzubereiten. Ich wollte mir ein ganzes Jahr Zeit nehmen, um alle Vorkehrungen zu treffen. Ich wollte Abschied nehmen von meiner Vergangenheit in England; ich wollte meiner neuen jüdischen Gemeinde und all meinen Freunden und Patienten Adé sagen. Ich musste Verantwortungen der Bewegung, die Jancsi begonnnen hatte, delegieren.

Zur rechten Zeit würde ich mit meinem Rabbi und meiner jüdischen Gemeinde sprechen und ihnen danken, dass sie mich so herzlich willkommen geheißen hatten. Und vielleicht würde ich dem Rabbi erzählen, hoffentlich ohne ihn zu verletzen, dass ich, wenn ich in Israel wäre, die jüdischen Gesetze einhalten und zum orthodoxen Judentum übertreten möchte.

Ich musste unserer ‚kleinen weißgestrichenen Hütte‘ adieu sagen, dem Apfelbaum und dem süßen Duft des Fliederbusches. All meine Erinnerungen würde ich in den kleinen blauen Koffer packen, zusammen mit Jancsis.

Und ich musste den Grabstein polieren, bis er glänzte, damit die Inschrift klar zu erkennen war: „... heute weiß ich, es gibt keinen Tod!“

TEIL IV

Zuhause

1

Lange schon hatte ich aufgehört, die Tage und Wochen zu zählen, an denen ich bereits auf heiliger Erde lebte, in unserem verheißenen Land, unserem kleinem Land Israel. Inzwischen war es fast *Pessach* (Passahfest) 1995.

Ein paar Tage vor dem Pessahfest entschloss ich mich, zur *Kotel*, der Klagemauer zu gehen, um Gott zu bitten, mir meinen Lebensweg zu offenbaren.

Bus Nummer zwei war überfüllt mit chassidischen Juden in ihrer charakteristischen schwarzen Bekleidung und Hüten, und mit keusch gekleideten Frauen mit bedeckten Haaren. Der Bus brachte mich nahe zum Platz, wo früher der Heilige Tempel gestanden hatte. Ich war schon viele Male vorher hier gewesen, und jeder Besuch erinnerte mich an die Besuche mit Jancsi an meiner Seite.
...

Es war jetzt halb acht früh, und die Sonne sengte bereits auf die Erde herunter. Ich hatte meine Haare bedeckt, wie es Frauen tun, die einmal unter der *chuppa* gestanden haben, und ging auf die Seite der Frauen, um meine Morgengebete zu sagen.

Ich hatte ein starkes Bedürfnis, zum Allmächtigen aus der Tiefe meines Herzens zu beten, Ihm ganz nahe zu sein.

Als ich die formellen Gebete beendet hatte, drängelte ich mich sachte durch die Reihen von Frauen, die nahe an der Mauer jammernd und schluchzend ihr Leid klagten und Gott anflehten, ihre geheimen Bittgesuche zu hören.

Ich lehnte mich an die warmen Steine der Mauer und sprach leise mit meinem Schöpfer.

„Allmächtiger Gott!" sagte ich, „Du hast mir mein Leben geschenkt und hast mich aus Ostdeutschland gebracht. Du hast mir Menschen geschickt, die mir mit meiner Verwirrung und dem Schmerz meiner Kindheit halfen. Du hast mir Jancsi gesandt - möge seine Erinnerung gesegnet sein -, der mir Deine Wege gezeigt hat, der mir Mitgefühl, Geduld und Verständnis entgegenbrachte und der mich mit Liebe tränkte.

Du hast mich zu Deinem auserwählten Volk geführt und nach Jerusalem, Deiner heiligen Wohnstätte. Möge ich es wert sein, hier zu sein!

„Bitte, bitte Allmächtiger Gott, vergib mir alle meine Sünden und Übertretungen, denn sie sind unermeßlich groß. Ich bereue sie alle, und ich möchte meine Wege ändern. Ich bin entschlossen, ein Leben nach Deiner Tora zu leben.

„Allmächtiger Gott", flehte ich, „ich brauche Deine Hilfe! Bitte hilf mir, mein Leben in Wahrheit zu führen, demütig, liebend und vergebend zu sein. Bitte hilf mir, mit jedem, der mir begegnet, gutherzig zu sein, Geduld und Verständnis zu haben. Öffne mein Herz für Deine Lehren und gib mir den Willen, sie auszuführen.

„Bitte, Gott, führe mich zu Menschen, die mir Deine Heilige Tora mit Liebe lehren, damit ich aufrichtig konvertieren kann und ein wahres und treu ergebenes Mitglied Deines auserwählten Volkes werde.

„Höre mich, Allmächtiger Gott, bitte, höre mich! Und antworte mir! Bitte!"

Ich suchte mein Taschentuch, um die Tränen abzuwischen, die mir die Wangen herunterliefen, als eine alte Frau an meine Schulter tippte und, ihre Hand offen haltend, „*zedakah, zedakah!*" (Almosen) rief. Ich gab ihr alles, was in meinem Geldbeutel war, außer meinem

Busfahrschein, den ich brauchte, um nach Hause zu kommen.

Dann schrieb ich ein Gesuch auf einen Zettel, nur für Gott, und steckte ihn in einen Spalt in der Mauer, so wie Juden es seit tausenden von Jahren getan haben.

,Der Barmherzige wird es lesen und mir meinen Wunsch erfüllen.'

...Darauf hoffte ich jedenfalls.

Jetzt fühlte ich mich verpflichtet und war es auch, den Sabbat einzuhalten. Ich wollte alle Anstrengungen auf mich nehmen, es wert zu sein, im Lande Israel leben zu dürfen. In mir war noch ein Überbleibsel von deutscher Schuld, eine kleine Stimme, die mir zuflüsterte:

,Du bist Deutsche, Du bist verdammenswert. Dieses heilige Land spuckt jeden aus, der es nicht verdient, hier zu sein.' –

,Aber ich will bleiben! Bitte, erlaube es mir!'

Ich fühlte, dass ich jetzt die Verantwortung trug, die Gebote zu halten. Ich war es meinem Schöpfer schuldig, aber ich musste auch mir selbst und Jancsis Gedächtnis gegenüber eine Pflicht erfüllen.

Ich, die Tochter eines Nazis, musste mich durch gute Taten und dem Einhalten der Toragebote reinigen, und ich konnte nicht genug davon tun. Ich fühlte diese Verantwortung tief in mir, und mein Entschluss war ernst. Nicht eine Spur von Nichtjüdischem wollte ich in mir finden, innerlich oder äußerlich. Wenn mich jemand fragen würde: ,Sie haben einen deutschen Akzent, kommen Sie aus Deutschland?', dann wollte ich mich nicht schämen müssen. Dann wollte ich vollkommen einig mit mir - und stolz sein, dass ich Jüdin bin.

Aber das war nicht alles. Es war viel komplexer. In mir war eine starke Kraft, eine Sehnsucht stieg aus meiner innersten Tiefe, dem jüdischen Volk angehören zu wollen.

Ja, ich war konvertiert, aber ich sah immer klarer - besonders jetzt, wo ich in Israel lebte – dass das, was ich in meiner warmherzigen, willkommenheißenden Reformsynagoge in England gelernt hatte, mir nicht mehr reichte. Ich würde immer meinen Rabbi schätzen, der mir hilfsbereit und mitfühlend zur Seite gestanden hatte während meines Lernens und als ich krank war, nach dem Tod meines Vaters und nach Jancsis Hinscheiden. Ich würde nie die *Rebbezin* (Frau des Rabbiners) vergessen, die uns so liebevoll Hühnersuppe gebracht und serviert hatte, als ich, nach dem Verlust unseres Babys, aus dem Krankenhaus kam und Jancsi an einem gebrochenen Herzen litt. Ich würde immer meinen Freunden aus der Synagoge, die mir meine anfängliche jüdische Unterweisung angedeihen ließen und mich als Jüdin heranzogen, in Liebe und Respekt verbunden sein. Meine Londoner *Shul* war in mehrfacher Weise mein *Cheder*, mein jüdischer Kindergarten.

Aber ich musste aus den Kinderschuhen entwachsen, jetzt, wo ich fast das *Bat Mitzvah* Alter erreicht hatte. Ich musste mehr lernen und meine Frömmigkeit weiterentwickeln, mich zur Orthodoxie hin vorwärts bewegen.

Da ich in Jerusalem lebte, war es unmöglich, keine Tora zu lernen. Ich war allen meinen Gastgebern dankbar, die mich zum Sabbat einluden und dadurch das Zeichen zwischen Gott und den Kindern Israel kundgaben und ehrten, denn während ich an ihrem Sabbat-Tisch saß, lernte ich.

Ich hatte auch in England mit Jancsi und mit meinen Freunden den Sabbat gefeiert, aber hier in Jerusalem war es anders; hier fühlte ich Gottes Gegenwart intensiver.

Schließlich kaufte auch ich eine Warmhalteplatte, um das vorgekochte Essen am Sabbat warmzuhalten. Auch ich brauchte jetzt eine Sabbat-Uhr, die das Licht ohne mein

Zutun ein- und auschaltet. Ich wollte am Sabbat nicht mehr über alltägliche Dinge sprechen, sondern ihn heilig halten.

Ich wollte die Segenssprüche für den Genuss vor und nach verschiedenen Speisen lernen, und ich kaufte Bücher über die Sabbatgesetze. Mich dürstete nach Lernen, und ich saugte jedes Wort auf, das ich aus dem Mund eines Gelehrten hörte.

Als ich für die Prüfung bereit war, diesmal von orthodoxen Rabbinern, wagte ich es, zum *Beit Din* (Rabbiner Gericht) zu gehen.

Aber es verlief nicht so einfach, wie ich es mir vorgestellt hatte. Es gab etliche Termine und viele Enttäuschungen. Ein Rabbiner sagte, ich sei bei ihm nicht an der richtigen Adresse, und schickte mich zu einem anderen, von dem ich bald erfuhr, dass auch er nicht der richtige war, der für Konversionen zuständig ist. Ich kann mich nicht mehr erinnern, an wie vielen Türen ich anklopfte und wie viele Rabbiner mich abwiesen. Aber ich erinnere mich, dass jede Zurückweisung mich stärker, entschlossener und willenskräftiger machte. Ich war entschlossen, trotz dieser Hindernisse nicht aufzugeben. Ich war mir sicher, dass es jemanden geben müsse, der bereit war, mich anzunehmen.

Damit hatte ich recht: Durch eine Bekannte lernte ich Rabbi Gordon kennen, der sich meine Geschichte geduldig anhörte, der bereit war, mein Wissen zu prüfen und, wenn er sich überzeugt hätte, dass es ausreichend war, mit mir zum *Beit Din* in Jerusalem zu gehen.

Es war ein fast unerträglich heißer Tag des Sommers 1996. Die Temperatur muß über 35 C gewesen sein, als Rabbi Gordon und ich vor den drei Rabbiners saßen, die jetzt über mein zukünftig geistig-seelisches Schicksal entscheiden würden.

... Oder war es der Ewige - Er sei gesegnet -, der darüber bestimmt?

Vor meinem persönlichen Erscheinen hatte ich den Rabbinern Empfehlungsschreiben von Bekannten und Feunden geschickt sowie einen Brief, in dem ich meine Lebensgeschichte und meine Motivation für meinen Wunsch zum orthodoxen Judentum zu konvertieren offenbarte.

Sie stellten mir viele Fragen; ich antwortete so gut ich konnte. Und ich wurde ergeben in die jüdische Gemeinschaft aufgenommen.

Um meine Konversion gültig zu machen, musste ich nochmals, als abschließende Rite, in der *Mikveh* untertauchen, die meine seelische Reinigung symbolisierte. Diesmal war die *Mikveh koscher* und drei Rabbiner waren Zeugen.

Nachdem ich einmal untergetaucht war, sagte ich den Segen:

„Gelobt seist Du, Ewiger, unser Gott, König der Welt, der uns durch Seine Gebote heiligt und uns das Tauchbad befohlen hat." Und ich tauchte noch zweimal unter.

Dann, in einem tropfenden Gewand in der *Mikveh* stehend, akzeptierte ich das Joch des Königreiches Gottes und die Verantwortung der Gebote.

Diese Annahme verlieh dem erforderlichen Ritual Bedeutung und gab ihm Gültigkeit.

Von jetzt an identifizierte ich mich mit meinem Namen *Miriam Bracha bat Avraham*, Miriam Bracha, Tochter Abrahams.

Nach diesem Ritual fühlte ich mich wie ein neugeborenes Kind, und ich weinte, wie es Kinder tun. Meine Tränen drückten Freude und Dankbarkeit aus.

Mir war vollkommen bewusst, dass erst das Bestehen der zukünftigen Versuchungen und Prüfungen mich zu einer wahren Tochter Abrahams macht.

2

An einem strahlenden Sonntagmorgen im Oktober lud der klare blaue Himmel uns ein, hinaus ins Freie zu gehen.

Meine Mutter und meine Schwester mit ihrem Mann waren aus Deutschland zu Besuch gekommen. Ich tat mein Bestes, ihnen meine Gastfreundschaft zu zeigen, wie mein Vater Abraham es mich gelehrt hatte. Es war ihr zweiter Besuch in Israel, sie wollten durchs Land reisen und es sich noch einmal ansehen.

„Heute wollen wir hinunter zum Toten Meer nach *Ein Gedi* fahren", sagte meine Schwester. „Ich hoffe, Du kommst mit uns!"

„Ich kann leider nicht mitkommen!" sagte ich ihr. „An jedem anderen Tag würde ich Euch gern begleiten, aber am Sabbat fahre ich nicht."

„Aber warum nicht?" verlangte sie ungeduldig zu wissen.

„Weil in der Tora steht, dass wir den Sabbat heiligen sollen."

„Aber Du kannst den Sabbat auch heiligen, wenn Du mit uns zum Toten Meer kommst, oder nicht? Wir sind doch nicht jeden Sabbat hier. Nur an diesem einzigen Sabbat könntest Du mit Deiner Mutter zusammensein, die Du so selten siehst! Wir sehen viele Menschen in ihren Autos herumfahren. Warum musst Du Dich von ihnen unterscheiden?"

„Weil ich gewählt habe, die Gesetze der Tora zu halten, und das bedeutet, dass ich... dass ich mich daran halte, den Sabbat zu heiligen."

„Aber Du musst doch nichts tun. Du kannst im Auto sitzen und die Fahrt genießen, das ist alles. Und Du kannst so heilig sein, wie Du willst, und Dein Gott wird Dir vergeben. Oder ist Dein Gott so klein, dass er Dir nicht erlaubt, diesen Tag mit Deiner Mutter zu verbringen? Wenn das der Fall ist, dann ist unser Gott viel toleranter!"

Ich entschloss mich, nicht zu antworten. Ich hatte es meiner Schwester schon viele Male zuvor erklärt, dass ich am Sabbat nicht mit ihnen fahre, und doch hörte sie nicht auf zu drängeln. Mir reichte es.

Schweigen füllte mein Wohnzimmer. Mir wurde bewusst, dass weder meine Schwester noch meine Mutter verstehen konnten, worüber ich sprach.

‚Vielleicht ist dies der Grund, weshalb ein Bekehrter seine Familie zurücklassen soll. Nach dem Untertauchen in der *Mikveh* wird er als neugeboren angesehen, ohne eine Familie zu haben, außer der jüdischen Familie Israel", überlegte ich.

„Sag mir, Natalie, warum musst Du so anders sein? Wir haben dieselbe Mutter, wurden von denselben Eltern aufgezogen, in derselben Umgebung, zur gleichen Zeit. Warum kannst Du nicht sein wie ... ich? Und wie Du früher warst?"

Ich wartete einen Moment.

Dann stand ich auf, nahm einen Umschlag aus der mittleren Schublade meines Schreibtisches und reichte ihn ihr.

„Sieh' doch selbst!" wies ich sie an. „Aber gehe bitte vorsichtig damit um, denn was da drin steckt, ist für mich sehr kostbar. Regina gab es mir. Sie hatte es auf dem Dachboden im Haus unserer Kindheit gefunden."

Hazel zog ein Schreibheft aus dem Umschlag mit der Handschrift eines kleinen Kindes und überflog es.

„Was bedeuten denn all diese ‚A's' und ‚B's' und ‚M's' ... und all diese Buchstaben des Alphabets? Es sieht aus wie von jemandem aus dem ersten Schuljahr, die ihre ersten Buchstaben lernt."

„Ich war diese Erstklässlerin, vor dreiundvierzig Jahren. Jetzt schau mal auf die erste Seite!" befahl ich ihr ungeduldig.

„Hier steht ‚ISSAEL'", rief sie erstaunt aus. „Sieh, das ist ja Deine kindliche Schrift! Aus welchem Grund hast Du das dahin geschrieben?"

„Ich weiß nicht. Ich kann mich nicht daran erinnern. Aber ich sehe, dass die Buchstaben, die ich gelernt hatte, noch nicht das ‚R' einschlossen."

Wie ein Vater das Händchen seines Kindes in seine eigene große Hand schließt und sie führt, um dem Kind Malen oder Schreiben beizubringen, so muss Gott meine Hand geführt haben, als ich das Wort ‚ISSAEL' schrieb, als ich sieben Jahre alt war. Und mein Leben hindurch nahm Er mich an Seine barmherzige Hand und führte mich in Sein verheißenes Land.

Ende

Danksagung

Dem Allmächtigen sei Dank für Seine Führung und für Seinen Beistand durch die Jahre, in denen ich in der Wüste umherirrte. Und für Seine immerwährende Liebe.

Ich bin allen meinen Freunden tief verbunden und dankbar, die mich mit ihrer Liebe, Freundschaft und Lehre, ihrem Zuspruch und Rat all die Jahre hindurch, die ich in Israel lebe, unterstützt haben, und die mich großherzig an unzähligen Sabbatten an ihre Sabbat-Tische geladen haben. Sie nahmen mich als ihr ‚*Bat Beit*' auf, - als Mitglied ihrer Familie. Ihre fortlaufende Teilnahme, Liebe und Ermutigung war beschützend und stärkend und bedeutete für mich eine unermessliche Quelle von Kraft. Ich fühlte mich dadurch nicht nur bei ihnen und in Israel zuhause, sondern auch mit mir selbst.

Zu tiefem Dank bin ich Rabbanit Devorah Priampolsky verpflichtet. Trotz enormen ständigem Zeitdruck durch ihre Arbeit beim Unterrichten gestaltete sie mit viel Geduld und künstlerischer Begabung den Umschlag. Ich kann mich immer auf ihre Hilfsbereitschaft verlassen und danke ihr herzlich.

Meine Anerkennung und Dank gelten Rebbetzin Sarah Ebel, die trotz ihrer vollen Tagesabläufe immer verfügbar war, mir auf meine Fragen guten Rat zu geben. Ich danke ihr für das Korrekturlesen und Durchsehen des Buches. Möge sie gesegnet sein!

Shira Ahren danke ich für ihr spontanes Angebot, die zweite Korrekturlesung durchzuführen. Ihre liebenswürdige Hilfsbereitschaft, Sorgfalt und Schnelligkeit schätze ich sehr!

Ich danke Reuven für seine Hilfe beim Revidieren der englischen Version des Buches. Ich danke ihm für seine endlose Geduld und für sein großes Herz. Er ist immer da, wenn ich ihn brauche.

Die Autorin wurde 1949 in der ehemaligen Deutschen Demokratischen Republik (DDR) geboren.

Sie ist Therapeutin und Dozentin für die Heimler Methode des Sozialen Funktionierens, Bachblüten-Beraterin und Energieheilerin, sowie Lehrerin der Alexandertechnik.

Sie hält weltweit Vorträge über das Leben und die Philosophie Eugene Heimlers sowie über seine Bücher und über die Heimler Methode des Sozialen Funktionierens. Sie arbeitet in privater Praxis in Jerusalem.

Für weitere Informationen wenden Sie sich bitte an:
mheimler1@gmail.com
www.miriamshealingwell.com
www.newholocaustliterature.com
http://neueholocaustliteratur.weebly.com

Publication by
Miriam Bracha Heimler

Now available at Amazon.com
in paperback and as e-book

Daughter of Abraham

For anyone on a life journey through pain towards transformation, Miriam Bracha Heimler's intimate, powerful memoir will help deepen your determination to overcome life's seemingly insurmountable obstacles.

Through touching vignettes Heimler paints vivid portraits of her continuing life challenges:
She escapes Communist East Germany as an eleven year old just before the rise of the Berlin Wall, leaving her Nazi father in the Communist East.

Despite her struggles to overcome loneliness and poverty in a strange new world, and in defiance of having to fight peers' prejudice and feelings of inadequacy, she succeeds in school and university.

301

With great courage and determination she is then able to leave her finally familiar new world in West Germany behind to follow her mentor across the world.

Her developing confidence leads her to learn and teach her mentor's method about overcoming adversity, a subject that she intuitively knew - a lesson that life had taught her through experience already at a young age.

And in yet another growth-step she transforms her spiritual world by becoming Jewish.

Her unimaginable joy in marrying her mentor is shattered when she loses him after only a few years of marriage.

While still grieving her tremendous loss, she finally develops the courage to again reach beyond her pain and fulfills her spiritual dream by moving to Israel and living a meaningful Jewish life.

Heimler's endearing, earthy, captivating style draws the reader into her multi-layered inner world of imagination, determination and hope.

The depth of the scenes she paints is reminiscent of great literature of the past, rather than superficial current works. The reader will enrich her / his life by diving into this real life treasure of vulnerability.

Veröffentlichungen von
Eugene Heimler

Jetzt erhältlich bei Amazon.com
In Paperback und als E-Buch

Eugene Heimler

BOTSCHAFTEN
Brief eines Holocaust Überlebenden
an Junge Deutsche

In seinem fesselnden, poetischen Stil nimmt der Autor Sie mit sich auf eine lebens-transformierende Reise durch Meere inspirierender Bildnisse und Ströme von Tränen; von Schmerzensstürmen zu Gewässern individueller und allgemeingültiger Weisheit und in die Tiefen seines Selbsts und des Ihren.

Seine universalen und autobiographischen Geschichten fließen und mischen dynamisch -wie die lebhaften Farben auf der Leinwand eines Wasserfarben-Künstlers -

303

Zeitdimensionen in ein sich ausdehnendes, zusammenhaltendes Ganzes.

Die Mannigfaltigkeit von Genre, Zeit und Metapher ist erregend und offenbart vielfache Schichten unserer physischen, emotionalen und spirituellen Realität.

Der Autor überwindet die Zeit, indem er Vergangenheit, Gegenwart und Zukunft zu einem Wandteppich tiefer Bedeutung und Leidenschaft knüpft,- mit Blut befleckt und mit Freudentränen gezeichnet.

In *Botschaften* reisen wir mit dem Autor durch das Verlieren, Suchen und Wiederfinden seiner eigenen Identität und seines Platzes in der physischen, emotionalen und spirituellen Welt.

In seiner Strömung von Bewußtseins-Reflexionen überschreitet Heimler die Zeit von biblischen durch mittelalterliche zu modernen menschlich transformativen Erlebnissen, - durch Schmerz zu Selbst-Entdeckung.

Diese kunstvoll vertraute Verflechtung persönlicher und universaler Themen zieht den Leser in Heimlers ehrfurchteinflößende vielschichtige Welt mutiger Introspektion.

Botschaften illuminiert den inneren Kampf des Autors - des Holocaustüberlebenden –, Bedeutung, Sinn und Leidenschaft von seinem einst zerrütteten Leben wiederzuentdecken.

Seine Kämpfe führen ihn zu existenziellen Fragen über die Bedeutung des Lebens:

‚Was ist die Verbindung zwischen Leben und was wir Tod nennen?'
‚Wie kann Sinnhaftigkeit Schmerz überwinden?'
‚Wie können wir Frieden finden, wenn wir unsere schlimmsten Stunden verleugnen?'

‚Wie können wir all den Hass verstehen, der uns umgibt?'

‚Wie kann Hass in Kreativität anstatt Selbstvernichtung verwandelt werden?'

‚Was kann unsere Liebe und unsere Fähigkeit zu lieben inmitten von Grausamkeiten oder Gleichgültigkeit am Leben halten?'

Folgen Sie diesem bemerkenswerten Mann in seiner Suche nach ewiger Weisheit!

Jetzt erhältlich bei Amazon.com
In Paperback und als E-Buch

BEI NACHT UND NEBEL

"BEI NACHT UND NEBEL" ist ein Bericht der Erlebnisse eines jungen Mannes während des Naziregimes. Es erzählt von den tagtäglichen Geschehnissen, den schrecklichen Existenzbedingungen und den körperlichen Leiden, welche die Gefangenen ertragen mußten.

Aber Heimler bewegt sich jenseits der faktischen Geschehnisse. Mit begabter Einsicht beschreibt er die tieferen Wirkungen der Leiden auf die Seele. Er schreibt nicht nur von sich selbst, sondern über viele seiner Mitgefangenen, so von dem Arzt und dem Architekten, nicht länger Gentlemen der mittleren Gesellschaftsklasse mit Autorität, sondern wilden Tieren ähnlich; er schreibt von dem Mädchen, das einst sanft und intelligent war und jetzt seinen todgeweihten Körper für eine Krume Brot anbietet; von dem Mann, der zwölf Jahre für den Mord an seiner Frau im Gefängnis zugebracht hatte und nun im Inferno des Konzentrationslagers eine Bedeutung in seinem

Leben findet. Obwohl er das Schlimmste an Unmenschlichkeit kannte, war Eugene Heimler in der Lage, seinen Glauben an Gott und an die Würde des Menschen wiederzugewinnen. Er hasst nicht; sein Mitfühlen und sein tiefes Verständnis spiritueller Werte halfen ihm, das Grauen seiner Erlebnisse zu überwinden. Seine Botschaft kündet nicht von Horror, sondern von Hoffnung.

Publications by Eugene Heimler

**Now available at Amazon.com
in paperback and as e-book**

Night of the Mist

REVIEWS

Rabbi Dr. André Ungar

"Over half a century has passed since the events described in *NIGHT OF THE MIST*.

It has been over two decades since Eugene Heimler's own death in London on a cold, grey winter's day. But the story he tells is vividly, immortally alive. It is a tale of horror and heartbreak, of loss and degradation – yet also of hope and faith and warmth and humor and immortal humanity. It is unlike any other work that came out of the ashes of World War Two. His is a poet's voice as well as a philosopher's and a psychologist's. It is a young voice, an ageless voice. Our lives are the fuller for listening to it. ...It is a human document of great value. It contains wounds, both familiar and less familiar, that will long haunt the reader."

Elie Wiesel

"Eugene was 21 when he arrived at Birkenau. His description of what he saw, heard and lived through is sincere and restrained. He tells wonderful and moving stories of his childhood and adolescence in Hungary – his first loves and youthful reveries – the sudden German occupation – the wedding in the ghetto. The beginnings of fear, the intimations of the trials to come. The rebellion against destiny: Eugene and his loved one are married, but their happiness lasts only one night. Their honeymoon is spent in a sealed boxcar heading towards the unknown.

This gripping account is profoundly honest. The astounding episodes he relates are both atrocious and bizarre. In Auschwitz, a few paces from the crematoriums, the daughter of the chief of a Gypsy camp takes a liking to him. She feeds and protects him. They make love. In Auschwitz. Later on, *a Lagerältester* [head of the camp] takes notice of him. Thanks to an SS officer, he is put in charge of a group of ten young prisoners. Surely a guardian angel is watching over him. On the edge of despair, a man consoles him; it is the rabbi who officiated at his marriage so many eternities ago."

"These miraculous moments were more often than not engulfed in the all-encompassing climate of brutality. Heimler captures it well. The stark dehumanization of some, the desperate solidarity of others. The pangs of hunger: the power of attraction of a piece of bread. The disappearance of all traces of civilization, culture, morality. The conversations about the past, meditations on God, the dreams that make waking harder, more unbearable."

Professor Dr. Sarah Morris

"As a University professor who has been teaching literature of the Holocaust for many years, I have read a lot of books on this subject. I found that I could not put down this book; it was so captivating and well written. It qualifies as literature, since the author manages to tell the reader so much between the lines, just hinting and thus striking a cord in the reader's heart. The most unexpected and unusual things happen in this book.... The author's sensitivity, common sense, intelligence, modesty and warmth vibrate through the pages of this outstanding book, which I personally prefer to famous texts on the Holocaust such as for example Elie Wiesel's "Night". You will love this book!"

Mrs. Sheila Lyons

"Eugene Heimler's memorable account of the holocaust is a work of the utmost poignancy and importance. This is a book which the adult reader will find difficult to put down. His descriptive narrative of the sufferings of those he lived with in the Concentration Camps during World War II - and his own fight for life - his inner growth and understanding, are quite exceptional.

The book takes on for the reader, a personal involvement in the brutalities, bestialities and horrors perpetrated on the inmates. That which would be unspeakable, Eugene Heimler has been able to articulate. The breakdown of all moral and ethical values, be they of the imprisoned or be they of their captors - a so called 'civilization' within a 'civilization'. It is quite extraordinary how Heimler makes this come to life. It is even possible to laugh at some of the incidents related; we can really see the funny side!

The portrayal of his own inner growth, his little acts of kindness albeit in an environment of unspeakable horror, his strength of character leaves the reader with a feeling that there's hope for us yet!

This small volume is a masterly account of man's inhumanity to man. A must for every student of Holocaust Studies and might I add, for every student of Political and Social Studies."

"A dramatic and readable book."— *The Times Literary Supplement*

"Behind the eerie, the manic, the disgusting, he still conveys the desirability of life, the variety of human behavior, the power of imagination. His own conclusions were not of hate, but of discriminating tolerance." — *Peter Vansittart in The Observer (London, England)*

"This book deserves a place of its own in the literature of Nazi horrors, as it deals with those events from an unusual aspect – the effect of them upon the victims themselves." – **Lord Russell of Liverpool**

"There is no self-pity in Heimler's writing; just wonder at man's inhumanity to man … the massage he brings is not one of horror but of hope; of a fight back to life, and a life well worth living." – *The Huddersfield Examiner*

"This book has an important lesson to teach – that faith in God and in the dignity of man can overcome the greater evils that men can devise." – *The Catholic Times*

**Now available at Amazon.com
in paperback and as e-book**

A LINK IN THE CHAIN
A Journey from Auschwitz to Resurrection

In this second powerfully written volume of Eugene Heimler's incredible life's journey from a persecuted Jewish child in a small town in Hungary to world-renowned writer, therapist and teacher, Heimler is on his way home to Hungary from the concentration camps of Germany, where he had lost all his family. On this journey he experiences many life-threatening moments: being on a train with a former German SS man; witnessing the brutal rape of his traveling companion by Russian thugs; attempts on his life and being arrested and charged with treason in Hungary.

Eventually he reaches England and remarries, but his trials are manifold. After hearing that the Secret Police are torturing his friends in Budapest, he realizes he can never return to Hungary and has a breakdown. When a psycho-analysis helps him come back to life and regain his hope for the future, he is ready to act on an early ambition to

313

become a writer and psychologist. He starts to write *NIGHT OF THE MIST,* which has become a world classic, and becomes a Psychiatric Social Worker. These challenges have their obstacles as well, and Heimler vividly describes his work as a Psychiatric Social Worker, including his refusal to give up on others — and himself. His experiences eventually lead to the development of a new method of therapy, which is today known as the *Heimler Method of Social Functioning.*

Throughout his life, Heimler consistently fought to help victims gain the courage to become victors. In *A LINK IN THE CHAIN* he once more tells his stories poetically and vividly.

**Now available at Amazon.com
in paperback and as e-book**

MESSAGES
*A Survivor's Letter to a
Young German*

Eugene Heimler, in his captivatingly poetic style, takes you with him on a life-transforming journey through seas of imagination and rivers of tears; from storms of pain to pools of individual and communal wisdom as well as deep inside his self and yours.

His universal and autobiographical stories, like the vivid colors on the canvas of a water-color artist, flow and dynamically blend time dimensions into an expanding, cohesive whole.

The diversity of genre, time and metaphor is startling and reveals multiple layers of our physical, emotional and spiritual reality.

The author transcends time as he interweaves past, present and future into a tapestry of deep meaning and passion, stained by blood and marked by tears and joy.

This book is about the author's journey of losing, searching and re-finding his own identity and place in his physical, emotional and spiritual worlds.

In his 'stream of consciousness' musings Heimler crosses time from biblical through medieval to modern human experiences of transformation through pain to self-discovery.

This artful intimate intertwining of personal, particular and universal themes draws the reader into Heimler's awe-inspiring multi-layered world of courageous introspection.

Messages illuminates how Heimler, as a Holocaust survivor, struggles to re-discover meaning, purpose and passion from his once shattered world.

Working through these challenges leads him to existential questions about the very meaning of life:

What are the connections between life and what we call death?

How can meaning transcend suffering?

How can we find peace if we deny our worst hours?

How can we understand all the hatred that surrounds us?

How can hate be turned into creativity instead of self-destructiveness?

What can keep our love and our ability to love alive in the midst of atrocities or indifference?

Come, join this remarkable man in his quest for eternal wisdom!

The Healing Echo

When Dr. Sigmund Freud's concepts and ideas penetrated Eugene Heimler's young Hungarian mind, the earth began spinning faster and lightening crossed the Western sky.

Two ingenious minds were crossing up there in the heights; both listened with respect – and then went their opposite ways: one to analysis, and the other to synthesis.

Eugene Heimler's pioneering philosophy, that our potential lies in the creative transformation of our negative forces, is as new a thinking in our 21st century as it was in the 1950s when it first broke ground. Heimler's radical idea that we need to harness frustration in order to flourish crossed the worlds of the post-industrial revolution and unemployment to our current age in which people search for the elusive meaningfulness of life.

The author had a 'paradoxical' title ready for his book: "The Gift of Unemployment", however, there was fear that hopeless 'victims' of unemployment would smash the shop-windows of book-sellers in Great Britain.

Yet, he, as well as those men and women whom he helped find meaning and purpose in their often shattered lives, was convinced, that his method works.

Not only people who are stagnated in their growth, but also children in kinder-gardens and schools can, with the help of Heimler's new approach, explore their untapped potential.

By listening to our inner selves, we can hear our echo, our echo that heals us and that helps us to live a fuller and happier life, to survive and thrive in our complex society. Eugene Heimler first echoed these thought in his ground-breaking book *"Survival in Society"*.

Now, by immersing yourself in *The Healing Echo,* you have an opportunity to enter this hopeful world of yet unimagined possibilities.

**Now available at Amazon.com
in paperback and e-book**

Survival in Society

Eugene Heimler's self-help method of social functioning has been developed and tested – and proven extraordinarily successful – for over forty years. Here he describes in detailed theory and through cases his interviewing and therapeutic techniques, in which a relationship of equality between 'helper' and 'helped' is paramount.

His aim has been to help people as individuals and in groups to make the most of their abilities, however latent, and to positively use their inner resources and past experience. He sees not only the past as influencing the present but present actions determining what we select from the past. Success or failure to function within ourselves and in society depends on the balance between satisfaction, defined as the ability to use one's potential, and frustration, defined as one's inability to use it. Too little frustration can be as damaging as too much: to function normally we constantly transform frustration into satisfaction. In other words, success is one's ability to transform the unacceptable – to oneself and to society – into the acceptable.

Throughout the book emphasis is placed on the importance for the individual of making his own decisions. Here he is helped by Heimler's decision-making tool – his *Scale of Social Functioning* – which enables him to understand his life situation and to act accordingly. The scale is of diagnostic value to the therapist, but its main use is to the patient.

Professor Heimler's method has been applied both to people in need of treatment and to 'healthy' individuals who want to explore their untapped potentials. It has been used by teachers at all educational levels to help students become more creative, in the employer/employee relationship, and by social workers in all fields. Heimler owes much to many past and contemporary practitioners. The originality of his work lies in his synthesis of existing theories and practices into a successful working method.

www.ingramcontent.com/pod-product-compliance
Lightning Source LLC
Chambersburg PA
CBHW020338180626
46812CB00001B/247